그녀에게 가는 길

**New Delhi-Borås** by Per J. Andersson

ⓒ Per J. Andersson 2013

Korean Translation Copyright ⓒ 2017 by SOLBITKIL

All rights reserved.

The Korean language edition published by arrangement with

Bonnierförlagen AB, Stockholm through MOMO Agency, Seoul.

이 책의 한국어판 저작권은 모모 에이전시를 통해

Bonnierförlagen AB 사와의 독점 계약으로 "솔빛길"에 있습니다.

저작권법에 의해 한국 내에서 보호를 받는 저작물이므로 무단전재와 무단복제를 금합니다.


* 이 도서의 국립중앙도서관 출판예정도서목록(CIP)은

  서지정보유통지원시스템 홈페이지(http://seoji.nl.go.kr)와

  국가자료공동목록시스템(http://www.nl.go.kr/kolisnet)에서 이용하실 수 있습니다.

  (CIP제어번호: CIP2016032040)

# 그녀에게 가는 길

페르 안데르손 지음

이하영 옮김

그러나

# |차례

# 예언을 받고 태어나다

정글 속 작은 마을에서 태어난 바로 그 순간부터, 내 삶은 이미 예정되어 있었다.

영국인들이 떠난 지 2년이 되었지만, 사람들은 여전히 영국식으로 새해를 맞았다. 새해가 얼마 남지 않은 겨울이었다. 보통 이맘때는 비가 내리지 않는데, 그해는 북동 계절풍이 오리사 해안에 계속 머물렀고 연일 비가 쏟아졌다. 그렇게 쏟아지던 비가 마침내 멎은 날이었다. 먹구름이 나무가 울창한 강가 언덕을 가려버린 탓에, 아직 오전임에도 해질녘처럼 어둑했다.

어느 순간, 태양이 앞으로 나와 어둠을 흩어놓았다.

그리고 정글 속 작은 마을의 오두막 바구니 안에는 내가—아직까지는 이름이 없는, 이 이야기의 주인공이—누워 있었다. 우리 식구는 아직 갓난아기인 나를 둘러싼 채 호기심 가득한 눈으로 바라보고 있었다. 마을의 점성술사도 함께, 황소자리 아래에서 태어난 나를 지켜보았다.

형들 중 한 명이 말했다.

"저거 봐, 저거 보여?"

"어디? 뭘 말이야?"

"저기, 아기 위를 좀 봐!"

창으로 스며든 햇빛이 무지개를 빚어냈다. 점성술사는 그게 어떤 의미인지 알고 있었나 보다.

"아기가 자라면 그림을 그리는 사람이 되겠군요."

얼마 지나지 않아 마을에 소문이 퍼졌다. 누군가는 무지개의 아이가 태어났다고 하고, 또 누군가는 마하트마, 즉 위대한 영혼이 태어났다고 말했다.

일주일쯤 지났을까, 오두막 안으로 코브라 한 마리가 숨어들었다. 뱀은 내가 세상모르고 잠들어 있는 바구니 위로 몸을 치켜세웠고, 근육질의 앞가슴을 활짝 펼쳤다. 뒤늦게 뱀을 발견한 엄마는 내가 이미 물려 죽었을 거라고 생각했다. 그러나 뱀은 미끄러지듯 오두막을 빠져나갔고, 바구니를 향해 달려온 엄마는 내가 살아 숨 쉬고 있는 것을 보았다. 나는 조용히 누운 채로 손가락을 살피다가는, 검은 눈동자로 허공 어딘가를 응시했다고 한다. 기적이었다!

마을의 뱀 장수는 코브라가 구멍 난 지붕에서 내가 누워 있는 바구니로 떨어지는 빗방울을 막아주려고 오두막에 들어와 몸을 세운 것이라 말했다. 오두막의 엉성한 지붕은 며칠째 쏟아지는 폭우를 견디지 못했다. 영물인 코브라의 행동은 마을 사람들에게 보내는 신의 메시지와도 같았다. 뱀 장수의 말을 듣던 점성술사도 고개를 끄덕였다.

'그것 참 옳은 말이야!'

다른 해석의 여지는 없었다.

나는 평범한 아기가 아니었다.

점성술사는 장차 내 삶에 무슨 일이 일어날지 예언을 했다. 그는 날카롭게 깎은 나무막대로 야자나무 잎사귀 표면을 긁어 예언의 글자를 새겼다.

"우리 부족 밖, 마을 밖, 구역 밖, 지방 밖, 주 밖, 나라 밖에서 온 여자와 결혼을 할 것이다. 직접 찾아 나설 필요는 없다. 그녀가 너를 찾아낼 테니까."

점성술사는 그렇게 말하고는 내 눈을 빤히 들여다보았다.

엄마와 아빠는 점성술사가 나뭇잎에 새긴 글자를 알아보지 못했다. 점성술사가 석유등잔의 검은 그을음을 가져다 작은 구멍이 송송 난 나뭇잎의 긁힌 자국 위로 떨어뜨리자 글자가 또렷하게 드러났다. 그제서야 부모님은 글자를 읽을 수 있었고 점성술사의 부연 설명 없이도 나의 운명을 예감할 수 있었다. 나뭇잎에는 꼬불꼬불하고 둥근 오리야 문자로 다음과 같은 문장이 쓰여 있었다.

"미래에 만날 이 아이의 부인은 음악적 재능이 있고, 숲의 소유자이며, 황소자리일 것이다."

어른들의 대화를 알아듣기 시작할 때부터 예언이 쓰인 나뭇잎과 무지개와 코브라에 관한 이야기를 들으며 자랐다. 다들 내 미래가 이미 정해져 있다고 믿었다.

예언을 받은 것은 나뿐만이 아니었다. 사람들은 아이가 태어나는 순간, 별에 아이의 미래가 새겨진다고 믿었다. 우리 부모님도 이를 믿었다. 나 역시 어릴 때부터, 그리고 어찌된 영문인지 오늘날까지도 이를 믿고 있다.

그 아기의 정식 이름은 자가트 아난다 프라디움나 쿠마르 마하난디아다.

'자가트 아난다'는 '만물의 행복'을, '마하난디아'는 '큰 행복'을 뜻한다. 행복으로 가득한 이름이다. 무척 긴 이름이라고 생각하겠지만 실제 이름은 훨씬 길다. 조부모님이 지어준 이름과 부족이 지어준 이름, 카스트 이름까지 합하면 총 373자의 거창한 이름이 완성된다.

373자를 누가 전부 기억할 수 있겠는가? 친구들은 편의상 두 자로 만족했다. 프라디움나의 'P'와 쿠마르의 'K'를 따서 'PK'라 쓰고 피케이(사람들은 그를 부를 때 영어식 발음을 사용한다)라 부른다.

그렇지만 그의 가족은 마을 도로 위를 달음박질치거나 망고나무 위를 높이높이 기어오르는 아이를 부를 때, 앞서 언급한 이름 중 어느 것도 사용하지 않았다. 아빠는 그를 '포아', 즉 '소년'이라 불렀고, 할아버지와 할머니는 언제나 '나티', 즉 '손자'라는 호칭을 썼으며, 엄마는 그가 형제자매들보다 피부색이 연한 것을 들어 '수나 포아', 즉 '예쁜 소년'이라고 불렀다.

그가 정글 끝자락에 있는 이 강변 마을에서 가진 첫 기억은 아마도 세 살 때인 듯하다. 어쩌면 이미 네 살이었을지도 모른다. 그게 아니라면 아직 두 살이었을지도. 마을 사람들은 나이에 별로 관심이 없어서, 생일도 제대로 챙기지 않았다. 주민 누군가에게 몇 살이냐고 물으면 애매한 답이 돌아오고는 한다. 대충 열 살, 대략 마흔 살, 곧 일흔 살, 그것도 아니면 젊거나, 중년이거나, 아주 나이가 많다고 할 뿐이다.

어찌 됐든, 피케이는 연갈색의 두꺼운 진흙 벽과 노란 풀로 엮은 지붕, 그리고 집 안에서 바라보던 풍경을 기억한다. 집 주변으로는 저녁 바람이면 잎이 흩날리는 옥수수밭과, 겨울에는 아름다운 꽃을 피우고 봄에는 달콤한 열매를 맺는 두꺼운 잎사귀의 나무로 이루어진 숲이 펼쳐졌다. 그리고 거대한 강줄기와 옆으로 흐르는 개울이 있었다. 개울 건너편 가까운 곳에서 정글이 시작되었다. 정글 안쪽에서는 가끔씩 코끼리의 힘찬 소리와, 표범이나 호랑이가 으르렁대는 소리가 들려왔다. 코끼리 똥이나 호랑이 발자국 같은 야생 동물의 자취를 흔히 볼 수 있었으며, 벌레들의 우는 소리와 새들의 노래가 들려왔다.

세계는 지평선 너머, 숲 깊숙한 곳까지 뻗어 있었으나 어린 피케이에게는 숲의 경계선이 곧 지평선이었고 세상의 끝이었다. 숲은 무한하고 신비롭고 비밀스러웠으며, 동시에 익숙하고 안전했다. 숲은 모험이고 현실이었으나, 도시라는 것에 대해서는 말로만 들어봤을 뿐

실제로 보지는 못했다.

피케이는 엄마, 아빠, 형 둘, 그리고 할머니, 할아버지와 함께 살았다. 이곳에서는 대부분의 가족들이 그랬다. 장남은 결혼해서 새 가정을 꾸린 뒤에도 부모와 함께 사는 것이 전통이었으며, 피케이의 아빠 슈리다르도 전통을 지켰다.

그렇지만 피케이는 아빠를 자주 보지 못했다. 그는 시장과 찻집과 경찰서와 감옥이 있는 도시 아스말릭에서 우체국장으로 일했는데, 매일 왕복 20킬로미터를 자전거로 오가는 것은 힘들어서 아예 우체국 근처에 방을 얻어 지냈다. 평일에는 그곳에서 지내지만 매주 토요일 저녁이면 아스말릭의 학교 기숙사에 있는 피케이의 두 형과 함께 자전거를 타고 집으로 돌아왔다.

피케이는 형들이 없는 일주일의 대부분을 자신이 외동아들이라도 된 듯한 기분으로 보냈다. 엄마의 모든 관심은 피케이에게 쏟아졌다.

마을을 둘러싼 숲은 나무가 어찌나 빽빽한지 햇빛이 채 땅에 닿지 않을 지경이었다. 집들은 대부분 비슷비슷했다. 갈색 진흙 벽과 회색 야자수잎 천장, 소와 염소를 위한 대나무 울타리가 쳐진 움막들. 울타리 주변으로는 채소를 심은 텃밭과 가축 먹이로 쓰는 짚단이 있었다. 그리고 불가촉천민을 불쌍히 여긴 영국인들이 지은 튼튼한 벽돌집 몇 채가 무너진 지붕 그대로 쓸쓸히 서 있을 뿐이었다. 마을에는 초등학교와 마을 원로회가 회의용으로 쓰는 건물이 하나 있었다. 피케이의 엄마는 그들이 인도에서 가장 큰 숲에 살고 있으며, 그 숲에서도 피케이가 사는 콘드포다가 가장 오래된 마을이라고 말하고는 했다. 이 마을은 산 자와 죽은 자 모두에게 공평한 고향이었다.

강가에는 화장터로 쓰이는 모래 언덕이 있었다. 엄마는 자정이면 망자의 영혼이 그곳에 모여 노래를 부르고 춤을 춘다고 했다. 강에는 소용돌이치는 지점이 있었는데, 몇 년 전 임신한 새댁 둘이 그곳에 빠져 죽었다. 엄마는 강가에 쓸려온 시체들 이마의 붉은 점이 강렬하게 빛났다고 했다. 점이 그리도 아름답게 빛난 것은 두 여자가 순결한 삶을 살았기 때문이라고도 했다. 그들은 마치 뭔가를 찾아 헤매는 듯 눈을 부릅뜨고 있었고, 최후의 순간에 울면서 소리를 지르기라도 한 것처럼 입을 크게 벌리고 있었는데, 엄마는 그들의 영혼이 입을 통해 빠져나가면서 문을 닫는 것을 잊었기 때문이라고 했다.

저녁이면 엄마는 아들과 짚 위에 나란히 누워 망자의 영혼, 신과 여신들, 그리고 흑마술사들에 대한 이야기를 들려줬다. 엄마가 팔찌와 발찌를 '딱딱' 부딪쳐가며 유령이 나타날 때 들린다는 소리를 흉내 낼 때면 피케이는 몸서리를 치고, 두근거리는 심장을 부여잡으며 숨을 죽였다. 가만히 귀를 기울이면 어둠 속에서 헐떡이며 유령이 다가오는 소리가 들리는 듯했다. 피케이가 겁에 질린 것을 눈치챈 엄마는 안심시키듯 껴안아주곤 했는데, 그때마다 엄마의 온기가 느껴졌다. 피케이는 숲속에서 놀며 느꼈던 행복과 망자의 영혼이 춤춘다는 공포의 기억을 동시에 안고 엄마의 따스한 품속에서 잠들곤 했다.

사실 엄마 칼라바티는 죽은 자들이 두렵지 않았다. 그녀는 스스로에 대한 믿음이 악귀들을 쫓아낼 수 있다고 생각했다. 자신에 대한 믿음을 잃었을 때 죽은 자들의 권세에 휘둘리게 된다고 믿었다. 피케이를 품에 안고 그녀는 늘 이렇게 말하곤 했다.

"용기만 가지면 나를 해칠 수 있는 건 아무것도 없단다. 설사 죽은 자들이라 해도 말이야."

피케이는 학교에 입학하기 전까지는 카스트가 무엇인지 몰랐다. 사람들이 네 개의 카스트로 나뉘고, 네 개의 카스트는 다시 수천 개에 이르는 하위 카스트로 나누어진다는 사실을 아무도 말해주지 않았다. 수천 년 전에 쓰인 경전 리그베다에도 어떤 경위로 네 개의 카스트가 생겨났는지는 나와 있지 않았다. 피케이는 인류의 신비로운 참된 자아인 푸루샤가 네 조각으로 나뉘었다는 것 역시 까맣게 몰랐다. 브라만—사제—은 푸루샤의 입에서 기원했으며, 크샤트리아—전사—는 양쪽 팔에서, 바이샤—상인, 장인, 농민—는 허벅지에서, 그리고 수드라—일꾼과 하인—는 발에서 기원했다는 것을 몰랐다.

피케이는 키가 크고 피부가 흰 인도-아리아 인에 대해서도 아는 것이 없었다. 이들은 중앙아시아 평지에 살다가 말을 타고 인도 반도로 와서, 숲에 살던 이들에게 농업을 전수해주고 사제, 군인, 행정관이 되어 상위 카스트를 점령했다고 한다. 피부가 검은 현지인들이 하위 카스트에 남아 피케이 아빠의 부족처럼 농부, 공예가, 심부름꾼이 되거나 피케이 엄마의 부족처럼 사냥꾼으로 숲에 남아 원주민이라 불리게 되었다.

어른이 된 피케이는 카스트 제도가 유럽의 봉건 제도나 계급 사회보다 딱히 더 이상할 것도 없다고 생각했다.

"그렇게 어렵지도 않아."

서양인들이 카스트 제도를 이해할 수 없다고 불평할 때마다 피케이는 그렇게 답했다. 그렇지만 가끔은 인정할 수밖에 없었다. 카스트는 서양인들이 상상조차 할 수 없을 만큼 복잡했다. 누구나 태어나면 '출생'을 의미하는 자티(jati)라는 집단에 속하는데, 이는 직종을 결정한다. 자티는 산스크리트 어로 '색(色)'을 뜻하는 바르나(varna)의 하위 집단이다. 네 개의 바르나는 힌두교 경전에 나오는 주요 카스트 네 개와 동일하다. 피케이는 이를 들어 "바르나는 네 개밖에 없지만, 자티는 수백만 개에 달한다."라고 설명했다.

"수백만이라니! 그걸 다 어떻게 기억하는 거야?"

서양인 친구들의 질문에 피케이는 자티를 전부 숙지하는 인도인은 없다고 답했다. 그러면 친구들은 으레 다른 대화 주제로 옮겨갔다.

피케이는 자신의 가족이 네 바르나 중 어디에도 속하지 않으며, 카스트 열외의 불가촉천민으로 분류된다는 사실을 상대가 끈질기게 묻지 않는 이상 굳이 말하지 않았다. 딱히 자랑스러워할 만한 일이 아니었기 때문이다. 만약 피케이가 불가촉천민이 아니었다면, 그의 삶은 지금과는 크게 달라졌을 것이다.

불가촉천민들의 지위를 향상시키려 한 인도의 국부 마하트마 간디는 이들을 '하리잔(신의 자녀들)'이라 불렀다. 피케이는 이것이 아름다운 호칭이라고 생각했다. 의도는 참 좋았다. 듣기 좋은 이름을 붙이면 똑같은 고난도 조금은 가볍게 느껴지지 않겠는가! 인도가 영국의 지배에서 해방된 뒤로, 정부 기관은 불가촉천민을 '지정 카스트(scheduled caste)'라 분류하고 할인된 기차표와 대학과 정치계에 더 쉽게 진출할 수 있도록 쿼터를 제공했다. 낮은 신분으로 인한 불리함을 벌충해주기 위한 특혜였다.

끈질긴 차별 철폐 요구는 불평등을 해소하기 위한 법률을 낳았다. 그렇지만 그 법은 무의미했다. 지켜지지 않았으므로. 사람들의 머릿속을 채우고 있는 편견과 고루한 믿음은 바위처럼 단단했다.

로타는 열두 살 때부터 인도를 꿈꿨다. 6학년 때 반 전체가 갠지스 강에 대한 영화를 보았는데, 아직도 기억이 생생하다. 프로젝터가 돌아가고, 태양이 강 위로 떠올랐다. 로타는 스피커에서 울려퍼지던 시타르 연주와, 사원에서 들려오는 종소리와, 강물이 허리까지 차오르도록 계단을 걸어 내려가는 순례자들을 지금까지도 기억하고 있다. 그녀는 그 흑백 영화가 인도와의 첫 만남이었다.

갠지스 강에 대한 영화는 학교에서 배운 그 무엇보다 더 큰 영향을 끼쳤다. 영화를 본 뒤에 자신이 받은 인상에 대해 긴 감상문을 써서 과제로 제출했다. 언젠가 꼭 인도에 가볼 것이라는 다짐과 함께.

로타는 고고학자가 되고 싶었다. 땅을 파헤쳐 보물을 찾고, 세상을 놀라게 할 만한 발견을 하고, 역사라는 이름의 엉킨 실타래를 풀어내는 것을 꿈꿨다. 학교에서는 커다란 피라미드 그림을 그렸고, 투탕카멘의 묘를 발견한 영국의 이집트학자 하워드 카터에 대한 글을 찾아 읽었다. 그녀는 카터의 저주에 관한 이야기에 푹 빠졌다. 투탕카멘 무덤 발굴에 연루된 이들 중 스물한 명이 의문의 죽음을 당했다는 이야기를 읽을 때면 속이 간질간질했다. 로타도 그런 미스터리를 파헤치고 싶었다.

10대 때는 도서관에서 UFO에 관한 책을 빌려 읽고, 지구 밖 다른 행성의 생명체에 대한 강의를 듣기 위해 예테보리까지 가기도 했다. UFO 관련 잡지를 정기 구독해 매호 꼼꼼하게 읽었으며, 이 우주에서 인류가 혼자가 아닐 것이라고 굳게 믿었다.

그러면서도 로타는 동시에 옛사람들의 삶을 꿈꿨다. 16세기에 태어나 살아가는 것을 상상하곤 했다. 아마도 숲속 오두막에 살게 되겠지. 편리한 도구와 디지털 기기에서 자유로워지겠지. 소박하고, 단순하고, 자연 친화적인 삶을 살아가리라!

꼬마 피케이를 이해하는 것은 엄마뿐이었다. 엄마 칼라바티는 얼굴에 검푸른 문신이 있었고, 코에는 금색 심장 모양의 장식이, 양쪽 귀에는 금색 달 모양의 장식이 달랑거렸다. 그녀의 유품 중 피케이가 아직도 가지고 있는 것은 코끼리 모양의 놋쇠 촛대뿐이다. 칼라바티가 가장 아끼던 촛대였다. 피케이는 숲속 노란 집의 벽난로 위에 놓여있는 촛대를 볼 때마다 엄마를 떠올렸다.

칼라바티는 매년 열리는 축제 때마다 마을의 건물 벽에 그림을 그리는 전통적인 역할을 맡았다. 그녀는 예술가의 눈과 빼어난 그림 솜씨를 지녔고, 마을 사람은 누구나 그 재주를 빌리고 싶어 했다. 브라만들도 예외는 아니었다. 축제 기간이면 칼라바티는 아침 일찍 일어나 동네 오두막들의 진흙 벽을 소똥으로 씻어낸 뒤 작업을 시작했다. 축제 전날에는 해가 뜬 직후부터 해가 질 때까지 날씬한 팔다리를 한 인물들과 덩굴 식물들, 갈대 같은 꽃을 그렸다. 불그스름한 진흙 벽 위의 흰 물감은 칼라바티가 쌀가루와 물을 섞어 직접 만들었다. 축제날 동이 트면 집들이 갖가지 무늬로 반짝였다. 모두 칼라바티의 작품이었다.

피케이는 엄마가 벽화를 그리는 것을 보면서, 왜 종이에 그림을 그리지 않는지 궁금해하고는 했다.

칼라바티는 쿠티아 콘드 부족에서 태어났다.

"우리 부족민들은 여기 숲에서 아주 오랜전부터, 그래, 수천 년 전 정착민들이 와서 나무를 베어내고 밀과 쌀을 기르기 전부터 검은 피부를 가진 원주민들의 자손이란다. 전쟁과 질병은 모두 평지에서 살던 농부들이 가지고 온 거야. 사람 중 누가 더 가치 있고 없고를 따진 것도 그 사람들이고. 평지에 사는 힌두교도들이 오기 전까지는 사람들을 그런 식으로 나누지 않았단다. 그 시절에는 큰 숲에 사는 사람이 그렇지 못한 사람들보다 잘났다거나 하는 일이 없었어."

엄마는 피케이의 유일한 가족이나 다름없었다. 나머지 가족은 남처럼 데면데면했다. 토요일이 되어 아빠와 형들이 자전거를 타고 돌아오면 기분이 이상했다. 아빠가 자전거를 벽에 세워두고 다가와 피케이를 안아올리면 겁을 먹고 울음을 터뜨리기도 했다.

"울지 마. 아빠가 과자를 가지고 왔단다."

칼라바티가 그렇게 말하면 피케이는 입을 꾹 다물고 아빠의 손에서 설탕이 버석이는 부르피, 부드럽고 질척한 굴랍 자문, 끈적이는 영국 캐러멜을 받아 들고 다시 엄마의 무릎 위로 기어오르곤 했다.

매일 아침 칼라바티는 콘드포다 강에서 피케이를 씻겼다. 이따금은 야생화 향기와, 익어가는 소똥 냄새가 진동하는 개울가까지 내려가기도 했다. 칼라바티는 사리 끝자락으로 피케이의 등을 밀었다. 그리고 몸이 반짝일 때까지 코코넛오일을 발라주었다. 그러고 나면 피케이는 세찬 물결에 부드럽게 깎여나간 바위 위로 기어 올라갔다가 물에 뛰어들어 헤엄을 치는 것을 끝없이 반복했고, 엄마는 그때마다 너무 멀리까지 헤엄쳐 가지 말라고 잔소리를 했다. 추위에 떠는 일도, 감기에 걸리는 일도 없었다. 피부를 덮은 두꺼운 기름층이 강물을 튕겨내며, 태양이 하늘 높이 뜰 때까지 온기를 잃지 않도록 해줬다.

우기가 지나간 초여름이면 강이며 개울이 거의 말라붙었다. 상류 쪽으로 카누를 저어 이틀 정도 가면 만나는 히라쿠드 댐이 물을 가로막았기 때문에, 6월 초에 이르면 마을 옆으로 흐르는 마하나디 강은 조그만 실개천으로 변했다. 물 부족은 마을 사람들에게 큰 고난이었다. 물을 내주고 대신 전기를 얻은 것도 아니었다. 댐에서 생산된 전기는 어딘가로 전부 사라졌다. 해가 지면 마을에는 여전히 모닥불이 타올랐고, 등잔불이 일렁였다.

강과 개울물이 거의 말라붙으면, 칼라바티를 비롯한 마을 여자들은 넓은 모래사장에 임시로 우물을 팠다. 깊이가 1미터 정도 되는 구멍 가장자리에서부터 물이 흘러내렸다. 칼라바티는 그렇게 모은 물을 여기저기 찌그러진 양동이에 담아 들고 집으로 돌아왔다. 머리 위에 하나, 그리고 양손에 하나씩.


사제들은 불가촉천민들이 그 존재만으로도 깨끗하고 성스러운 모든 것을 더럽힌다고 생각했다. 피케이가 마을의 사원에 다가갈라치면 그들은 지치지도 않고 돌팔매질을 해댔다. 학교에 입학하기 바로 전해, 피케이는 복수심에 불타올라 사원 근처에 몸을 숨기고 기다렸다. 의식이 시작되고, 사제들이 물이 찰랑이는 진흙 항아리를 들고 걸어나왔다. 피케이는 새총에 장전한 돌멩이를 항아리를 겨냥해 날리기 시작했다. 픽! 픽! 픽! 항아리가 깨지면서 물이 바닥으로 쏟아졌다. 사제들은 피케이를 발견하고는 고함을 치면서 그를 쫓아왔다.

"죽여버릴 테다!"

피케이는 선인장 숲에 몸을 숨겼다. 가시가 몸을 마구 찔러댔다. 피투성이가 된 피케이는 엄마가 기다리는 집을 향해 절뚝절뚝 걸었다. 심지어 식물마저도 자신을 싫어한다고 생각하면서.

엄마는 피케이의 등을 쓰다듬으며, 세상이 그리 나쁘지만은 않다고 속삭였다. 물론 그녀는 세상이 불가촉천민과 부족민들에게는 나쁘기만 한 곳이라는 것을 알고 있었다. 피케이는 브라만들의 분노를 이해할 수 없었다. 어째서 자신이 사원 근처에는 얼씬도 하지 말아야 하는지 받아들일 수 없었다. 돌팔매질은 그저 아프기만 할 뿐이었다.

높은 카스트의 아이들은 실수로 피케이에게 닿기라도 하면 당장 물가로 달려가 몸을 씻어냈다.

"왜 그러는 거예요?"

"그야 몸이 더러우니까 그렇겠지?"

엄마는 피케이의 얼굴에서 의구심이 사라질 때까지 몇 번이나 반복해 말했다. 그저 목욕을 해야 했던 거란다! 어휴, 얼마나 더러웠으면!

칼라바티는 학교에 다니지 못해 읽을 줄도 쓸 줄도 몰랐지만, 다른 재주가 많았다. 직접 물감을 만들 줄도 알았고, 아름다운 문양을 그려낼 수 있었고, 식물의 잎과 씨앗과 뿌리를 섞어 효험 있는 약을 만들어낼 줄도 알았다.

칼라바티의 삶은 언제나 반복이었다. 매일 똑같은 시간에 똑같은 일을 했다. 그녀는 아직 밖이 어두컴컴할 때 잠에서 깼다. 꼬끼오 하는 수탉의 울음소리가 자명종이었고, 새벽에 뜬 별이 시곗바늘이었다. 피케이는 바닥에 깔린 거적 위에 누운 채로 엄마가 물과 소똥을 섞어 바닥, 베란다, 안뜰을 청소하는 소리를 들었다. 그는 소똥을 이용해 청소하는 게 이상했다. 엄마가 소똥이 마을의 가게에서 살 수 있는 흰 화학 가루보다 더 효과적인 세제라고 설명해주었을 때 비로소 이해했다.

집을 청소한 뒤 옥수수밭에 거름을 뿌리고 나면 칼라바티는 그제야 목욕을 하기 위해 개울가로 나갔다. 집으로 돌아와서는 검푸른 사리를 두른 채 깨끗하게 청소된 베란다로 향했다. 칼라바티가 수건으로 긴 머리카락을 한 줌씩 말리고 있을 때면, 축축한 곱슬머리가 아침 햇살에 반짝이곤 했다.

그런 다음에는 만트라를 흥얼거리며 좋은 향기가 나는 바질을 물에 적셨다. 그러고는 부엌으로 가서, 돌접시에 채워진 빨간 진사 가루를 검지로 찍어 이마 정중앙을 꾹 누르고는 금이 간 거울 앞에 섰다. 그녀는 거울에 바짝 다가가 카잘을 눈 주위에 두껍게 발랐다. 카잘은 칼라바티가 검댕과 집에서 만든 버터인 기를 섞어 직접 만든 것이었다.

이 일이 끝날 때쯤이면 피케이도 자리에서 일어나 거적을 둘둘 말았고 엄마는 카잘을 들고 와 피케이의 이마 중앙에 발라주었다. 엄마는 이것이 피케이를 악한 것에서부터 보호해줄 것이라 말했다. 또 기 한 덩어리를 이마에 발라주었는데, 햇볕 아래로 나가면 기가 녹아 얼굴을 타고 줄줄 흘러내렸다. 이것은 마을 사람들에게 자신의 집안이 가난하지 않다는 것을 보여주는 칼라바티만의 방식이었다.

"버터와 우유를 살 돈이 없는 사람들도 있단다. 우린 그렇지 않아."

칼라바티는 그렇게 말했다. 그녀는 마을 사람들이 '저것 봐, 마하난디아 집안은 버터가 어찌나 많은지 아이들 이마에서도 흘러내리네!'라고 생각하기를 바랐던 것이다.

깨끗한 몸, 잘 빗은 머리, 이마에는 카잘과 버터. 완벽하고도 새로운 하루의 시작이었다.

피케이의 엄마가 속한 부족민들은 수천 년 동안 숲을 누비며 사냥을 해왔고, 개간지에서 농작물을 길렀다. 칼라바티의 친척 대부분은 강가에서 벽돌 만드는 일을 했다. 강바닥에서 진흙을 모아 벽돌 모양으로 구워냈다. 하지만 피케이의 외할아버지는 아직도 사냥꾼이다. 그는 피케이에게 공작새 깃털을 선물했는데, 피케이는 그것을 끈에 매달아 머리에 두르고는 숲속을 쏘다니며 사냥꾼 놀이를 했다.

피케이는 머리카락을 길게 땋아내렸고, 땋은 머리를 자랑스러워했다. 칼라바티는 아들이 머리를 기르도록 내버려뒀는데, 내심 딸아이를 갖고 싶은 마음 때문이었다. 피케이는 힘자랑을 할 때 땋은 머리를 쓰곤 했다. 머리카락에 돌멩이를 단단히 묶은 채 들어올리며 "내 머리카락이 얼마나 센지 좀 봐!" 하고 외치면, 머리를 땋지 않은 다른 남자아이들 모두 놀란 표정을 지었다. 다들 그런 광경을 한 번도 본 적이 없었다.

피케이는 흰 조개껍데기를 엮어 만든 팔찌와 허리끈을 빼고는 거의 벌거벗은 채로 돌아다녔다. 마을의 콘드 부족 아이들은 모두 그랬다. 카스트가 있는 힌두교도들은 그런 부족민들을 괴상하게 여겼다. 그들은 어린 자녀에게 옷을 입혔다.

칼라바티는 태양과 하늘, 원숭이와 소, 공작새, 코브라와 코끼리를 숭배했고, 향이 강한 바질과, 보리수나무와, 수액에 항생 효과가 있어 칫솔로 쓰이는 인도멀구슬나무를 숭배했다. 칼라바티의 신들에게는 이름이 없었다. 신은 눈에 들어오는 모든 사물에 깃들어 있었고, 그녀를 둘러싸고 있었다. 칼라바티는 매주 몇 번씩, 나무가 빽빽이 들어차서 가지와 잎사귀가 벽과 천장처럼 엮인 숲을 찾았다. 칼라바티는 그 안에서 돌멩이와 짓밟히지 않은 풀을 모아다 그 위에 버터 한 줌과 빨간 안료를 뿌리고 숲속에서 살아가는 모든 것들에게 기도했다. 다른 무엇보다, 만물 중 태양과 함께 가장 거룩한 존재인 나무들에게 기도했다.

인도 동부 숲에서 살아가는 콘드 부족을 비롯한 부족민들은 자기 자신들을 카스트에 따라 나누거나 부족장과 백성 따위로 가른 적이 없었다. 신을 섬기고 성물을 만질 자격이 모두에게 있었다. 서쪽의 평지 사람들*이 이곳에 들어와 골짜기와 강변에 땅을 일구고, 숲에 사는 사람들을 미개한 야만인 취급을 하며 지배하기 전까지는.

　"끝내는 그들의 카스트 제도에 적응할 수밖에 없었지."

　엄마는 슬픈 목소리로 말했다.

　숲의 부족이 반란을 일으킨 적도 있었다. 영국인들이 상황을 수습하기 위해 군대를 보내야 했다. 불공평한 싸움이었다. 반란군들은 거의 매번 패배의 쓴맛을 봤다. 피케이는 20대 때 '낙살라이트'라 불리는 게릴라 병사들이 부족민 권익을 위해 벌인 싸움에 대한

---

* 인도-아리안 족을 말함.

글을 읽기도 했다. 분쟁은 시간이 흐를수록 점점 격렬해졌다. 사방에서 피가 흐르고, 혐오가 뿌리를 내렸다. 신문들은 이 분쟁을 내전이라 불렀다. 피케이는 이런 폭력적인 상황이 싫었다. 처음에는 피케이 역시 강경책이 유일한 해결 방안이라고 생각했다. 그렇지만 분노도 시간이 지남에 따라 힘을 잃었다. 세상에 죽임을 당해도 싼 인간은 없는 것이다. 설사 그게 압제자, 혹은 살인자라 하여도. 피케이는 "'눈에는 눈'을 반복하다가는 세상 모두가 장님이 될 것."이라는 마하트마 간디의 가르침이 마음에 들었다. 이 전쟁을 촉발시킨 사상이나 혁명가들의 방식을 보는 피케이의 시선을 잘 요약하는 가르침이었다.

1947년, 그러니까 인도가 영국의 식민지였을 때만 해도 아스말릭은 인도의 565개 총독령 중 하나였다. 20세기 초반까지만 해도 인구가 겨우 4만 명에 불과한 조그만 나라였으며, 단 한 번도 '진짜' 국가였던 적이 없었다. 아스말릭 왕은 영국인의 하수인이었는데, 그마저도 인도가 독립하면서 들어선 정부와 민주적으로 선출된 정치인들에게 밀려 왕좌에서 내려와야 했다.

아스말릭에서는 아직도 왕이 군림하던 시절에 대한 이야기가 오간다. 피케이네 집안은 이 시대에 대해 약간의 향수를 가지고 있었다. 그 뿌리는 피케이의 친할아버지였다. 그는 왕의 대리인으로서, 밀림의 야생 코끼리를 생포하고 길들여 왕궁에 공물로 바치는 영예로운 직책을 맡은 바 있다. 왕가에서는 이 코끼리 생포자의 친족들을 호의적으로 대했다.

아스말릭의 역대 왕들은 영국인들과 분란을 일으키지 않았다. 이들은 영국의 통치를 용인했고, 그 대가로 왕가를 보호해주겠다는 제안도 감사히 받아들였다. 영국인들은 1890년, 마헨드라 데오 사만트를 '왕'인 '라자'에서 '대왕'인 '마하라자'로 승격시키는 것으로 신뢰에 보답했다.

비부덴드라 왕이 1918년 서거했을 때 왕위 계승자는 겨우 열네 살에 불과했다. 통치를 하기에는 너무 어렸던 탓에, 영국인 대령 코브든 램지가 임시로 왕위를 이어받았다. 백성들에게 '백인 라자'라 불린 램지는 아스말릭 국왕령을 7년간 다스렸다. 피케이의 친할아버지는 이 7년이야말로 최고의 시대였다고 주장했다.

"램지는 다른 영국인처럼 인종 차별주의자가 아니었단다. 그리고 인도인들이 어느 카스트에 속해 있는지도 신경 쓰지 않았어."

할아버지는 영국인들은 많은 인도인과는 달리 공공의 이익을 추구했으며, 자신의 배를 불리는 데만 혈안이 되어 있지 않았다고 말했다.

"자기 카스트 외의 다른 카스트 사람들에게 조금이라도 신경을 쓰는 브라만이 하나라도 있니? 낮은 카스트의 일원들을 위해 손가락이라도 까딱한 브라만이 있냔 말이야. 없어! 바로 그거야! 그렇지만 영국인들은 매일 우리를 돕는단다. 불가촉천민을 차별하지 않아."

아스말릭의 왕들은 엄청난 부자는 아니었다. 으리으리한 궁전과 수백 마리 코끼리, 벽마다 걸린 박제 동물들, 서랍 가득 들어찬 다이아몬드를 자랑하는 인도 서부 라자스탄의 마하라자들과는 달랐다. 세상에는 롤스로이스만 27대를 사들인 마하라자도 있고, 딸을 위해 가장 비용이 많이 든 결혼식을 열어서 기네스 세계 기록에 오른 마하라자도 있었다. 어떤 마하라자는 애완견 결혼식을 열었는데, 250마리의 개들이 보석을 휘감은 양단을 걸치고 화려하게 꾸며진 코끼리를 탄 채로 '신랑'이 기차를 타고 도착하는 것을 기다린 일도 있었다. 피케이가 자란 소국에서는 그런 사치스러운 일은 일어나지 않았다.

피케이가 태어날 때쯤 마하라자의 궁전과 집무실은 이미 황폐해져 있었다. 날이 갈수록 벽의 곰팡이 자국이 짙어져갔고, 점점 기울어가는 지붕 주위로 끈질긴 칡과 풀 들이 뿌리를 내리고 있었다. 아스말릭의 마지막 마하라자의 아들은 인도의 독립과 동시에 궁전을 떠났지만, 사업으로 성공한 덕택에 호화 저택으로 옮겨갈 수 있었다. 피케이네 식구는 그곳에서 언제라도 마하라자의 아들에게 차 한 잔을 대접받을 수 있었다. 피케이는 지금도 어렸을 때처럼 저택 내부를 돌아다니거나, 식민지 시대의 피스 헬멧을 쓴 영국인들과 터번을 쓴 인도인 왕과 군주 들의 흑갈색 사진을 구경할 수 있다.


그럼에도 불구하고 피케이의 아버지, 친할머니와 친할아버지는 힌두교의 신을 믿었다. 아버지는 집에서 힌두교 의식을 치르기도 했는데, 불가촉천민으로서는 흔치 않은 일이었다. 피케이는 아버지 슈리다르가 이를 고집하는 것은 우체국의 상위 카스트 동료들의 영향이라 생각했다. 슈리다르는 부의 여신 락시미, 시련이 찾아올 때면 도움을 청하는 코끼리 신 가네샤의 사진이 있는 작은 제단에 만물을 관장하는 비슈누의 작은 동상을 가져다 놓고, 그 주변을 향과 등잔불로 둘러쌌다. 그는 매일같이 달콤한 향과 연기 속에서 온 식구가 행복한 삶을 영위하기를 기도했다.

보는 눈만 없다면 불가촉천민들도 마을에 있는 시바 신전에 들어갈 수 있었다. 그렇지만 신전 내부 깊숙이 놓인 동상까지는 감히 다가가지 못했는데, 브라만들이 눈을 부릅뜨고 덤빌 게 뻔했기 때문이다.

마을의 신전은 뱀으로 득시글거렸는데, 불운이 닥칠 것을 두려워해 아무도 뱀을 쫓거나 죽이지 못했다. 피케이는 마을 사람들이 뱀들을 상냥하게 대하고 먹이를 주는 것이 마음에 들었다. 피케이가 태어났을 때 내리는 빗방울을 막아준 것도 코브라가 아니었던가? 피케이는 뱀이 인간에게 호의를 가지고 있다고 믿었다.

사제들은 매일 뱀에게 먹이를 줬는데, 그것이 시바의 뜻이라 여겼다. 사원의 문틈으로는 코브라 형상을 한 번쩍이는 금빛 동상이 어둠 속에서 몸을 꼿꼿이 편 채 신을 수호하고 있었다.

누가 뱀에 물리기라도 하면 업어다 사원 입구에 엎드리게 했다. 물린 사람은 꼼짝도 하지 않고 엎드린 채로 시바를 떠올려야 했다. 그러면 시바가 계시를 내리고, 곧 뱀에 물린 상처가 깨끗이 낫는 것이다. 피케이는 이를 두 눈으로 직접 보았다. 하루는 피케이의 고모가 코브라에게 물렸다. 그녀는 신전의 계단에 엎드린 채 시바 신에게 기도를 드렸고, 집으로 돌아가 잠들었다. 다음 날, 고모는 자리에서 일어나 상처가 다 나았음을 알렸다. 식구들 모두 시바가 우주적인 힘을 이용해 불러온 기적이라 믿었다.

시바의 힘은 그뿐만이 아니었다. 다른 고모 한 명은 결혼한 지

12년이 되었음에도 아이가 없었다. 그녀는 사원으로 가서 나흘 내내 명상하며 기도했다. 기도를 드리는 동안 아무것도 먹지 않았고 말도 한마디 하지 않았다. 힘에 부칠 수밖에 없었다. 집으로 돌아올 무렵 밥을 먹여줘야 할 만큼 기력이 쇠했다. 그리고 9개월 뒤, 첫 아이가 태어났다.

신이 꼭 사원에만 머무는 것은 아니다. 옥수수밭 한복판의 선인장 덤불에는 일곱 여신 사트 데비가 살았다. 이들은 원래 숲에 사는 부족민들이 섬기는 신이었는데, 이제는 힌두교도 역시 이들에게 기도를 드렸다. 사람들은 대부분 옥수수밭의 여신들을 두려워해 피했다. 여신들은 강력한 권능을 지녔다고, 공손히 굴지 않으면 재앙이 닥친다고 믿었다.

여신들을 달래기 위해, 사제들은 다음 파종 때 뿌릴 씨앗을 수확하는 날에 의식을 치렀다. 한번은 어떤 남자가 사제들이 의식을 치르기 전에 씨앗을 수확했는데, 얼마 지나지 않아 그는 고열과 통증에 시달리게 되었고, 다리가 점점 앙상해졌다. 그는 끝내 회복되지 못했다. 평생을 목발을 짚고 살게 된 것이다. 여신들을 모욕했다가는 그런 꼴이 되기 십상이었다.

동쪽에서 마을로 들어가는 오솔길 옆에 박쥐 같은 야행성 새들이 사는 거대한 고목이 있었다. 할머니는 이 나무에 마녀들이 산다고 했다. 밤이면 여러 종의 새들이 마구 떠들어댔는데, 그중에서도 깍깍대는 까마귀들이 가장 시끄러웠다. 피케이는 그 소리를 들을 때면 흑마술사들이 요술을 부려 까마귀로 변신시킨 인간들일지도 모른다고 생각했다.

마을 끝자락에는 커다란 나무수레가 세워져 있었다. 여름 축제 때 쓰는 검은 신이자 세상의 지배자인 자간나트, 그의 형제인 백색의 발라라마와 황색 여형제인 수바드라의 행렬을 이끄는 수레였다. 그들은 숲속 원주민들이 태곳적부터 대대로 섬겨온 신이었다. 힌두교도들은 이들을 자신들의 신화에 편입시켰다. 힌두교도들은 자간나트를 비슈누의 화신 중 하나라 했고, 불교도들은 붓다의 화신이라 했다.

가을에 또 한 번 축제가 열렸다. 이번에는 시바의 아내인 두르가에게 경의를 표할 차례였다. 사제들이 마을 바깥의 언덕 위에서 염소를 제물로 바칠 때면 땅이 피로 검게 물들었다. 브라만들은 이 피가 신들의 순리를 거역하는 악마들과 대적할 힘을 두르가에게 부여한다고 했다.

피케이는 힌두교에 신이 너무 많다고 생각하곤 했다. 신화도 완벽하게 이해하지 못했다. 그렇지만 신들의 존재를 분명 느꼈기에, 이런저런 모순은 무시할 수 있었다.

성인이 된 뒤에야 엄마와 아빠가 축제를 순수하게 즐기지 못했음을 알 수 있었다. 행렬에는 합류할 수는 있지만 신상이나 신상을 태운 나무수레를 만질 수는 없었다. 기도는 드리긴 했지만 상위 카스트에 속한 사람들 옆에서, 또 사원 안에서 기도를 드리지는 않았다. 의식을 치를 수는 있었지만, 브라만들의 눈에 띄지 않도록 최대한 조용히 행해야 했다. 사제들은 아마 불가촉천민들은 집 안에서만 기도를 드리고, 신성하고 정결한 것 가까이에는 얼씬도 하지 않는 게 마땅하다고 생각했을 것이다.

수많은 인도의 드라마와 발리우드 영화에서 인도 대가족의 고질적인 문제, 고부 갈등을 다룬다. 여러 세대가 한 지붕 아래에서 살면 마찰이 생길 수밖에 없다. 남자들이 바깥일을 좌지우지한다면, 여자들은 집안일을 다스린다. 시어머니는 자신의 영역에 대한 확고한 생각이 있고, 며느리들은 친정어머니에게서 물려받은 습관을 그대로 지닌 채 시집을 온다. 차파티 반죽은 어떻게 밀 것인가. 병아리콩 커리는 어떻게 끓일 것이고, 옥수수는 어떻게 수확하고, 아이들은 어떻게 기를 것인가 등을 말이다.

피케이는 당시 세 살에 불과했던 탓에 무슨 일이 일어나는지 이해할 수 없었다. 형들이 어쩌다 엄마와 친할머니의 사이가 나빠졌는지 알려준 것은 훗날의 일이다.

칼라바티는 막 넷째 아이를 낳은 참이었다. 프라모디니라는 이름의 여자아이였다. 새 아이의 존재마저도 할머니가 비난을 쏟아내는 것을 막지는 못했다.

"네 아내는 마녀야, 마녀!"

아빠 슈리다르에게 그렇게 말한 할머니는 바로 칼라바티에게로 화살을 돌렸다.

"이 집에서 나가줘야겠다. 네가 우리 모두에게 불운을 불러올 테니까."

칼라바티는 눈앞이 깜깜해졌지만 침묵했다. 말해 봐야 무슨 소용이 있겠는가? 할머니의 말은 곧 법이었다. 할머니에게 제대로 항의할 수 있는 것은 아빠 정도였지만, 그마저도 아무 말도 하지 않았다. 그는 분노와 근심과 부끄러움을 삼켰고, 끝내 아무런 반응도 보이지 않았다.

집에는 침묵이 내려앉았다. 슈리다르는 말없이 시내로 일을 하러 나갔고, 칼라바티는 일주일 내내 입을 꾹 다문 채, 마치 아무 일도 일어나지 않았다는 듯 제 할 일을 했다. 일주일 뒤 슈리다르가 집에 돌아왔을 때, 칼라바티는 시어머니에게 결정을 내렸다고 말했다. 그녀는 눈물 한 방울 흘리지 않았고, 자신의 감정을 토로하지도 않았다. 그저 친정으로 돌아갈 것이라 말했을 뿐이었다.

"아이는 둘 다 데려갈 거예요."

그렇지만 할머니는 완강했다.

"여자애만 데려가거라. 아직 갓난애니까. 그렇지만 남자애는 내가 데리고 있을 거다."

칼라바티는 그마저도 불평 없이 받아들였다.

피케이는 엄마가 굳은 얼굴로 소지품을 챙기는 것을 보며 울음을 터뜨렸던 일을 기억한다. 팔짱을 끼고 베란다에 서서 눈물로 얼룩진 얼굴을 하고는, 여동생을 품에 안은 채 가방을 들고 오솔길을 따라 걸어 내려가던 엄마의 모습을 지켜봤던 일도 기억한다. 엄마는 몇 번이나 뒤돌아서서 바라보았고, 피케이가 손을 흔들자 엄마도 따라서 손을 흔들었다. 피케이는 지금까지도 엄마가 사탕수수밭 너머로 사라지는 그 순간 세상이 얼마나 공허하게 느껴졌는지 똑똑히 기억하고 있다.

엄마와 여동생은 그렇게 사라져버렸다. 아빠가 일주일 중 6일은 시내에서 지냈으므로, 집에 남은 것은 피케이와 할머니, 할아버지뿐이었다.

피케이는 며칠, 몇 주, 어쩌면 몇 달을 내리 울었다. 하늘의 구름이 장밋빛 흙길을 다홍색으로 물들이고 빗줄기를 뿌려 초가지붕에서 곰팡이 냄새가 풍기기 시작할 때면 피케이의 눈에서도 눈물이 흘렀다. 세상은 비, 눈물과 슬픔으로 가득했다. 울음을 그치면 피케이는 그저 조용했다. 말을 하지도, 웃지도, 미소를 짓지도 않았다. 그저 하루하루를 견뎠다. 어느 누구도 피케이에게서 한마디 말도 끌어낼 수 없었다. 그는 한구석에 홀로 앉아 허공을 바라보기만 했다. 그러다가는 곡기를 끊었다. 할머니가 억지로 음식을 먹이면 거부할 힘도 없어 넘기기는 했지만, 그의 입맛을 돋우지는 못했다. 음식에서 아무 맛도 나지 않았다.

어느 일요일, 자전거를 탄 남자가 피케이의 외할머니와 외할아버지가 보낸 전갈을 가지고 왔다. 칼라바티의 건강이 좋지 않다는 것이었다. 남자는 칼라바티가 일손도 다 놓아버리고, 그저 자리에 앉아 한없이 울기만 한다고 전했다. 슈리다르는 그 소식을 들으면서도 감정을 드러내지 않았다. 그는 차분한 발걸음으로 집 뒤꼍의 정원으로 나가, 한가하게 밭을 돌보던 어머니를 옥수숫대 뒤로 데리고 갔다.

"계속 이럴 수는 없는 거 아닙니까!"

그는 그렇게 고함을 질렀다. 몇 달 동안 삭여오던 분노가 쏟아져 나왔다. 할머니는 아무 말도 하지 못했다.

"어머니 때문에 내 아내 머리가 이상해지게 생겼다고요!"

할머니는 여전히 아무 말도 하지 않았다. 자신이 잘못했다는 것을 인정하는 것은 자존심이 허락하지 않았다. 게다가 마음속으로는 여전히 자신이 옳다고 생각했다. 할머니는 고집을 꺾지 않았다. 도무지 말이 통하지 않았다. 마치 세상 모두가 미쳐 돌아가는 와중에 자신만이 상식과 도의를 대변한다고 생각하는 듯했다.

일주일 뒤, 직장에서 돌아온 아빠는 아스말릭 시내의 우체국 근처에 있는 땅을 조금 샀다고 말했다.

"그곳의 새집에서 함께 사는 거야."

"누구누구가 살 건데요?"

"우리 가족만 살 거란다."

"우리 가족만 산다고요?"

피케이는 할아버지와 할머니가 없는 가족에 대해서는 들어본 적도 없었다.

"그래. 우리 집이 되는 거야. 우리만의 집."

아빠는 그렇게 말했다.

빗줄기는 사탕수수잎이 반짝이도록 씻어내렸고, 뜰에 깔린 붉은 모래를 진흙으로 바꾸어놓았다. 소와 사람의 발자국과 자전거 바퀴가 남긴 고랑이 어지럽게 뒤섞여 안뜰은 마치 혼란스러운 전쟁터 같았다. 어두운 구름이 하늘을 휩쓸고 지나갔고, 어둠이 세상을 감싸 안았다. 비구름 때문에 실제보다 더 늦은 시간처럼 느껴졌다.

아빠는 소 두 마리가 이끄는 짐수레에 피케이를 태웠다. 수레 뒤쪽에는 할머니와 할아버지가 짠 소젖이 가득 담긴 질항아리 두 개가 실려 있었다. 마부는 채찍을 휘둘러 소들을 출발시켰다. 수레는 느릿느릿 마을을 가로지르기 시작했다. 아빠, 할머니와 할아버지는 수레 뒤를 따라 걸으며 이런저런 대화를 나눴다. 피케이는 여동생을 무릎에 앉힌 엄마 옆에 꼭 붙어 있었다. 아빠가 할머니와 할아버지에게 하는 말은 들리지 않았지만, 옛날 집에 계속 살 수 없는 이유를 설명하는 것이면 좋겠다고 생각했다. 엄마가 다시 행복해질 수 있도록 이사를 가는 것이라고.

수레는 몇 분 지나지 않아 마을 가장자리, 마녀가 산다는 나무와 시바의 사원 앞에 멈춰 섰다. 피케이는 뒤를 돌아보았다. 아빠가 할머니 앞에 무릎을 꿇은 뒤 이마를 땅에 대고 할머니의 발을 손끝으로 어루만지고 있었다.

또 다시 비가 내리기 시작했다. 비는 할머니의 회색 머리카락과 노란 사리를 적셨다. 그렇지만 할머니의 뺨을 타고 흘러내리는 것은 빗물뿐, 눈물이 아니었다. 수레는 밭 사이의 오솔길을 덜컹덜컹 가로질렀다. 피케이는 점점 작아지는 마을을 뒤돌아보았다. 얼마 지나지 않아, 집도, 사원도, 주위의 옥수수밭도 보이지 않았다. 몰려드는 안개가 모든 것을 집어삼켰다.

할머니는 잿빛 속에 흔들리는 노란 점이 되었다. 그러고는 날씨와 땅거미에 녹아들었다.

피케이는 엄마의 무릎에 머리를 기댔다. 엄마는 피케이의 벗은 몸을 얇고 부드러운 무명천으로 덮어주었다.

수레는 위아래로 흔들리며 작은 숲 사이로, 물에 잠긴 논 옆으로, 휘몰아치는 개울과 강 위의 가느다란 나무다리 위로, 꼬불꼬불 굽이치는 길을 나아갔다. 비구름이 밤을 새까맣게 물들였다. 피케이는 어둠 속을 내다보았다. 아무것도 보이지 않는 덕분에 평소보다 많은 것을 들을 수 있었다. 마차 바퀴의 삐걱거림과 숲이 만들어내는 익숙한 소리들을. 개구리의 개굴개굴 소리와 메뚜기의 노랫소리와 까마귀의 깍깍대는 울음소리를. 엄마의 부드러운 허벅지의 온기와 고른 숨소리의 리듬이 느껴졌다.

목적지에 도달했을 무렵, 피케이는 자신의 이마를 쓸어내리는 엄마의 손길에 눈을 떴다. 피로에 온몸이 저려와 수레에서 내릴 때는 마부의 도움을 받아야 했다. 피케이는 어둠 속을 내다보았지만 아무것도 보이지 않았다. 새집은 어디에 있는 거지?

아빠가 등잔에 불을 붙이자, 새집의 그림자가 모습을 드러냈다. 피케이는 그제야 발을 간질이던 것이 무엇인지 알 수 있었다. 그는 길게 자란 녹색 풀을 밟고 있었던 것이다.

"이 마을 이름이 뭐예요?"

피케이가 물었다.

"'립팅가 사히'란다. 아스말릭 근처야. 아빠 직장과 네 형들의 학교에서 가까워."

엄마가 대답했다.

아빠는 어둠 속으로 사라졌다가 다시 나타났다. 손에는 기숙 학교의 주방에서 가져온 도시락을 들고 있었다. 피케이네 가족은 새 오두막 바닥에 앉아, 할머니와 할아버지에게서 멀리 떨어진 새 마을에서의 첫 식사를 했다. 피케이는 삶에 새로운 빛줄기가 비친다고 생각하며, 기름등잔의 흰 빛을 향해 탁탁 소리를 내며 몰려드는 날벌레들을 바라보았다. 렌틸콩 달*의 맛이 느껴졌다. 세상이 빛깔과 맛을 되찾은 것이다. 지난 몇 주간 느꼈던 슬픔은 예전 집만큼이나 멀게 느껴졌다.

이제 아무도 엄마와 날 떼어놓을 수 없을 거야. 피케이는 그렇게 생각했다.

---

★ 달은 렌틸콩에 향신료를 넣고 끓인 인도의 스튜이다.

할머니에게서 벗어나기 위해 이사한 집은 다소 외진 곳에 있었다. 이에 반해 조금 떨어진 곳에 있는 이웃들의 오두막은 서로 모여 있는 것처럼 보였다. 그쪽에서 아이들의 고함 소리와 웃음소리가 들려왔다.

"우리와 같은 사람들이란다."

엄마는 그렇게 말하며 피케이의 머리를 쓰다듬었다.

"우리와 같은 사람들요?"

"우리와 같은 카스트에 속하는 사람들이야."

피케이는 이때 처음 '카스트'라는 단어를 접했다. 당시에는 대충 저 아이들과 놀아도 된다는 의미로 받아들였다.

"카스트요?"

"그래. 저 아이들은 너희 아버지처럼 판이란다."

"그럼 엄마는요?"

"나는 콘드야. 쿠티아 콘드."

전부 난생처음 듣는 이야기였다.


이웃집들 너머로는 주류 판매점이 하나 있었다. 반쯤 무너진, 노랗게 칠해진 시멘트 건물인데, 두꺼운 창살이 달린 작은 창문이 있었다. 남자들은 술을 사기 위해 이곳으로 모여들었다. 창살 너머 어둠 속의 점원에게 목청을 높여 주문을 하면, 틈새로 갈색 종이에 싼 커다란 맥주병이나 작은 양주병이 나왔다.

피케이의 집 옆으로 옥수수밭을 가로질러 주류 판매점으로 통하는 오솔길이 나 있었다. 이른 오전부터 해가 질 때까지 남자들이 핏발이 선 눈을 한 채 노래를 부르거나 고함을 지르며 지나갔다. 피케이에게는 술의 존재 자체가 새로웠다. 술에 취한 사람을 보는 것도 처음이었다. 그렇게 유년기의 순수의 한 조각이 떨어져나갔다.

또 다른 오솔길은 커다란 저수지로 이어졌다. 피케이는 오솔길들이 어디로 연결되는지 탐험하는 것을 좋아했다. 날이 갈수록 점점 더 먼 곳까지 나가게 됐다. 주류 판매점으로 통하는 길은 조심하곤 했는데, 술 냄새에 찌든 남자들이 고함을 치거나 피케이를 붙잡고 주절주절 알아들을 수 없는 말을 늘어놓았기 때문이다.

전에는 강에서 목욕을 했지만, 립팅가 사히에서는 연꽃으로 뒤덮이고 물고기가 가득한 저수지로 향했다. 마을 사람들 대부분이 저수지에서 아침 목욕을 했는데, 물고기를 노리는 새와 곰도 모여들곤 했다. 엄마는 저수지 주변, 나무가 자라는 둑에서 축축한 진흙을 바구니에 담아 집으로 날랐다. 가져온 진흙은 머리를 감거나 놋쇠그릇과 냄비, 프라이팬을 문질러 닦는 데 쓰였다.

"자갈과 진흙이 물과 비누보다 낫단다."

칼라바티는 좀처럼 상점에 가는 일이 없었다. 돈을 모아 더 중요한 일에 쓰는 것이 현명한 일이라 믿었기 때문이다.


이사 온 첫해의 우기가 지나가고 가을 해가 빛날 무렵, 피케이는 새집에 익숙해졌다. 마치 평생 거기서 산 듯한 기분이 들었다. 피케이는 모든 것에 금방 익숙해졌다. 새로 옮겨간 곳의 관습에 맞춰 변화하지 않는 사람은 망하기 마련이라고 먼 훗날 피케이는 생각하게 되었다.

어느 날 피케이는 엄마와 함께 마을 가장자리에 있는 거목 두 그루를 향해 길을 나섰다. 독수리들이 둥지를 튼 나무였는데, 그 밑에서 남자 몇몇이 죽은 소의 가죽을 벗겨 구두 장인에게 팔 준비를 하고 있었다. 구두 장인은 그 가죽으로 신발과 가방을 만들었다. 칼라바티는 소가죽을 자르느라 바쁜 남자들을 가리키며 말했다.

"우리와 같은 사람들이란다."

"우리 친구들이라고요?"

피케이가 물었다.

"아니, 우리 카스트에 속했다는 말이야."

완전한 사실은 아니었다. 죽은 동물 사체를 다루는 남자들은 '가시'라 불리는 집안 출신이었으며, 옥수수밭 너머 숲속 마을에 살았다. 이들 역시 불가촉천민이었다. 가시 부족 사람들의 형편은 그야말로 끔찍했다. 브라만들은 이들을 '판' 부족보다도 더럽다고 여겼는데, 단순히 소 사체를 다룰 뿐만 아니라, 하느님 맙소사, 쇠고기를 먹기 때문이었다. 브라만들은 이들의 그림자마저도 피해 다녔다. 브라만들은 가시 부족 사람들이 눈에 띄는 것도 불운의 징조로 여겼다. '우리 카스트'라는 엄마의 말은 그런 의미였던 것이다.

그렇지만 칼라바티는 가시 부족 여인들의 불가촉천민 지위는 어둠이 찾아오면 마법처럼 사라진다는 것을 알고 있었다. 밤이 되면 주변 마을 남자들, 그러니까 종교적으로 정결하며 지위가 높은 남자들이 찾아와 가시 부족 여인들에게 돈을 주고 섹스를 했다. 낮에는 이들에게 침을 뱉던 브라만들조차 날이 어두워지면 기꺼이 이들의 오두막을 찾았다.

그렇지만 칼라바티는 이런 수치스러운 일이 마을에서 일어나고 있음을 피케이에게 알려주지 않았다. 그녀는 피케이가 가능한 한 오래, 불가촉천민의 삶이 얼마나 참담해질 수 있는지 모르고 사는 것이 낫다고 생각했다.

새 마을에서의 두 번째 우기, 그러니까 학교에 들어가기 직전, 피케이는 옥수수밭에서 가시 부족 남자 몇 명이 죽은 소를 귀신 들린 나무 쪽으로 질질 끌고 가는 것을 보았다. 그들은 무거운 사체를 내려놓고, 고기에서 가죽을 분리하고, 뼈에서 살점을 발라냈다. 파리들이 살점 위를 맴돌았고, 독수리들은 점점 더 낮게 날며 주위를 서성댔다. 새들은 마침내 화살처럼 땅으로 곤두박질치듯 날아와 고기 더미 근처에 앉더니 때가 오기만을 기다렸다. 석상처럼 앉아 기다리는 모습은 탐욕보다는 인내를 보여주었다. 포식자가 아니라 신이라도 되는 것 같았다. 피케이는 왜 이들이 당장 고기를 물어뜯지 않는지 이해할 수 없었다. 하늘을 올려다보니, 아직도 새 두 마리가 맴돌고 있었다. 이들은 가장 마지막으로 고기 더미를 향해 내리쏘았는데, 그 힘이 어찌나 센지 날갯짓에 이는 바람이 마치 태풍 같았다.

피케이는 이와 비슷한 능력을 갖는 것을 꿈꿨다. 집까지 구불구불 이어지는 내리막길을 내려갈 때면, 속력을 높여 내달리며 팔을 날개처럼 활짝 펼치고 내리쏘는 독수리같이 울부짖는 소리를 내곤 했다. 집에 돌아온 피케이는 엄마에게 물었다.

"엄마, 독수리 등에 타면 저도 하늘을 날 수 있을까요?"

엄마는 숨도 쉬지 않고 피케이의 꿈을 산산조각 냈다.

"독수리는 조심해야 해. 눈을 쪼아 먹거든! 눈이 멀면 어떻게 하려고 그러니?"

엄마는 엄한 목소리로 그렇게 말했다.

"그런데 다른 독수리들은 왜 마지막 독수리 한 쌍이 먹을 때까지 기다린 거예요?"

"독수리는 사람하고 생각하는 게 똑같아. 그네들도 우리처럼 왕과 왕비가 있고, 아들과 딸들이 모여 가족을 이루어 살지. 소가 죽으면 정찰병들이 일단 왕과 왕비에게 보고를 하고, 독수리 왕이 먹기 전까지는 누구도 먼저 입을 대지 않아. 일단 왕이 식사를 시작해야 나머지도 끼어들 수 있는 거지."

엄마의 설명이었다.

"그래서 다들 그렇게 참을성 있게 기다렸던 거구나."

"왕과 왕비는 독수리들 중에서도 가장 아름다워. 다음번에는 자세히 살펴보렴. 햇빛 아래에서 깃털이 마치 금처럼 빛나고 있을 테니."

칼라바티는 아들의 이마를 짚었다.

"독수리들의 세상은 인간 세상과 아주 비슷하다고 말할 수 있단다."

피케이의 외할머니는 피케이네 마을에서 정글 안으로 2킬로미터 정도 더 들어간 마을에 홀로 살고 있었다. 할머니의 오두막은 대나무와 진흙, 마른풀로 벽을 쌓아올려, 피케이네 집보다도 더 소박했다. 이런 집의 벽은 우기가 되면 쉽게 내려앉고는 했다.

할머니의 오두막은 옥수수가 하늘 높이 솟은 텃밭에 둘러싸여 있었는데, 열매가 익으면 들짐승이 찾아오고는 했다. 흔하게 오는 손님 중에는 길고 검은 털을 뒤집어쓴 곰이 있었다. 까마귀 역시 굶주린 손님 중 하나였다. 옥수수를 죄다 먹어치우는 짐승들에게 질린 할머니는 밀짚으로 허수아비를 만들어 대나무 꼭대기에 매달아 놓았다. 허수아비의 팔 한쪽에는 놋쇠 종이 매달려 있었는데, 바람이 불때마다 짤랑 소리를 냈다. 그 소리에 대부분의 짐승들이 텃밭을 멀리했지만, 전부는 아니었다.

피케이와 여동생 프라모디니가 할머니네에 간 어느 날 저녁, 코끼리가 찾아왔다. 아이들이 잠든 뒤 어른 코끼리 두 마리와 새끼 코끼리 한 마리가 텃밭을 뭉개며 옥수수를 뜯어먹었는데, 그 힘이 어찌나 센지 땅이 진동하고 움막이 흔들릴 정도였다. 하지만 할머니는 겁에 질리지 않았다. 할머니는 베란다로 나가 마른 풀을 한 뭉치 모아 불을 붙여 흔들었다. 그렇지만 상대가 무섭지 않은 것은 코끼리들도 마찬가지였다. 가장 덩치가 큰 코끼리가 발로 땅을 차더니 콧김을 뿜으며 할머니를 향해 똑바로 달려오기 시작했다. 할머니는 횃

불을 내던지고 오두막으로 뒷걸음질 쳐 들어가, 나무문을 쾅 닫고 걸쇠를 걸었다.

코끼리는 안 그래도 비실대는 오두막을 온몸으로 들이받았다. 진흙과 지푸라기로 만들어진 벽은 삐걱거리다 못해 금이 가기 시작했다. 할머니는 손자 손녀를 흔들어 깨우고, 피케이더러 물러나라고 한 뒤 꼬마 프라모디니를 옆구리에 끼고는 주먹으로 반대편, 숲 쪽을 향한 벽을 깨부수기 시작했다. 할머니는 마침내 벽에 구멍을 뚫었고 그 구멍을 통해 밖으로 탈출한 다음, 돌무덤과 선인장밭과 가시덤불 사이로 피케이를 떠밀었다. 피부를 찌르는 가시가 느껴지지도 않았다. 마치 마취라도 된 것 같은 기분이었다. 긁힌 상처에서 피가 흘러나왔다. 악몽 같은 밤이었다.

셋은 쓰러질 때까지 달렸다. 정확히 얼마나 뜀박질한 건지는 피케이도 잘 기억이 나지 않았다. 코끼리를 피해 달아나는 시간은 한순간처럼, 또 동시에 영원처럼 느껴졌다. 피와 땀을 뒤집어쓴 가족은 나무에 기대어 앉아 해가 뜨기만을 기다렸다. 밤은 개미와 메뚜기와 귀뚜라미 소리로 가득했다.

화가 난 코끼리들이 우릴 쫓아와 밟아죽이면 어떡하지? 피케이는 오래도록 두려움에 떨었다.

개미와 각다귀가 보로스 숲속 호수의 갈대밭을 윙윙거리며 맴돌았다. 겁 많은 큰뿔사슴을 비롯한 들짐승들이 전나무 사이를 누비며 풀을 뜯는 동안, 굴뚝새는 목청 높게 지저귀었다. 벌목 기계들이 민둥민둥해진 숲에 남기고 간 바퀴자국을 따라 빗물이 흘렀다. 회색 연기가 빈터의 별장 굴뚝을 타고 올랐다.

로타네 가족은 정기적으로 보로스의 교회를 방문했다. 로타의 어머니는 지옥 불이나 죄인에게 내려지는 형벌에 대한 목사의 설교를 들으며 두려움에 떠는 것이 당연한 집안에서 나고 자랐다. 로타의 아버지는 신앙심은 없었지만 예배에 따라다녔다. 로타는 아버지가 종교나 교회에 대해 정확히 어떤 의견을 가지고 있는지 몰랐다. 아버지는 속내를 드러내는 일이 거의 없었고, 가까워지기 어려운 성품이었다. 그럼에도 불구하고 로타는 가끔이나마 아버지와 마음이 통하는 순간이 있다고 믿었다. 말없이 나란히 앉아 있을 때면 깊은 유대감을 느끼고는 했다. 로타가 여덟 살 때, 임신한 이모 한 명이 앓아누웠다. 가족들은 기도했지만 이모의 상태는 나빠지기만 했다. 이모와 아기가 끝내 죽어버렸을 때, 로타는 가족들의 기도를 들어주지 않은 신에게 실망하고 분노했다.

로타는 신심을 잃은 채로 견진 성사를 받았다. 신자라면 누구나 견진 성사를 받아야 하기에 어쩔 수가 없었다. 부모님과 친구들의 영향은 강력했다. 나만의 길을 걷는 것은 어려웠다. 왕도에서 크게 벗어나거나 규범을 지키지 않으면 집단에서 내쳐질 수도 있었다. 로타는 딱히 신념 같은 것도 없었고, 하나에 꾸준히 집중해 불타오르는 일도 거의 없는 성격이었다. 모두의 의견이 어느 정도는 타당하다고 생각해서인지 정치에 관심을 가지기도 힘들었다. 어떻게 한 정당만이 백퍼센트 옳고 다른 정당들은 전부 틀렸다고 믿을 수 있는가? 당파 정치는 로타에게 어울리지 않았다.

로타는 가끔 세 살배기 시절 외웠던 노래를 흥얼거리곤 했다. 인간의 자만심과 목표와 사소한 문제 따위를 초월한, 변하지 않는 무언가가 존재한다는 내용의 노래였다. 로타는 바로 그 무언가가 자신 안에도 있다고 믿었다. 그렇지만 그 무언가가 신은 아니었다.

구름이 오고 구름이 간다
심장은 가끔 얼어붙지만
저 파란 하늘 위에는
샛별이 반짝인다

10대 무렵, 로타의 자아 찾기의 여정은 동쪽을 향했다. 우파니샤드를 읽었고, 베다 경전과 붓다의 가르침도 공부했다. 힌두교 고서들은 모세의 가르침과 닮은 점이 많았다. 그렇지만 기독교의 표현 방식은 틀렸다는 생각이 들었다. 나눔보다는 배제의 철학에 가깝다고 느껴졌기 때문이다. 기독교인들이 가장 관심이 있는 것은 자신들과 남들 사이에 선을 긋는 일인 것 같았다. 만인은 종교가 무엇이든 동일한 생명력을 지니고 살아간다. 심장은 그 주인이 누구든, 무엇을 믿든 같은 이유로 뛰며, 이 우주의 원자는 모두 한데 속했다. 만물은 함께 살아간다.

로타는 살아 있는 인간과 짐승은 모두 죽었다가 다시 태어난다는 동양철학의 윤회 사상에 깊은 감명을 받았다. 그래, 분명 그럴 것이다. 과거가 궁금하다면 현실을 돌아보라. 미래가 궁금하다면 또한 현실을 돌아보라. 불교는 그렇게 가르치고 있었다.

생명은 다시 태어나고 다시 만들어진다. 우리는 언젠가 흙이었고 물이었으며, 다시 흙과 물로 되돌아갈 것이다. 로타는 그렇게 생각했다.

마을의 불가촉천민 아이들 사이에서 피케이는 왕이었다. 그는 마을 밖으로 뻗은 길에서 돌멩이를 주웠다. 돌멩이는 넓적하고, 매끄럽고, 부드럽고, 반짝였다. 피케이는 부엌의 난로에서 꺼낸 숯으로 돌멩이에 해돋이와 석양과 숲으로 뒤덮인 산을 그렸다.

그림 실력은 꾸준히 늘었다. 피케이는 이웃집 아이들을 강가의 크고 평평한 절벽으로 데려가서는, 너희들이 눈을 감고 있으면 내가 요술을 부려 호랑이를 저 넓적한 바위 위에 데려다 놓겠다며 큰소리를 쳤다. 아이들이 의심스러워하면서도 순순히 눈을 감으면 피케이는 작업을 시작했다. 그는 바위에 주둥이를 쩍 벌린 호랑이를 그린 뒤 눈을 떠보라고 했다. 아이들은 입을 딱 벌리고 눈을 동그랗게 뜬 채 완성된 그림을 쳐다보았다. 피케이는 친구들이 진짜 호랑이라고 생각하고 무서워한 거라고 생각했지만, 어쩌면 너무 과한 기대였는지도 모르겠다. 아이들은 웃음을 터뜨렸다.

피케이는 이에 굴하지 않았다.

'내 그림으로 사람들이 즐거워하면 됐지, 뭐.'

피케이는 다른 주제의 그림도 꾸준히 그리며 실력을 길렀다. 학교에 가기 전에도 그리고, 학교에 갔다 온 뒤에도 그렸다. 일요일은 내내 그렸다. 그는 누렇거나 회색이 아닌 돌멩이를 찾아 헤맸고, 나뭇잎과 꽃을 이용해 물감을 만드는 법을 알아냈다. 강가의 진흙으로 그릇을 만드는 법도 익혔다. 그릇에 여러 문양을 그리고 붓에 계란 노른자를 묻혀 칠해 단단하게 만들었다. 종이에도 그림을 그렸는데, 대부분 숲을 주제로 한 것이었다. 피케이의 집 반경 100미터 안에 있는 돌멩이는 전부 피케이의 미술 작품이 될 정도였다. 집 안의 선반에는 그가 만든 토기들이 늘어서 있었다.

친척 남자 중 누군가가 물사슴을 쏘아죽이면 가장 먼저 맛을 보는 사람이 피케이의 친할아버지였다. 축제가 열리면 마을 사람들은 할아버지에게 행운을 불러온다는 호랑이 가죽과 새의 깃털을 선물했다. 할아버지의 지위를 고스란히 물려받은 피케이는 마을의 불가촉천민 아이들 사이에서 권력을 누렸다. 하루는 할아버지가 생일 선물로 준 활과 화살통을 옆구리에 낀 채 친구들을 이끌고 정글 안으로 모험을 떠났다. 평소처럼 발가벗은 차림이었지만, 공작새 깃털과 조개 허리끈과 팔찌로 치장했다. 아이들은 오솔길을 맴돌며 호랑이나 사슴을 사냥하는 시늉을 했다. 다람쥐 소리나 독수리 소리가 들릴 때면 스릴이 넘쳤다.

아이들은 피케이를 추장으로, 다른 한 명은 종교 지도자로 정해

놀았다. 종교 지도자는 과일을 따서 공손하게 허리를 굽히며 추장에게 내밀었다. 그리고는 깔깔대며 강으로 뛰어 내려가 물고기를 잡거나 숲속에서 벌집을 때리며 놀기도 했다.

벌집을 가장 먼저 때리는 것은 피케이의 몫이었다. 피케이는 마른 풀 한 묶음을 들고 나무를 기어올라, 불붙인 풀을 벌집 아래에 들이대서 벌들을 밖으로 끌어냈다. 입에 문 막대기로는 벌집을 찔러서 혹시 남아 있을지도 모를 벌들을 쫓아냈다. 피케이는 이 놀이의 달인이었지만 가끔 벌들이 맞서 공격해오는 경우도 있었다. 벌침이 아프든 말든, 피케이는 꿀을 맛보기 전에는 절대로 내려가지 않았다. 한쪽 팔로는 나무를 끌어안은 채, 뺨과 가슴을 타고 벌꿀이 흘러내릴 때까지 막대기를 핥았다. 입에는 단맛이 감돌고 손은 끈적였다. 피케이는 아래에 있는 아이들에게도 꿀이 떨어지도록 했다. 백성들은 입을 벌린 채 하늘에서 방울방울 떨어지는 꿀로 입을 적셨다.

숲에서의 놀이는 어린 시절 최고의 추억들 중 하나였다. 호기심과 모험심이 피케이를 숲으로 이끌었다. 숲은 놀라움과, 완전히 파헤칠 수 없는 비밀의 연속이었다. 언제나 미스터리로 남아 있는 무엇이 있다는 것, 그 느낌은 아직도 마음 깊숙이 남아 있다. 삶의 일부만을 이해하는 것으로 족하지 않은가! 나머지는 미지의 세계임을 인정해도 좋지 않은가!

피케이의 아빠는 신나게 자전거 페달을 밟으며 휘파람을 불었다. 기분이 좋았다. 그는 웅덩이와 돌멩이와 덤불을 피해 움직였다. 길은 옥수수밭과 망고 나무, 갈색 진흙으로 지은 집들 사이로 꼬불거리고, 흰 셔츠가 바람에 펄럭였다. 피케이 역시 행복했다. 정말 행복했다. 그는 활짝 펴진 아빠의 셔츠를 돛처럼 앞세운 채 짐받이에 앉아 있었다. 시내로 향하는 길이었지만, 용감한 모험가라도 된 기분이었다. 앞날에 무슨 일이 펼쳐질지 몰랐지만, 그마저도 즐거웠다.

드디어 학교에 가는 것이다.

아스말릭 초등학교의 선생님은 슈리다르에게 학기는 한 달 전에 이미 시작했지만 그와 상관없이 입학을 허락하겠다고 약속했다. 이쩌면 엄마와 아빠는 자신들의 아픈 경험 때문에, 피케이의 입학을 망설였던 것일지도 모른다.

학교는 진흙으로 지어진 기다란 건물이었고, 모래가 깔린 운동장이 있고, 교실을 따라 기다란 베란다가 이어져 있었다. 대나무 가지들과 덩굴 식물들이 만들어낸 녹음의 벽이 마치 담장 같았다. 피케이는 잔뜩 기대를 하며 교실 안을 들여다보았다. 선생님이 눈에 들어왔다. 그의 배는 엄청나게 뚱뚱했다. 선생님은 피케이가 보는 것을 눈치채고는, 자랑스럽게 웃으며 배를 두드렸다.

"가네샤 같지?"

그러고는 곧바로 수업으로 되돌아갔다. 선생님이 칠판의 글자를 하나씩 가리키면 학생들이 입을 모아 따라 읽었다. 아이들이 이렇게 많다니! 사귈 수 있는 친구가 이렇게 많다니!

선생님은 말을 멈추고 피케이가 앉을 자리를 가리켰다. 그렇지만 선생님의 손가락은 교실 안이 아니라 바깥의 베란다를 향하고 있었다.

"저기다. 저기에 앉으면 된단다, 프라디움나 쿠마르 마하난디아!"

피케이는 베란다 지붕 아래로 가서 바닥에 앉았다. 혼란스러웠다. 나 혼자 밖에 앉아 있으라는 거야? 실망한 피케이와 달리 아빠는 아무렇지도 않아 보였다. 아빠는 내가 왜 밖에 앉아야 하는지 알고 있는 걸까? 하지만 아빠는 곧 피케이의 손을 꼭 쥐고 작별 인사를 하더니 자전거를 타고 떠나갔다.

피케이는 낯선 사람들 사이에 홀로 남겨졌다. 학교를 오기 전에 느꼈던 설렘은 사라진 지 오래였다. 왜 선생님은 저렇게 화가 난 말투이고, 왜 나는 다른 아이들과 함께 안쪽에 앉을 수 없는 걸까?

선생님은 피케이의 받아쓰기 공부를 돕기 위해 밖으로 나왔다. 피케이의 목판에 얇게 모래를 깔고, 검지로 모래 위에 글씨를 쓰는 시범을 보였다. 피케이는 선생님이 가까이 앉아 있기는 했는데, 혹시라도 몸이 닿을까 주의하고 있음을 알아차렸다. 이 사람이 대체 왜 이러는 거지?

베란다에서도 교실 안의 선생님이 칠판에 '마'를 오리야 문자로 쓰고 학생들에게 발음해보라 지시하는 것이 보였다.

"마, 마, 마, 마, 마!"

피케이와 학생들이 한목소리로 외쳤다.

쉬는 시간이 되자 선생님이 놋쇠로 만든 종을 울렸다. 학생들은 놀기 위해 운동장으로 달려나갔다. 피케이는 그 뒤를 따르기 위해 자리에서 일어났다.

"어딜 가는 거야?"

선생님이 물었고, 피케이는 멍하니 서 있었다. 선생님이 이어 말했다.

"넌 쟤네와 놀면 안 된다!"

피케이는 학교 생활에 빠르게 익숙해졌다. 등교 첫날에는 운동장 한구석에 앉아 눈물을 삼켰다. 둘째 날에는 학교 건물 뒤쪽에서 연못을 발견하고, 그곳에 앉아 놀았다. 일주일쯤 지나서는 오히려 연못의 고독이 기다려졌다. 상황이 이해되지 않는 것은 여전했다. 피케이는 연못에 자신의 모습을 비춰 보면서 반 아이들과 다른 모양이나 색을 찾아보려 애썼다. 코가 너무 낮은 걸까? 피부가 너무 어둡거나, 머리카락이 너무 꼬불꼬불한가? 어떤 날에는 연못에 비친 모습이 짐승처럼 느껴졌고, 어떤 날에는 다들 똑같은 얼굴로 보였다.

일주일 뒤, 피케이는 엄마에게 첫날에 이미 물었어야 하지만 차마 그러지 못했던 것을 물었다.

"왜 저는 교실 밖에 앉아야 되나요?"

쪼그리고 앉아 부엌의 화톳불 위로 옥수수와 차파티를 굽고 있던 엄마가 피케이를 돌아보았다.

"왜 저는 쉬는 시간에 애들이랑 같이 놀면 안 돼요?"

엄마는 대답했다.

"우리는 숲 사람들이니까 그래."

피케이는 더더욱 혼란스러워졌다. 그게 무슨 뜻이지?

"옛날 옛적에 우리 민족은 숲 깊은 곳에 살았어. 어쩌면 그냥 거기서 나무들과 함께 살아갔어야 했을지도 몰라. 마을로 내려와 평지 사람들과 어울리지 말았어야 했던 걸지도 모르지."

엄마는 피케이를 무릎에 앉혔다.

"우리는 사원에 발걸음을 해서는 안 돼. 사제들이 싫어하니까. 그건 너도 이미 알고 있지? 우리는 다른 사람들과 같은 우물에서 물을 떠다 쓸 수 없어. 그래서 내가 공동 우물에 가지 않고 매일 강이나 저수지로 가는 거란다. 우리가 어떻게 바꿀 수 있는 것도 아니야. 그냥 받아들여야 해."

"왜요?"

"왜냐면 우리는 불가촉천민이니까. 낮은 카스트로 태어났으니까. 아니, 애초에 카스트 없이 태어났으니까."

엄마는 피케이의 눈을 들여다보았다.

"어쨌든 다 잘될 거란다. 네가 진실을 믿기만 한다면 말이야……."

엄마는 흐르는 눈물을 닦아냈다.

"……그리고 네가 너 자신과 다른 사람들에게 진실하다면 말이야."

그날 밤, 피케이는 잠들기 전 돗자리에 누워 생각에 잠겼다. 박쥐들이 날개를 퍼덕이는 소리가 밤을 가로질렀고 개들이 울부짖었다. 엄마는 장작을 뒤적이더니 이어 달그락거리는 그릇 소리가 들렸다. 잠결에 듣는 익숙한 일상의 소리였지만, 피케이는 생각을 멈출 수 없었다.

카스트가 뭐지? 불가촉천민이 무슨 뜻이지? 아마도 그것 때문에 선생님이 그런 이상한 행동을 취한 것이리라. 그렇지만 왜 그런 것을 따지는지 도무지 알 수가 없었다.

피케이의 반은 학교 농장의 땅 한 뙈기를 배정받았다. 학생들은 그 텃밭에 오이, 오크라, 가지, 토마토를 심었다. 농작물들이 자라면 수확물을 집에 가져갈 수 있었다. 피케이도 씨앗을 뿌리고 물을 주는 일에 동참했다. 그가 씨앗이나 물을 만진다고 뭐라 하는 사람은 없었다.

　수확 철이 되고, 다른 학생들이 함께 수확물을 모을 때 피케이는 따로 바구니를 받았다. 아마도 자신의 손이 농작물을 더럽히지 않도록 그렇게 하는 것이겠거니 했다. 그렇지만 더 이상 신경조차 쓰이지 않았다. 대신 엄마에게 맛있는 토마토를 갖다 줄 생각만 했다. 살림에 도움이 될 거라는 생각에 마음이 들뜬 피케이는, 바구니를 들고 뛰다가 그만 호스에 걸려 비틀거리면서 공동 바구니를 건드리고 말았다. 가장 위에 놓여 있던 토마토들이 바닥으로 굴러 떨어졌다. 피케이는 몸을 숙여 토마토들을 주워 바구니에 도로 집어넣었다.

선생님의 분노는 무시무시했다.

"무슨 짓을 한 거야? 채소들이 다 오염되었잖아!"

피케이는 석상처럼 굳은 채 선생이 공동 바구니를 낚아채듯 들어
올리는 것을 바라보았다. 뭔가 불쾌한 일이 일어나리라는 것을 직감
했다. 선생님은 공동 바구니를 높이 치켜들더니, 분노에 휩싸여 토
마토를 전부 피케이 위로 우르르 쏟아부었다. 토마토 소나기가 피케
이의 머리를 치고 바닥으로 떨어졌다. 반 아이들은 피케이를 둘러싼
채 입을 굳게 다물고는 그 광경을 지켜보고만 있었다. 바닥에 쏟아
서가 아니라, 피케이가 만진 것이 문제였고 오염이라 표현했다. 그리
고 선생님이 피케이의 머리에 토마토를 부은 것은 이미 더러워진 채
소 따위 너나 가지라는 뜻이었다.

피케이는 울면서 토마토를 하나하나 주워 바구니에 담았다.

엄마는 가득 채워진 바구니를 보더니 활짝 웃었지만, 무슨 일이
있었는지 전해 듣고는 얼굴이 어두워졌다. 피케이가 퇴학을 당하지
는 않을까, 혹은 선생님과 다른 학생들과 그들의 가족이 괴롭히지
는 않을까 걱정했다.

"혹시 모르잖니. 카스트가 있는 자들이 떼로 몰려와 마을의 불가
촉천민들을 전부 괴롭힐 수도 있어."

그렇지만 다음 날, 선생님은 마치 아무 일도 없었다는 듯이 행동
했다. 그는 피케이가 만진 것은 뭐든 더러워진다고 말했었다. 그렇다
면 피케이가 반 아이들을 만지면 어떻게 될까? 선생님은 화를 낼까?
아니면 또 다시 아무 일도 없었다는 듯 행동할까?

실험해봐야겠다고 생각했다.

학생들이 평소처럼 학교 운동장에 줄을 서 있던 어느 아침, 피케이는 기회를 잡았다. 그는 손을 뻗어 빠른 속도로 달리며 학생들의 배를 치고 지나갔다. 아이들을 전부 해치운 다음 선생님, 그리고 교장 선생님에게까지 달려가 그들의 배를 만졌다.

선생님은 아무 말도 못하고 자리에 선 채 피케이, 교장 선생님, 그리고 아이들을 차례로 바라볼 뿐이었다.

"다들 이리 오렴! 우물에 가서 몸을 씻어내자꾸나."

선생님은 학생들을 향해 그렇게 말했다. 그리고 피케이에게도 경고했다.

"피케이, 넌 여기에 있어. 두고 보자."


선생님은 교칙을 어긴 학생들을 회초리로 때렸는데, 피케이는 매질을 당하지 않았다. 피케이를 때리면 회초리가 더럽혀지고 오염된 회초리로는 다른 아이들을 때릴 수 없기 때문이었다. 선생님은 그 대신 피케이만을 위한 처벌을 고안해냈다. 피케이에게 베란다에 가만히 서서 눈을 감으라고 한 다음 몇 발자국 뒤로 물러나서 돌을 던지는 것이었다. 피케이는 작고 날카로운 돌멩이에 맞을 때마다 아팠고 푸르스름한 멍이 생겼다.

피케이는 마음속으로 선생님을 저주했지만, 동시에 엄마가 일러준 것처럼 이런 것이 집 밖의 삶인가 하는 생각에 실의에 빠졌다. 나 같은 사람들은 원래 이런 대우를 받는구나 하고 생각하니 무력해졌다.

그렇지만 피케이는 분노했고, 복수심이 불타올랐으며, 저들이 천벌을 받는 모습을 상상했다. 자전거를 타고 집으로 돌아갈 때도, 잠

자리에 들 때도, 또 밝아오는 새벽빛을 볼 때도, 피케이는 씁쓸하고
도 달콤한 복수를 생각했다.

어느 날, 학생들이 아침 기도문을 읊는 동안 선생님은 교탁 뒤의
의자에 앉은 채 곯아떨어져 있었다. 피케이는 선생님에게 풍기는 냄
새에서 그가 학교로 오는 길에 밀주를 마셨음을 눈치챘다. 코 고는
소리는 점점 커지고, 입은 활짝 벌어졌다. 그리고 그 순간, 아마 평
생 잊혀지지 않을 일이 일어났다. 지붕 밑에 앉아 있던 비둘기 하나
가 갑자기 똥을 싸기 시작한 것이다. 새똥은 교탁, 아니, 선생님이
앉아 있는 의자를 향해 똑바로 떨어졌고, 놀랍게도 벌려진 입안에
정확히 안착했다. 선생님은 소리를 지르며 벌떡 일어나 학생들을 꾸
짖기 시작했다. 남학생 중 한 명이 장난을 친 것이라 생각한 것이다.

피케이는 비둘기가 자신의 생각을 읽은 것이 아닐까 생각했다. 선
생님이 역겨움 때문에 헛구역질을 하는 것을 보니 즐거웠다.


그렇지만 장학사가 찾아온 날만은 모든 게 달랐다. 장학사는 학교
가 인도의 법에 따라 카스트 차별을 금하고 있는지 점검했다. 장학
사는 권위가 넘쳤다. 흰 셔츠와 푸른 블레이저와 다림질 자국이 뚜
렷한 흰 바지를 입었고, 예의 바르게 미소 지었지만 단호함도 잃지
않았다. 장학사가 올 때면 선생님과 같은 반 아이들 모두가 피케이
를 평소와는 다르게 대했다. 장학사가 오는 날이면, 피케이는 다른
학생들과 함께 교실에서 수업을 받았고 불가촉천민이라는 악몽에
서 잠시 깨어날 수 있었다. 다른 학생들과 함께 앉았고, 쉬는 시간에
는 함께 놀았다. 아무도 썩 꺼지라고 말하지 않았다. 피케이는 행복

과 해방감에 취한 나머지, 이 모든 것이 그저 쇼에 불과하며, 장학사가 떠나는 순간 도로 지옥이 펼쳐질 것임을 예상하지 못했다. 현실을 제대로 알았더라도 그렇게 즐겁지는 않았을 것이다.

그날 저녁, 피케이는 엄마에게 자신이 장학사가 낸 문제의 정답을 맞춰서 아이들이 부러워했다고 말했다. 엄마는 어찌나 감동을 받았는지 눈물을 흘릴 지경이었다. 피케이는 엄마의 반응에 자신이 중요하고 가치 있는 사람이라는 느낌이 들었다. 몇 년 뒤 10대가 되었을 때, 피케이는 엄마가 사실은 이 모든 가식을 슬퍼해 눈물을 흘린 것이었을지도 모르겠다고 생각했다. 그것은 장학사가 떠나면 바로 막을 내릴, 며칠에 걸친 촌극에 불과했다.

피케이는 장학사가 다시 돌아와 선생님 뒤에 비스듬하게 앉은 채 날카로운 눈으로 교실을 감시하는 것을 상상했다. 상상 속 장학사는 무엇 하나 놓치지 않았고, 공정했다. 그리고 피케이는 다른 학생들 틈에 끼어 교실 한복판에 앉아 있었다. 그는 손을 들고, 질문에 대답하고, 매일매일 칭찬을 들었다. 잠에서 깨어나고 꿈이 흩어지면, 피케이는 잠시 자리에 누워 꿈의 여운을 즐겼다. 그렇지만 자리에서 일어나 베란다로 나가 태양에게 인사를 하고 나면, 꿈은 허망해지고 가슴을 짓누르는 현실이 몰려왔다. 장학사가 돌아가고 나면, 브라만인 선생님과 반 아이들은 함께 우물가로 가서 몸을 비누로 싹싹 씻어냈다. 마치 똥 무더기에서 구르기라도 한 것처럼 공들여 씻었다. 피케이도 이제는 그 이유를 알고도 남았다.

집으로 돌아온 피케이는 혼란스러워 눈물이 났고, 엄마는 여전히 위로했다.

"걔네가 지저분해서 그래. 네가 몸을 씻게 해줬으니 좋은 거야. 으, 냄새가 얼마나 고약했을까!"

엄마는 피케이가 울음을 그칠 때까지 어르고 달랬다. 엄마의 말이 사실이 아닌 것은 알았지만, 따뜻한 말은 상처를 부드럽게 어루만졌다. 세상에 피케이를 내치지 않는 사람이 최소한 한 명은 있는 것이다.


선생님과 학생들의 태도를 바꿔놓는 것은 장학사뿐만이 아니었다. 3학년 때, 인도 독립 이후에도 오리사에 남아 있던 영국인 식민 감독관이 찾아올 때도 마찬가지였다. 그는 짙은 색 양복을 입고 꽃무늬 원피스를 입은 부인을 대동한 채 등을 쫙 펴고 교실 안을 돌아다녔다. 부부의 얼굴은 마치 요거트처럼 희고 미끌미끌했다. 브라만 여학생들이 앞으로 나가 부부의 목에 화환을 걸어주었다. 이날은 피케이도 다시 한 번 다른 학생들과 함께 교실 안에 앉을 수 있었다. 마치 불가촉천민 차별이 존재하지 않는다는 듯이. 모두가 가족이라도 되는 것처럼 함께 일어나서 방문객들을 위해 노래를 불렀다.

그들이 떠날 때가 되었을 때, 부인이 피케이에게 다가와 뺨을 토닥였다. 그녀는 피케이의 눈을 빤히 들여다보며 미소를 지었다.

"나는 널 만져도 된단다. 나도 불가촉천민이거든*"

부인은 자신의 화환을 피케이의 목에 걸어주었다.

마치 마법과도 같은 날이었다. 이 마법에서 깨어나는 것은 시간

---

★ 힌두교에 따르면 외국인도 불가촉천민임.

문제라는 것을 알고 있었지만, 깨고 싶지 않을 만큼 이 순간을 즐기고 싶었다.

영국인이 지켜보고 있을 때만큼은 카스트로 인해 차별받지 않았다. 어쩌면 저들이 인도를 지배할 때, 우리 같은 사람들의 삶은 더 나았을지도 모른다는 생각마저 들었다.

피케이는 백인 부인을 흘끔 보며, 점성술사의 예언을 떠올렸다. 우리 구역 밖, 지방 밖, 주 밖, 심지어 나라 밖. 꽃무늬 원피스를 입고 요거트같이 흰 얼굴을 한 저 여자가 나와 결혼할 사람인 걸까?

인도에 대한 로타의 궁금증은 깊어만 갔다. 신문에는 조지 해리슨이 인도로 여행을 떠나 영혼의 구루들을 만나고 시타르 연주를 배웠으며 런던으로 돌아와서 힌두교 신전의 사람들과 인도 음악을 녹음했다는 등의 이야기가 실렸다. 비틀스의 구루인 마하리시가 자신은 마음의 눈으로 비틀스의 우주적 가능성을 본다고 증언한 인터뷰 기사도 있었다. 하루는 "비틀스가 명상을 위해 인도로 향한다"는 헤드라인이 눈에 띄기도 했다. 사방팔방이 온통 인도로 가득했다. 도저히 인도로부터 벗어날 수가 없었다.

로타는 두 살 때 돌아가신 친할아버지 생각을 자주 했다. 그는 새로운 곳으로 향하는 꿈을 꾸었으며, 여행을 떠나는 것이 평생의 소원이었다. 그는 숙련된 방직공이었는데 봄베이*에서 천을 떼다 파

---

★ '뭄바이'의 전 이름. 1995년에 이름을 바꾸었음.

는 사업가와 친구였고, 러디어드 키플링과 잭 런던과 스벤 헤딘의 작품을 읽었으며, 동양에서의 모험을 꿈꿨다.

로타는 누렇게 변한 잡지 《이둔》을 꺼냈다. 할아버지는 잡지 속, 인도 크루즈 여행 광고에다 동그라미를 쳐두었다. 결국 꿈을 이루지 못했지만, 대신 세상을 집으로 가지고 왔다. 하루는 할아버지가 쓰레기 더미에서 향로를 하나 찾아 가지고 왔는데, 훗날 그게 페르시아 물건이라는 것이 밝혀졌다. 그런 물건이 어쩌다가 보로스의 쓰레기장까지 오게 되었는지는 아무도 몰랐지만, 아무래도 상관없었다. 할아버지는 그것을 소중하게 다뤘다. 그 향로는 할아버지 나름의 모험이었다.

할아버지가 돌아가셨을 때, 로타는 그 향로를 물려받았다. 오랜 세월이 흐른 뒤 숲속 공터의 집 벽에 향로를 걸면서 생각했다. 나는 이런 소품 정도로 만족하지 않을 거야. 나는 할아버지가 꿈꾼 모든 것을 이룰 거야.

로타네 가족은 침실 두 개가 딸린 작은 아파트에 살았다. 늘 돈이 부족했기에 어쩔 수 없이 허리띠를 졸라매야 했다. 아빠와 엄마는 물려받은 천 가게를 운영했지만 딱히 장사를 좋아하는 것은 아니었다. 경기는 점점 나빠졌고 결국은 망했다. 아빠는 집안 소유의 농장에서, 엄마는 남자 형제가 운영하는 치과에서 보조로 일하게 되었다.

검소하게 살았지만, 그래도 귀족 집안이었다. 그렇지만 남들이라면 자랑스러워했을 그 이름이 10대인 로타에게는 무거운 짐으로 느껴졌다. '본 셰드빈'이라는 성은 아무래도 조금 촌스러웠다. 로타는 그저 다른 사람들과 똑같아지고 싶을 뿐이었다. 귀족 성씨가 부끄러우면서도 동시에 당첨 복권을 들고 태어난 것에 만족하지 못하는 자신이 창피했다.

로타네는 툭하면 고장이 나는 쓸모없는 차가 있었다. 로타와 자매들은 새 차보다는 말을 가지고 싶어 했다. 결국은 가족회의까지 하게 되었다. 뭐에 투자를 하는 것이 좋을까? 말, 아니면 새 자동차? 둘 다는 안 되고, 하나만 골라야 했다. 최후의 결정권자는 늘 엄마였다.

"새 차보다는 아이들이 취미를 갖는 게 더 중요해요."

엄마는 자매들을 돌아보며 말했다.

"사람이란 자고로 자기 자신이 아닌 것을 돌보는 법을 알아야 한단다."


로타는 극장에서 코끼리를 타고 인도의 정글을 누비는 소년에 관한 영화를 보았다.

'나도 저런 친구를 가지고 싶어.'

그렇게 생각한 로타는 곧 케냐의 나이로비, 일본, 오스트리아, 그리고 미국의 샌프란시스코에 있는 사람과 펜팔을 맺었다.

하루는 나이로비에서 코끼리 털로 엮은 팔찌가 도착했다. 로타는 다음 날 그것을 차고 자랑스럽게 등교했다.

인도의 첫 총리는 자와할랄 네루라는 사람이다. 그는 현대적 사상, 산업, 도시, 그리고 철로의 신봉자였다. 인도의 발전 방향에 관한 연설을 하던 중 그는 신문물이 죽은 과거의 숲을 대체해야 한다고 말했다. 많은 인도인들이 깊은 감명을 받았다. 피케이의 아빠는 네루의 추종자였는데, 새 교장 선생님도 마찬가지였다.

출근 첫날, 교장 선생님은 학생들을 운동장에 불러모아 도시에서 본 기계와 다른 신문물 들에 대한 이야기를 들려주었다. 가장 먼저 전화기가 무엇인지 설명했고, 그다음은 기차였다.

"기차란 아주 긴 물건이랍니다. 지금 내가 선 이곳과 저기 보이는 산등성이까지 닿는 아주 거대한 뱀을 연상시키지요."

과장된 목소리로 그렇게 말한 교장 선생님은 몇백 미터 떨어진, 풀이 무성한 언덕을 가리켰다.

"움직임도 마치 뱀 같아요. 언덕을 지그재그로 가로질러 갑니다.

그걸 타고 사흘 낮 이틀 밤을 달려왔어요."

피케이는 교장 선생님의 말을 주의 깊게 들으며, 모래밭을 따라 이리저리 움직이는 뱀의 형상을 한 기차를 상상했다. 상상 속 승객들은 마치 말이나 코끼리를 타는 것처럼 기차에 걸터앉아 있었다. 훈화를 마친 교장 선생님이 질문이 있느냐고 물었다. 피케이는 손을 들었다.

"그 뱀은 코브라처럼 펄쩍펄쩍 뛰기도 하나요?"

피케이는 태어난 지 며칠밖에 안 되었을 때, 빗줄기로부터 자신을 지켜줬다던 코브라를 떠올렸다. 그리고 또 다섯 살 때, 피케이를 물었다가 그에게 붙잡혀 피가 나고 머리가 축 늘어질 때까지 물어뜯겼던 코브라도 떠올렸다. 피케이는 그보다 몇 배는 크고 번쩍이면서 철로 위를 뛰어넘으며 꿈틀대는 뱀을 상상해보았다.

교장 선생님은 마른 웃음을 터뜨렸다.

"점프를 하기에는 몸이 너무 무겁단다. 몽땅 쇠로 만들어졌거든."

쇠란 엄청나게 무거운 물건인가 보다. 그러니 당연히 들어올리는 것이 불가능하겠지. 피케이는 다시 손을 들었다.

"그러면 구불구불 우리 마을로도 올 수 있나요?"

교장 선생님의 참을성도 한계에 이르렀는지 퉁명스럽게 대꾸했다.

"아니. 못 온단다. 철로 위로만 달릴 수 있거든. 그런데 우리 마을에는 철로가 없잖아."

놀라운 일이다. 단단한 쇠로 만들어진 길이라니! 그런 걸 짓는 데 들어갔을 철의 양을 상상해보라! 마을의 그 누구보다 화살을 많이 가지고 있는 할아버지의 화살촉에 쓰인 쇠를 다 합친 것보다도 많을 것이다. 할아버지의 화살촉을 전부 가져다가 녹이면……. 피케이는 곰곰이 생각했다. 약 1미터 정도의 철로를 놓을 수 있으려나? 그 이상은 어려울 것이다. 교장 선생님은 사흘 밤낮에 걸쳐 철로 위를 달렸다 하지 않았는가! 상상해보려 했지만 머리가 어질해질 뿐이라, 고개를 흔들어 아찔함을 떨쳐내야 했다.

초등학교 5년을 마친 피케이는 중등학교로 올라가 6학년에 다니게 되었다. 이제 학교 기숙사에서 지내면서, 아빠와 형들이 그러듯이 일주일에 한 번 일요일에만 엄마가 있는 집으로 가게 되었다. 교실과 복도 천장에 매달린 얇은 끈에는 피케이가 한 번도 본 적이 없는 물건이 달려 있었다. 유리로 만들어졌고 빛이 나고 공처럼 생긴 물건이었다. 피케이는 혼란스러웠다. 저렇게 밝은 빛이라니! 엄청나게 많은 기름이 쓰인 것이 분명했다. 피케이는 전등 주변을 돌며 기름받이를 찾기 위해 구석구석을 살폈다. 그리고 집에 돌아온 첫 일요일, 아빠를 붙잡고 물었다.

"도시 사람들은 등에 기름을 어떻게 채워요?"

아빠는 모든 것을 단번에 이해할 필요는 없으며, 하나씩 차근차근 배워 나가면 된다고 말했다.

"그렇지만 결국에는 익숙해져야 해. 총리께서 우리 마을에서도 전기로 켜지는 등을 곧 볼 수 있을 것이라고 약속했거든."

첫날부터 선생님들과 학생들은 피케이가 불가촉천민임을 알고 있었으며, 그에 걸맞는 대우를 했다. 피케이의 주머니에는 지역 관청에서 발행한, 한 번 접은 카스트 증명서가 들어 있었다.

"카스트 증명서. 44번 저널. 아스말릭 마을 콘드포다의 스리 슈리다르 마하난디아의 아들 스리 프라디웁나 쿠마르 마하난디아가 해당 카스트의 일원임을 증명함. 하위 카스트는 '판'임."

증명서에는 그렇게 쓰여 있었다. 한마디로 피케이가 불가촉천민이며, 2등 시민이라는 것을 증명하는 종이였다. 이 증명서를 내면 기차표를 싸게 살 수 있고, 언젠가는 대학에도 더 쉽게 갈 수 있다. 그럼에도 불구하고 증명서가 일종의 검역 도장처럼 느껴졌다. 그는 살아남기 위해 특별 취급을 받아 마땅한 약자인 것이다.

새 선생님은 기숙사 사감이기도 했는데, 피케이에게 불가촉천민에 걸맞는 행동 양식을 일러주었다. 다른 사람이 있을 때는 부엌이나 식당에 들어가서는 안 되었다. 피케이는 복도 바닥에 앉아 음식을 기다려야 했다. 그러면 요리사가 음식이 담긴 그릇을 들고 나왔다. 요리사는 국자가 피케이의 그릇에 닿지 않도록 주의하며, 50센티미터 정도의 높이에서 밥과 채소 커리와 렌틸콩으로 만든 달을 부었다.

음식이 떨어진 날이면 맨밥만 먹을 때도 있었다. 피케이는 언제나 마지막으로 배식을 받았다. 피케이가 항의를 할라치면 요리사는 한숨을 내쉬며 이렇게 말했다.

"네 전생의 업(業)이 그렇게 정한 것이니, 그렇게 이해하고 순종해야 한단다."

비슷한 설명은 전에도 들은 적이 있었다. 피케이는 이런 생각을 하는 사람은 브라만이거나, 브라만들에게 세뇌당한 사람들임을 알고 있었다. 이자들은 불가촉천민을 천대하도록 교육받은 거야. 이 사람들 잘못이 아니야. 피케이는 그렇게 되뇌었다. 그럼에도 불구하고 속에서 분노가 솟구치는 것은 어쩔 수 없었다.

학교에는 '도비-왈라'라 불리는 남자가 있었다. 그는 기숙사 학생들의 옷을 맡아 세탁했다. 피케이의 것을 빼고 말이다. 이를 알았을 때 피케이는 화가 머리끝까지 치솟았지만, 그런 마음을 솔직하게 밝힐 용기는 나지 않았다. 피케이는 대신 몰래 강가로 내려가, 어릴 때 그랬던 것처럼 새총을 꺼내 도비-왈라의 물동이를 박살냈다. 그런 다음 줄행랑을 쳐 강가 나무 뒤에 숨었다. 그런 피케이를 본 세탁부는 곧바로 피케이 아빠에게 편지를 보냈다.

"댁의 아들은 우리의 전통과 규정에 따라야 합니다. 모두가 자기 내키는 대로 행동하면 사회 꼴이 어떻게 되겠습니까?"

편지에는 그렇게 쓰여 있었다.

슈리다르는 그 규정들은 자신이나 아들 모두 잘 알고 있지만, 이는 '불공정하며, 현대화를 이루어 서양의 부유한 국가들과 나란히 서는 것을 꿈꾸는 인도와 같은 나라에게는 큰 수치'라는 답장을 썼다.

"당신은 네루 총리의 연설을 들어보지 못했습니까? 뉴델리의 정치인들이 카스트 서열에서 자유로워진 인도의 미래를 꿈꾸는 것을 모릅니까? 모든 인간은 자유 의지를 가지고 있으며, 고루한 옛 사상에 휘둘려서는 안 된다는 네루 총리의 글을 읽지 않았습니까? 네루 총리는 삶을 카드 게임에 비유했지요. 처음에 주어지는 삶의 카드는 정해져 있지만, 게임을 하는 실력은 개인의 의지에 달린 것입니다."

아빠의 편지를 읽은 도비-왈라는 식당 밖 복도에 앉아 혼자 저녁을 먹고 있는 피케이를 찾아와 속삭였다.

"오늘 저녁 옷을 챙겨서 찾아오렴. 남들에게 들키지 않도록 조심해. 세탁해서 내일 저녁 다들 잠들었을 때 돌려주마."

피케이는 절반의 승리라고 생각했다.


피케이는 인도 사회가 모순으로 가득하다고 생각하고는 했다. 카스트 제도 속에서 할아버지가 받는 기이한 대우가 그 한 가지 예였다. 할아버지는 일상에서는 존경받는 사람이었지만, 브라만에게는 그가 건드린 음식을 먹거나 물 한 잔 마시는 것조차 상상할 수 없는 일이었다. 할아버지가 사원에 들어가지 못하게 막는 것은 물론이다.

판 카스트 남자들은 몇백 년에 걸쳐 방직공으로 일했는데, 할아버지는 처음으로 전통을 깨고 아스말릭의 사무직을 맡았다. 브라만들에게는 쥐똥만큼의 가치도 없는 할아버지를 영국인들은 정중하게 대접했다. 그것 말고도 할아버지는 브라만들을 짜증나게 하는 일이라면 뭐든 했다. 할아버지는 마을의 이장으로 선출되었는데, 이는 마을 사람들 사이에 분쟁이 있을 경우 중재자로 나설 수 있음을 의미했다. 그는 또한 식민 통치자들의 대표이기도 했다. 영국인들이 브라만들을 신뢰하지 않았기 때문이다.

브라만들은 음식에 관련한 터부가 너무 많았고, 이상한 사회 규율을 고집했다. 그 탓에 영국인들은 자신의 행동이 지금 브라만을 모욕하는 것인지 경의를 표하는 것인지 좀처럼 알 수가 없었다. '그건 브라만들 자신만 안다!' 아스말릭의 영국인들은 그렇게 생각했다.

이러한 불신은 상호적이었다. 보수적인 브라만들은 영국인들을 멀리하며, 이들을 '쇠고기를 먹는 자들(beefeaters)'이라 불렀다. 모욕의 의미였다.

영국인들은 브라만이 아닌 할아버지를 마을의 '차티아', 즉 봉사자로 선정했다. 마을에는 경찰서도, 구청도 없었다. 그래서 차티아는 마을 밖에 있는 식민 관청에 누가 태어나고, 누가 죽고, 누가 범죄를 저질렀는지를 보고했다. 또한 할아버지는 처벌 권한도 가지고 있었다. 누가 범죄를 저지르면 할아버지가 영국인들의 대리인으로서 나무 회초리로 태형을 집행했다.

할아버지는 피케이에게 영국인들이 좋다고 말하곤 했다.

"영국인들은 한 번 한 약속은 지키는 좋은 사람들이야. 브라만들과는 달리 우리와 악수도 하고 만지는 데도 스스럼이 없지."

그러고는 진지한 목소리로 경고했다.

"브라만들과 엮이지 말거라. 괜히 가까이 지냈다가는 네가 불행해질 거야."


덴카날에서의 학교생활은 고독했다. 어느 날 도시를 찾은 서커스단은 고독의 피난처가 되어주었다. 그들은 텐트를 치고, 코끼리를 멈춰 세우고, 이동식 놀이공원을 지었다. 첫날 저녁부터 회전목마 앞에 줄이 길게 늘어섰다. 녹슨 놀이 기구들은 덜컹거리거나 삐걱거렸다. 당장이라도 무너질 것 같았지만 피케이는 빙글빙글 돌며 삐걱대는 기계들이 신기하기만 했다. 그렇지만 그가 이끌린 곳은 서커스단의 텐트였는데, 왜인지는 알 수 없었다. 그는 텐트 주위를 돌며 말과 코끼리를 쓰다듬고 저글러들과 사자 조련사들에게 자기소개를 했다.

피케이는 처음부터 자신이 불가촉천민임을 확실하게 밝혔다. 배려의 차원에서였다. 더럽혀지는 것이 싫으면 거리를 두든, 내쫓든, 그쪽이 결정하면 될 일이었다.

"우린 그런 거 신경 안 써!"

사자 조련사가 말했다.

"무슨 말인지 알아. 우리도 무슬림이거든. 불가촉천민 취급을 받지."

저글러가 말했다.

피케이는 그들의 말을 정확히 이해하지는 못했다. 인도의 무슬림들이 불가촉천민과 같은 어려움을 겪는 것을 몰랐기 때문이다. 무슬림들은 사실 카스트 제도에 속하지도 않는다. 과거에는 카스트가 낮은 힌두교도들이 이슬람으로 개종해 천민 취급을 면해보려 애쓰던 때도 있었다. 안타깝게도 소용없는 짓이었다. 소외당하는 것은 마찬가지였다. 피케이는 카스트 제도가 마치 고칠 수 없는 전염병과 같다고 생각했다.

매일 학교가 끝나면 피케이는 서커스 공연장으로 향했다. 마침내 사람 대우를 받을 수 있는 곳을 찾은 것이다. 서커스 단원들의 친절함, 호기심, 그리고 편견 없는 태도가 마음에 들었다. 그들은 피케이가 궁금해하는 것을 설명해주고, 그의 이야기도 들어주었다. 익숙지 않은 경험이었다. 며칠 뒤, 서커스단에서 피케이에게 들어오라는 제안을 했다. 못할 게 뭐람? 피케이는 그렇게 생각했다. 학업에 지장이 갈 것이라는 염려는 무시했다. 피케이는 그다지 신중한 사람은 아니었다. 좋은 제안은 일단 잡고 보는 성격이었다.

조금 으쓱한 기분이기도 했다. 난생처음, 불가촉천민임에도 불구하고 어딘가에 받아들여진 것이다.

3주간 피케이는 건초를 축사로, 그리고 사다리를 텐트로 나르는 일을 했다. 서커스 광고지에 쓰일 그림을 그리고 광고 문구도 만들었다.

"아예 광대가 되어서 순회공연에 따라다니면 어떻겠니?"

단장이 말했다.

'그러게, 안 될 게 뭐가 있지? 어차피 곧 여름 방학인걸.'

광대가 된 피케이는 긴 줄무늬 옷과 빨간 플라스틱 코를 붙이고, 전형적인 광대 역할을 배웠다. 어려운 일은 아니었다. 광대가 된 피케이를 보고 사람들은 웃었다. 쉽게 얻을 수 있는 웃음이었다.

서커스단 사람들은 피케이를 칭찬했다. 그렇지만 단장이 동인도의 여러 주를 도는 긴 순회공연에도 따라오겠느냐고 물었을 때, 피케이는 주저했다. 뭔가 잘못되었다는 생각이 들었다. 서커스단에서 일하는 것은 한편 그의 소외를 증명하는 일이기도 했다. 광대란 결국 괴상망측한 짓을 해서라도 친구를 만들고 싶어 하는 낙오자가 아닌가? 비슷한 사상의 사람들과 어울리고, 직장도 있고, 심지어 돈도 벌었지만, 카스트가 있는 힌두교도들의 웃음은 조롱으로 느껴졌다.

첸디파다 고등학교에서 치러진 시험에서 피케이는 쓰디쓴 실패를 맛보았다. 시험지를 앞에 두고 멍청히 앉아만 있었다. 제대로 답할 수 있는 문제가 거의 없었다. 수학과 물리 시험은 그야말로 대재앙이었다. 수업도 전혀 따라가지 못했다.

'불가촉천민에, 왕따에, 할 줄 아는 게 아무것도 없구나.'

피케이는 자기 연민에 휩싸였다. 졸업 시험을 통과하지 못하면 미래도 없었다. 부잣집에서 화장실 청소를 하거나 방직공이나 벽돌장이 같은, 피케이처럼 인생을 낭비한 불가촉천민들에게 주어지는 일을 할 게 뻔했다. 피케이는 강가로 내려갔다. 급류와 한 몸이 되면 어쩌면 새 세상에서 더 나은 존재로 태어날지 모른다는 생각이 들었다. 피케이는 물에 뛰어들었다. 이제 고통도 끝이다! 새로운 세상으로 가자!

아, 근데 엄마는 뭐라고 할까? 물살에 휩쓸려가기 직전, 문득 그런 생각이 들었다. 곧 피케이는 쥣 먹던 힘까지 다해 발버둥치기 시작했다.

피케이는 간신히 물 위로 올라와 뭍을 향해 헤엄쳤다. 그러나 그렇게 모래사장 위로 기어 올라오면 다시 급류와 함께 고통 없는 세상으로 흘러가고 싶어졌다. 세 번 뛰어들고, 세 번 물살을 거슬러 헤엄치고, 세 번 뭍으로 올라왔다. 세 번째로 뛰어들었을 때는 마음을 굳게 먹고 강바닥으로 내려가 바위를 꽉 붙잡았다. 마침내 이 세상에 작별을 고할 때가 된 것이다.

다시는 돌아가지 않으리라!

순간, 바위가 땅에서 떨어져나왔다. 피케이는 바위를 놓치고는 다시 물 위로 떠올랐다. 강물과 슬픔에 쫄딱 젖은 피케이는 학교로 돌아가, 기숙사 침실 바닥에 누워 천장을 올려다보았다.

지난 세월을 돌아보았다. 선생님들, 세탁부, 요리사, 그리고 다른 학생들이 주절거리는 개인의 사회적 역할에 대한 이야기가 혐오스러웠다. 그렇지만 동시에 이 모든 것에 어떠한 의미가 있는 것은 아닐까 생각했다. 세상에 의미 없는 일은 없다. 실패에도 의미가 있다. 소외감에도 의미가 있고, 자살 시도에도 의미가 있고, 그 자살 시도를 실패하게 만든 바닥에서 떨어져나간 바위에도 의미가 있다. 위안이 될 만한 것을 찾아 헤매다가 마침내 나뭇잎과 별점, 그리고 예언에까지 생각이 미쳤다. 피케이는 자신과 결혼하게 된다는 여자에 대해 생각했다. 머리끝부터 발끝까지 상상해보았다. 눈앞의 어둠 속으로 백인 여성의 형상이 떠올랐다. 그녀는 아름다웠고, 잔잔한 미소를 짓고 있었다. 어떤 온기가 느껴졌다. 눈을 감으니 마치 빛에 둘러싸인 듯한 기분이 들었다. 피케이는 그 빛의 진원지가 엄마임을 알았지만, 어떻게 알았는지는 알 수 없었다. 하지만 의심의 여지가 없었다. 마치 엄마가 돗자리 옆에 앉아 피케이를 내려다보고 있는 것 같았다.

"괜찮아. 다 저들이 잘못한 거야. 넌 잘하고 있어. 언젠가 예언의 여자를 만나게 될 거야."

주변이 가장 어둡게 느껴질 때 그를 붙잡은 것은, 저승을 택하지 못하게 만든 엄마의 빛이었다.

엄마가 옆에 있어줘서 좋아요. 혼란스러운 밤, 피케이는 그렇게 생각하며 잠이 들었다.


중학교 마지막 학년을 앞둔 남학생들은 전부 의무 군사 교육에 참여해야 했다. 인도는 파키스탄과 두 번, 중국과 한 번 전쟁을 치른 전적이 있다. 축축한 정글과 뜨거운 소금 사막과 뼛속까지 시린 빙하에서 치른 전쟁이었다. 학생들도 다시 일어날지도 모르는 전쟁에서 제 몫을 다하기 위해 준비를 해야 했다. 모두가 전쟁이 닥치는 것은 시간문제라고 생각했다. 9학년과 10학년 사이의 여름, 발푸르의 청소년 국가교련단 캠프의 날이 다가왔다. 오리사 전역에서 청소년 1,000명 이상이 체력 단련을 하고 사격 훈련을 받기 위해 모여들었다. 훈련생들은 브라만 강의 강변, 망고나무 아래 텐트를 치고 잤다. 무게를 견디지 못한 열매들이 종종 모래 위로 떨어졌다. 훈련은 획일적이고 지루했지만 피케이는 유니폼과 모자와 구리 메달과 튼튼한 고무장화가 신기했다. 군복을 입으면 없던 권력도 생기는 기분이었다.

피케이와 다른 훈련생 두 명은 나머지 참가자들이 저녁 식사 준비를 위해 강을 따라 1킬로미터를 행군하는 동안 텐트를 지키는 임무를 맡았다. 오후 내내 검푸른 먹구름이 몰려왔고, 구름은 곧 강풍이되었다. 금세 비와 옥수수알 크기의 우박이 공기 중에 휘날리기 시작했다. 누구도 예상치 못한 속도와 강도를 지닌 사이클론*이 몰아쳤다. 10분 안에 텐트가 납작해졌고 가끔씩 희푸른 번개가 번쩍였다. 피케이는 그날 다른 훈련생들과 함께 팠던 구덩이 안으로 굴러떨어졌다. 강풍이 몰아치자 훈련생 한 명 역시 굴러 내려왔다. 바람이 마치 이쑤시개라도 되는 듯 부러진 망고나무의 굵은 가지 하나가소년의 몸에 박혀 있었다. 피케이의 몸에도 작은 가지 하나가 박혔다. 통증은 끔찍했다. 핏줄기가 구덩이를 타고 내려와 피케이의 옷을 적셨다. 동료의 것이었다. 피케이는 의식을 잃었다.

피케이는 몇 시간 뒤에야 눈을 떴다. 기분 나쁜 흰색으로 빛나는전구가 천장에 매달린 채 흔들리고 있었다. 그는 덴카날 병원의 딱딱한 침상에 누워 있었다. 다리가 부러진 것이다. 그는 침상에 누워커다란 망고 나뭇가지에 찔린 친구의 소식을 물었다. 죽었다는 대답이 돌아왔다.

재시험이 있었다. 희망이라고는 하나도 없는 것처럼 보일 때도 솟

---

★ 벵골 만과 아라비아 해에서 발생하는 열대성 저기압. 성질은 태풍과 같으며 때때로 해일을 일으켜 낮은 지대에 큰 재해가 발생함.

아날 구멍은 있는 법이다. 슬럼프의 끝이었다. 피케이는 턱걸이로 합격했다. 배운 것을 그럭저럭 이해할 수 있었다. 완전히 쓸모없는 인간은 아니었던 것이다. 아빠는 피케이가 엔지니어가 되기를 바랐다. 아들뿐만 아니라, 이제 막 미신에서 탈피해 밝은 미래로 향하는 인도의 꿈이기도 했다. 엔지니어들은 새로운 국가를 일궈낼 것이다. 이들의 지식이 한데 모여 사제들의 미신을 몰아낼 것이다. 인도를 더 현대적이고, 편견이 덜한 쪽으로 바꿔놓는 일에 피케이가 참여할 기회를 갖기를 바랐다.

아빠는 피케이가 자연과학계 대학에 지원할 것을 종용했다. 피케이는 수긍했고, 곧 합격했다. 그렇지만 그는 공부에 금방 질렸고, 첫 학기 내내 선생님들의 캐리커처를 그리며 수업 시간을 흘려보냈다.

하루는 수학 선생님이 피케이의 그림을 보았다.

"불가촉천민은 뇌도 없지!"

그는 그렇게 소리를 지르더니 피케이를 강의실 밖으로 내쫓았다.

피케이는 더 이상 혼란스럽지 않았다. 자신이 무엇을 원하는지 깨달았기 때문이다. 그것은 지금 배우는 것과는 전혀 달랐다. 물리, 화학, 그리고 수학은 그가 가장 취약한 과목들이었다. 피케이는 특히 과학이 끔찍하게 싫었다.

피케이를 혼내며 내쫓았던 선생님은 다음 날, 교정에서 피케이를 찾아 조언했다.

"프라디움나 쿠마르, 넌 여기 있을 놈이 아니다."

"그럼 전 어디로 가야 하나요?"

"미술학교를 찾아봐!"

피케이는 선생님의 조언을 받아들였다. 아빠의 바람은 무시하고, 주머니에 있는 55루피와 함께 학교를 떠났다. 어디로 향해야 할지 고민하던 피케이는 버스로 한 시간 거리에 있는, 비마 보이의 영적 중심지인 칼리팔리를 떠올렸다. 그곳의 수도승들은 매일 명상을 하고 노래를 부르며 길 잃은 영혼들을 맞이했다. 수도승들은 피케이를 환영했다. 그에게 몸을 누일 돗자리와 배를 채울 음식을 주고, 모임에도 초대했다. 수도승들은 나무껍질로 성기만 가린채 벌거벗고 있었다. 피케이는 이 조직을 만든 비마 보이의 이야기에 빠져들었다. 비마 보이는 시골 출신의 고아였는데, 카스트 제도, 계급 격차, 브라만들의 위선에 염증을 느껴 이 종파를 만들었다. 그리고 빠르게 추종자들이 늘었다.

수도승들은 구루가 지은 노래를 불렀다. 사람들이 갈라져 경쟁하는 것이 아니라 공동체로서 살아가는 내용을 담은 시를 낭송했다. 피케이는 이런 고뇌를 하는 것이 자신만이 아니라는 점에서 위안을 얻었다. 이곳에는 그와 같은 생각을 하는 사람들이 많았다. 수도승들과 피케이는 브라만에 대해 함께 경멸했다. 그렇지만 일평생 명상만 하며 살 수는 없는 노릇이었다. 인생의 맛도 제대로 보지 못하고 수도승이 될 수는 없었다. 예언은 분명히 그가 결혼을 할 것이라고 했고, 피케이는 아스말릭 밖의 세상을 더 보고 싶었다.

피케이의 방랑은 계속되었다. 하루는 서벵골 지역으로 향하는 기차에 무임승차를 했다. 철로 위를 삐걱이며 새 삶을 향해 달려가는 만원 기차 안에서 그는 기차를 쇠와 철로 이루어진 거대한 뱀에 비유했던 교장 선생님을 떠올렸다. 피케이는 당시 마음속으로 떠올렸던 그림을 되짚어보았다. 무쇠 길 같은 철로와 그 위를 기어가는 뱀 기차 위에 걸터앉은 사람들. 피케이는 자신의 바보 같았던 과거를 비웃었다. 어린 날의 그는 모르는 것이 참 많았다.

그의 다음 목적지는 미술학교 '칼라 브하바나'가 있는 것으로 유명한 산티니케탄이었다. 그 학교는 인도의 국민적 시인인 라빈드라나트 타고르가 세운 학교였다. 피케이는 하룻밤에 1루피만 내면 재워주는 학교 숙소에서 잠을 잤다. 그 정도는 낼 여유가 되었다. 그렇지만 월 수업료가 너무 비싸 입학은 아무래도 불가능한 꿈처럼 느껴졌다. 가진 돈은 충분하지 않았고, 그렇다고 아빠에게 편지를 써서 부탁할 엄두도 나지 않았다. 진퇴양난의 처지에서 옴짝달싹 못하던 피케이에게 희망의 소식이 들려왔다. 고향 오리사의 칼리코테에 형편이 좋지 않은 학생들을 위한 미술학교가 있다는 것을 알게 되었다.

새 꿈을 안고 피케이는 남쪽으로 가는 기차에 무임승차를 해 식민 양식으로 지어진 오래된 미술학교 건물에 도착했다. 그 학교는 높은 산과 거대한 칠리카 호수 사이에 있었고, 학교 건물은 대리석 바닥과 무쇠 천장으로 이루어져 있었다. 학비가 무료였기에, 인기가 많았고, 경쟁률은 높았다. 33명을 뽑는데 지원자가 100명이었다. 선발 기준은 지원자들이 붓, 목탄, 그리고 연필을 얼마나 잘 쓰는지를 보았다. 지원자들은 교정에 커다란 원을 그리고 앉아 중앙에 놓인 물건들을 모델로 정물화를 그렸다. 화분, 포도송이, 그리고 망고 세 개가 전부였다.

피케이는 다른 지원자들의 그림을 훔쳐보고는 합격을 자신했다.

교사들은 이튿날 이들의 작품을 훑어보고, 작품들을 골랐다. 그러고는 선발된 이름들을 불렀다. 피케이의 이름도 있었다. 골라낸 작품을 점수에 따라 등수를 매겼는데, 심지어 피케이가 1등이었다.

칼리코테의 미술학교에서 피케이는 자신이 불가촉천민 신분임을 아무에게도 말하지 않았다. 묻는 사람도 없었다. 학생들과 선생님들은 인도의 여러 지역 출신이었고, 카스트나 계급 격차가 존재하지 않아 모두가 모두와 어울렸다. 새롭고 강렬한 경험이었다. 이것은 전혀 새로운 인도였다. 피케이는 방랑하는 무슬림 서커스단을 떠올렸다. 피케이가 알던 것과는 다른 삶이 존재하고, 가능했다. 칼리코테에서의 1년은 성공의 연속이었다. 선생님들은 피케이가 신동이라고 생각했고, 봄이 오면 뉴델리의 미술대학에 입학할 수 있도록 장학금을 신청할 것을 권했다. 피케이는 그 조언을 따랐다. 우기가 천둥과 번개를 이끌고 도착할 무렵, 정부 기관용 갈색 봉투가 날아들었다. 집배원인 아버지가 우편물을 조심조심 집으로 가지고 왔다. 엄마가 뜯더니 도로 아빠에게 읽어보라며 내밀었다.

"장학금이 나왔단다."

피케이가 집으로 전화를 걸었을 때, 엄마는 그렇게 말했다. 발밑에서 땅이 흔들렸다.

"네가 수도로 가게 되었단다."

그렇게 말한 엄마는 이내 울기 시작했다. 엔지니어 아들에 대한 꿈을 접은 아빠도 피케이에게 축하의 말을 전했다.

엄마는 한동안 울기만 하다가, 피케이가 뉴델리로 떠나는 날까지 사흘간 금식을 했다. 피케이가 그렇게 먼 길을 떠나는 것이 엄마에게는 크나큰 비극이라고 했다. 그렇지만 아들이 자랑스러웠다. 그녀는 이웃 부인들을 붙잡고 신이 나 말했다.

"우리 아들은 버스와 기차와 은빛 새를 타고 정글 너머, 산 너머, 여러분이 본 모든 것 너머에 있는 도시로 갈 거예요."

운명을 만나다

늦은 여름, 무르익은 과일과 계절풍이 불러오는 비. 뉴델리로 떠날 날이 되었다. 피케이는 무릎을 꿇고 손가락을 엄마의 발에 가볍게 얹었다. 엄마는 울었다. 피케이는 눈물을 삼키려 애를 쓰며 몸을 일으켜 엄마를 끌어안은 뒤 수레에 뛰어올랐다. 소는 머리에 몰려드는 파리를 쫓아내고는, 덜덜대는 수레를 끌며 자갈 깔린 길을 따라 천천히 움직였다. 그는 점성술사의 예언을 떠올렸다. "우리 부족 밖, 마을 밖, 구역 밖, 지방 밖, 주 밖, 나라 밖에서 온 여자와" 결혼을 하게 될 것이라는 예언을.

다음 날 아침, 기차가 화려한 자태를 뽐내며 오리사 주의 주도인 부바네스와르에 도착했다. 그곳에는 널찍하고 곧은 대로의 교차로마다 흰 옷을 입은 교통경찰들이 서 있었다. 뒷좌석에 잘 다림질된 흰 면옷을 입은 남자들을 태운 앰배서더 승용차들이 줄지어 늘어서 있었다. 웅장하고 오래된 사암 사원이 잘 관리된 정원에 둘러싸여 있고, 길을 향해 활짝 열려 있는 야외 시장의 상점들에서는 당장이라도 물건들이 쏟아져나올 듯했다. 식당들에서는 향긋한 음식 냄새가 흘러나왔다. 땡땡거리는 자전거와 길 가장자리에 선 인력거들 사이를 소들이 천천히 거닐고 있었다. 그리고 저녁이면 사원과 온실들과 상점 입구들이 빛으로 반짝반짝 빛났다. 참으로 황홀한 광경이었고, 생기 넘치는 세상이었다. 여기가 이 정도면 대체 뉴델리는 얼마나 빛날까?

피케이는 스물두 살이 되었다. 아니면 스물한 살, 그것도 아니면 스무 살일지도 모른다. 피케이 자신도 몰랐고, 까막눈인 엄마도 그의 나이를 정확히 몰랐다. 피케이네 집안에서는 생일 같은 것을 기념하지 않았고, 당시 인도에는 주민등록번호 같은 것도 없었다. 학교 벽에 걸린 달력과 역전 골목의 판매대에 놓인 신문 첫 페이지에는 '1971년'이라고 적혀 있었다.

걱정 없던 유년기의 행복을 앗아가 버린 불가촉천민으로서의 고독과 고통, 이제 피케이는 그것으로부터의 자유를 앞두고 있었다. 건물들, 길, 거리의 사람들, 공원들, 사원, 장사꾼들의 목소리, 모든 것이 새로운 세상의 꿈처럼 느껴졌다.

부바네스와르와 뉴델리를 잇는 우트칼 익스프레스는 시간표에 따르면 2.5일에 걸쳐 달렸는데, 기차가 도착했을 때는 이미 8시간이나 지연된 뒤였다. 피케이가 아래 침대의 남자에게 무슨 일이 있었느냐고 묻자 그는 어깨를 으쓱할 뿐이었다.

"아무럼 어때? 도착했다는 것에 감사하며 이미 일어난 일에 대해서는 걱정하지 않는 것이 좋아. 알아봐야 뭐하겠니?"

그렇다. 과거를 돌아보지 말고 미래에 감사해야 한다. 그를 억압하던 마을을 떠나, 꿈이 이루어질 수 있고 야심을 키울 수 있는 도시로 간다는 것에 감사해야 한다.

아름다운 신세계에서의 첫날 밤, 피케이는 호스텔의 5층에서 깊은 잠에 빠져들었다. 다음 날 아침, 피케이는 창밖을 내다보며 눈을 문지르다 순간 두려움에 사로잡혔다. 용기와 원대한 꿈을 안고 잠들던 지난밤과는 달리, 불안이 가슴을 헤집어놓았다. 그서 익숙한 삶으로, 침대로, 오리사의 마을로, 가족에게로 돌아가고 싶다는 생각이 들었다.

탁 트인 넓은 길과, 거무튀튀하고 평평한 아스팔트와, 흰색이나 베이지색인 동글동글한 승용차와, 번잡한 길에서의 반복된 접촉 사고 탓에 번호판이 다 눌려버린 버스와, 오색으로 칠해진 트럭과, 검거나 노란 인력거와, 개미 떼 같은 오토바이들과, 뜨거운 9월 햇살에 번쩍이는 콘크리트와 강철과 유리로 이루어진 빌딩으로 가득 찬 이곳도 언젠가는 집처럼 느껴지게 될까?

사실 밖으로 나갈 용기도 잘 나지 않았다. 의사소통이 안 되면 어떡하나 걱정이 되었다. 피케이의 모국어는 오리야 어이고, 학교에서 영어를 배웠으나 인도인들이 모두 영어를 할 줄 아는 것은 아니었다. 이곳에서는 대부분의 사람들이 힌디 어를 썼다. 중학교에서 힌디 어를 배우기는 했지만 자유롭게 사용할 수 있는 수준은 아니었다. 기껏해야 '나는 오리사에서 왔습니다(Mai Orissaseho.)', '저는 괜찮습니다(Mai tikho.)' 정도가 전부였다. 힌디 어로 나누는 대화는 딱딱하고, 교과서적이고, 유치할 것이 분명했다. 피케이는 지도 위 호스텔과 대학을 손가락으로 짚어가며 거리를 가늠해보았다. 먼 거리였다. 버스가 다니겠지? 버스를 잘못 타면 어떡하지? 돌아오는 길을 찾지 못하면 어떡하지? 강도를 만나거나 사기를 당하면 어떡하지? 사람들이 내 모습을 보고 비웃기라도 하면 어떡하지? 나는 어리숙하고, 자신감도 없고, 낡은 옷밖에는 없는데!

첫 주, 피케이는 버스를 잘못 타면 어쩌나 하는 걱정에 차라리 걸어서 등하교를 하는 쪽을 택했다. 첫 주가 지나고 나서는 죽이 되든 밥이 되든 버스를 타기로 결심했다. 그렇지만 일단 정류장에 도착하니 무서워 죽을 것 같았다. 델리 운수회사의 덜덜대는 버스들이 줄지어 지나쳐갔다. 버스는 덜컹거렸고 옆으로 기울었고 배기통에서는 검은 연기가 쏟아져 나왔다. 승객들은 출구마다 바글바글 몰려 있었다. 오리사의 버스는 정류장에서 멈춰섰지만, 이곳의 버스는 정류장에 가까워지면 속력만 줄였다. 그러면 기다리던 사람들은 달리는 버스에 뛰어올라야만 했다. 간신히 올라탄 버스에서 땀냄새 나는 인파에 끼어 한참을 가자, 창 밖 풍경이 높은 빌딩에서 진흙으로 쌓아 올린 작은 집들로 바뀌고, 논밭과 작은 숲들이 보였다.

피케이는 버스가 학교 방향으로 가지 않음을 깨달았다. 가장 두려워하던 시나리오가 현실이 된 것이다. 버스는 잘못된 방향으로 가고 있었다.

피케이는 다음 정거장에서 뛰어내려 길을 건너, 시내로 돌아가는 차를 얻어타기 위해 엄지를 치켜들었다.

다음 날, 피케이는 걸어서 등교했다. 널찍한 대로를 따라 늘어선 높은 빌딩과 거대한 로터리를 지나다니다 보니 뉴델리가 덜 무섭게 느껴졌다. 한때 위험하고 낯설어 보이던 것들이 익숙하게 느껴졌다. 이곳에는 자유가 있다! 피케이는 더 이상 아스말릭의 불가촉천민 집배원 슈리다르 마하난디아와 피부가 검은 부족 여성 칼라바티 마하난디아의 아들, '판' 소년이 아니었다. 이곳 사람들 대부분은 아스말릭이라는 지명을 들어본 적도 없고, 그게 어디에 있는지 아는 사람은 더더욱 없었다. 이곳에서는 판 카스트나 쿠티아 콘드로 태어난 게 무엇을 의미하는지, 또 카스트 서열 어디에 위치해 있는지 아는 사람도 없었다. 아무도 피케이가 어느 카스트에 속하는지 묻지 않았다. 어쨌든 지금까지는 그랬다.

뉴델리 미술대학의 교수들은 현대적이었고 급진적이었다. 이들은 카스트로 인한 차별이나 특별대우에 반대했다. 피케이는 칼리코테의 미술학교에 다닐 때처럼, 다른 학생들과 함께 강의실에서 수업을 받을 수 있었다. 카스트가 높든 낮든 있든 없든 아무 상관이 없었다. 여러 교수들이 카스트 제도는 폐지해야 할 악법이라 말했다. 큰 목소리로, 자랑스럽고 의기양양하게 말했다. 마치 젊은이들을 모든 구시대의 관습에서 해방시키겠다는 듯이. 피케이는 심지어 다른 사람들과 함께 식사도 했다. 혁명이나 다름없었다. 같은 식당, 같은 식탁, 같은 그릇이라니! 사람들은 피케이가 다가간다고 움찔하거나 그와 같은 공간에 있거나 그와 살이 닿는 것을 피하지 않았다. 피케이는 저녁이면 가벼워진 발걸음으로 집으로 돌아왔다. 대도시 뉴델리가 마치 자신의 미래처럼 느껴졌다.

오리사 주의 장학금은 매달 지급되기로 되어 있었고, 학비와 미술 도구와 책, 방값과 식비가 모두 포함되어 있었다. 그렇지만 몇 달이 지나니 돈이 들어오지 않았다. 아빠가 매달 보내오는 50루피로는 겨우 며칠을 살 수 있을 뿐이었다. 아마도 국가 장학금을 지급하는 관공서의 담당 공무원이 자기 주머니를 채우고 입을 싹 닦은 것이리라. 장학금을 지급받기 위해 창구로 가면 안타깝게도 돈이 없으니 한 달 뒤에 다시 오라는 답변만이 돌아왔다.

학교에서의 첫해는 시작은 좋았지만, 결국에는 부족한 생활비와 굶주림과 잘 곳이 없어질까 전전긍긍하는 나날의 연속이었다. 처음 석 달은 여러 친구의 집을 돌아가며 잤다. 그렇지만 친구들에게 폐를 끼치기 싫어서, 뉴델리 기차역 바닥에서 일용직 노동자들과 장애인들과 거지들과 새벽 기차를 기다리는 시골 가족들 틈에서 잠을 잤다. 역사는 담요를 두르고 잠든 사람들과 번쩍이는 금속제 가방들과 곡물과 짚이 들어찬 마대 자루와 우유통과 농기구로 가득했다. 가끔은 염소도 한두 마리 있었다. 뉴델리의 밤은 고향의 밤처럼 따뜻하지 않았다. 거리는 습하고 이가 떨리도록 추웠다. 역사 안으로 들어와서야 겨우 몸이 녹고 마음이 훈훈해졌다. 거기다 공중화장실에서 몸을 씻으면 학교에 갈 때 땀 냄새를 풍기지 않아 좋았다.

그렇지만 어떤 날은 기차역까지 갈 힘도 나지 않았다. 그럴 때면 공중전화기 부스 안에 기어 들어가서 자기도 했다.

로타는 열여덟 살에 간호사 교육을 받고 병원 실습을 위해 런던으로 갔다. 나홀로 여행이었다. 길동무는 필요 없었다. 오히려 혼자 움직이는 것이 자유롭게 느껴졌다. 햄스테드의 전통 있는 병원에서 일하게 되었는데, 장기 입원 환자들과 직원들 사이에는 마치 가족처럼 끈끈한 유대감이 있었다. 로타는 병세가 위중한 노인의 간호를 맡았는데, 노인은 자신을 정중한 호칭으로 불러달라고 했다.

"나와 약속해줘요, 로타. 절대 마음이 차가워지게 하지 않겠다고."

로타가 일을 그만두던 날, 그는 그녀의 손을 잡고 그렇게 말했다. 로타는 그 조언을 소중하게 가슴에 품었다.

런던에서 로타는 문을 열고 들어가면 쿠민과 칠리 향이 확 풍기는 조그만 골목 식당에서 인도 음식을 먹었다. 로열 페스티벌 홀에서 발목에 방울을 달고 추는 인도 전통 오디시 춤 공연을 보았고, 조지 해리슨과 라비 샹카의 세계 평화 기원 공연도 보았다. 짧은 기간이었지만 델리에서 온 인도 이주민과 사귀기도 했다.

로타는 병원에서 커다란 돌바퀴가 그려져 있는 그림 달력을 하나 주웠는데, 바퀴는 오래된 듯했고 조그만 사람과 코끼리 조각이 새겨져 있었다. 로타는 그 그림을 뜯어 하숙방 침대 위에 붙여두었다. 저녁이면 침대에 누워 그림을 올려다보았다.

바퀴가 나를 끌어당기는 것 같아. 그림이 내게 뭔가 진리를 전하기라도 하려는 듯이. 분명 존재하지만 내가 잊어버린 어떤 진리를.

로타는 일기장에 그렇게 썼다.

그날의 마지막 수업이 끝난 뒤 피케이는 뉴델리의 중심인 코넛 플레이스로 향했다. 코넛 플레이스에는 빅토리아 시대 양식으로 지어진 흰 저택들과, 유명한 식당들과, 유서 깊은 가게들이 있었다. 거리 중앙에는 수풀과 분수와 연못이 있는 공원이 하나 있었다. 이곳에서는 대도시의 고유한 냄새가 풍겼다. 더러운 연못과, 들꽃과, 과일 장수들과 꽃 장수들이 켜놓은 향초와, 버스와 트럭에서 나오는 매연과, 쇠창살이 쳐진 하수구와 짐꾼들이 풀밭에 누워 피우는 비디 담배의 달큰한 연기.

공원 옆에는 낮고 흰 건물이 하나 있었다. 학생, 언론인, 그리고 지식인 들의 단골 만남장소인 '인디언 커피하우스'였다. 이곳에는 최근 들어 새로운 고객층이 생겨났는데, 유럽에서 육로를 통해 인도를 찾아온 히피들이었다. 카페 밖에는 이들의 차량들이 주차되어 있었다. 조그만 트레일러 차량들도 있었지만, 화려한 색상과, 상상력 넘치는 그림과, '인도 탐험대 1973-1974, 다음 정착지 히말라야'나 '뮌헨-카트만두 육로 여행' 따위의 문구로 뒤덮인 커다란 관광버스들도 있었다.

피케이는 거의 매일같이 수업을 마치면 인디언 커피하우스로 향했다. 그곳의 분위기와 모여드는 사람들이 좋았다. 가게 벽에는 이 점포가 인도 카페 노동자들의 협동조합에 가입했다는 안내문이 걸려 있었다. 피케이는 50년대풍 흑갈색 광고 사진들을 살펴보았다. 흰 수염에 흰 면모자를 쓴 자랑스러운 표정의 커피 농부 사진에는 'a fine type……'이라는 광고 문구가, 커피콩 사진에는 '……a fine coffee'라는 광고 문구가, 그리고 '둘 다 인도산이죠!'라는 광고 문구가 마지막을 장식했다. 웨이터들은 흰 파자마 같은 옷을 입고, 허리에는 녹색과 노란색이 섞인 벨트를 두르고, 빳빳하고 새하얀 면 부채로 장식된 모자를 쓰고 샌들을 신었다. 이들은 굵은 코이어* 매트 위를 뛰어다니며 뜨거운 블랙커피와 진한 버펄로젖이 곁들여진 차를 날랐다. 더 좋은 건 차 한 잔과 연필, 스케치북만 있으면 몇 시간이고 앉아 있을 수 있었다.

피케이는 웨이터들과 손님들, 특히 외국인 손님들을 주로 그렸다. 수염과 머리를 길게 기르고 인도 전통 문양이 수놓인 셔츠를 입고 긴 면숄을 두른 남자들. 머리카락을 헤나로 물들이고 청바지와 몸에 달라붙는 티셔츠나 화려한 색의 면셔츠를 입은 여자들. 가끔은 그림의 주인공들에게 스케치를 내밀기도 했지만, 돈을 달라고 하기

---

★ 코코넛의 겉껍질에서 채취한 적갈색의 질기고 강한 탄력성이 있는 섬유.

에는 너무 부끄러웠던 탓에 차 한 잔을 대접받는 것으로 만족했다. 몇몇 고객은 감사의 표시로 동전 몇 푼을 쥐어 주었다. 그 돈으로는 수업에 쓸 종이와 물감과 붓을 샀다.

기차역에서 자야 했던 시기에는 학교를 일주일에 몇 번밖에는 가지 못했다. 음식 살 돈이 없어 굶는 날에는 너무 어지러워서 강의를 듣거나 그림 연습을 하는 것도 힘들었다. 그럴 때면 정처 없이 시내를 떠돌아다녔다.

피케이는 거의 매일 오후 인디언 커피하우스로 가서 손님들의 그림을 그리고 차를 대접받았다. 가끔 누군가는 그에게 배가 고프지 않느냐며 길거리로 데리고 나가 사모사나 파코라 같은 노점에서 파는 음식을 대접했다.

더 이상 캔버스나 유화 물감을 살 여유가 없을 때에는 얇디얇은 인쇄용지나 갈색 포장용지, 그리고 뒷골목에서 몇 푼 주고 산 검은 잉크로 만족해야 했다. 피케이는 굶주린 사람들과 가난한 도시의 풍경을 인상주의적으로 표현하기 시작했다. 피케이에게 굶주림은 중요한 모티프였다. 붓질은 피케이 자신이 굶주리며 느낀 감정을 표현할 뿐만 아니라, 기아에 시달리는 세상 사람들의 고통을 표현하기도 했다. 기아의 고통을 그림으로써 허기를 덜고, 잠시나마 내면의 평화를 찾을 수 있었다.

그렇지만 반년 치 학비가 밀리자 피케이의 이름은 학적부에서 사라졌다. 피케이는 학교를 그만두어야 했다. 대부분의 교수들은 청강을 해도 좋다고 했지만 의미 없게 느껴졌다. 그림을 그리는 것도 그만두었다. 그림보다 더 중요한 일들이 있었기 때문이다. 당장 오늘

먹을 음식을 마련하는 것 따위의.

　나흘간 아무것도 먹지 못한 끝에 위에 경련이 일어나기 시작했다. 마치 배가 쪼그라드는 듯한 감각이었다. 강렬한 고통이 몇 분간 지속되다 사라지면, 생생한 굶주림의 느낌이 되살아났다. 힘이 없고 뭐든 심드렁하기만 했다. 그러나 산처럼 쌓인 갓 구운 차파티, 파니르와 콜리플라워를 커다란 그릇에 가득 담아 진한 소스에 찍어 먹는 모습을 상상하노라면 한편으로는 힘이 넘쳤다. 피케이는 먹을 것을 찾아 정처 없이 헤맸다. 굶주림이 극에 달했던 어느 날이었다. 정부 기관들이 모여 있는 페로제샤 거리에서 강렬한 음식 냄새가 풍겼다. 도저히 거부할 수가 없었다. 거대한 저택을 둘러싼 벽 사이에 있던 문은 활짝 열려 있었다. 피케이는 안을 들여다보았다. 정원에는 파티용 천막이 세워져 있고, 그 아래로 붉은 식탁보가 깔린 긴 식탁이 있었다. 흰 터번을 두르고 푸른 유니폼 재킷을 입은 웨이터들이 금테를 두른 유리잔이 담긴 쟁반을 들고 뛰어다니고, 검푸른 블레이저를 입은 연주자들이 청명한 구릿빛 악기를 연주하고 있었다. 평소의 피케이는 경우에 어긋나고, 힐난을 받을 만한 행동을 하기에는 너무 조심스러운 성격이었다. 그렇지만 굶주림 앞에서는 사정이 달랐다. 그는 더 이상 망설이지 않았다. 피로연이 열리고 있는 정원에 숨어들었다. 수백 명의 하객들이 모여 대화를 나누며 뷔페 음식을 즐기고 있었다. 스테인리스 스틸 쟁반에는 양꼬치와, 붉은 칠리소스에 담긴 생치즈와, 박하소스를 곁들인 탄두리 치킨과, 금빛 사모사와, 요거트 소스와, 병아리콩 마살라와, 고수 이파리와 쿠민 씨를 곁들인 감자와, 갈아놓은 콜리플라워, 차파티, 난, 그리고 파코라가 있었다.

위경련은 여전히 주기적으로 찾아왔다. 이제 죽이 되든 밥이 되든 상관없었다. 피케이는 접시에 음식을 가득 담아 출구에 선 채로 먹기 시작했다.

피케이는 마치 굶주린 개처럼 게걸스럽게 먹었다. 절제하려고 했지만 그럴 수가 없었다. 혹시 들킬까 걱정이 되어 사방을 둘러보며 누가 수상한 눈길을 보내지는 않은지 살폈다. 그렇지만 그를 보고 있는 사람은 아무도 없었다. 모두가 자기 할 일을 하느라 바빴다.

접시를 다 비우고 배가 차자 피케이는 출구를 향해 살금살금 걸어갔다. 겨우 세 걸음이나 걸었을까? 누군가가 피케이의 어깨를 두드렸다. 단호하고 권위적인 손짓이었다. 피케이는 그 자리에 딱딱하게 굳고 말았다.

이제 정말 유치장에 갇히게 됐구나. 경찰이 나를 오리사의 집으로 돌려보낼 거야. 수치와 모욕이 기다리고 있겠지. 그때 누군가의 목소리가 들려왔다.

"커피로 하시겠어요, 아니면 차로 하시겠어요?"

돌아보니 금실 자수가 놓인 조끼를 입고 흰 터번을 두른 웨이터가 피케이를 빤히 쳐다보고 있었다. 피케이는 웨이터가 한 말을 곧바로 이해하지 못했다. 그렇지만 어쨌든 경찰을 부르겠다는 말은 아닌 것 같았다. 커피를 원하느냐고? 아니면 차를? 마음속으로 안도감이 번졌다. 피케이는 둘 다 마다하고는 아무도 그를 지켜보지 않는다는 확신이 들 때까지 신중하게 몇 걸음 내딛은 뒤, 주차된 앰배서더 차량과 인력거 사이로, 그리고 양옆으로 가로수가 서있는 거리를 죽어라 내달렸다.

피케이는 숨을 헐떡이며 만디 하우스 로터리를 지나 코넛 플레이스 쪽으로 계속 달렸다. 인디언 커피하우스 앞까지 온 다음에야 달음질을 멈추었다. 피케이는 깊은 숨을 들이쉬고 미소를 지었다. 배속의 둔중한 통증이 더는 느껴지지 않았다.

그렇지만 굶주림은 고열과 무기력증처럼 언제나 다시 돌아왔다. 어떤 날은 가로수에 달린 자무 열매 말고는 먹을 것이 없었다. 우기가 막 지나가고 가을이 오면 가로수 가득 보랏빛 열매가 맺혔다. 내버려두면 바닥에 떨어져 길을 점점이 물들였다. 달콤했고, 졸릴 때 먹으면 잠이 깨는 듯했다. 아니면 길가의 수도꼭지에서 물을 마셨다. 어렵게 배를 채우고 배탈이 나 억울한 날도 있었다. 복통이 있든 없든 배가 고픈 것은 마찬가지였다. 피케이는 점점 야위어갔고, 생각은 점점 단순해졌다. 세상 모든 것이 오로지 먹을 것을 중심으로 돌았다. 가을이 지나 겨울이 되자 다리 밑에서 나뭇잎을 태워 모닥불을 피우고 몸을 녹여가며 잠을 잤다. 이제 남은 친구도 없었다. 무기력함이 밀려왔다. 한동안은 카페에 가서 초상화를 그릴 힘도 없어 아빠에게 돈을 보내달라는 내용의 편지를 썼다. 나중에 피케이는 과연 그 편지들이 다 아빠의 손에 들어가기는 했는지 궁금했다. 그랬다면 도움의 손길이 좀 더 일찍 오지 않았을까?

봄이 지나고 여름이 되자 폭염이 시작되었다. 델리의 기온은 45도에 달했다. 아스팔트가 끓어오를 정도였으니 길은 해가 뜨고 질 때까지 텅 비어 있었다. 몸이 좋지 않았다. 배가 안 아픈 순간이 없었다. 피케이는 다시 한 번 진지하게 자살을 생각했다.

델리, 인도, 세계! 그 어디에도 내가 속할 곳은 없구나. 의심의 여지가 없었다. 아무리 생각해도 나는 가난하고, 비천하며, 아무도 원하지 않고, 쓸모라고는 찾아볼 수 없는 인간이구나! 나라는 사람은 실수에 불과하구나! 그리고 마침내 삶의 고통을 끝낼 날이 왔구나! 피케이는 떨리는 다리를 이끌고 반쯤 무의식 상태가 되어 야무나 강으로 향했다. 물에 몸을 던지며, 피케이는 다시는 물 위로 떠오르지 않기만을 기도했다.

그렇지만 갈색으로 오염된 물속으로 반쯤 가라앉았을 때쯤 피케이는 정신을 차렸다. 그는 있는 힘을 다해 물 위로 오르기 위해 발버둥 쳤다. 첫 번째 자살 시도 때 벌어졌던 일이 반복되었다. 마음과는 달리 몸은 살고자 하는 욕구로 발버둥 치고 있었다. 마치 팔다리가 피케이의 것이 아닌, 아직 포기하지 않은 누군가의 힘으로 움직이는 것 같았다. 피케이는 어느새 물 밖으로 나와 있었다. 그는 젖은 몸으로 지글지글 익어가는 길거리를 헤매기 시작했다. 머지않아 그의 눈에 철로가 들어왔다. 조금 더 확실한 방법으로 삶을 끝내리라! 철로를 베고 누워 기차를 기다릴 것이다! 그렇지만 철로는 오후의 햇볕에 달궈질 대로 달궈진 상태였다. 철로를 베고 눕자마자 그는 비명을 지르며 용수철처럼 튕겨올랐다. 화상을 입은 목에 통증이 몰려들었다. 기차가 올 때까지 철로에 누워 있을 엄두가 나지 않았다. 그러나 포기할 수는 없었다. 철로 옆에 섰다가 기차가 달려오면 뛰어드는 거야! 두 걸음만 내딛으면 모든 게 끝이 야! 이보다 더 쉬울 수도 있을까?

그러나 몇 시간을 기다려도 기차는 오지 않았다. 무슨 일이 있었던 걸까? 해가 질 무렵 웬 남자가 철로를 따라 걸어왔다. 피케이는 기차들이 다 어디로 갔느냐고 물었다.

"내가 기차 운전사요."

"왜 기차를 운전하지 않고 걸어오세요?"

"신문도 안 읽었소?"

"안 읽었는데요."

"파업 중이오."

"파업이요?"

"여기 이렇게 앉아서 노닥거리지 말고 집에서 기다리고 있을 마누라한테나 가보쇼."

"그렇지만 저는 집도 없고 아내도 없고 배가 고프다 못해 너무 아파요. 제가 왜 여기 앉아 있겠어요?"

운전사는 어깨를 으쓱하고는 사라졌다.

얼마 지나지 않아 경찰이 나타났다. 그는 방망이를 휘두르며 고함을 질렀다.

"잡아 가두기 전에 썩 꺼져!"


다음 날 피케이는 《타임스 오브 인디아》지를 주워 기사를 살펴보았다. 철도 파업은 철도 노동조합 조합장인 조지 페르난데스가 주도한 것이라고 했다. 페르난데스는 다른 업종 종사자들도 연대하여 파업에 참여하도록 설득하는 중이었다. 총 1,700만 명의 인도인들이 파업에 동참했다. 인플레이션, 부정부패, 식량 부족, 그리고 총리 인디라 간디가 이끄는 정부를 향한 분노였다. 어떤 칼럼니스트는 어쩌면 인류 역사상 가장 큰 규모의 파업일지도 모른다고 했다. 무너지기 직전인 건 나뿐만이 아니구나. 피케이는 그렇게 생각했다. 인도 전역이 대위기인 거야. 어제 내 삶이 끝나지 않은 게 인류 역사상 가장 큰 파업 때문이었다니.

철도 노동자들의 불만 때문에 피케이는 죽을 수도 없었다. 이 얼마나 거대한 연결 고리란 말인가! 그는 죽을 운명이 아니었던 것이다. 그의 운명을 이미 결정지어 놓은 초월적인 힘이 있는 것이 분명했다. 피케이는 이를 존중해야겠다고 생각했다.

반복적으로 실패한 자살 시도가 전부 우연일 수는 없지 않은가. 예언을 기억해야 한다. 뭐라고 했더라? 그래, 외지의 여자 이야기가 있었지. 피케이는 희고 매끈한 피부에 꽃무늬 원피스를 입었던, 초등학교 시절에 만났던 영국인 부인을 떠올렸다. 그날 이후, 피케이는 간혹 운명의 여자를 상상하기도 했다. 운명의 여인은 상상 속에서 예고 없이 나타나고는 했다.

환상은 점점 더 거대해져, 마침내 머릿속을 점령했다. 피케이를 굶주림과 망상에서 구원한 것은 그의 새로운 친구였다. 피케이는 뉴델리 미술대학의 강의에 가끔 들어가곤 했는데, 그곳에서 나렌드라를 만났다. 둘은 함께 인디언 커피하우스로 향하는 일도 많았다. 늘 나렌드라가 찻값을 냈고, 차를 마시면서 피케이는 이렇게 말했다.

"먹을 것을 좀 시켜도 될까?"

나렌드라는 의대생이었고, 피케이처럼 혼자 델리로 이주한 불가촉천민이었다. 나렌드라는 낮은 카스트의 학생들을 위해 마련된 쿼터

제도로 합격했는데, 그와 어울리는 것을 거부하는 대다수의 브라만 학생들보다 공부를 더 잘했다. 피케이는 나렌드라를 만난 첫날부터 그간 겪었던 고난과 굶주림과 심적 고통을 털어놓았다. 나렌드라는 그를 위로하고 먹을 것을 살 수 있도록 정기적으로 돈을 주었다. 한동안 괴롭히던 고열이 사라졌다.

"아마도 시겔라에 감염되었던 거 같아. 악성 살모넬라균인데, 여행자 설사라고도 해."

나렌드라가 말했다.

"그런데 어떻게 내가 다시 건강해진 거지?"

"저절로 낫거든. 잘 먹고 잘 쉬기만 하면."

심연으로 한 발자국만 더 내딛었더라면, 굶주림이 몇 주만 더 지속되었더라면, 열매와 더러운 물을 마시며 몇 주만 더 살았더라면 피케이는 죽음을 면하지 못했을 것이다.

나렌드라를 만난 건 일종의 행운이었다. 심지어 끊겼던 장학금도 다시 지급되기 시작했다. 행운은 거기서 그치지 않았다. 아빠가 상황이 그렇게 나쁜 줄 몰랐다며 사과하는 편지를 보내온 것이다. 몇 달 만에 도착한 첫 편지에는 백 루피 지폐가 들어 있었다. 낭비하지만 않는다면 일주일 식비로 충분했다.

장학금이 들어오자 피케이는 다시 수업에 들어가기 시작했다. 에너지와 열정도 되찾았다. 세상이 이전과 같은 색으로 가득 찼다. 열심히 새 친구도 사귀었다. 다리 아래에서 밤마다 만나던 학생이 있었는데, 그 역시 주기적인 빈곤에 시달리며 노숙을 했다. 피케이와 마찬가지로 그도 굶주림이 어떤 건지 알고 있었다. 그럼에도 불구하고, 피케이가 가장 동질감을 느낀 것은 불행을 함께한 형제가 아니었다. 학생들은 대부분 좋은 집안 출신이었다. 중산층이거나 정치적, 경제적 엘리트 가문 출신들이 많았다. 어떤 학생은 아버지가 인도의 우체국 국장이었고, 또 다른 학생은 인도 주재 불가리아 대사의 딸이었다. 한 여학생은 봄베이의 부유한 파시교* 상인 집안 출신이라 몸에 밴 대도시적 스타일과 태도로 다른 학생들의 선망의 대

---

★ 조로아스터교. 불을 숭배해 배화교(拜火敎)라고도 함.

상이 되기도 했다.

"나는 봄베이의 심장에서 나고 자랐어."

그녀는 그렇게 말하며, 길게 풀어내린 머리카락을 뒤로 넘기면서 바닥에 껌을 뱉었다. 피케이는 그녀를 동경했고, 그녀의 옆에서 부끄러움과 열등감을 동시에 느꼈다. 그녀의 자신감과 미래에 대한 확신을 마주할 때면 그는 고개를 들 수 없었다. 그러나 학생들과 서로 영어로 대화를 할 때만큼은 그도 무리의 일원으로 느껴졌다. 배부르게 먹고도 돈이 남으면 피케이는 어휘를 늘리기 위해 《리더스 다이제스트》지를 사서 읽었다. 그렇지만 힌디 어 실력은 좀처럼 나아지지 않았다. 친구들이 힌디 어를 할 때면 자신감이 없어졌다. 이제 그럭저럭 알아들을 수는 있었지만 모국어인 오리야 문자와는 다른 데바나가리 문자*로 쓴 글은 잘 읽지 못했다. 혹시라도 친구들이 힌디 어로 쓴 글을 가리키며 읽어보라고 할까 전전긍긍했다. 교내 카페에서 피케이는 무슬림 남학생을 만났다.

"안녕. 내 이름은 타릭이야. 타릭 베그."

남학생은 능숙한 영어로 그렇게 말하고는 입학시험에서 일등을 했다며 자랑을 늘어놓았다.

"다행이지."

타릭이 말했고, 나는 물었다.

"그게 왜 다행인데?"

"모르겠으면 우리 아버지한테 물어봐."

---

★ 근대 시기의 범어를 적는 데 사용한 문자.

타릭이 말했다. 그럼에도 불구하고 딱히 오만하다는 인상을 주지는 않았다.

"네 아버지?"

"우리 아버지, 미르자 하메둘라 베그 말야. 못 들어봤어?"

"들어본 것 같긴 한데 잘 모르겠어. 말해봐! 유명한 분이야?"

"대법원의 법관이셔."

"와, 타릭. 너 대단한 사람의 아들이구나."

"안타깝게도 말이지."

"안타깝게도?"

둘은 철학이라는 공통된 관심사를 가지고 있었다. 그렇지만 피케이도 타릭도 브라만들이 고집하는 힌두교 경전에는 그리 끌리지 않았다. 둘은 서로 불교와 자이나교 경전과 이슬람교의 수피파 주문에 끌렸다. 교내 카페에서 몇 시간이고 앉아 인간의 본성이나 의식의 경계를 넓히는 방법에 대해 논하고 있으면 수위가 들어와 학교 문을 닫을 시간이라고 말하곤 했다.

피케이는 여전히 노숙자 신세였다. 타릭은 그를 집에 데려갔다.

"내 방 바닥에서 자면 되겠다. 아마 아버지도 괜찮다고 하실 거야."

타릭네 가족은 델리 남부의 호화로운 주택가에 있는, 침실 20개와 욕실 9개가 딸린 바로크 양식 궁전에 살고 있었다. 피케이는 학교에서 가장 부유한 학생과 친구가 된 것이다. 그 무렵, 타릭의 누이가 결혼을 했다. 정원에 상다리가 휘어질 정도의 뷔페가 차려지고 호화로운 파티가 열렸다. 인도의 정치 엘리트 다수가 참석했는데, 그중에는 수상인 인디라 간디도 있었다. 그렇지만 피케이는 초대받지 못했다. 속속 손님들이 도착하는 동안 피케이는 타릭의 방 바닥에 누워 친구가 음식을 숨겨 오기만을 기다리고 있었다. 방문은 밖에서 잠겨 있었다. 그날 밤, 피케이는 동네 똥개만도 못한 존재였다.

피케이는 북적대는 사람들 소리와 식기 부딪히는 소리와 음악소리를 들었다. 웃음소리가 들리고 음식 냄새가 풍겨왔다. 타릭은 저녁 늦게야 음식 접시를 들고 돌아왔다. 피케이는 타릭의 방에서 몇 달을 머물렀다. 놀라운 경제적 격차에도 불구하고 둘은 서로 공통점이 많다고 생각했다. 그렇지만 꿈이나 장래 계획이나 철학 따위도 일단 한 가지 문제를 해결한 다음에야 논할 수 있었다. 피케이는 타릭과 만날 때마다 먹을 게 있느냐고 물었다. 오랜 세월이 지나 피케이가 타릭과 이메일로 연락을 하게 되었을 때, 타릭의 기억에 강렬하게 남아 있는 청년 피케이의 인상은 바로 굶주림이었다. 피케이는 언제나 굶주려 있었다. 다른 무엇보다 배고픔이 먼저였고, 그걸 해결한 다음에야 부처도 논할 수 있었다. 타릭 아버지는 날이 갈수록 아들의 가난한 친구를 의심스러운 눈으로 보게 되었다. 법관은 케임브리지 대학교 산하 트리니티 대학 졸업생답게 피케이를 정중하게 대했고, 마주칠 때면 예의 바르게 인사도 건넸다. 그는 단 한 번도 피케이에게 대놓고 집을 나가라 요구하지는 않았다. 그렇지만 타릭은 시간이 흐를수록 점점 더 자주 아버지와 긴 대화를 하며 가난한 친구를 불쌍히 여겨줄 것을 호소해야만 했다.

타릭 아버지는 아들에게 피케이와 어울리는 것을 그만두고, 좀 더 이름이 알려지고 부유한 집안의 친구들을 사귈 것을 종용했다. 압박은 날이 갈수록 심해졌다. 타릭은 끝내 피케이가 집을 나갔다고 거짓말을 해야 했다. 피케이는 여전히 타릭의 방에 숨어 살았고, 타릭은 식당에서 음식을 몰래 가져왔다. 타릭 아버지를 피해 옷장에 숨는 날도 있었다. 어둠 속에서 공포와 수치심에 질린 채, 웅웅 울리는 판사의 목소리를 듣고 있어야 했다.

피케이는 1973년의 봄 내내 타릭의 집에 숨어 살았다. 정확하게 얼마나 그렇게 살았는지 피케이도 제대로 기억하지 못한다. 피케이가 기억하는 것은 단 하나다. 그를 절대 버리지 않겠다고 맹세하던 타릭이야말로 최고의 친구였다는 사실 말이다. 그리고 그런 친구가 있는 한, 세상은 그래도 꽤 살만 한 곳으로 느껴진다는 사실 말이다.

무더운 어느 봄 밤, 피케이는 타릭의 방 바닥에 누운 채 끔찍한 악몽을 꿨다. 어떤 꿈이었는지는 일어나자마자 잊어버렸으나 공포와 두려움만은 여전히 남아 있었다. 피케이는 땀에 흠뻑 젖은 채로 눈을 떴고, 어둠 속에서 자신을 향해 다가오는 엄마를 보았다. 엄마는 희미한 회색 석양빛을 두르고 있었고, 사리는 젖어 몸에 달라붙어 있었다. 마치 여느 아침처럼 마을의 강가에 다녀온 것 같았다. 언제나처럼 엄마의 검은 머리카락은 젖어 있었고, 머리에는 물이 가득 담긴 토기를 이고 있었다.

어떻게 엄마가 이곳 뉴델리에 있을 수 있지?

"다 괜찮아질 거야."

엄마는 음울한 얼굴로 그렇게 말한 뒤 물동이를 타릭의 방 바닥에 내려놓았다.

"내 삶의 여정은 이걸로 끝이야. 소나 포아, 네 누이동생을 잘 돌봐야 한다. 네게는 누이동생이 한 명밖에 없다는 것을 잊지 마라!"

피케이는 다시 한 번 눈을 번쩍 떴다. 이번에는 잠에서 완전히 깼다. 방에는 그와 깊은 숨을 내쉬며 침대 위에 잠들어 있는 타릭밖에 없었다. 새벽 세 시 반이었다. 피케이는 오래전 엄마의 품에 안겨 잠들었을 때처럼, 엄마가 방 안에 나타나 자신을 위로해준다는 느낌을 받았다. 그렇지만 안심할 수는 없었다. 엄마는 분명 뭔가 잘못되었다고 말하는 것 같았다. 엄마의 마지막 말을 떠올리면 떠올릴수록 심장이 더 거세게 뛰었다. 아무 일도 없었다는 듯 그냥 바닥에 누워 있을 수도, 다시 잠들 수도 없었다.

피케이는 타릭을 깨우지 않고 짐을 싸서 집을 나와, 기차역 쪽으로 걷기 시작했다. 그는 망설이지 않고 기차에 올랐다. 꿈에서 깬 지 1시간 만에, 피케이는 기차를 타고 동쪽으로 가고 있었다.


사흘 동안, 기차를 네 번 갈아탄 뒤 버스를 타고 숲속의 구불구불한 길을 달려온 끝에 피케이는 아스말릭의 부모님 집 앞에 도착했다. 아빠는, 구겨진 옷을 입고 흐트러진 머리는 땀과 먼지 범벅인 아들을 놀란 눈으로 바라보았다.

"엄마가 아픈 걸 어떻게 알았니?"

"몰랐어요. 아니…… 어쩌면 알았을지도 몰라요. 꿈을 꿨거든요."

"엄마가 네가 오고 있다고 했지만, 우린 안 믿었어. 내가 그런 말 하지 말라고 몇 번이나 말했는데도 고집을 부리더구나. 몇 번이나 우리 아들이 오고 있다고 말이야."

슈리다르가 말했다.

"얼른 들어오너라. 엄마가 기다리고 있다. 새가 영영 새장을 떠날 때가 되었구나."

집안 사람들이 칼라바티의 침대를 둘러싸고 있었다. 엄마는 겨우 쉰 살 남짓이었고 머리도 세지 않았다. 그럼에도 불구하고 뇌출혈은 엄마의 생명을 갉아먹고 있었다. 어쨌든 아스말릭의 보건소에서는 그렇게 말했다.

칼라바티는 피케이를 보더니 쓸데없는 인사말을 생략하고 본론만을 말했다.

"절대 술을 마시지 말고, 네 미래 부인이 불행해지지 않도록 해야 한다."

그리고 꼭 꿈속에서 그랬던 것처럼 덧붙였다.

"네 누이동생을 잘 돌봐야 한다. 네게 누이동생은 한 명밖에 없다는 것을 잊지 마라."

엄마의 병세는 빠르게 나빠졌다. 아들과의 대화에 마지막으로 끌어올린 힘을 모두 써버린 것 같았다. 그날 오후 피케이가 엄마의 반쯤 벌어진 입에 조심스럽게 물을 흘려 넣었을 때, 엄마는 물을 삼키지조차 못했다. 목구멍에서는 꾸륵대는 소리가 나고 곧이어 메마른 기침 소리가 들렸다. 엄마는 힘겨운 몸짓으로 돌아누웠다. 눈의 초점이 풀리고 호흡이 점점 느려지고 가벼워졌다. 칼라바티는 그렇게 세상과 이별했다.

슈리다르는 그날 바로 마을의 목수에게 화장을 위해 장작 한 묶음이 필요하다고 연락을 넣었다. 아빠와 피케이는 남동생 프라바트의 도움을 받아 엄마의 시신을 강가로 지고 가, 영구대 위에 올려놓은 뒤, 무릎을 꿇고 앉았다.

셋은 참을성 있게 장작을 실은 수레가 오기를 기다렸다. 해가 지고 바람이 불기 시작했다. 구름이 하늘에 머물더니 곧 비가 내리기 시작했다. 하늘이 울리니 땅이 흔들리고 우기에는 언제나 그렇듯 번개가 어둠을 찢었다. 피케이는 엄마의 시신을 무릎에 올려놓은 채, 바람이 엄마의 연약한 몸을 앗아가지 않을까 두려움에 떨었다. 그는 엄마의 발을 꼭 붙잡았다. 그러고 있으면 엄마가 절대 사라지지 않을 것처럼.

저녁은 그을음처럼 검었지만 번개가 치는 짧은 순간마다 엄마의 창백한 얼굴과 딱딱하게 굳은 회색 발이 보였다. 화장을 지켜보기 위해 모였던 불가촉천민 주민 몇몇은 악령이 강바닥을 집어삼켰다며 두려움에 휩싸여 뿔뿔이 흩어졌다.

그렇지만 피케이는 그 무엇도 두렵지 않았다. 슬펐지만, 동시에 차분하고 평온했다.

마침내 수레 주인이 도착했다. 그런데 수레도, 소도 없었다. 그는 장작더미를 실은 수레를 끌고 오다가 강에서 꽤 떨어진 곳에서 망가져 버렸다고 말했다. 그날 밤에 화장을 하는 것은 불가능했다.

"이 날씨에 엄마의 시신을 무릎에 올려두고 밤을 샐 수는 없다. 곧 시신이 썩을 거야."

슈리다르의 말이었다. 피케이와 프라바트는 뭔가 대책을 세워야 함을 깨달았다. 둘은 언덕을 타고 내려가 아빠와 함께 강가의 모래 사장에 맨손으로 0.5미터 정도 되는 구덩이를 팠다. 그리고 모래 구덩이 안에 칼라바티의 시신을 조심스럽게 내려놓았다. 화장이 불가능하다면 모래장으로 만족해야 했다. 셋은 물줄기가 시신을 빨리 휩쓸어가기를 바랐다. 가장 중요한 것은 칼라바티가 다시 물과 한 몸이 되는 것이었다.

아빠와 동생은 딱딱하게 굳은 표정이었다. 눈물을 흘리던 피케이가 갑자기 모래구덩이로 뛰어들었다. 그는 엄마의 시신 위에 몸을 뉘인 채 함께 묻어달라며 울부짖었다. 누구도 움직이지 않고 말도 하지 않은 채 피케이의 모습을 바라만 보았다. 비가 쏟아져내렸다. 슈리다르는 말없이 모래 구덩이에서 피케이를 끌어올려 모래사장에 앉히고는, 손으로 모래를 퍼서 아내의 몸을 덮기 시작했다.

다음 날 아침, 피케이는 델리로 되돌아갔다. 며칠 뒤 치러질 장례식에는 참석하고 싶지 않았는데, 전통에 따라 머리를 밀어야 했기 때문이었다. 피케이는 뉴델리에서 만난 히피들의 영향으로 길게 기른 구불구불한 머리카락을 자르고 싶지 않았다. 그리고 엄마와는 강가에서 이미 작별 인사를 마쳤다고 생각했다. 엄마의 시신을 무릎에 올려놓고 느꼈던 평온함은 곧 자취를 감췄다. 뉴델리를 향해 갠지스 평원 위를 달리는 기차 안에서 피케이는 대도시에서 살아가는 어른으로서의 삶에 대해 공허함만을 느꼈다.

눈에 보이지 않는 어떤 유대가 끊어진 것 같았다. 뒷날 피케이는 일기에 이렇게 썼다.

"우리는 이따금 날아오르지만, 결국은 언제나 어머니의 품에 안긴다. 이제 더 이상 어머니가 없는 나는 설 땅을 잃은 것이다. 삶이 불안정해졌다. 발밑의 땅이 꺼진다. 나는 추락한다."

학기가 끝나고 방학이 되었을 때, 피케이와 타릭은 긴 여행을 떠났다. 피케이의 아빠와 형제들에게 인사를 하고 가능하면 붓다의 유적도 돌아볼 생각이었다.

둘은 먼저 피케이의 고향으로 향했다. 오리사를 조금 돌아다니다 아내의 죽음에서 아직 완전히 회복하지 못해 침울한 슈리다르에게 들렀다. 그다음에는 갠지스 평원의 구불구불한 시골길을 버스를 타고 달려 네팔 카트만두의 히말라야 비탈을 올랐다. 둘 다 해외로 나온 것이 처음이었고, 만년설이 내려앉은 산봉우리를 보는 것도 처음이었으며, 간밤의 추위에 얇은 얼음이 낀 수면을 보는 것도 처음이었다.

그곳은 반짝반짝 빛나는 맑은 신세계였다. 색깔들은 강렬하고 서로 대비되었다. 스모그 가득한 뉴델리의 하늘은 흐리거나 더러운 갈색이었지만, 이곳의 하늘은 광활한 푸른색이었다. 어느 날 오후, 카트만두의 라트나 공원에서 나무를 그리고 있던 피케이에게 웬 남자가 다가왔다. 그는 인사의 의미로 합장을 하고 공손하게 "나마스테."라고 말하더니, 혹시 사람도 그릴 줄 아냐고 물었다.

피케이는 망설임 끝에 대답했다.

"네. 가끔 그려요."

남자는 코가 툭 튀어나왔고, 네팔식 모자를 쓰고 있었다. 그는 자신의 옆모습이 독특해서 그리기 쉬울 것이라고 말했고, 완성된 그림에 만족하며 몇 루피를 내밀었다. 다른 행인 한 명이 호기심을 가지고 다가와, 피케이에게 자신의 초상화도 그려줄 수 있냐고 물었다. 태양이 히말라야의 봉우리 너머로 사라지는 동안, 피케이의 앞에는 돈을 주고 초상화를 부탁하려는 손님들이 줄을 섰다.

네 시간의 작업 뒤, 비록 오른팔은 뻐근했지만 주머니는 동전과 구겨진 지폐로 불룩했다. 이 돈이면 프릭 거리에서 족히 나흘은 아침과 저녁을 사먹을 수 있었다. 타릭의 친절함에 의지하지 않고 밥값을 직접 내는 것은 해방처럼 느껴졌다. 빈 주머니로 인한 걱정도 사라졌다. 어쩌면 정말로 모든 게 다 괜찮아질지도 모르겠다는 생각이 들었다.

타릭과 피케이는 파턴(Patan)과 스노맨(Snowman)이라는 이름의 두 카페에 모인 서양 히피들 사이에서 두 마리의 낯선 새나 다름이 없었다. 한 명은 불가촉천민 정글 소년이고 한 명은 무슬림 거부의 아들이며, 둘 다 인도인이었다. 어느 쪽이든 모험심 넘치는 유럽 중산층 청년들과는 어울리지 않았다. 유럽 청년들은 서양을 싫어했고, 피케이와 타릭은 서양을 선망했다. 피케이의 마음에 든 것은 서양의 부유함이나 선진 기술이 아니라 서양에는 브라만과 카스트 제도가 없다는 것이었다. 유럽에도 가난한 사람은 분명 있겠지만, 그들이 인도의 불가촉천민들만큼 핍박받지는 않을 것이라고 그는 확신했다.

둘은 유럽 인들과 섞이고 싶었다. 저녁이면 카페에서 함께 물질주의를 욕하고 마리화나를 피우고 애플파이를 먹었다. 서양인들은 두 인도 청년을, 청바지를 입고 고등 교육을 받았으며, 영어를 잘하는 피케이와 타릭을, 그들이 이룬 히피 공동체의 이국적인 요소 정도로 여겼을지도 모를 일이었다.

가장 중요한 것은 피케이의 삶이 전환점을 맞이했다는 점이다. 난생처음 돈을 벌 수 있는 방법이 있다는 것을 알게 된 것이다. 카트만두에서의 마지막 밤은 다시는 굶주리지 않아도 될 새로운 삶의 시작처럼 느껴졌다.

뉴델리로 돌아온 타릭은 아버지가 두려워 차마 피케이를 집으로 데리고 갈 엄두를 내지 못했다. 피케이는 그런 그를 원망하지 않았다. 타릭의 상황이었다면 피케이 역시 똑같이 행동했을 것이다. 피케이는 다시 한 번 노숙자가 되었다. 어떤 날은 학교 친구의 집에서 신세를 졌고, 다른 날은 기차역의 돌바닥으로 돌아갔다. 마음이 무겁고 비참했다. 평생 장애물 가득한 삶을 살 운명인 것처럼 느껴졌다.

그렇지만 이제 돈을 벌 수 있는 방법을 안다. 그는 상업 화가로서의 새로운 삶을 시작하기 위해 목 좋은 자리 두 곳을 확보했다. 한곳은 코넛 플레이스 공원 분수대 옆이었고, 다른 한 곳은 시 외곽의 공항 옆 주택가 팔람이었다. 경찰이 너무 귀찮게 군다 싶으면 한 곳에서 다른 한 곳으로 옮겨갔다. 가끔은 곤란한 상황을 모면하기 위해 아부를 해야 했다.

"부탁입니다, 경찰님. 저도 어떻게든 먹고살아야 하지 않겠습니까? 그렇지 않습니까, 경찰님?"

대부분의 경찰들은 기꺼이 뇌물을 받았고, 그럭저럭 친절하게 굴었다. 경찰서장은 뇌물로 초상화를 그려주면 대충 만족해 돌아가곤 했다.

"그림을 그리면 벌금을 제해주지."

경찰서의 차가운 벽에는 피케이가 연필과 목탄으로 그린 초상화가 점점 늘어갔다.

인디언 커피하우스의 손님들은 자주 분수대를 찾아 피케이의 그림을 구경했다. 매일 오후 피케이의 이젤 앞으로 인파가 몰려들었다. 가끔은 경찰이 와서 사람들을 보고 흩어지라 요구하거나, 피케이를 경찰서로 데려가기도 했다. 피케이는 불평하지 않았다. 바로 훈방 조치가 되지 않아도 장점이 있었기 때문이다. 유치장 안은 따뜻했고, 음식도 있었고, 심지어는 샤워도 할 수 있었다. 아침이면 경찰은 피케이를 다시 내보냈다.

피케이는 경찰 한 명과 어떠한 합의에 다다랐다. 장사가 가장 잘되는 시간대가 지나면 경찰이 와서 피케이를 체포한다. 피케이는 유치장의 침대 한 칸을 얻어 쓰고, 경찰은 피케이의 하루 수익의 반을 가져가는 것이다. 그렇지만 다른 경찰들이 낌새를 채기 시작했기 때문에, 경찰은 마지못해 합의를 깨고 한동안 조용히 살라고 부탁했다. 입에 풀칠을 하기 위해서라도 매일 돈을 벌어야 하는 피케이는 어쩔 수 없이 공항 근처에 새로운 근거지를 마련할 수밖에 없었다.

1975년 1월 26일 공화국의 날*, 시내로 향하는 도로에 인파가 몰려들었다. 교통이 통제되고 경찰은 대로로 사람들이 밀려나오지 않도록 울타리를 쳤다. 사람들은 서로 어깨를 맞대고 선 채로 터미널 쪽을 바라보았다. 몇몇은 손에 현수막을, 다른 이들은 꽃을 들고 있었다. 카메라나 스케치북을 든 남자들도 보였다.

갑자기 사람들이 움직이기 시작했다. 누군가가 떠밀려 바닥에 나동그라졌다. 욕설이 들려왔지만 이는 기대감 가득한 웅성거림에 곧 묻혔다. 피케이는 사람들이 대체 누구를 기다리고 있는 것인지 궁금해졌다.

경찰 지프차 두 대, 그리고 추가로 두 대가 더 왔다. 행렬은 마치 대중들에게 뭔가를 선보이고 싶은 듯 느릿느릿 움직였다. 웅성거림이 커졌다. 사람들을 밀치고 앞으로 나아가자 지프에 타고 있는 여자가 눈에 들어왔다. 피부가 하얀 여자였다.

먼 나라에서 온 여자라고 했다. 피케이의 눈에는 여자가 빛을 뿜어내고 있는 것처럼 보였다.

"발렌티나, 당신은 우리 영웅이에요!"

누군가가 고함을 질렀다.

피케이는 키가 큰 시크교도 몇 명과 학생들 사이에 끼어 있었다. 학생들이 환호성을 내질렀다. 피케이도 따라 환호하기 시작했다. 꽃이 없었기에, 하늘에서 꽃 대신 내려와 마치 여왕처럼 시내를 향해

---

* 1950년 1월 26일 인도에서 헌법을 발표하고 공화국이 된 것을 기념하는 날.

행진하는 여자의 그림을 그려주고 싶었다. 피케이는 인파를 밀치고 어느새 멈춰선 지프에 가까이 다가가, 앉아 있는 여자에게 스케치를 내밀었다. 곤봉을 들고 피케이의 길을 막아선 경호원이 그림을 낚아채 들여다보더니, 미소 지으며 여자에게 그림을 건넸다. 여자는 자신의 초상화와 경호원을 차례로 보았고, 경호원은 피케이를 가리켰다. 피케이와 여자의 눈이 마주쳤다. 여자는 몸을 앞으로 숙여 경호원에게 뭔가를 속삭였다. 경호원이 피케이 쪽으로 돌아섰다.

"숙녀분이 당신과 만나고 싶다는군."

"지금요?"

"당연히 지금은 아니지, 멍청아!"

피케이는 '소련 대사관, 샨티거리, 차나키아푸리'라는 주소가 쓰인 쪽지를 받았다.

"내일 12시다. 완성된 그림을 가지고 늦지 않게 오도록 해."

경호원은 무뚝뚝하게 말했다.


정부 공무원들과 러시아 외교관들이 차나키아푸리의 곱게 꾸며진 대사관 구역에 모여들었다. 건물 안쪽, 소련 지도자들의 사진이 걸려 있는 회의실에 전날 피케이 그림의 모델이 된 여자가 서 있었다. 경호원 한 명이 피케이를 여자 쪽으로 떠밀었다. 여자는 피케이의 손을 잡고 서투른 영어로 감사 인사를 건넸다.

"예쁜 초상화군요. 나는 발렌티나 테레시코바라고 해요."

이 사람은 누굴까? 둘은 카메라를 향해 함께 미소를 지었다. 테레시코바! 한 번도 들어본 적이 없는 이름이었다. 피케이는 겨우 그녀와 인사말 몇 마디 나눌 시간밖에 없었다. 방은 외교관과 언론인 들로 가득했고, 사적인 대화를 나눌 틈이 없었다. 그녀가 결혼을 했는지 안 했는지도 모르는 판이었다.

호기심 가득한 기자들이 그에게 질문을 퍼부었다.

"당신은 누구십니까? 어디서 오셨습니까?"

피케이는 질문에 대답하는 대신, 발렌티나 테레시코바가 누군지 알려달라고 했다. 언론인 한 명이 소리 높여 말했다.

"맙소사, 어떻게 그렇게 무식할 수가 있죠? 세계 최초의 여성 우주인이잖아요!"

피케이는 흥분에 휩싸였다. 그는 기자들의 질문에 하나하나 답하며, 정글 속 마을과 부족민이었던 엄마와 불가촉천민인 아빠 이야기를 했다. 언론인들은 열심히 메모를 했다. 인도인들은 미담을 좋아한다. 기자들은 특종의 냄새를 맡았다. 정글 출신의 빈곤하고 낮은 카스트의 소년 피케이, 유명한 여성 우주인을 만나다!

그날 저녁 피케이는 코넛 플레이스의 카페에 앉아 발렌티나 테레시코바를 떠올렸다. 피케이는 오늘 자 신문을 찾아 읽었다. 그가 그렸던 여자는 우주비행사로 재교육받은 방직 공장 노동자였고, 1963년 6월 16일 아침 우주복을 챙겨 입고 우주선이 발사될 곳으로 향하는 버스를 탔다고 했다. 로켓이 준비되었고 기계 장치들이 웅웅거렸다. 2시간의 카운트다운 뒤 모터들이 돌아가기 시작했고 로켓은 떠올랐다. 발렌티나, 코드네임 '갈매기'는 지구의 궤도를 향한 여행을 시작했다. 그녀는 이틀하고도 22시간 50분에 걸쳐 지구를 48바퀴

돌았고, 낙하산이 탑재된 강철 원뿔을 타고 낙하해 카자흐스탄의 메마른 스텝 지대에 내려앉았다. 지구로 돌아온 발렌티나는 우주기술 연구자가 되었다. 또한 지금 소련의 가장 높은 위원회의 일원이었으며, 공산당 중앙위원회에 속해 있었다.

바로 그 여자가 인도에 있었다.

우주를 여행한 그녀가 신처럼 느껴졌다. 피케이는 도움과 자비의 손길을 내리는 여신 두르가를 떠올렸다. 두르가는 현세에 개입해 신성한 이치를 깨뜨리는 악마들을 무찌르는 만물의 어머니이다. 두르가는 흔히 잘린 버펄로의 목을 밟고 서서 거대한 신의 무기를 쥔 형상, 아니면 사자나 호랑이를 타고 있는 모습으로 그려진다. 발렌티나 테레시코바는 지구를 떠났으나 돌아왔다. 세상 만물을 초월한 곳에서 온 여자인 것이다. 울부짖는 사자와 같은, 불을 뿜는 로켓에 올라탄 여자인 것이다. 우주비행사인 것이다.

어쩌면 그녀야말로 점성술사들이 예언한 그 여자가 아닐까?

피케이는 발렌티나와 함께하는 삶을 그려보았다. 그렇지만 상상하는 것조차 어려웠다. 상상 속 피케이는 발렌티나의 행렬에 합류해 서쪽으로 지는 석양을 향해 달린다. 긴 여행 끝에 소련의 고향에 도착한다. 발렌티나는 꽃무늬 원피스를 입고 피케이의 옆에 서 있고, 피케이 자신은 어두운 색의 양복을 입고 있다. 주변 경관을 그려보려 애썼지만 상상은 점점 모호해졌고, 그녀의 존재는 희미해졌으며, 빛깔들은 뿌옇게 흐려졌다. 피케이는 소련의 도시가 어떤 모양을 하고 있는지, 우주비행사의 집이란 어떤 모습일지 상상할 수도 없었다. 소련에서의 생활이 어떤지도 몰랐고, 그곳의 음식이 어떤 맛인지, 그곳의 자동차나 나무나 시장이 어떻게 생겼는지도 몰랐다.

꿈은 곧 사라졌다. 예언이 실현될 것이라는 희망도 점점 작아졌다. 소원을 이루어주는 별은 그 빛을 잃었다.

더 이상 아무 생각도 떠오르지 않았다. 피케이는 하룻밤 노숙을 위해 덮고 잘 종이상자와 적당한 공중전화박스를 찾아 텅 빈 어둠 속 거리를 헤맸다.


다음 날 피케이는 기차역 주변 골목에 늘어서 있는 일간지들을 기대 가득한 눈으로 훑었다. 《나브라트남 타임스》, 《타임스 오브 인디아》, 《힌두스탄 타임스》, 《더 힌두》, 《인디언 익스프레스》. 이들은 피케이에 대해 뭐라고 썼을까?

"여기 신문에 나온 사진, 혹시 당신이에요?"

길에서 차이를 파는 사람이 물었다.

"네, 저 맞아요."

피케이는 그렇게 답하고는 30파이사를 주고 진흙잔을 받았다. 차이가 담긴 잔에서는 김이 모락모락 피어올랐다. 모닥불 위에 찌그러진 알루미늄 냄비를 올려놓고 그 앞에 앉아 있던 남자는 피케이를 대단하다는 듯 쳐다보았다.

피케이는 《타임스 오브 인디아》를 한 부 사서 기사를 읽어 내려갔다. 12면에 피케이와 발렌티나의 사진이 나와 있었다. 헤드라인은 "정글에서 온 소년, 우주에서 온 여자를 만나다"였다. 머릿속에서 폭죽이 펑펑 터졌다. 피케이의 삶이 신문에 실린 것이다. 그날 피케이는 버스 정류장과 찻집의 화젯거리였다. 여러 신문에서 그와 러시아 인 우주비행사에 관한 이야기를 실었다. 피케이가 역에서 밤을 보내고 파하르간지 시장의 거리를 산책할 때면 사람들이 다가와 인사를 건넸다. 칠이 벗겨지고 간판이 흔들리는 벽을 따라 코넛 플레이스로 이어지는 판치쿠이안 거리를 따라 걸을 때면, 행인들이 가던 길을 멈추고 피케이에게 오늘 하루는 어땠는지, 또 지금 행복한지 등을 물었다.

스톡홀름의 병원에서 여름내 일한 로타는 영국 남부 해안으로 향했다. 영어를 공부할 요량이었다. 공부의 주제는 당연히 인도였다. 로타는 영국의 남동쪽에 있는 항구인 포트슬레이드 바이 시(Portslade-by-Sea)에서 런던까지 기차를 타고 가, 영연방 연구소 도서관에서 인도에 대한 자료를 모았다. 몇 주 동안 로타는 인도 동부 오리사 지역 사람들의 삶과 종교적인 벽화에 푹 빠져 지냈다.

이카트 패턴으로 짠 인도산 직물 자료 사진을 앞에 둔 채, 로타는 순간 어떠한 깨달음을 얻었다. 사진 속 풍경이 익숙하게 느껴졌다. 스웨덴의 전통 축제 의상에서 비슷한 무늬를 본 적이 있다. 이 인도식 패턴은 보로스 밖의 숲속 토아르프 지역의 전통 의상과 거의 동일했다. 어떻게 인도와 스웨덴의 패턴이 이렇게 똑같을 수가 있는 걸까?

모든 것에는 의미가 있는 법이다. 로타는 그렇게 생각했다.

인도에는 많은 문제가 있었다. 인플레이션은 점점 심해졌고 실업률이 치솟았다. 총리 인디라 간디는 신문을 통해 상황이 점점 더 통제하기 힘들어지고 있다고 말했다. 우파 힌두교도들은 종교단체들을 사주해 나라를 불태울 것이라고 위협했다. 그렇지만 피케이는 언제나처럼 역의 분수대로 가 생활비를 벌 뿐이었다.

앉아서 그림을 그리고 있는데, 옷을 말쑥하게 잘 차려 입은 남자가 다가와 피케이 앞에 섰다. 피케이는 물었다.

"초상화를 그리시겠어요? 10분에 10루피입니다!"

"내가 아닙니다. 따라오시죠. 조용히 얘기 좀 나눕시다."

"무슨 일인데요?"

"우리의 존경해 마지않는 대통령 각하 파크루딘 알리 아메드께서 저녁 식사를 대접하고 싶어 하십니다. 그리고 각하의 초상화를 그려주었으면 하십니다."

남자는 자신이 대통령의 비서관이라고 소개했다. 며칠 뒤, 피케이는 지붕 위에 신호등과 사이렌이 장착된 흰 앰배서더 자동차를 타고 대통령궁으로 향했다.

　대통령궁은 사암으로 지어진 거대한 건물이었다. 마치 거인이 사는 곳 같았다. 건물에서 권력과 힘이 뿜어져 나왔다. 터번을 두른 덩치 큰 시크교도 경호원들이 피케이를 인계받았다. 잘못 행동하면 한 손으로도 때려눕힐 수 있겠다는 생각이 들었다. 경호원들은 피케이에게 궁전을 구경시켜 주었다. 원래 영국인들이 마지막 총독을 위해 지은 궁전이었는데, 피케이의 눈에는 옛 제국의 위엄을 내뿜는 금과 거울과 샹들리에가 모두 멋있게만 느껴졌다. 이곳을 사진이 아닌 실물로 보는 것은 난생처음이었다. 내가 수도의 심장에 와 있으며, 이제 곧 대통령을 만날 것이라니. 이 얼마나 말도 안 되는 일이란 말인가!

　피케이는 곧 대통령을 만나 합장을 하고 허리를 깊게 숙여 공손하게 인사했다. 대통령은 꽃병이 놓인 작고 동그란 테이블 옆에 앉아 있었다. 피케이는 바로 작업을 시작했다. 비서관이 시간을 재면서 말했다.

　"끝나면 이야기해 주십시오."

　13분 뒤 피케이가 "다 됐습니다."라고 말하자, 비서관은 초시계의 정지 버튼을 눌렀다. 대통령은 완성된 그림을 바라보았다. 그는 감정을 드러내지 않고 한참 동안 그림을 관찰하다가, 피케이를 돌아보며 말했다.

"아주 훌륭하군요."

대통령은 소리 내어 웃었고 시종일관 농담을 했다. 시동이 잘 안 걸리는 오토바이 같은 웃음소리였다. 그 웃음소리는 대통령을 다소 희극적이고 한없이 평범한 삼촌처럼 보이게 했다. 궁을 떠나기 직전, 피케이는 대통령이 비서관에게 하는 말을 들었다.

"내 딸에게 돈 보내는 걸 잊지 말게나."

피케이는 인도의 대통령도 다른 부모와 똑같이 떨어져 사는 자녀 걱정을 한다는 점이 마음에 들었다. 그런 그가 인간적이고 사랑스러운 인물로 느껴졌다. 궁을 나오는 피케이를 기다리는 것은 기자들과 카메라 플래시 세례였다. 언론인들은 대통령이 한 말을 알고 싶어 했다.

"따님에게 돈을 보낼 거라고 했어요."

피케이는 기자들도 자신과 같은 느낌을 받을 것이라고 생각했다. 그렇지만 그들의 생각은 조금 달랐다.

"나라 걱정을 해도 모자랄 판에 자기 가족이나 챙기다니!"

한 기자가 말했다.

"인도의 미래가 대통령 딸보다 덜 중요하잖아?"

다른 한 명이 불평했다.

"다 우리가 뿌린 대로 거둔 거지."

세 번째 기자의 말이었다.

다음 날, 일간지들은 피케이의 대통령궁 방문에 대한 짤막한 기사를 실었다. 피케이의 사진과 피케이가 그린 대통령의 초상화도 함께 실렸다. 기사들 중 하나는 피케이가 대통령 초상화를 그리는 데

13분이 걸렸다는 것을 중점적으로 다뤘다. 마치 그게 운동선수의 기록이라도 된다는 듯이 말이다.

1975년 봄, 집회와 경찰 진압이 점점 더 잦아지고 있었다. 정부는 정치에 대한 불만이 폭력 시위와 폭동으로 변할까 두려워했다.

피케이는 분수대 옆에 "10루피 10분"이라고 쓴 표지판을 세웠다. 줄은 점점 길어졌다. 그의 인기가 얼마나 대단했던지, 경찰이 위험 인물로 지목할 정도였다. 코넛 플레이스 분수대에 경찰서장이 찾아와 말했다.

"계속 이래서는 안 될 일이지!"

그렇게 피케이는 다시 한 번 체포되었다.

다음 날 아침, 훈방 조치된 피케이는 배도 부르고, 피로도 풀린 몸을 이끌고 학교로 향했고, 학교가 끝난 뒤에는 어제 중단된 작업을 마무리하기 위해 분수대를 찾았다.

연필로 그린 초상화는 고객들이 가져갔지만, 풍경화와 굶주린 시절 그렸던 표현주의적 유화는 그대로 이젤과 콘크리트 벽에 걸려 있었다. 그림은 점점 늘어났다. 매일 저녁 6시에서 9시 사이에 분수대는 분수기와 조명이 켜져 아름다운 광경을 연출했다. 해가 질 때면 잘게 갈라진 물줄기가 무지개를 빚어냈다. 피케이는 시내에서 가장 가슴 설레는, 그림을 그리고 전시할 장소를 찾았다고 생각했다.

피케이에 대한 경찰의 대우는 점점 나아지고 있었다. 종종 그를 체포하기는 했지만, 대체로 보는 눈을 의식해서였고, 치안을 잘 관리하고 있다는 인상을 주기 위해서였다. 시간이 지날수록 피케이를 내버려두는 날이 점점 더 많아졌다. 신문 기사 덕택에 피케이는 '분수대 화가'라는 이름을 얻었다. 학교 교수들은 그의 부지런함을 칭찬했고, 격려의 말을 건넸다. 원래 피케이가 있는 줄도 몰랐던 학생들이 그의 친구가 되고 싶어 했다. 겨우 몇 주에 불과한 기간 동안 그는 아무것도 아닌 사람에서 유명인이 되어 있었다.

우주비행사와의 만남과 대통령과의 만남 이후 피케이는 거의 매주 언론을 탔다. 텔레비전과 라디오와 주간지에서 그를 인터뷰했다. 그는 빈민가의 오두막과 사교계 파티의 공통 화제였고, 초상화 순서를 기다리며 늘어선 줄의 길이는 날로 길어졌다. 그에 대한 소문은 정계의 중심지까지 닿았다. 국회의원 둘이 신문에서 그의 그림을 보고는 총리 관저 근처 사우스 거리에 있는 국회의원 클럽으로 피케이를 초대한 것이다. 그곳에서 하크사르가 우연히 의원들과 대화를 나누고 있는 피케이를 보았다.

나라얀 하크사르는 인디라 간디의 개인 보좌관이었다. 그는 현 상황에서는 정부의 미래가 불투명하며, 뭐든 사람들의 관심을 끌 만한 성공 신화가 필요함을 절감했고, 피케이를 홍보에 써먹을 수 있을 것이라 생각했다. 피케이는 비록 사회 밑바닥 출신이지만 피케이의 이야기 속에는 인도의 특권층이 가지지 못한 삶의 열정이 들어 있었다. 또한 피케이는 인디라 간디와 인도 국민회의가 바꿔야 한다고 주장하는 오랜 악습의 피해자였다. 더구나 불가촉천민은 국민의 1/5을 차지하는 큰 유권자층이었다. 그들의 마음을 얻을 수 있다면 인디라 간디는 파격적인 개혁 정책을 성공적으로 추진할 수 있을 뿐만 아니라 다음 선거에서 승리할 수 있을지도 모르는 일이었다.

피케이는 하크사르가 인디라의 측근 중에서도 주요 인물임을 곧 깨달았다. 그는 간디의 언론 자문이었고, 정치 전략가이자 사회주의적 정부 정책의 대변인이었다. 그는 카슈미르의 급진주의적 브라만 단체의 일원이었는데, 카슈미르는 간디 집안의 출신지이기도 했다. 그는 한마디로 권력의 중심에서도 핵심 인물이었던 것이다. 몇몇 정치 논객은 은행의 국유화와, 코카콜라와 같은 자본의 상징물을 금하는 정책 입안의 배경에는 그가 있다고 주장했다.

클럽에서의 첫 만남에서 하크사르는 자기소개를 한 뒤 단도직입적으로 말했다.

"총리 각하의 초상화를 그릴 의향이 있습니까?"

"네, 물론입니다.!"

피케이는 의자에서 벌떡 일어나며 말했다.

"좋아요. 연락은 어떻게 하면 되죠? 전화 번호는?"

"저는 전화가 없는데요."

"그렇군요. 그럼 주소는?"

"기차역과 경찰서에서 번갈아가며 잡니다."

"저런!"

하크사르는 피케이 쪽으로 몸을 숙이며 속삭였다.

"지낼 수 있는 곳을 제가 알아봐드리죠."

아아, 인디라 간디! 이 얼마나 대단한 여성이란 말인가? 그녀는 어머니처럼 자애롭지만 동시에 권위적이면서도 유머가 있었다. 그녀는 오늘 자 신문에서 읽은 기사나 사우스 거리의 총리 관저에서 본 것들에 대해 이야기를 했다. 피케이는 그녀의 짓궂은 농담을 따라

가지 못했지만, 주변 사람들, 그러니까 총리의 수행단 모두가 그녀가 던지는 재담에 웃음을 터뜨렸기 때문에, 그냥 따라 웃으면 되겠다고 생각했다.

피케이가 상상한 인디라 간디는 눈을 마주치려면 턱을 들어 올려 다봐야 할 정도로 키가 큰 여성이었다. 그렇지만 실제로는 피케이 정도밖에 되지 않았다. 170센티미터가 될까 말까 했다. 키는 작지만 여성적인 몸매에 특히 눈이 아름다웠다. 피케이는 그녀가 영화배우 같다고 생각했다. 인디라는 공손한 어조로 피케이의 출신지와 장래 계획을 물었다. 대답하는 피케이의 목소리가 덜덜 떨렸다.

"오리사, 오리사 출신입니다. 지금은 델리 미술대학에 다니고 있어요."

피케이는 자랑스러운 목소리를 내려고 애를 썼다.

"아하."

인디라는 무심한 목소리로 대답하다 말고 창틀에 놓인 화병들을 바라보더니, 문가에 선 수행원을 향해 말했다.

"이봐요. 꽃에 물 주는 거 잊으면 안돼요."

그러고는 도로 생각에 잠겼다.

인디라와 함께 피케이의 유화와 목탄 그림과 그래픽 아트가 담긴 포트폴리오를 살폈다. 총리는 샨티니케탄의 타고르 예술대학 출신 이었다. 피케이는 그녀가 예술에 진심으로 관심이 있을 것이라 생각 했다. 피케이는 페이지를 넘겼고, 인디라는 지켜보았으며, 조금 관심 있는 얼굴로 고개를 끄덕였고, 뭐라 흥얼거렸다.

"이건 마음에 드네요."

인디라가 그림 하나를 가리키며 말했다.

"그렇지만 나머지는…… 흠, 글쎄요. 좀 더 노력해야겠군요. 솜씨가 더 늘도록 연습을 해야겠어요."

위엄 있는 목소리로 조언해준 인디라는, 동시에 피케이가 성공하고 유명해지기를 진심으로 바란다며 격려했다.

"당신은 그럴 가치가 있어요."

이후 그들은 다른 방으로 이동해 웨이터들의 시중을 받으며 점심 식사를 했다. 세계적으로 유명한 총리 인디라 간디와 정글 출신의 노숙자 피케이가 함께 앉아 있었다. 물론 인디라는 피케이가 기차역에서 살고 있는 것을 몰랐다. 비서관이 알려주지 않았기 때문이었다.

엄마가 이 모습을 봤으면 좋았을 텐데.

식사 도중, 피케이는 인디라를 훔쳐보았다. 그녀는 삶은 감자의 껍질을 직접 벗기고 있었다. 놀라웠다. 저런 것을 대신해 주는 시종들이 있지 않은가?


인디라 간디와의 첫 만남 이후 피케이는 곧바로 '오리사 바반'으로 향했다. 타지에 나와 사는 오리사 출신을 위한 게스트하우스 겸 클럽이었다. 그곳에서 요리사로 일하는 학교 친구에게 잠시 들를 생각이었다. 딱히 기대하는 것은 없었고, 그저 저녁이나 한 끼 얻어먹을 수 있으면 좋겠다고 생각했다. 그렇지만 피케이가 문을 열고 들어갔을 때 본 것은, 난생처음 보는 사람들의 호기심 가득한 눈빛이었다. 뭐든 흥미로운 이야기를 해야 할 것 같다는 부담감이 밀려왔다.

"오늘 특별히 맛있는 음식을 준비했어, 피케이."

요리사는 그렇게 말하며 마치 총리가 문을 열고 들어오기라도 한 것처럼 깊게 허리를 숙였다. 피케이는 옆의 남자들을 가리키며 물었다.

"그런데 이분들은 누구야?"

"기자들이야. 그분이 뭐라고 하셨는지 알고 싶어 해."

요리사는 그렇게 말하며 웃음을 지었다.

《나바바라트 타임스》의 기자 한 명이 사람들을 제치고 나와 인터뷰를 요청했다. 피케이는 기꺼이 질문들에 답했다. 주목을 받는 것이 좋았다. 총리가 뭐라고 말했고 뭘 했는지에 대해 답하는 것이 좋았다. 자신이 의미 있는 사람처럼 느껴졌다. 그렇지만 기자들이 인디라와 피케이의 만남을 실제보다 대단한 것으로 포장하려는 듯한 느낌이 드는 것은 어쩔 수 없었다. 그는 그저 영향력 있는 아줌마와 미술에 대한 이야기를 조금 나눈 것뿐이었다. 물론 평범한 아줌마는 아니었지만 그렇다고 해서 딱히 그렇게까지 대단할 것은 또 없지 않은가!

인디라 간디와의 첫 만남 내내 피케이는 점점 확신이 줄어들더니, 다소 두렵기까지 했다. 모두가 총리가 여신이라도 되는 것처럼 떠받들지 않았던가? 피케이는 어떻게 행동해야 할지 도무지 알 수 없었다.

인디라 간디와는 이후에도 다시 만났다. 통틀어 세 번이었다. 매번 하크사르가 주선자 노릇을 했다. 두 번째로 만났을 때 공포는 희미해지고, 피케이는 인디라가 정말로 상냥한 사람이라고 생각하게 되었다. 두려워할 필요가 없었다.

세 번째 만남에서 피케이는 인디라 간디와 오리사 출신의 다른 불가촉천민 몇 명과 함께 총리 관저 정원에서 사진을 찍었다. 사진은 다음 날 여러 일간지의 첫 페이지에 실렸다. 사자 갈기와 같은 노란색 사리, 그리고 회색과 검은색이 섞인 구불거리는 머리카락, 사진 중앙의 인디라의 모습은 우아했다. 그리고 그녀의 신민이자 불가촉천민들은 마치 인디라의 제자라도 되는 것처럼 잔디에 앉아 있었다.

피케이와 인디라 간디의 기사가 나간 뒤로 고향 오리사에서는 어떤 소문이 떠돌기 시작했다. 국모가 피케이를 입양했다는 소문이었다. 이제 피케이의 어머니는, 몇 년 전에 죽어 땅에 묻힌 부족민 칼라바티가 아니었다. 그의 어머니는 바로 인디라 간디였다.

로타는 시련에 무릎을 꿇는 성격이 아니었다. 삶의 장애물은 하늘에 일시적으로 낀 먹구름과 같아서 햇볕 드는 곳을 찾아 떠나면 그뿐이라는 것이 그녀의 생각이었다. 지금 현재 이곳이 가장 중요하다고 생각했다. 어려움이 존재한다는 걸 부정할 필요는 없지만 세상 모든 고통을 책임질 수도 없는 노릇이었다. 많은 사람들이 자신의 과거에 사로잡혀 살면서 행복보다는 불행에 더 쉽게 반응하는 것 같았다. 요가를 시작했을 때, 로타는 마침내 자신에게 꼭 맞는 삶의 철학을 찾았다고 생각했다. 명상과 호흡법에는 그녀가 내렸던 결정들이 전부 담겨 있었다. 사람은 익숙하지 않은 것을 받아들일 준비를 해야 한다. 사람은 자기 자신의 생각의 노예로 평생을 살아가서는 안 된다.

사람들은 모두 더 나은 사람이 되고 행복해지고 싶어 하지만, 그런 원칙에 따라 살아가는 것은 쉽지 않았다. 주기적으로 이를 떠올려야 무감각해지는 것을 피할 수 있었다.

　세상 사람들이 서로를 이렇게 함부로 대하고 이렇게 많은 부당함이 존재하는데 어떻게 행복해질 수 있는가? 정석대로라면 정치에 참여해야겠지만, 그럴 수는 없었다. 어떤 정당이나 단체에 관한 글을 읽어도, 진실이라고는 손톱만큼도 찾을 수 없었다. 남이 이미 완성해놓은 사상을 그저 수용하는 것은 불가능하게 느껴졌다. 자신이 기독교인, 힌두교도, 불교도, 보수, 진보, 혹은 사회주의자라고 말할 수 있을 만큼 진심으로 뭔가를 느끼지 못했다. 이것저것 조금씩 공감했다.

　엄마는 기독교인이었지만, 요가와 동양적 삶의 철학을 배운 뒤 로타는 종교에 회의적이었다. 그녀는 인본주의자이고, 그것만으로도 충분했다. 인간은 모두 출신이나 피부색과 상관없이 똑같은 생명력을 지니고 있다. 그렇게 생각하면 인종 차별주의자가 되는 것이 불가능하다는 생각이 들었다.

피케이는 초상화를 그려 번 돈을 물감과 캔버스 사는 데 투자했다. 그렇게 해서 점점 더 큰 캔버스에 더 다양한 기법을 써서 새로운 주제의 그림을 그릴 수 있었다. 대부분의 그림은 분수대 옆이나 인디언 커피하우스 안에서 외국인 관광객에게 팔았다. 하크사르는 아파트를 찾아주겠다고 약속했지만, 시간이 조금 걸릴지도 모른다고 했다. 그간 번 돈으로 피케이는 로디 콜로니에 조그만 방을 하나 빌렸다. 중세 델리 술탄령의 지배자들이 안치된 웅장한 묘가 있는, 숲이 우거진 커다란 공원의 남쪽에 있는 번창한 교외 주거지였다. 그렇지만 그의 새로운 집은 웅장함과는 거리가 멀었다. 침대와 협탁, 칠이 되지 않은 시멘트 벽에는 옷을 걸 수 있도록 고리가 세 개 있었다. 몇 제곱미터에 불과한 바닥에서 집 없는 친구들을 재웠다. 마지막 학년인 3학년이 된 피케이는 학교 식당에서 자주 회자되는 인물이 되었다. 시간이 지날수록, 일종의 구루가 되어갔다. 학생들, 교수들, 피케이보다 두 배는 더 나이 먹은 경험 있는 화가들이 이런저런 질문을 하고 답을 얻으려 했다. 피케이가 무슨 작업을 어떻게 하는지, 무슨 생각을 하는지, 어떤 재료를 쓰는지, 엄마와 아빠가 유명한 화가였는지, 미술에 대한 기본적인 자세는 어떤지, 그리고 정말로 인디라 간디를 만났는지에 대한 질문이었다.

새로 학교에 입학한 여학생 한 명이 매일같이 피케이를 찾아왔다. 피케이는 그녀의 표정이 묘하다고 생각했다. 마치 하고 싶은 말이 있는데 차마 하지 못해 참고 있는 듯한 얼굴이었다. 그녀는 끝내 용기를 그러모아 피케이에게 다가와 자기소개를 했다.

"제 이름은 푸니예요. 저와 점심 식사를 같이 할래요?"

그녀는 이렇게 대놓고 말하는 것이 부끄럽다는 듯 조심스럽게 그러나 단도직입적으로 물었다.

피케이는 언제나처럼 충동적으로 그러마고 했다. 그는 제의를 거절하는 일이 거의 없었다. 그렇지만 푸니는 그의 솔직함이 다소 혼란스러운 듯했다.

"제가 방해가 되는 건 아니죠?"

"그럼요. 작업을 하는 데 정말 방해가 되죠! 그렇지만 당신에게서 점심 식사를 대접받는 건 방해 치고는 정말 좋은 방해예요."

학교 식당에서 점심 식사를 한 뒤, 푸니는 피케이를 집으로 초대했다.

"우리 엄마가 피케이 씨를 만나고 싶어 하시거든요. 일요일에 올 수 있나요?"

"어머니가요? 왜요? 왜 저를 만나고 싶어 하세요?"

"초상화를 그려줬으면 하세요."

올드델리를 가로지르는 앰배서더 승용차와 환상적인 색으로 칠해
진 트럭과 고물 시내버스들은 마치 추운 날의 시럽처럼 천천히 움
직였다. 사이클 릭샤*가 자마 마스지드**를 둘러싼 좁은 골목들에
서 쏟아져 나왔다. 바로 그 사이클 릭샤들 중 하나를 탄 피케이는
교통 체증과 인파를 둘러보며 이상한 기분에 휩싸였다. 그는 사이
클 릭샤를 타본 적이 없었다. 편히 앉은 채로 다른 사람이 오로지
힘으로 끌고가는 모습을 지켜본 적이 없었다. 피케이는 타인의 보
살핌에 한없이 익숙한 지주들과 상인들과 브라만들을 떠올렸다. 그
들은 마치 자신들의 삶이 더 가치 있는 듯이 행동했다. 지금 이 순
간, 피케이도 릭샤를 운전하는 남자보다 자신의 삶이 더 가치 있는
것처럼 느껴졌다.

릭샤는 점점 더 복잡해지는 찬드니 시장의 인파를 요리조리 피해
귀금속 가게와 천 가게와 수돗물을 홍보하는 광고판과 나무상자형
사진기로 길거리의 사람들을 촬영하는 사진가들의 앞을 지나쳐, 염
소와 자전거 수레와 어슬렁대는 소와 짖어대는 개와 회색 머리쓰개
의 여인들과 코바늘 뜨개 모자를 쓴 남자들로 가득한 골목 안으로
들어갔다. 곡물과 고추가 들어찬 마대 자루를 놓아둔 구멍가게도
지나쳤다. 피케이는 눈에 들어오는 모든 것이 좋았다.

---

★ 자전거를 개조해서 만든 사람을 태우는 인력거.
★★ 이슬람교에서, 예배하는 건물을 이르는 말.

델리의 시장은 정글에서 온 소년에게는 여전히 이국적인 동화의 세계처럼 느껴졌다. 도시는 긴 역사와 권력, 아울러 혼잡과 가난의 냄새를 풍겼다. 거리와 주택 벽 사이로 드러난 하수구의 끈적하고 검은 오물은 끔찍한 악취를 풍겼고, 거기에 잘 꾸며진 망고와 무화과나무 정원의 달콤하고 매혹적인 파촐리 향료 냄새가 뒤섞였다.

릭샤가 마침내 목적지에 도착했다. 피케이는 양심에 찔려 팁을 거하게 얹어준 뒤, 매우 오래된 것이 분명한 주택의 짙은 색 나무문을 두드렸다. 안에서 누군가가 말했다.

"들어오세요!"

문을 연 것은 푸니였다. 그녀는 학교에서 봤을 때보다 훨씬 긴장한 듯한 얼굴을 하고 있었다. 웃음기 없는 표정으로 당장 가서 차가운 음료수를 가지고 오겠다고 말했다.

"물이면 충분해요."

피케이의 말에 푸니는 다소 신경질적인 웃음을 터뜨렸다.

"그럼 차나 커피라든가."

"나중에 마실게요."

집 안은 조용했다. 피케이는 주변을 둘러보았다. 벽에는 인도인들의 우상인 영화배우들 사진이 걸려 있었고, 탁자에는 생활 잡지와 패션 잡지가 놓여 있었다. 푸니가 물이 담긴 유리잔을 쟁반에 받쳐 들고 돌아오자, 자스민과 장미의 달콤한 향이 푸니에게서 은은하게 풍겼다. 피케이는 그녀가 중간에 욕실에 들러 향수를 뿌렸음을 알 수 있었다. 피케이는 그녀를 바라보았다. 학교 식당에서와는 달라보였다. 예쁘게 단장하고 반짝이는 살와르 카미즈*를 입고 뺨과 입술을 붉게 칠했다. 옷차림과 화장은 실제보다 나이가 많아 보이고 싶어 한다는 인상을 주었다. 더 이상 수수하고 수줍지만 직설적인 미대생이 아니었다.

피케이는 물잔을 집어들었다.

"어머니는요? 작업을 바로 시작해도 될까요?"

피케이가 물었다.

"아, 엄마요. 피케이 씨가 도착하기 직전에 외출을 하셔야 했어요. 사업에 관련된 급한 일이 생겼거든요."

피케이는 상황이 이상하게 돌아가고 있음을 바로 눈치챘다.

"조금만 기다려보세요. 곧 올 거예요."

푸니가 부드러운 목소리로 말했지만, 피케이의 의심은 커지기만 했다. 그는 1초도 더 기다리지 않기로 했다.

"일요일은 분수대에서의 장사가 제일 잘되는 날이거든요. 손님들이 기다리고 있을 거예요. 가서 돈을 벌어야 돼요. 잘 있어요!"

피케이는 곧바로 집을 나왔다.


"좋은 아침!"

델리 미술대학 복도를 걷는데 뒤에서 익숙한 목소리가 들렸다. 푸니였다.

"잘 지냈어요?"

---

* 인도의 전통 의상 중 일상에서 편하게 입는 옷. 긴 상의와 바지로 이루어져 있음.

"그냥 그래요. 엄마가 오늘 저녁 플라자 영화표를 두 장 샀는데 마음이 바뀌어서 같이 가기 싫대요. 피케이 씨가 갈래요?"

"좋은 영화래요?"

"엄마는 좋은 영화밖에 안 봐요."

"생각 좀 해볼게요. 점심 때 봐요."

피케이는 학교의 화실로 향했다. 일단 어제 작업의 흔적을 치웠다. 책상 위로 흐르는 물감 튜브의 코르크 마개를 닫고 말라붙은 붓 하나를 버렸다. 다른 붓 두 개는 테르펜틴을 써서 씻었다. 반쯤 완성된 그림과, 바닥에 버려진 스케치들을 확인했다. 피케이는 붓을 집어들고 그림을 그리기 시작했다.

푸니 생각을 해보려 했지만 불가능했다. 신비로운 침묵이 마음속을 채웠다. 둔탁한 소리가 들렸다가, 조금 더 가벼운 소리가 들렸다. 마치 그림 속 색채가 인간처럼 그에게 말을 거는 것 같았다. 단어를 말하는 이는 없었다. 오히려 여러 감정이 음이 되어 마치 화음을 이루는 것 같았다. 피케이는 속도를 내어 그림을 그렸다. 온몸에 정열과 활기가 넘쳤다.

종이 울렸다. 점심시간이었다. 그렇지만 피케이는 마치 아무것도 듣지 못한 것처럼 작업을 계속했다. 누군가가 방에 들어왔다. 피케이는 캔버스의 젖은 부분에 비치는 희미한 그림자를 보았으나 아무것도 보지 못한 것처럼 계속 그림만 그렸다. 누군지 알았지만 기분이 좋지 않았고, 그 사실이 놀라웠다. 아무도 훼방을 놓지 않는 곳에 홀로 있고 싶다는 생각이 강하게 들었다.

"정말 훌륭한 그림이네요."

푸니가 칭찬하는 말을 건네며 화실의 커다란 창으로 들어오는 빛 속으로 걸어나왔다. 피케이는 몸을 돌려 그녀를 바라보았다. 푸니가 물었다.

"영화 보러 같이 갈래요?"

피케이는 어물쩍 웃었다.

"여기 잠시만 기다리고 있어요."

그는 그렇게 말하고는 복도로 뛰어나갔다. 계단을 따라 내려가, 아래층 타릭의 화실로 들어갔다. 타릭은 책상에 앉아 일러스트 작업을 하고 있었다.

"1학년 푸니가 오늘 저녁에 나랑 데이트를 하고 싶다는데……."

피케이가 운을 떼자 타릭이 그를 올려다보았다. 피케이는 숨을 몰아쉬며 말했다.

"……그래서, 갈까? 영화를 보자는데."

피케이는 간절한 눈으로 친구를 바라보았다. 마치 타릭이 모든 답을 알고 있기라도 한 것처럼. 타릭은 그를 보며 한숨을 푹 내쉬었다.

"맙소사, 프라디움나. 개가 널 납치라도 한대? 가! 좀 즐기라고!"

둘은 오토 릭샤*를 함께 타고 영화관으로 향했다. 영화의 제목은 〈아자나비(Ajanabee)〉였는데, 부유하고 아름다운 상류층 여성과 사랑에 빠지는 중산층 소년에 대한 이야기였다. 이루어질 수 없는 사랑을 다룬 영화였다. 둘은 상영관 뒤쪽의 이인용 소파, 군데군데 찢

_____

★ 소형 엔진을 장착한 삼륜차.

어진 좌석에 앉아, 영화가 드라마틱한 음악과 함께 시작되는 것을 지켜보았다. 줄거리는 다소 충격적이었다. 여자 주인공은 임신을 했지만 아이를 입양 보내고—저런, 굉장히 인도적이지 않군!—모델 일에 집중하고 싶어 했다. 커플은 헤어졌고, 여자는 아빠가 있는 집으로 돌아간다는 내용이었다. 안됐네. 피케이는 그렇게 생각했다.

피케이는 영화 속 풍광과 노래와 춤이 마음에 들었다. 지금 상영되는 영화들 중에서 가장 낭만적인 작품임에 분명했다. 피케이는 때와 장소를 까맣게 잊을 정도로 영화에 집중했다가, 푸니가 손을 뻗어 자신의 손을 잡았을 때에야 현실로 돌아왔다. 둘의 손가락이 엉켰다.

"엄마가 피케이 씨가 분수대 화가 일을 해서 번 돈을 어디다가 보관하는지 물어보랬어요. 원한다면 엄마가 관리해준대요."

"괜찮아요. 은행에 저금하거든요."

피케이가 속삭였다.

둘은 침묵 속에 몇 분간 앉아 있었다. 러브신이 화면을 채웠다. 남자 주인공이 여자 주인공에게 입을 맞췄다. 전형적인 인도 영화의 키스 장면이었는데, 대충 키스라는 것만 알아볼 수 있는 수준이었다. 그럼에도 불구하고 보고 있는 것이 부끄럽게 느껴졌고, 불편했다. 춥기라도 한 것처럼 몸이 떨렸다. 푸니가 피케이의 손을 더 꽉 잡았다.

"왜 그래요?"

푸니가 물었다.

"아무것도 아니에요."

피케이는 짤막하게 대답했다.

"그렇지만 몸을 떨고 있잖아요."

"추워서 그래요."

푸니는 피케이의 어깨에 머리를 기댔다. 그리고 나직이 말했다.

"저는…… 피케이 씨를 사랑하고 있어요."

푸니는 그렇게 말하더니 깊은 한숨을 내쉬었다. 피케이는 혼란스러웠고, 불편했고, 스스로가 심약하게 느껴졌다.

"전…… 사랑 같은 거 생각해본 적이 없어요."

피케이가 망설임 끝에 말했다.

"지금 시작하면 되잖아요."

"그렇지만 우리 마을에서는 결혼하기 전에 사랑 같은 거 안 하거든요."

화면에서는 수염을 기른 남자 주인공이 보석이 가득한 가방을 훔쳐간 다른 남자에게 총은 쏘고 있었다.

"별로 어려울 것도 없어요. 피케이 씨는 아버님한테 편지를 쓰세요. 저는 저희 부모님한테 여쭤볼게요. 우리 엄마는 피케이 씨를 좋아해요. 아빠를 설득해서 결혼하면 돼요. 피케이 씨는 화가 일을 해서 돈을 벌고 저는…… 네, 저도 화가가 되면 되죠. 우리는 아주 행복해질 수 있을 거예요."

피케이는 뭐라고 답을 해야 할지 몰랐다. 이 모든 꿈과 계획은 대체…… 아니다. 어쩌면 푸니의 말이 맞는지도 모른다. 어쩌면 푸니가 그의 미래인 것은 아닐까? 그녀의 말처럼, 아버지에게 편지를 써서 결혼을 허락해달라고 해야 하는 것이 아닐까? 피케이는 자신의 감정에 대한 확신은 없었지만, 그간 일어난 일들이 어쩌면 운명이 아니었나 하는 생각이 들었다. 모든 일에는 이유가 있다. 자주 그렇게 생각하지 않았던가?

비극으로 치닫던 영화는 막판에 도로 알콩달콩한 연애물이 되었다. 다행이었다. 그러지 않았다면 울었을지도 모르겠다. 마지막 장면에서 커플이 재회했다.

피케이와 푸니는 손을 잡은 채 영화관을 나와 덜덜거리는 오토 릭샤를 잡아타고 올드델리 방향으로 난, 비 오는 비베카난다 거리를 달렸다. 푸니는 큰 마스지드 근처에서 내렸고, 오토 릭샤는 피케이를 태운 채 셋방이 있는 남부 교외 지역으로 향했다.

방에 도착한 피케이는 바로 아버지에게 편지를 쓰기 시작했다. 혼란스러움에도 불구하고 푸니의 제안이 좋은 게 분명하다는 생각이 들었다. 운명의 사람인 것이다! 아마도 점성술사들이 말한 여자도 푸니였을 것이다. 그의 고향 마을이나 지역 사람이 아닌 것은 맞고, 별자리가 예언한 것처럼 다른 나라 사람은 아니긴 하지만, 그래도 얼추 들어맞는다고 생각했다.

피케이는 자신을 사랑하는 여자의 이야기를 하고, 결혼을 하고 싶다고 편지를 썼다. 덧붙여 아버지의 허락을 구했다. 피케이는 눈을 비비며 시계를 보았다. 밤 12시 30분이었다. 침대에 몸을 눕혔다. 생각이 머릿속을 휘감았다. 들개 몇 마리가 짖으며 길을 내달렸다. 삐걱대는 자전거 소리가 들리다가 곧 사라졌다. 비가 그치고 회백색 달빛이 더러운 시멘트 바닥에 쏟아져 내렸다.

운명인 게 분명해. 피케이는 그렇게 생각했다.

푸니의 집 복도에서는 음식 냄새가 났다. 향신료를 듬뿍 쓴 요리의 매혹적인 냄새였다. 파라타, 치킨 커리, 팔락 파니르, 알루 고비. 이 모든 음식이 자신의 방문을 위해 준비되었다고 생각하니 뿌듯하고도 신기했다. 오로지 그만을 위해 이렇게 정성을 들인 것이다. 식탁은 요리를 담은 그릇과 쟁반으로 가득했다. 냅킨을 놓을 자리조차 없었다.

피케이는 배가 몹시 고팠다.

"나마스테."

피케이는 손을 모으며 몸을 굽혀 푸니 아버지의 발을 만졌다. 그 정도라면 푸니 부모님이 만족할 정도로 체면을 차린 것일 터이다.

"환영합니다, 형제. 일어나세요."

푸니의 아버지가 그렇게 말하며 서양식으로 피케이의 손을 잡았다.

"우리는 악수로 인사하는 현대적인 사람들이오."

방에는 푸니 부모님 외에 두 남자 형제와 그들의 부인들이 있었다. 푸니는 옆방, 발이 쳐진 문 안쪽에 앉아 있었다. 아마도 큰 방에서 오가는 대화를 듣고 있는 것이리라.

보통 이런 식으로 진행되는 것임은 이미 알고 있었지만, 그래도 우습게 느껴지는 것은 어쩔 수 없었다. 피케이는 푸니 아버지에게 심사되고 승인을 받는 것이다. 마치 입사 면접이라도 하는 것처럼 말이다. 내가 결혼을 푸니랑 하지, 푸니 아버지랑 하는 것도 아니고. 피케이는 그런 생각을 했다.

푸니 아버지의 첫 질문은 다음과 같았다.

"자네는 카스트가 어떻게 되나?"

뺨이 달아오르는 것이 느껴졌다. 시작이 좋지 않았다. 피케이는 푸니네 집안이 높은 카스트에 속하는 것을 이미 알고 있었다. 전통을 고집하는 집안이라면 피케이의 배경을 용납하지 않을 것이다. 그렇지만 푸니 아버지는 분명 자신들이 현대적인 사람이라고 말했었다. 피케이는 바로 질문을 던졌다.

"카스트 제도를 믿으십니까?"

그러고는 답을 기다리지 않고 이어 말했다. 반격만이 유일한 기회라는 생각이 들었다.

"카스트가 무슨 상관인가요? 제가 부족민 주거 지역의 불가촉천민 아버지에게서 태어났다 해도, 제 몸에는 따님과 같은 피가 흐릅니다. 따님은 저와 같은 관심사를 가지고 있고, 저는 우리 둘의 행복을 바랍니다."

푸니 아버지는 피케이의 눈을 똑바로 바라보았다. 문은 아직 닫히지 않았다. 아직은 가능성이 있었다.

"부족민 주거 지역의 불가촉천민 집안에서 태어났다는 말인가?"

그는 피케이의 질문에 답하지 않았다.

"그리고 내 딸이 자네를 사랑한다는 말인가?"

방 안의 모두가 침묵했다. 아무도 움직이지 않았다. 헛기침 소리조차 들리지 않았다. 푸니 아버지의 차분한 숨소리와 피케이의 맥박 뛰는 소리만이 들렸다. 피케이는 주위를 둘러보았다. 사람들의 얼굴에 떠올라 있던 미소가 거짓말처럼 사라져 있었다. 모두의 시선이 흔들렸다.

침묵을 깬 것은 푸니 어머니였다. 그녀는 이마를 탁 짚으며 비명을 질렀다.

"오, 맙소사!"

푸니 아버지는 자리에서 일어나 문을 가리키며 고함쳤다.

"이 집에서 나가게. 지금 당장! 그리고 다시는, 다시는 내 딸과 연락할 생각도 하지 말게!"

피케이는 자리에서 일어나 고개를 숙인 채, 잘 들리지도 않게 작별 인사를 중얼대며 현관으로 향했다.


피케이는 울면서 셋방 침대에 몸을 던졌다. 한참 요동치던 격렬한 감정이 지나간 뒤에는 한없이 작고 텅 빈 듯한 기분에 사로잡혀 천장만 올려다보았다. 아스말릭 학교에서의 기억, 남들과 함께하지 못했던 때의 기억이 돌아왔다. 수면 밑에 잠들어 있던 열등감은 마치 쏟아져나올 기회만을 기다린 듯했다. 열등감은 아팠고, 뜨거웠고, 따끔거렸다. 피케이는 마치 열이 오른 것처럼, 혹은 죽을 고비를 넘긴 사람처럼 덜덜 떨었다.

그날 밤 피케이는 자리에 누운 채 이 생각만 했다. 왜, 왜, 왜 나는 정글의 불가촉천민 집안에서 태어난 것일까?


신문에는 봄베이의 달리트* 표범당에 관한 기사가 실렸다. 미국의 흑표당에서 영감을 얻은 단체라고 했다. 이들이 발표한 선언문에는 피케이의 할아버지와 아버지가 말했던 것처럼, 인도를 지배하는 브

---

* '핍박받는 자'라는 뜻으로, 불가촉천민이 자신을 일컫는 말.

라만들이 영국인 식민 지배자들보다 악질이라는 내용이 담겨 있었다. 달리트 표범당은 힌두교 지배자들이 정부기관을 장악하고 상속받은 봉건적 권력 이외에도 종교적 권력마저 행사하고 있다고 주장했다. "우리는 이제 조금과 약간으로는 만족하지 않을 것이다. 우리는 브라만들이 소유한 길거리의 움막 하나를 원하는 것이 아니다." 이들은 그렇게 선언했다.

불가촉천민들의 신문인 《달리트 목소리》에서 표범당은 인도의 불가촉천민 차별을 미국의 흑인 차별과 비교했다.

아프리카계 미국인들은 아시아의 의형제들과 의자매들이 고통받는 한 자신들의 해방 역시 미완성임을 알고 있어야 한다. 아프리카계 미국인들이 고통받는 것은 사실이다. 그러나 우리는 이들이 200년 전에 겪던 일을 오늘날 겪고 있다.

며칠 뒤 피케이는 교내 카페에서 차를 마시다 푸니를 발견했다. 푸니는 웬 남학생과 대화를 나누다가, 피케이가 다가가자 피케이를 외면했다. 피케이가 좋은 아침이라 인사했지만 푸니는 대답하지 않고 남학생과 함께 자리를 피했다.

점심시간에 둘이 다시 마주쳤을 때, 푸니는 피케이를 돌아보며 말했다.

"절 그만 잊어주세요!"

푸니는 자신은 카스트 제도를 믿지도 않고 신경 쓰지도 않았지만, 아빠는 다르다고 말했다.

"아버지의 말을 무시할 수는 없는 거잖아요."

피케이는 할 말이 없었다.

"아까 그 남자 봤어요? 엔지니어 공부를 하고 있는 사람이에요. 아빠는 그 사람을 내 짝으로 점찍었었는데, 내가 피케이 씨를 사랑한다니 잊을 생각이었대요. 그렇지만 그건 피케이 씨의 출생 배경을 알기 전의 이야기예요."

피케이는 푸니를 멍하니 쳐다보았다. 그를 쟁취하기 위해 그렇게나 애를 쓰던 푸니가 하루아침에 다른 사람이 된 것 같았다.

"이제 다 끝났어요. 전 그 사람이랑 결혼할 거예요. 곧이요."

"그 사람을 사랑해요?"

"네."

푸니는 얼굴색 하나 변하지 않고 대답했다. 사랑이란 무엇일까? 그는 푸니가 아버지에게 맞서고 싶지 않아서 거짓말을 하고 있다고 생각했다.

"푸니, 내 말 들어봐요. 나는 싸울 준비가 되어 있어요. 법적으로 우리 관계는 아무런 문제도 되지 않아요. 당신 아버지도 친척들도 우리를 막을 수는 없어요. 친척이나 사제 없이 혼인 신고를 하고, 아무도 우리를 찾지 못하고, 아무도 우리를 모르고, 궁금해하지도, 신경 쓰지도 않는 곳으로 옮겨가서 살면 돼요."

피케이가 말을 하는 동안 푸니는 고개를 돌려 흔들리는 눈으로 복도와 식당을 번갈아 바라보았다. 그러다 피케이의 말을 잘랐다.

"이제 말 걸지 마세요. 모르는 척해달라구요."

"제가 싫어요?"

"좋아해요. 그렇지만 결혼은 할 수 없어요."

"왜죠, 푸니?"

"아빠를 불행하게 만들 수는 없으니까요."

피케이는 로디 콜로니의 셋방에서 홀로 고함을 질렀다.

"망할 브라만들, 상위 카스트 인간들! 편견 가득하고, 오만하고, 꽉 막힌 머저리들! 우리가 너희들에게 뭘 잘못했길래!"

피케이는 혐오로 가득 차 잠을 제대로 이루지 못하고, 새벽 네 시에 깨어 해가 뜨기까지 세 시간을 꼬박 뜬눈으로 흘려보냈다. 분노가 지나간 뒤 찾아온 것은 억울함과 자기 연민이었다. 침대 협탁에는 얇은 녹색 책이 놓여 있었다. 종이는 누렇게 변했고 글자는 탁한 색이었다. 잠이 오지 않을 때 푸니 생각을 하지 않기 위해 읽는 책이었다.

남인도 케랄라에는 다음과 같은 이야기가 전해 내려온다. 어느 날 시바 신은 브라만들의 버르장머리를 고쳐주기로 결심했다. 아, 지금 상황에 딱 어울리는 이야기군. 피케이는 그렇게 생각하며 페이지를 넘겼다. 시바는 브라만들의 오만한 행태를 벌하기 위해, 케랄라의 브라만들 중에서도 가장 고귀하고 똑똑한 자에게 창피를 주기로 했다. 그는 브라만들의 고귀한 정신적 스승인 아디 샨카차리아였다.

그는 열반을 코앞에 둔 사람이었다. 그가 열반에 들지 못한 것은 오로지 오만함과 자만심 때문이었다. 그는 자신을 비롯한 모든 인간은 카스트와 지위를 불문하고 똑같은 피와 살로 이루어져 있음을 인정하려 들지 않았다.

시바와 그의 아내 파르바티는 가난뱅이 불가촉천민, '풀라야' 카스트 부부로 변신했다. 두 신의 아들 난디케산은 그들의 가난한 아들 역할을 맡았다. 셋은 오물과 진흙이 묻은 일용직 노동자 같은 차림을 했다. 시바는 일부러 고기를 먹고 술을 마신 것 같은 냄새가 풍기도록 했는데, 이는 선한 브라만들이 육식과 음주를 금기시하기 때문이었다. 시바는 마치 밤새도록 술을 마신 것처럼 비틀비틀 걸었다. 한쪽 팔에는 야자주 술병을 끼고 다른 쪽 손에는 코코넛 열매 껍질로 만든 바가지를 들고 있었다.

시바, 파르바티, 난디케산은 그런 꼴을 한 채 논둑길에서 고결한 아디 샹카차리아와 마주쳤다. 관습에 따르면 그런 상황에서 브라만과 마주친 불가촉천민은 질척대는 논으로 뛰어내려야만 한다. 그렇지만 시바와 그의 가족은 아디를 향해 똑바로 걸어가서는, 길을 비키라고 요구했다.

아디는 크게 분노했다.

"어찌 감히 그대들처럼 더럽고 냄새나고 술을 마시고 육식을 하는 불가촉천민들이 순결하며 고귀한 브라만과 같은 길을 걷는가? 평생 목욕이라고는 한 적이 없는 것 같은 냄새가 나는군! 내 살면서 이런 모습은 본 적이 없다."

아디는 쩌렁쩌렁한 목소리로 말하고는, 이는 신들조차 용서할 수 없는 죄라며 셋 다 목을 치겠다고 위협했다. 시바가 대답했다.

"그래요. 내가 술 한두 잔 마셨고 목욕을 한 지도 꽤 오래됐습니다. 그렇지만 내가 저 질척대는 논 위로 구르기 전에 한 가지 질문을 할 테니 대답을 해줘야겠습니다. 당신처럼 고결하고 높은 지위의 브라만과, 당신이 더럽다고 하는 내 가족의 차이가 무엇입니까?"

시바는 아디가 그 질문에 대답을 할 수 있다면 자기 가족을 밟고 가도 좋다고 말했다.

"내가 손을 칼로 베고 당신이 손을 칼로 베면 우리 둘 다 붉은 피를 가지고 있다는 것을 알 수 있지요. 그렇다면 차이가 무엇인지 말해보시오."

시바는 이어 두 번째 질문을 던졌다.

"우리는 같은 땅에서 난 쌀을 먹지 않습니까? 세 번째 질문은 이것이오. 당신은 불가촉천민들이 기른 바나나를 신에게 제물로 공양하지 않습니까? 네 번째 질문은 이것이오. 당신은 우리의 여인들이 엮은 화환으로 신상을 꾸미지 않습니까? 다섯 번째 질문은 이것이오. 당신이 사원의 의식에서 사용하는 물은 우리 불가촉천민들이 파낸 우물에서 길어오는 것이 아닙니까?"

아디는 그 질문들 중 제대로 대답할 수 있는 것이 하나도 없었다. 시바는 이어 말했다.

"당신들은 놋그릇으로, 우리는 바나나 잎으로 식사를 한다 해서 우리의 종이 달라지지는 않소. 브라만들은 코끼리를 타고 우리는 버펄로를 타지만, 그렇다 해서 당신들이 코끼리이고 우리가 버펄로인 것은 아니오."

아디는 시바의 질문에 대답을 할 수 없었을 뿐만 아니라, 다소 혼란스러워지기까지 했다. 어떻게 이 일자무식의, 학교도 다니지 못한 천한 남자가 이토록 교양 있고 깊은 철학적 질문을 던질 수 있단 말인가? 아디는 길에 선 채로 명상을 시작했고, 마침내 그의 여섯 번째 감각이 눈을 떴다. 그제야 더러운 풀라야 가족이 사라지고 신들이 진정한 모습을 드러냈다. 시바와 파르바티, 그리고 그들의 아들인 난디케산이 그의 눈앞에 서 있었다.

자신이 한 짓을 깨달은 아디는 경악하여 곧바로 질척대는 논으로 몸을 던졌고 시바를 찬양하는 시를 읊었다. 시바는 그를 용서했다. 아디는 어째서 다른 사람도 아니고 가장 신실한 시바의 숭배자인 자신 앞에 변장을 하고 나타난 것이냐 물었다.

"분명 너는 구원과 해탈을 앞둔 지혜로운 사내다. 그렇지만 인간은 모두 존중과 연민을 받아 마땅하다는 것을 깨닫지 못하는 이상, 절대 그 경지에 다다르지 못할 것이다. 나는 이런 모습을 취해 너를 가르치려 한 것이다."

시바는 말을 이었다.

"너는 편견과 무식과 싸우며, 네 브라만 친구들뿐만 아니라 모든 카스트의 사람들에게 도움의 손길을 건네야 할 것이다. 그래야만 열반에 들 수 있다."

이 책에 따르면 이 일은 몇천 년 전에 일어났다. 오늘날, 가난한 불가촉천민의 형상을 한 시바는 매년 케랄라 북부에서 열리는 축제의 주인공들 중 하나라고 한다.

피케이는 희망을 느꼈다. 케랄라에는 카를 마르크스를 시바의 해방 신학의 계승자로 보는 사람들도 있다고 했다. 신은 가난한 사람들을 억압하는 데만 이용당하는 것이 아니었다. 신화에는 오만을 멈추게 하고 세상을 바꾸는 힘이 있다.

피케이는 심리 상담을 받았다. 심리 상담사는 침대에 홀로 누워 우울해하는 것을 그만두라고 조언했다. 사색은 그만하고, 그 대신 친구들과 더 어울리는 것이 좋겠다고 말했다.

"삶을 즐기도록 노력해보세요."

그가 격려하듯 말했다.

학교 친구들 중 한 명은 조금 다른 조언을 했다. 술을 마셔보라는 것이었다. 자신도 불행한 연애를 하다 술을 마시기 시작했다고 했다. 그는 자신 있게 말했다.

"정말 기분이 나아졌어."

피케이는 살면서 술이라고는 한 모금도 마셔본 적이 없었다. 술은 생각 밖의 영역이었다. 피케이가 생각하기에, 술은 유약하고 심약한 자들의 전유물이었다. 피케이는 코넛 플레이스의 뒷골목 주류 판매 점에서 싸구려 위스키 한 병을 샀다. 그는 길에 세워진 트럭 뒤 그림자 속에 선 채, 단박에 반병을 털어넣었다. 앓는 소리가 나고 기침이 나고 끝내는 술이 입 밖으로 흘러나왔다. 피케이는 층계참에 앉아 기다렸다. 기다리고 또 기다렸다. 그렇지만 아무런 일도 일어나지 않았다.

그러다 마침내, 세상이 목화솜에 감싸인 듯한 기분을 느꼈다. 좋은 기분이었다. 고통과 슬픔이 느슨해졌다. 친구의 말이 맞았던 것이다.

일을 하기 위해 분수대로 향했지만 연필과 목탄을 똑바로 들고 있을 수가 없었다. 피케이는 고객들에게 몸이 아프다며 사과하고 짐을 싸 큰길을 따라 천천히 집을 향해 걸었다. 저녁에 일찍 잠들어 내내 자다가 다음 날 느지막이 일어나 남은 위스키를 모조리 들이켰다.

피케이는 점점 더 술을 많이 마시게 되었다. 몇 주 동안 일어나서 다시 잠들 때까지 술만 마셨다. 술을 마시면 포근한 기분이 들었다. 차가운 세상이 희끄무레한 안개 속으로 사라졌다. 딱딱한 것이 둥글어지고 걱정은 희망이 되었다.

술에 취해 스케치북을 옆구리에 낀 채 비틀비틀 국회 거리를 걷던 피케이는 일전에 초상화를 그려준 적이 있는 경찰과 마주쳤다. 경찰은 술 냄새를 맡고는 단도직입적으로 물었다.

"왜 술을 마시기 시작했죠?"

피케이는 준비 운동을 하듯 숨을 들이쉬고는, 설명하기 시작했다. 푸니, 영화관에서 있었던 일, 사랑에 빠진 것과 푸니 부모에게 초대를 받은 것, 그들이 차린 음식과 푸니 아버지와 수치와 불가촉천민을 사랑할 사람은 없을 것이라는 걱정을 털어놓았다. 위스키 냄새를 풀풀 풍기며, 크고 활기찬 목소리로 말했다. 중심을 잡기가 힘들어서 마치 바람 부는 날의 돛대처럼 앞뒤로 흔들렸다. 그러다 눈물을 흘리기 시작했다. 경찰은 피케이가 훌쩍이고 씩씩대는 통에 제대로 듣지 못한 부분을 다시 말해달라는 것 외에는 귀를 기울이며 참을성 있게 자리를 지켰다. 이야기를 할수록 점점 마음이 편해졌다. 경찰이 마침내 말했다.

"아, 바보 같은 얘기 하지 말아요. 손 좀 보여주실래요?"

피케이는 손을 내밀었다. 경찰은 그의 손금을 찬찬히 살폈다.

"이거 보세요, 아무 문제 없죠! 손금을 보니 갑작스럽게 예정에 없던 결혼을 하고 아주 행복해지겠군요."

"그렇지만 저는 불가촉천민이에요. 힌두교도 여성과는 평생 결혼할 수 없을 거예요. 어쨌든 학교에 다녔고 글을 읽고 쓸 줄 알아도 좋은 집안 출신 여자와는 이어질 수 없어요."

피케이가 웅얼웅얼 말했다.

"어쩌면 인도 사람이 아닐지도 모르잖아요."

경찰이 말했다.


그날 저녁 침대에 누워 꿈과 현실 사이의 경계를 헤매고 있을 때, 학교에서의 불쾌한 기억과 영원히 저주받았다는 기분과 뭔가 훨씬 나은 일이 일어날 것 같은 예감이 동시에 쏟아져 들어왔다. 꿈에서 피케이가 찾는 여성은 머나먼 나라에서 날아온 흰옷을 입은 천사의 형상을 하고 있었다. 그녀는 인도의 국경을 넘어 편자브의 밀밭을 넘어 뉴델리의 주택 지붕을 넘어 피케이의 방 안으로 들어왔다. 점점 더 가까이 다가오다가, 마침내 살이 맞닿을 정도로 가까워졌다.

피케이는 그녀의 존재와 숨과 향기와 그의 드러난 어깨를 간질이는 부드러운 머리카락의 감촉을 만끽했다. 그는 온기와 애착을 느꼈고, 자신은 알지 못하는 진리가 있으리라 짐작했다. 이 신비로운 존재는 피케이보다 훨씬 거대했다. 그것은 육체적인 거대함이 아니라 정신적인 거대함이었다.

말짱한 정신으로 그 꿈을 돌이켜보았지만 천사의 정확한 모습은 기억나지 않았다. 그녀는 얼굴이 없었고, 마치 차가운 신기루처럼 느껴졌다. 그렇지만 그리움 같은 무언가의 존재감이 남아 있었다.

다음 날 밤, 그녀가 돌아왔다. 꿈에서 피케이는 한 번도 접해본 적이 없는 음악을 들었다. 멀고 불가사의한 장소에서 들려오는 멜로디처럼 느껴졌다. 피케이는 그 장소가 아주 아름다운 곳이리라 생각했다. 피케이는 문득, 어린 날의 예언을 떠올렸다.

1975년 봄은 식료품값 상승에 항의하는 시위와 힌두교 민족주의자들이 벌이는 폭력사태로 얼룩진 때였다. 사방에서 불만이 들끓었다. 인디라 간디도 불만스러운 것은 마찬가지였다. 그녀는 말을 듣지 않으려는 판사들, 정권에 비판적인 언론인들, 나라가 어려운 상황에서 책임질 생각은 안 하고 아옹다옹하느라 바쁜 야권 정치인들에게 분노했다. 그렇지만 가장 화가 나는 것은 선거 부정을 저질렀다는 오명이었다. 법원은 그녀가 지난 선거에서 유권자들을 매수하고 자신의 선거 운동에 공적 자금을 썼다는 일부의 주장을 받아들여, 인디라의 의석을 박탈하고 6년간 출마를 금지한다는 판결을 내렸다.

그렇지만 인디라는 정적들이 수작을 부리는 동안 가만히 앉아 당하고 있을 생각이 없었다. 그녀는 6월 25일, 대통령에게 '국가적 내분'의 이유를 들어 계엄령을 선포할 것을 요청했다. 계엄령이 선포되었고, 법원의 결정은 무력화되었으며, 그녀는 다시 모든 권력을 틀어쥐었다. 다음 날 아침 일찍, 뉴델리에 계절풍이 불러온 첫비가 내리던 날, 인디라는 장관들을 불러모아 이 결정을 전달하고 국민들에게 알리기 위해 국영 라디오 방송국인 올 인디아 라디오(All India Radio)로 향했다.

"혼란에 빠질 이유는 없습니다."

하늘에 먹구름이 모여드는 동안 수백만 개의 지직거리는 라디오에서 그녀의 목소리가 흘러나왔다.

독재의 시작이었다. '인디라가 곧 인도이며, 인도가 곧 인디라이다.' 국민회의의 대변인은 그렇게 말했다.

그렇지만 라디오 방송이 나가기 전부터 소문은 이미 퍼져 있었다. 소문은 시의원들, 공무원들, 의회 거리의 아침잠을 줄여가며 차이를 파는 소년들, 파텔촉 기차역 주변의 터번을 쓴 시크교도 택시 기사들, 톨스토이 마르그의 사탕수수 주스 판매상들 사이로 산불처럼 퍼져나갔다. 흰 저택 회랑에서 영업하는 구두닦이부터 레이디얼가 1번지의 만원 버스 운전 기사들과 커피를 나르며 손님들에게 소식을 전하는 인디언 커피하우스의 웨이터들에게까지.

언론은 통제되었고, 야권 정치인들은 투옥되었으며, 노동조합은 탄압받았다. 언론인과 지식인 들은 총리를 비난했다. 그렇지만 인디라는 자신이 비지주계급과 불가촉천민과 다른 약자들, 즉 피케이와 그의 형제자매들과 인도의 수백만 빈자들의 지지를 업고 있다고 굳게 믿었다. 권력의 정점에 남기 위해서는 이들의 지지와 목소리를 얻어야 했다.

피케이는 인디라가 이 땅에 질서를 불러올 것이라 믿었다. 가난한 이들을 이끄는 지도자는 당연히 정의로울 것이라 생각했다.

델리는 마오쩌둥주의적인 뉘앙스의 표어로 꾸며졌다. 언제나처럼 코넛 플레이스의 분수대로 걸어갈 때면 피케이는 "대담하고 확실한 비전 — 그 이름은 인디라 간디", "작은 가족이 행복한 가족", "덜 떠들고 더 일하자.", "효율성은 우리의 좌우명이다."라고 부르짖는 표어들이 보였다.

그중에는 인디언 커피하우스의 광고를 연상시키는 표어도 있었다. '인도인이 되자. 인도산을 구매하자.'

그러나 그뿐이었다. 피케이의 삶은 평소와 다를 것이 없었다.

인도에서 가장 유명한 사업가인 타타 씨는 계엄령을 환영하는 글을 신문에 실었다. "파업과 보이콧과 시위가 적정선을 넘었다. 의회 제도는 우리의 필요를 대변해주지 못한다."

중산층과 가게 주인들, 사업가들과 공무원들은 사회의 혼란이 지긋지긋하다며, 경찰이 위협적인 집회를 해산시키고 좀도둑들을 잡아들이고 델리의 길을 따라 늘어선 움막들을 철거하는 것에 만족했다. 인디언 커피하우스에서는 "야권 정치인들과 지식인들과 언론인들이나 계엄령에 불만을 품지, 우리 보통 사람들은 계엄령의 필요성에 동의한다."든가, "델리는 강력한 제재가 필요해. 온통 빈민가잖아", 심지어는 "범죄율이 떨어지고, 기차는 제시간에 도착하고, 길은 깨끗하고, 사람들은 불임 수술을 받아서 이제 빈민굴 오두막에 애가 열 명씩 딸린 걸 안 봐도 되잖아. 그런데 신문들은 인권 침해 같은 헛소리나 해대지. 진짜 변화가 일어나고 있는데." 같은 말이 들렸다.

하지만 교사, 언론인, 학자들같이 비판적인 델리 시민들은 충격을 받았고 분노했다.

"어떻게 그럴 수가 있지? 분명 그 여자의 응석받이 아들, 쓸모없는 산자이라는 작자가 생각해낸 걸 거야. 대통령은 인디라의 예스맨에 불과해!"

수도 곳곳에서 대규모 체포 작전이 벌어졌고 인디라가 정부의 적이라 지명한 명망 있는 정치인들과 변호사들과 언론인들이 줄줄이 잡혀 들어갔다. 사람들은 곧 지쳤다. 시위는 점점 줄어들었다. 그렇지만 몇몇은 "인디라의 광기" 같은 플래카드를 들고 거리에서 시위를 계속했다.

한 달에 한 번, '국민의 권리를 위한 국민전선'은 델리 거리 곳곳에서 시위를 조직했다. 피케이도 시위 행렬이 카페 앞을 지나가며 구호를 외치는 것을 들었다. 구경을 하기 위해 밖으로 나가보니, 행렬은 국회 의사당을 향해 대로를 따라 걷고 있었다. 시위 주동자 한 명이 연호했다.

"인디라는 미쳤고 인도도 미쳤다!"

그는 소수 종교인 시크교도였는데, 꽃무늬가 그려진 칼집을 어깨에 메고 푸른색이나 오렌지색 터번을 두른 동지들과 나란히 걷고 있었다. 그들의 전통 의상이었다.

도시 전체가 분노로 들끓고 있는 것을 피케이가 두 눈으로 똑똑히 목격했음에도 불구하고, 신문에서는 시위에 대한 한 줄의 언급도 찾아볼 수가 없었다.

인디라에 대항하는 사람들은 시간이 갈수록 창의적이 되었고 검열을 피하기 위한 방법을 개발해냈다. 《타임스 오브 인디아》의 부고란에 하루는 익명의 독자가 D. E. M. O'Cracy 씨가 사망했으며, 남겨진 가족으로는 T. Ruth, 아들 L. I. Berty와 세 딸 Faith, Hope 그리고 Justice가 있다고 기고했다.

검열이란 정말 쉽게 속여넘길 수 있는 거구나. 피케이는 그렇게 생각하며 속으로 웃었다.


피케이는 인도의 국모에게 호감을 품고 있었지만, 계엄령은 그런 그조차 혼란스럽게 했다. 피케이는 결국 하크사르를 찾아가, 분수대 근처를 순찰하는 몇몇 경찰이 예전보다 공격적으로 변했고, 종종 문제를 일으킨다는 것을 일러바쳐야 했다. 이들은 줄을 선 사람들을 해산시키고 그림을 찢었으며, 피케이에게 짐을 싸서 썩 꺼지라고 했다. 경찰의 행동은 도무지 종잡을 수가 없었다. 하루는 친절하고 다른 하루는 뺨을 때렸다. 그야말로 정신 분열증이 따로 없었다.

하크사르는 속마음이 드러나지 않는 얼굴을 한 채 피케이의 이야기를 들었고, 잠시 사무실에 가서 여기저기 전화를 돌리겠다며, 곧 경찰도 진정이 될 테니 안심하라고 했다.

다음 날, 델리 시장이 의전 차량과 수행단을 이끌며 분수대로 찾아왔다. 그는 경찰들에게 괴롭힘을 당장 중단할 것을 요구했다.

시장의 방문이 있고 나서 며칠 뒤, 전기 회사 사람들이 찾아와 피케이가 저녁에도 작업을 할 수 있도록 이젤 옆에 조명을 설치해주고, 또 조수를 붙여주기까지 했다. 그는 심부름을 하고, 음식과 음료와 연필과 종이 같은 것을 사다 나르고, 하루 일이 끝나면 그림을 정리하고 창고에 넣은 뒤 자물쇠를 채우는 일을 했다.

경찰은 이제 피케이를 쫓아내고 사람들을 해산시키기 위해서가 아니라, 그의 그림을 지키기 위해서 찾아왔다. 그림 하나당 경찰 한 명.

"다른 필요한 게 있으시면 언제든지 말씀하십시오."

경찰 지휘관은 구두굽을 딱 부딪히며 경례를 했다.

하크사르는 분수대 주변 지역을 뉴델리의 몽마르트르로 만들기로 했다고 설명했다. 파리의 테르트르 광장처럼, 예술가들이 자유롭게 작업할 수 있도록 하겠다는 것이었다. 피케이는 관광 명물이 된 것이다.

《더 스테이츠맨(The Statesman)》은 1975년 크리스마스 며칠 전에 피케이를 비롯한 델리의 몽마르트르 화가들에 대한 기사를 실었다. 파리처럼, 인도에서도 초상화가 다른 미술 작품보다 훨씬 사업성이 좋다는 내용이었다. 헤드라인은 "당신의 얼굴이 그의 재산이 된다"였으며, 다음과 같은 내용으로 시작되었다.

10분과 10루피면 프라디움나 쿠마르 마하난디아가 그린 초상화를 살 수 있다. 코넛 플레이스 분수대의 화가들 중에서도 그는 가장 성공적이다. 전시된 미술 작품을 보러 오는 사람들의 초상화를 그리며 매일 저녁 40~150루피를 벌어들인다.

"풍경화나 현대 미술 작품을 비싼 돈을 주고 살 사람은 별로 없지만, 누구라도 초상화 한 장에 10루피를 쓸 용의는 있죠. 10분밖에 안 걸린다면 더더욱요." 이곳에서 작업을 하는 화가들 중 한 명인 자그디시 찬드라 샤르마의 설명이다. 한 달 내내 그림을 한 장도 팔지 못한 자그디시는 마하난디아를 따라 행인들의 초상화를 그리기 시작했다. 곧 그의 주머니 역시 동전으로 짤그랑대기 시작했다.

피케이는 독서의 세계에 푹 빠져들었다. 셋방 침대에 누워, 죽은 뒤에 '인도의 클라이브'라 알려진 괴짜 영국인 로버트 클라이브*에 관한 이야기를 읽었다. 피케이는 이 영국인의 운명이 신기했다. 그의 모험적인 삶에 충분히 공감할 수 있었다. 아버지의 기대에 부응하고 싶지 않은 마음과, 먼 곳을 향한 그리움과, 실패한 자살 시도. 피케이 자신의 이야기라고 해도 믿었을 것이다. 로버트 클라이브는 아버지에게는 실망스러운 아들이었다. 1725년에 태어난 그는 열세 남매 중 가장 쓸모없는 아이였다. 지나치게 활동적이었고 고집불통에 제멋대로였다. 그의 부모는 그가 겨우 세 살 때 다루기 힘들다는 이유로 자녀가 없는 친지에게 맡겼다. 그렇지만 그들마저도 감당하지 못해, 몇 년 지나지 않아 돌려보냈다.

열 살 때 그는 시계탑에 기어올라가 악마 가면을 쓰고 지나가는 행인들을 놀래켜서 혼비백산 달아나게 만들었다. 10대 때는 잡범이 되었다. 질려버린 아버지는 그를 직장으로 밀어넣었다. 그리고 그를 아주 멀리 보내버릴 심산으로 동인도 회사의 마드라스 사무소에서 회계 직원으로 일하게 만들었다. 그가 사라지자 아버지는 안심했고, 친지들도 안도의 한숨을 내쉬었다. 인도로 간 사람들의 생존률이 대충 반 정도라는 것은 잘 알려진 사실이었다. 열대병에 걸려 죽을 확률과 돌아올 확률이 비슷했다. 열여덟 살 로버트 클라이브는 그게 재미있는 도전처럼 느껴졌다.

---

★ 영국의 군인·정치가(1725~1774). 동인도 회사의 초대 벵골 총독을 지냈으며, 플라시 싸움에서 프랑스·토후(土侯) 연합군을 격파하여 영국의 지배권을 확고히 하였음.

그렇지만 클라이브는 마드라스의 사무직에 금방 질려버렸다. 쉽게 잠을 이루지 못했고, 하찮은 일에 불쑥불쑥 화가 났으며, 근심이 가득했고, 우울증을 앓았다. 결국 그는 관자놀이에 권총을 대고 방아쇠를 당겼다. 딱! 소리가 났으나 그는 죽지 않았다. 다시 한 번 시도했으나 이번에도 딱! 소리가 날 뿐, 총알은 끝내 총구에서 나가지 않았다.

피케이는 책을 내려놓을 수가 없었다. 클라이브는 모든 일에는 이유가 있으며 앞으로 펼쳐질 그의 삶에도 의미가 있으리라 생각했다고 했다. 태어나자마자 정해진 내 운명 같구나. 피케이는 그렇게 생각했다.

클라이브는 모국인 영국으로 돌아간 뒤 남작 작위를 수여받았다. 부정을 저질렀다는 혐의가 제기되었지만 곧 무죄를 입증할 수 있었다. 그렇지만 1774년, 이 고집 센 영국인은 끝내 자살하고 말았다.

피케이는 책을 덮었다. 로버트 클라이브는 인도, 심지어 오리사 지역까지도 영국이 통치할 수 있도록 발판을 마련한 장본인이었다. 그가 없었더라면 인도는 프랑스령이 되었거나, 무슬림 왕이나 힌두교도 독재자의 통치를 받았을지도 모를 일이었다. 할아버지와 아버지가 들려준 이야기와 피케이 자신의 기억을 종합해보면, 영국인들이 승리한 것이 최소한 불가촉천민들 입장에서는 가장 나은 결말이었다는 결론이 나왔다.

"동쪽으로 떠날 거예요. 다른 건 아무것도 필요 없어요. 이게 제 인생에서 가장 중요한 일이에요."

로타는 부모님에게 말했다. 로타의 예상과는 달리, 부모님은 반대하지 않았다. 마치 딸이 예테보리로 가는 버스를 타겠다고 말한 것처럼, 차분한 목소리로 너 알아서 하라고 말할 뿐이었다. 그 외에는 별말이 없었다. 그럴 만한 이유는 충분했다. 로타는 아직 스무 살에 불과했지만 벌써 영국에서 혼자 1년을 산 바 있었다. 무엇보다 부모님도 한때 여행을 떠나고 싶어 했지만, 이런저런 사정 때문에 포기해야 했던 경험이 있었다. 로타와 같은 상황이라면 부모님도 아마 같은 결정을 내렸을 것이다.

거창한 계획은 없었다. 로타는 뭔가를 이루기 위해 여행을 떠나는 것이 아니었다. 기록을 세울 생각도, 모험기를 써낼 생각도 없었다. 유럽과 인도를 잇는 해로는 막혀 있었고, 비행기는 너무 비싸서 엄두가 나지 않았다. 이란 동부의 마슈하드까지는 기차를 타고 갈 수 있었지만, 아프가니스탄을 지나려면 파키스탄 동쪽의 국경까지 철로가 깔리지 않은 산길을 통해야 했다. 기차를 타는 것은 너무 복잡하게 느껴졌지만, 런던에서 뉴델리와 카트만두까지 가는 버스는 주기적으로 있었다. '매직버스'라는 회사에서 발빠르게 형형색색으로 칠해진 버스와 낮은 비용 등으로 이미 히피의 상징이 된 노선을 운행하고 있었다.

로타는 여러 선택지를 고려했지만, 최후의 결정은 사실상 이미 내려져 있었다. 직접 운전해 육로를 통하는 것이 가장 상식적이고 현실적인 선택지였다. 운전면허도 있었으니까 말이다.

동행인으로는 로타의 큰언니와 한때 교제했던 레이프와, 단짝 친구와 그녀의 인도인 남편과 아기가 있었다. 먼저 예테보리까지 차를 타고 간다. 그곳에서 독일의 킬까지 페리를 타고, 아우토반을 통해 알프스를 찍고, 발칸 반도까지 넘어간 뒤 동양의 항구 이스탄불까지 이동한다. 더 자세한 계획은 가면서 짜면 되겠지. 로타는 그렇게 생각했다.

지도는 있었지만, 그들이 택한 노선에 관해 쓰인 여행 안내 책자는 없었다. 어차피 따르지도 못할 계획을 세워봐야 무엇하겠는가? 아무도 이의를 제기하지 않았다.

일행은 로타 아버지의 도움을 받아 71년식 녹색 캠핑카를 샀다. 그 차는 이미 이란까지 왕복 여행을 한 번 한 탓에 엔진이 망가져 있었다. 로타는 망가진 엔진을 고치고, 구석구석 정비를 마쳤다.

일정이 시작되기 전, 엄마는 딱 하나 뼈 있는 조언을 했다.

"책임질 수 있고, 이후 돌이켜봤을 때 부끄럽지 않게 행동해야 한다. 그리고 무슨 일이 있더라도 다른 사람을 해치지 않도록 해."

1975년 10월, 로타는 운전대를 잡고 세상을 향해 떠났다. 배웅하는 사람은 없었다. 아무도 이 여행에 대해 호들갑을 떨지 않았고, 보로스의 도로 옆으로 늘어선 축하 행렬 따위도 없었다. 그렇지만 모험은 시작되었다. 정해진 것은 딱 두 가지였다. 최종 목적지가 인도라는 것, 그리고 겨울 내내 보로스로 돌아오지 않을 것이라는 것.

12월 어느 추운 밤이었다. 분수대의 물이 여러 색깔의 조명에 물들고 있었다. 이상하게 순서를 기다리는 고객도, 호기심 어린 눈으로 피케이의 스케치를 구경하는 공원 방문객도 없는 밤이었다. 작업을 계속할 의욕이 사라진 피케이는 나무판에서 완성된 그림을 떼어내기 시작했다.

　　그때였다. 분수대 뒤의 어둠 속에서 젊은 유럽 여자가 걸어 나오더니, 내일도 분수대 옆에서 작업할 거냐고 물었다. 노란 티셔츠와 딱 달라붙는 나팔바지를 입고 있었고, 화장을 하지 않은 민낯이었다. 인디언 커피하우스에서 보던 유럽 여자들과는 조금 다르다는 인상을 받았다. 진지해 보였고, 생각이 깊어 보였다. 그렇지만 아무래도 시간에 쫓기는 것 같았다. 피케이의 답을 들은 그녀는 고맙다고 말하고는 황급히 돌아서 어둠 속으로 사라졌다.

　　다음 날 오후, 피케이는 평소보다 일찍 분수대로 나왔다. 그 진지해 보이는 백인 여자를 다시 만나고 싶었다. 그래서 오늘은 뒷주머니에 노란 수가 놓인 새 청바지와, 고맙게도 이웃집의 아주머니가 다려준 녹색 체크무늬 반팔 셔츠를 입고 나왔다. 윗입술이 보이도록 수염도 깎고 제멋대로인 머리카락이 가라앉도록 코코넛 오일을 발라 빗었다. 관광객들이 벌써부터 그를 기다리고 있었다. 피케이와 조수가 그림을 풀고 이젤을 세우기 시작하자 곧 줄이 생겼다. 피케이는 화장기 없는 진지한 얼굴의 여자를 찾아 주위를 돌아보았지만, 아무 데도 보이지 않았다.

아홉 시쯤, 피케이는 실망스러운 마음을 안고 로디 콜로니의 집으로 돌아갔다. 여자는 분명 피케이에게 오늘도 자리에 있을 거냐고 물었었다. 어디로 간 것일까? 피케이는 1분도 채 말을 섞지 않았던 여자를 두고 상상의 나래를 펼쳤다. 집으로 돌아와서는 침대에 앉아 기도문을 읽고 신들의 이름을 되뇌었다. 힌두교의 신들뿐만 아니라 알라, 붓다, 마하비라, 달라이 라마, 기독교의 신, 그리고 마하리시 마헤시 요기의 이름을 불렀다. 이름을 아는 모든 신들과 구루들과 선지자들에게 그녀를 다시 만나게 해달라고 빌었다.


이 무렵이면 언제나 그렇듯 짙은 겨울 안개가 시내를 감싸안았다. 피케이는 시바 사원으로 가서 그 부드러운 목소리의 여자가 돌아와주기를 기도했다. 한 시간 내리 기도한 것은 난생처음 있는 일이었다. 피케이는 기도를 잘 하지 않았다. 그렇지만 이건 특별한 상황이니까.

피케이는 고향에서 사원에 들어갈 수 없었다. 그렇지만 이곳에서는 다양한 카스트와 계층과 여러 민족의 사람들이 사원에 드나들었다. 모두의 카스트를 외우고 있는 사람도, 그런 것을 따질 만큼 한가한 사람도 없다. 대도시의 익명성과 다양성 속에서 피케이는 찾아헤매던 자유를 일부나마 찾은 기분이었다. 기도를 마친 피케이는 역시나 안개에 뒤덮인 코넛 플레이스로 향했다. 고대 그리스 양식으로 지어진 저택의 기둥들이 마치 꿈속의 신비로운 인물들처럼 모습을 드러냈다. 해가 지기 직전, 희미한 겨울 태양이 안개 속을 비췄다. 오늘은 평소보다 사람이 더 많았다. 몇몇은 등을 꼿꼿이 세운 채 잔디밭에 앉아 더러운 면봉을 든 남자들에게 귀 청소를 받고 있었다. 또 다른 몇몇은 등 마사지를 받고 있었다. 건장한 안마사들이 엎드린 사람들의 등을 발로 자근자근 밟고 있었다. 그렇지만 대부분은 무리 지어 앉거나 반쯤 누워 수다를 떨거나 땅콩을 까거나 판(paan)을 씹고 붉은 침을 뱉는 것이 전부였다.

로타의 엄마는 세 딸의 연필 초상화를 갖고 싶다고 말한 적이 있었다. 코넛 플레이스에서 "10루피, 10분."이라는 광고판을 봤을 때 로타는 엄마의 소원을 떠올렸다.

그날 밤은 평소와는 달리 손님이 없었고, 화가는 홀로 앉아 분수대 물 쇼를 지켜보고 있었다. 로타는 그가 자신을 볼 수 있도록 그림자 밖으로 걸어나갔다. 뭔가 질문을 하고 그가 대답을 한 것까지는 기억이 났지만, 정확히 무슨 내용이었는지는 기억이 나지 않았다. 몇 마디를 나눈 뒤 로타는 급작스럽게 작별 인사를 하고 돌아섰다. 왜 그랬는지는 정확히 기억나지 않지만 그는 매혹적인 동시에 두려웠다. 그림은 내일 그리면 된다!

이틀 뒤 분수대로 돌아온 로타는 줄을 서서 참을성 있게 기다렸다. 마침내 자신의 차례가 되었을 때 그녀는 초상화를 한 점 부탁했다. 화가는 마치 로타가 여태껏 만난 중 가장 신기한 고객이라도 되는 것처럼 그녀의 얼굴을 유심히 살폈다. 새 종이를 꺼내고 연필을 고르는 동안 로타는 자리에 앉은 채 그의 수염과 코코넛 오일을 바른 그의 곱슬머리를 바라보았다. 머리카락이 기름으로 반질반질했다. 피부가 검은 지미 헨드릭스나, 서양인 여행객처럼 보이려고 애를 쓴 인도인 같다는 생각이 들었다. 로타는 어릴 때 읽은 엘사 베스코브의 그림책 《부벨레무크(Bubbelemuck)》를 떠올렸다. 그 그림책에는 주인공인 곱슬머리를 한 숲의 소년이 검은 연못의 수련잎에 둘러싸여 물의 요정에게 반짝이는 반지를 내밀고 있는 그림이 있었다. 그 그림을 본 이후로 로타는 코넛 플레이스의 화가와 같은 외모를 한 사람들이 신기하게 느껴졌다.

1975년 12월 17일, 저녁 7시가 막 지난 시각이었다. 스모그로 가득한 델리의 하늘은 가로등 불빛에 살구색을 띠고 있었다.

분수대 옆은 평소와 마찬가지로 인파로 가득했다. 사람들 틈에서 누군가가 빠져나왔다. 길고 곧은 금발의 여자였다. 드디어 왔구나! 여자는 줄을 섰다. 그녀 차례가 되었을 때 피케이는 의자를 가리키며 앉아달라고 했다. 선을 긋는데 손이 떨려왔다. 주변에는 언제나처럼 구경꾼들이 있었지만, 피케이를 긴장하게 만드는 것은 사람들의 눈이 아니었다.

손이 어찌나 떨리는지 끝내는 그림 그리는 것을 포기할 수밖에 없었다.

"미안합니다. 도저히 그릴 수가 없네요. 내일 미술대학으로 오실 수 있나요?"

"네. 둘이 같이 갈게요."

피케이는 고개를 들었다. 여자의 뒤에 백인 남자가 한 명 서 있었다. 제발 남편이 아니라고 말해줘!

"네. 물론이죠. 두 분 다 오세요."

피케이는 밝은 목소리로 말했다.

"제 이름은 로타고, 이쪽은 레이프예요. 사진작가죠."

'내 남자 친구' 혹은 '내 남편'이라는 말은 없었다. 피케이는 희망을 가졌다.

피케이는 샤워를 하고 깨끗한 옷으로 갈아입은 뒤 거울 속의 모습을 찬찬히 뜯어보며 여자의 이름을 되새겨봤다. 처음에는 수많은 영화에서 목소리로만 접한 여가수 '라타'와 같은 이름이라고 생각했었다. 아니야, 라타가 아니라 로타라구! 그는 몇 번이고 그녀의 이름을 되뇌었다.

이웃집 아주머니가 베란다로 나오더니, 호기심 어린 얼굴로 물었다.

"입사 면접이라도 보러 가는 거예요?"

"비슷해요."

학교에 도착한 피케이는 카페 밖 잔디밭에 팔걸이가 있는 의자 세 개를 가져다 놓고는 그녀를 기다렸다. 둘은 약속한 대로 열 시 정각에 도착했다. 커피를 마시고 싶다고 했다.

손에는 김이 솟아오르는 커피컵을 들고 청량한 12월 공기를 마시며 낯선 이들 둘과 마주 앉은 지금, 피케이는 기분이 좋았다. 아직 이들이 어디에서 왔는지는 물어보지 않았는데, 로타는 마치 그의 생각을 읽기라도 한 듯 대뜸 말했다.

"스웨덴. 우리는 스웨덴에서 왔어요."

"멀리서 오셨네요."

둘은 고개를 끄덕였다.

"유럽 말이죠."

피케이가 덧붙였다. 추측이었다. 로타는 빙긋 웃었다.

"이리 오세요. 학교를 구경시켜 드릴게요."

커피를 다 마신 피케이가 그렇게 말했다.

레이프가 1층 복도에서 학생 몇 명과 이야기를 나누는 동안, 피케이와 로타 둘이서만 학교를 돌아다녔다. 피케이는 로타에게 교수들을 소개해주고 7층 건물의 강의실들과 화실들을 보여주었다. 만난지 겨우 반 시간밖에 안 되었음에도 불구하고, 피케이는 그녀가 매우 가깝고 익숙한 존재로 느껴졌다.

구석구석 더 볼 곳이 없을 만큼 다 돌아본 뒤, 피케이는 로타에게 인생에서 가장 큰 관심사가 무엇이냐고 물었다.

"악기 연주요. 저는 플루트를 연주하거든요."

어느 별자리에서 태어났느냐고 물었다.

"황소자리요."

'아이의 미래의 부인은 황소자리이고, 음악적 재능이 있을 것이다.'라는 예언이 떠올랐다. 피케이는 용기를 그러모아, 예의 바르게 물었다.

"레이프가 남편인가요?"

"네?"

피케이는 질문이 이상하게 들릴까봐 일부러 빠르고 부정확한 발음으로 질문을 흘렸다. 의도대로 질문을 제대로 듣지 못한 걸까?

아니면 숙녀에게 하기에는 지나치게 무례한 질문이라고 생각한 걸까? 피케이는 질문을 반복했다. 이번에는 로타도 대답했다. 깔깔 웃으면서.

"아니에요. 레이프가요? 하하! 남편도 아니거니와, 남자 친구도 아니에요."

둘은 구경을 계속했다. 학생들이 외국인 여자와 나란히 걷는 피케이를 가리키며 뭐라고 속닥거렸다. 심지어 한동안 피케이 쪽으로는 시선도 주지 않던 푸니마저 다가와서 인사를 건넸다. 피케이는 로타와 함께 있는 자신을 훔쳐보는 푸니의 시선을 즐겼다.

피케이는 로타와 레이프에게 로디 콜로니에 있는 자신의 셋방에 가보겠느냐고 물었다. 딱히 보여줄 것은 없지만, 그래픽 아트와 유화들이 몇 점 있다고 말이다. 로타는 큰 기대감은 없는 표정으로 그러겠다고 했다.

어쩌면 자신의 감정을 고스란히 드러내기에는 너무 수줍은 걸지도 몰라. 피케이는 그렇게 생각하기로 했다.

피케이의 방은 평소보다 훨씬 더 휑했고, 음울했고, 지저분했다. 어쨌든 로타와 레이프를 베란다에 세워둔 채 피케이는 그렇게 느꼈다. 우울한 광경이었다. 망가진 컵이 구석에서 굴러다녔다. 가구는 거의 없었고, 그나마 있는 탁자는 더러웠다. 바닥은 굵은 모래가 가득했다. 문짝 뒤에는 먼지 뭉치가 모여 있고, 벽은 피케이가 술에 취해 그린 그림과 낙서로 가득했다. 그중에는 "나는 카스트 없이 태어났다. 내게는 아무 권리도 없다. 나는 인도에서 사랑을 느낄 자격이 없다."라는 문장도 있었다. 그렇지만 가장 창피한 것은 '언젠가 점성술사들이 예언한 유럽 여자와 결혼할 것이다.'라는 문장이었다. 창피했지만, 그것 때문에 그들을 돌려보낼 수는 없었다. 피케이가 어떻게 사는지 보려고 찾아온 손님들이 아닌가?

피케이는 그래픽 아트 몇 장을 골라 로타에게 선물했다. 로타는 아무 말이 없었다.

벽에 쓴 것들을 벌써 본 것일까?

로타는 상냥하게 웃으며 고맙다고 말했다.


로타는 피케이에게 다시 만날 수 없겠느냐 물었고, 다음 날 둘은 코넛 플레이스 옆에서 다시 만나 오토 릭샤를 타고 시내를 한 바퀴 돌았다.

거대한 모스크인 자마 마스지드를 방문하고 아잔*이 울려퍼지는 것을 들었다.

"'세계의 지배자 샤 자한'이라는 이름의 위대한 사나이가 지은 건물이에요."

피케이는 모스크의 탑에 쓰인 아잔을 천천히 낭송했다.

"라 알라 일라 알라. 모하마드 레술 알라(Allah illah Allah, Mohammad Resul-allah.)."

피케이는 음절을 하나하나 끊어서 발음한 뒤, 같은 문장을 영어로 반복했다.

---

★ 이슬람교에서, 예배 시각을 알리기 위하여 큰 소리로 외치는 일.

"알라 외에 신은 없으며, 모하마드는 그의 선지자이다."

둘은 모스크의 높은 탑들 중 하나에 올라 올드델리의 인파와 붉은 요새를 내려다보았다.

"무굴 인들과 페르시아 인들과 영국인들은 저기에서 인도를 지배했죠."

피케이가 설명했다. 반대편으로는 인디아 게이트와 라지파트와 대통령궁이 보였다.

"정말 이상해요."

피케이가 말했다.

"뭐가요?"

로타가 물었다.

"저기요, 저기 보여요? 저 빨간 다리, 민토 다리 말이에요. 제가 저 아래에서 추위에 떨고 굶주리면서 잠도 잤거든요. 그리고 저기……."

피케이는 손을 조금 높이 들어 몇 킬로미터 떨어진 곳의 대통령궁을 가리켰다.

"저기에서 인도의 대통령에게 차를 대접받았죠."

로타는 어수선한 도시 경관을 눈으로 훑었고, 마침내 거대한 돔을 찾아냈다.

"마치 옛날이야기 같네요."

로타는 미심쩍은 눈으로 피케이를 돌아보았다. 어쩌면 피케이가 이야기를 지어내고 있다고 생각했는지도 모른다.

둘은 릭샤를 잡아타고 또 하나의 관광 명소, 후마윤의 무덤을 찾아 남쪽으로 향했다. 대화는 끝날 줄을 몰랐다. 그녀와 소통하는 것은 정말 편했다. 피케이는 예언을 떠올렸다. 미래 부인은 음악적 재능이 있고 황소자리일 것이라 했지. 그리고 숲의 소유자일 것이라고도 덧붙였었다. 그렇지만 로타가 숲을 소유하고 있을 리는 없지 않은가?

로타의 여정은 계속되었다. 다음 날 로타와 일행들은 캠핑카를 타고 서둘러 길을 떠났다. 카주라호에 있는 사원에 들르고, 바라나시에서는 성스러운 갠지스 강에 몸을 담그며 순례자의 분위기에 한껏 취할 것이라고 했다. 피케이는 로타가 그리웠지만, 동시에 마음속에서 다른 목소리가 들리는 것이 느껴졌다. 로타는 관광객이다. 이곳에 잠시 있다 떠나갈 것이다. 고향에는 그녀를 기다리고 있는 삶이 있고, 이곳에 머무를 생각은 없다. 그럴 이유가 없지 않은가? 그녀의 부드러운 목소리와 아름다운 얼굴이 혼란스러운 마음속에 선명한 기억으로 떠올랐다.

피케이의 생일인 크리스마스날, 그는 수제 종이로 만든 편지 봉투를 받았다. 봉투에는 그의 이름과 주소가 곱게 쓰여 있었다. 두근거리는 마음으로 열어보니, 파도 위로 팔딱대는 행복한 물고기 그림이 어설프게 그려진 요란한 색깔의 축하 카드가 나왔다. 미술대학의 교수들이 천박하다고 평했을, 상업적이고 유치한 그림이었다. 그렇지만 피케이는 살면서 단 한 번도 생일 축하를 받아본 적이 없었다. 그는 미소 지으며 햇빛 아래로 카드를 가져가 읽었다. 그림 속 붉은 물고기가 반짝였다.

당신 같은 친구를 만나기 위해 이 먼 길을 온 건가봐요. 생일 축하해요.
- 로타.


그녀가 돌아오기까지의 나날은 달콤한 고통이었다.

12월 31일, 피케이는 검붉은 석양 아래 분수대 옆 인파 틈에서 커다란 배낭을 멘 레이프를 발견했다. 피케이는 그를 향해 달려갔다. 레이프는 혼자였는데, 카주라호에서 천년 전에 지어진 사원들과 거기에 딸린 에로틱한 동상들을 봤다고 말했다. 그러고는 근처에 저렴하고 좋은 호텔이 없느냐고 물었다.

　"호텔은 무슨. 나랑 같이 지내요."

　피케이는 그에게 로디 콜로니의 셋방 열쇠를 쥐어주었다.

　"그런데 로타는 어디로 갔어요?"

　"기차에서 저택에 사는 가족을 만났는데 방을 빌려준다고 해서 그리로 갔어요."

　"로타도 제 방에서 머무르면 될텐데……."

　피케이는 힘없이 말했다. 로타가 부유한 저택의 넓은 방과 편안한 침대를 놔두고 자신의 비좁고 더러운 방으로 올 것이라는 기대는 들지 않았다.

그리고 새해 첫날, 로디 콜로니의 주택가로 이어지는 길을 둘러보던 피케이의 눈에 나무 그늘 아래 서 있는 노랗고 붉은 점 하나가 들어왔다. 점은 점점 커지더니, 마침내 여자의 형상이 되었다. 청바지와 노란 티셔츠를 입은 로타는 붉은 배낭을 메고 있었다.

승리의 순간이나 다름없었다. 피케이는 행복에 겨워 고함을 지르고 싶을 지경이었다. 로타가 저택 대신 내 가난을 택했어!

그렇지만 겉으로는 차분하고 조심스러운 목소리로 인사했다.

"어서 와요, 로타!"

레이프는 피케이의 망가진 간이침대에서 자게 되었다. 마닐라삼을 엮어 만든 매트가 깔린 나무 침대였다. 로타를 위해서 얇은 대나무 매트리스를 바닥에 깔았다. 피케이는 시멘트 바닥에 그대로 누워 잤다.

"괜찮아요. 딱딱한 데서 자는 데는 익숙하거든요."

피케이는 레이프와 로타를 안심시켰다.

가장 걱정스러운 것은 둘에게 줄 침대보가 없다는 점이었는데, 로타는 괘념치 않고 창문 밑 대나무 매트리스 위에 침낭을 깔았다.

그들은 피케이가 베란다의 알코올 스토브로 준비한 마살라 오믈렛과 구운 빵을 먹고 차를 마셨다. 그다음에는 사이클 릭샤를 타고 코넛 플레이스로 가서 오토 릭샤로 갈아탔다. 정원이 초과된 차량은 삐걱삐걱거리며 올드델리를 향해 출발했다.

피케이는 3년 전까지만 해도 무섭게만 느껴지던 도시가 마치 자신의 일부가 된 것 같은 기분이 들었다. 로타에게 활기 넘치는 시장을 보여주고 싶었다. 마치 그 광경이 자신이라는 인물을 설명할 수 있기라도 한 것처럼.

구시가지의 골목을 정처 없이 돌아다니던 로타와 피케이는 식당 두 곳 사이로 난 조그만 통로를 발견했다. 통로 너머로는 형광등 불빛으로 가득한 작은 정원으로 이어지는 길이 있었는데, 숯과 구운 고기 냄새가 풍겼다. 주위의 네 주택 안에서 손님들이 테이블에 둘러앉아 식사를 하는 동안, 정원에서는 고기가 지글지글 익어갔다. 둘은 집 안쪽을 들여다보았다. 바닥부터 천장까지 전부 타일로 덮여 있었고, 손님들은 꼬치구이와 얇은 빵을 먹고 있었다.

낡은 요새에 둘러싸인 델리 동물원에서 둘은 수풀과 인공 호수들 사이를 거닐며 끊임없이 대화를 나누고 같은 주제로 웃음을 터뜨렸다. 같이 잔디밭에 앉았을 때 피케이는 행복하면서도 어쩐지 마음이 불안했다. 이 행복이 당장이라도 끝날 것이라는 걱정이 마음속에서 자리잡고 있었다. 피케이의 삶은 언제나 그러했고, 지금도 예외는 아닌 것이다. 행복은 불행의 전조에 불과하다. 그는 진정한 행복을 누릴 수 있는 사람이 아니었다. 로타는 유럽의 집으로 돌아갈 것이고, 그는 인도에 남게 될 것이다. 로타는 마치 번개처럼 피케이의 삶에 내려왔다 번개처럼 도로 사라질 터였다. 피케이는 델리 미술대학에서 한 학기를 남겨두고 있었고, 늘 돈에 쪼들려 살았으며 여행을 다닐 여유라고는 상상할 수도 없었다.

이건 불가능해. 우리의 로맨스는 이뤄지지 않을 거야. 우리의 만남은 짧고 아름다운 기억이 될 운명인 거야. 피케이는 그렇게 생각했다.

그렇지만 이런 걱정을 로타에게 말하지는 않았다.

둘은 파하르간지 시장으로 이동했다. 과일 장수들과 찻집들 사이를 꼭 붙어 걸었다. 그녀의 존재는 충만함 그 자체였다. 과거와 미래가 아닌, 바로 지금 이 순간의 충만함! 인도식 오븐인 탄두리 안에 손을 집어넣어 반죽 덩이를 누르는 빵집 소년들과 수다를 떨었고, 주택 벽 옆으로 늘어선 간이침대에 회색 담요를 덮고 누워 있는 눈이 충혈된 노인들을 만났다. 골목 한복판에서 남자의 발에 걸려 넘어질 뻔하기도 했다. 둘은 염소 떼를 헤치고 걸었고, 소들의 반질반질한 등을 쓰다듬었다. 스팀 다리미로 셔츠를 다리고 있는 여자에게서 뜨거운 습기와 젖은 천의 냄새가 풍겨왔다. 드릴을 이용해 따뜻한 우유를 휘젓고 있는 남자를 보고 남들은 듣지 못할 낮은 목소리로 웃기도 했다. 나이 많은 남자가 갓도 없는 전구 불빛 아래에 나무판을 놓고 달걀 수백 개를 피라미드 형태로 쌓고 있는 것을 몇 분이나 서서 지켜보기도 했다. 남자는 영어로 말했다.

"하나가 떨어지면 전부 떨어지지요!"

둘은 웃음을 터뜨렸다.

사람들이 쫓아내는 개들과, 바느질하는 여자들과, 은목걸이를 수선하는 사람과, 현관 앞을 쓸고 있는 소녀를 보았다. 낙엽이 타는 냄새를 들이켜고, 여자가 코를 고는 소리를 들었다. 사람들은 노래를 부르고, 대화를 나누고, 반죽을 밀고, 카드 게임을 하고, 드러누워 있었다.

피케이는 자기 자신이 사람들, 거리, 냄새, 그리고 하늘, 이 모든 것의 일부가 된 것 같다는 기분이 들었다.

　여섯 시쯤 둘은 분수대로 돌아왔다. 피케이는 그날의 장사를 준비하기 시작했고 로타가 그를 도왔다. 피케이는 로타가 콧노래를 부르며 판지에 그림을 거는 모습을 훔쳐보았다. 신이시여, 제발 이 여자를 제 아내로 만들어주세요. 그렇게 생각하며 자리에 앉아 초상화를 그리기 시작했다. 로타는 피케이 옆에 꼭 붙어앉아 있었다. 피케이가 그림을 네 장 그렸을 때쯤, 둘은 자리를 정리하고 영화를 보러 가기로 결정했다.

　플라자 영화관 앞에는 수백 명의 인파가 모여 있었다. 티켓 창구의 줄은 길가까지 늘어서 있었다. 〈화염(Sholay)〉은 이미 반년 전에 상영되기 시작했지만, 여전히 상영관마다 만석이었다. 피케이와 로타는 아미타브 바찬이 기관총으로 악당들을 쏴대고 있는 손그림 포스터를 오래도록 바라보았다. 둘이 앉은 발코니 자리에서는 무대 앞의 좌석들이 보였는데, 대부분의 관람객들은 혼자 온 남자들이었고, 부러운 듯 피케이와 로타를 바라보았다.

　영화가 시작되었을 때 피케이는 로타를 위해 힌디 어 대사를 영어로 통역해줬지만, 여가수 라타 망게쉬카르가 "내가 살아 있는 동안(Jab tak hai jaan)"을 부르기 시작했을 때는 입을 다물고 몸을 좌석에 파묻은 채 음악을 즐겼다. 영화에서 가장 전율적인 춤 장면이 나올 때, 로타는 피케이에게 더 가깝게 다가와 앉아, 피케이의 어깨에 머리를 기대고 피케이의 손 위에 자신의 손을 얹었다. 동물원을 떠난 뒤 거리를 두고 있던 혼란이 돌아왔다. 이게 무슨 뜻이지? 하늘이 내게 뭔가를 알려주려고 하는 걸까? 사랑이란 이렇게 시작되는 걸까? 피케이는 아는 게 없었고, 자신이 얼마나 경험이 없는지 새삼 깨달았다. 다시 한 번 열두 살 소년이 된 기분이었다.

그렇지만 일어나야 할 일은 일어나는 법이다. 피케이는 불확실을 무찌를 만트라를 외웠다. 우리는 이미 어떤 결합을 이뤘어. 우리의 영혼은 동일한 파장을 가지고 있어. 이를 몇 번이나 반복했다. 그러고 나서는 몸을 숙여 로타의 이마에 입을 맞췄다. 속으로는 엄마가 섬기던 정글의 여신 '어머니 마헤스와리'의 이름을 반복해 부르면서.

델리에 겨울이 찾아왔다. 밤하늘에는 별 하나 보이지 않고, 안개는 해가 뜨기 직전에야 찾아왔으며, 공기는 얼음처럼 차가웠다. 피케이와 로타는 분수가 나오지 않아 조용하고 어둠에 감싸인 분수대를 지나 인적 없는 시내를 가로질렀다. 남쪽으로 향하는 길을 따라 라지파트와 인디아 게이트를 지나 로디 콜로니까지 갔다. 피케이는 로타의 손을 잡고 걷다가, 밤거리에 둘밖에 없다는 점에 용기를 얻어 어깨에 팔을 둘렀다. 몸의 온기가 느껴졌다. 그렇지만 뭔가 잘못을 저지르고 있으며, 가로등이 자신을 내려다보고 있다는 생각을 지울 수가 없었다. 순간 유체 이탈이라도 한 것처럼, 지상 20미터의 고층 빌딩 꼭대기에서 또 다른 자신이 로타 옆에서 걷고 있는 자신을 내려다보고 있는 것처럼 느껴졌다.

긴 산책이었다. 그럼 또 어때? 둘은 새벽 두 시쯤 되어 집에 도착했다. 레이프는 침대에 누워 깊게 잠든 채 코를 골고 있었다. 피케이와 로타는 담요를 집어들고 베란다로 나가, 시멘트 계단 위에 담요를 둘러쓰고 앉았다. 들개들이 짖으며 지나갔다. 피케이는 로타를 껴안고 별을 올려다보고, 다시 로타를 보았다가, 또 다시 별을 올려다보았다. 낭만적이었지만, 동시에 로타의 눈을 오래 들여다보는 것이 쑥스러웠다. 눈을 돌릴 밤하늘이 있어 다행이었다. 신이 이미 정해진 운명을 실현시키기 위해 우리를 서로에게로 이끈 게 분명해! 그러나 피케이는 서양인들은 대부분 그런 방식으로 생각하지 않는다는 것을 알고 있었다. 그렇지만 피케이는 삶이 그런 식으로 돌아간다고 배웠다. 지금 이 순간은 우리의 밤이다. 우리의 마법과 같은, 운명과 같은 사랑의 밤이다. 피케이는 다시 한 번 로타의 이마에 입을 맞추고, 그다음에는 뺨에 입을 맞췄다. 첫째로 눈, 둘째로 머리, 그리고 셋째로 심장. 사랑은 그렇게 움직인다. 둘은 전생의 수많은 삶을 함께했고, 앞으로도 평생을 함께할 것이다.

피케이는 로타의 이름을 속삭였다. 로타는 대답이 없었다. 둘은 입을 꾹 다문 채로 한참을 앉아 있었다.

"사랑해요."

피케이는 마침내 용기를 내 그렇게 말했지만, 곧 후회했다.

왜 그런 말을 한 거지? 로타가 일어나서 가버리면 어떡하지? 비웃으면? '당신을 좋아하기는 하지만, 그런 방식은 아니에요.'라고 말하면 어떡하지?

"나도 그래요."

로타는 조용한 목소리로 그렇게 말하고는 몸을 숙여 피케이의 이마에 가볍게 키스했다. 잠시 뒤 피케이가 말했다.

"나와 결혼해준다면 세상에서 가장 행복할 거예요."

로타의 몸이 굳었다.

"그런 건 생각해본 적 없어요. 아직은요. 결혼하기 전에 하고 싶은 일이 너무 많은걸요."

"지금 당장이 아니어도 좋아요. 원한다면 몇 년이고 기다릴 수 있어요."

피케이는 황급히 말을 바꿨다. 대화가 멎었다.

둘은 조용히 앉아 베란다 밖까지 들려오는 레이프의 코 고는 소리를 듣고 있다가 다시 방으로 들어갔다. 피케이는 바닥에 몸을 눕혔고, 로타는 창문 근처의 대나무 매트리스 위에 누웠다. 피케이는 똑바로 누워 어둠 속을 바라보며 잠을 자려 애썼다. 왼쪽으로 누웠다, 오른쪽으로 누웠다, 도로 왼쪽으로 누웠다. 도저히 긴장이 풀리지 않았다. 귀를 기울이니 로타가 뒤척이는 소리가 들렸다. 말을 건네볼까 고민하고 있을 때, 뭔가 부스럭거리는 소리가 들리더니 부드러운 손이 어깨에 와 닿았다. 로타는 거의 소리를 내지 않고 피케이의 이불 안으로 들어와 차가운 시멘트 바닥에 몸을 눕혔다.

"피케이 씨도 잠이 안 와요?"

"네."

"창문 옆이 무서워서 그러는데 여기에 누워 있어도 돼요?"

"그, 그럼요."

로타는 피케이의 목에 자신의 팔을 둘렀다. 욕망이 깨어나고, 용기가 스멀스멀 솟아올랐다. 로타의 몸이 굳었다.

"자제하지 못할 것 같으면 제 자리로 돌아갈게요. 전, 그저……."

그렇게 속삭인 로타는 덧붙였다.

"그냥 안고 싶어서 그래요."

피케이는 로타를 껴안았다. 이것만으로도 충분했다. 다른 걸 기대하다니, 어딜 감히! 피케이는 자신의 욕심이 부끄러웠다.

피케이와 로타는 시멘트 바닥에 깔린 대나무 매트리스에 누워 있었다. 피케이는 로타를 바라보았다. 잠든 로타는 평화로워 보였다. 어젯밤 그녀의 반응을 떠올렸다. 결혼을 제안하자 로타는 본능적으로 움츠러들었다. 그렇지만 피케이는 다른 방식으로 사랑을 표현하는 법을 몰랐다. 결혼을 하지 않으면 함께 살 수도 없는 것 아닌가? 결혼을 하지 않으면 이 낭만도 곧 스러질 것이다. 사랑은 엄숙한 맹세와 공식적인 결합이 없으면 살아남을 수 없다. 피케이는 그렇게 생각했다. 그렇지만 로타는 '아직은'이라고 했다. 이해하기가 힘들었다. 피케이를 좋아한다면, 그리고 로타 아버지가 동의한다면, 기다릴 이유가 뭐가 있는가?

그럼에도 불구하고, 피케이는 다시 한 번 시도해보고 싶었다. 아침 식사를 하며 말을 꺼냈다.

"저랑 오리사로 가요."

로타는 호기심 어린 눈을 하고 피케이를 바라보았다.

"가서 우리 아버지와 누이와 형들을 만나봐요."

피케이가 말했다.

"그래요."

반대 의견도 없었고, 질문 하나 없었다. 정말 그러고 싶은 걸까? 내가 잘못 이해한 것은 아닐까?

순식간에 준비가 끝났다. 마치 로타의 마음이 바뀌기 전에 후딱 해치우려는 듯, 둘은 로타의 배낭에 옷가지를 쑤셔넣고 빠르게 옷을 입었다. 피케이는 어제 입었던 바지와 더러운 셔츠를 입었다. 로타에게 부끄러웠지만, 어쩔 수 없는 노릇이었다. 깨끗한 옷이 없었다.

피케이는 돌아서서 로타를 바라보았다. 로타는 바라나시에서 산 붉은 사리를 입었다. 금발과 붉은 사리! 아름다웠다.

둘은 릭샤를 타고 코넛 플레이스로 갔다. 피케이 아버지와 형제들에게 선물하기 위해 이런저런 것들을 샀다. 중국 식당에서 식사를 했고, 상점을 드나들었고, 서로의 눈을 들여다보며 웃었다. 삶이 꼭 로맨스 영화처럼 즐거웠다. 마치 절정으로 달려가고 있는 것처럼 말이다. 문제는 다음 고난이 닥치기까지 시간이 얼마나 남았는가였다. 하지만 언제나처럼 그런 생각은 피케이 혼자만의 것이었다.

둘은 자나타 익스프레스에 올라탔다. 해가 지기 직전, 기차는 역에서 힘겹게 빠져나와 느릿느릿 동쪽을 향해 달리기 시작했다. 시원한 바람이 창살 사이로 불어 들어오고, 햇살이 평원을 노랗게 물들였다. 피케이는 로타의 머리카락을 바라보았다. 바람결에 펄럭이다가, 가끔은 앞으로 흘러내려 얼굴을 가리기도 했다. 봐도 봐도 신기한 머리카락이었다. 석양빛 아래에서 본 머리카락은 마치 금을 입힌 것 같았다. 피케이는 정글에서 할아버지의 코끼리를 타고 놀던 어린 시절을 떠올리고, 선생님이 돌을 던지며 집안을 잘못 골라잡아 태어났다고 고함을 지르던 학창 시절을 떠올렸다. 친구의 부모가 피케이의 정체를 알게 된 뒤로는 다시는 같이 놀지 못하게 되었던 일도 떠올렸다. 그리고 현재의 자신을 떠올렸다. 아름다운 외국 여성과 함께 기차를 타고 고향을 향해 달려가는 자신의 모습을.

둘은 저녁 식사를 주문했다. 종이상자에 담긴 음식이 자리까지 배달되었다. 채소, 쌀밥, 그리고 차파티였다. 둘은 녹색 좌석에 무릎을 접고 앉은 채 조용히 식사를 했다. 바깥은 어두웠고, 기차안의 약한 조명은 음울한 빛을 뿌렸다. 기차는 선로의 이음매를 넘으며 앞으로 나아갔다. 기적 소리가 울리고 기차는 마치 만조 때의 보트처럼 앞뒤로 흔들렸다.

피케이와 로타는 이층 침대에 기어올라, 바싹 붙어 앉았다. 로타는 오리사의 종교 축제를 다룬 책을 읽으려 했지만 곧 잠들고 말았다. 피케이는 한참이나 누워 그녀의 얼굴을 바라보았다. 잠들어 평온한 얼굴, 감긴 눈꺼풀, 흰 피부.

피케이는 지난 며칠간 나눴던 대화를 떠올렸다.

"피케이 씨 덕택에 신을 믿게 되었어요."

로타는 그렇게 말했었다.

"그렇지만 저는 가난해 당신을 돌봐줄 수도, 안온한 삶을 줄 수도 없는걸요."

피케이가 대답했다. 그렇지만 로타는 완강했다.

"제게 당신은 가난하지 않아요."

"난 화가가 될 거예요. 그리고 진짜 화가가 되려면 가난하게 살 수밖에 없어요."

"당신과 함께라면 가난한 삶도 나눌 수 있어요."

로타는 피케이를 그렇게 안심시켰다.

해가 뜨기 두 시간쯤 전, 둘은 미명 아래 기차에서 내렸다. 산업 도시 보카로였는데, 피케이의 맏형이 일하는 도시였다. 둘은 고요한 어둠 속 플랫폼에서 더러운 갈색 양모 담요를 둘러쓴 채 서로 꼭 붙어 앉아 해가 뜨기만을 기다렸다. 플랫폼에는 사람들이 마치 천 뭉치처럼 담요를 돌돌 말고 잠들어 있었다. 기차를 기다리거나, 아니면 피케이와 로타처럼 해가 뜨면 데리러 올 친척들을 기다리고 있는 것일지도 모를 일이다. 역사 맞은편 거리에서 들개 떼가 짖으며 달려가는 소리가 들렸다. 간혹 버스 한 대가 외로이 경적을 울리며 지나가기도 했다. 날이 밝아오고, 로타는 역 안으로 들어가 머리카락을 덮는 천이 달린 깨끗한 사리로 갈아입었다. 먼 거리에서 보면 외국인이라는 것을 알 수 없을 정도였다. 피케이는 형이 로타의 전통 옷차림을 마음에 들어 할 것이라고 생각했다.

마침내 피케이의 맏형, 프라모드가 나타났다. 몇 년 만이었다. 마지막으로 봤을 때보다 몇 킬로그램쯤 살이 붙었고, 흰 와이셔츠에 넥타이까지 갖춘 양복을 입고 있었다. 정말 권력자 같은 차림이었다. 프라모드는 조심스럽게 미소를 띤 채 다가왔다. 피케이와 로타는 그의 앞에 무릎을 꿇고 앉아 머리를 숙이고 손끝을 그의 발에 대며 인사했다.

프라모드는 인도철도의 부서장이었고, 자신의 직위를 매우 자랑스러워했다. 부족 출신의 불가촉천민이 그렇게 높은 자리에 오르는 것은 매우 드문 일이었다. 대부분의 부서장들은 브라만이거나 다른 높은 등급의 카스트였는데, 인디라 간디가 총리가 된 뒤로는 공기업들이 차별금지법을 준수하기 시작했다. 프라모드의 진급은 어떤 의미에서는 인디라 간디 덕택이었던 것이다.

프라모드는 피케이와 로타에게 사무실을 보여줬다. 기차 객실을 개조한 사무실에는 주방과 심부름꾼들이 딸려 있었다. 벽에는 인디라 간디와 구루 사이 바바의 사진이 걸려 있었다. 사이 바바는 프라모드의 수호성인이자 선지자였다.

외모만 보자면 프라모드는 피부 검은 부족민 여성과 불가촉천민의 아들이라고는 믿기 힘들었다. 그는 피케이보다 훨씬 피부가 하얬고, 지난 몇 년간 무슨 방법을 동원했는지 더 하얘졌다. 어릴 때 형은 하얀 피부를 하고, 마치 유럽 인처럼 돈 많고 권세 있는 사람이 되는 꿈을 꾼다고 자주 말하곤 했다. 아무래도 그의 가장 큰 꿈이 이뤄진 것 같았다. 피케이는 검은 머리카락이 세월이 지나면 회색이 되거나 하얘진다는 것을 알고 있었지만, 피부가 희어진다는 소리는 들어보지 못했다. 어쨌든 그랬다. 프라모드는 점차 자신이 그리도 숭배하던 서양인들을 닮아가고 있었다.

피케이는 큰형이 로타를 어떻게 생각할지가 걱정이었다. 전통에 따르자면 우선은 피케이의 큰형 다음으로 아버지의 결혼 승낙이 있어야 했고, 피케이는 그 전통을 깨고 싶지 않았다. 그런 풍습을 꼭 따라야 한다는 믿음이 있는 것은 아니지만, 불필요한 분란을 일으키고 싶은 생각도 없었다. 가족에게서까지 버림받고 싶지는 않았다.

그날 저녁, 피케이는 마침내 질문을 던졌다.

"사랑하는 형님, 가장 지혜로운 큰형님, 내가 샤를로타와 결혼해도 될까요?"

프라모드는 답이 없었다.

"샤를로타는 샤룰로타(Charulata)와 엇비슷한 이름이잖아요."

피케이는 형에게 오리야 어로 그렇게 말하고는 로타에게 귓속말로 설명해주었다.

"로타의 이름을 들으면 형님도 더 호의적이 될 거예요. 샤룰로타는 오리야 어로 덩굴 식물을 의미하거든요."

형은 한참이나 말없이 서 있었다. 그는 한 시간 정도 명상을 하며 자기 자신과 신의 생각을 알아보는 시간을 가져야겠다고 말했다.

형은 눈이 쌓인 산봉우리와 피부가 하얀 아기 사진 포스터가 걸린 거실의 시멘트 바닥에 가부좌를 틀고 앉아 꼼짝도 하지 않았다. 그는 눈을 감고 진지한 얼굴을 했고, 피케이는 잔뜩 긴장해, 점점 더 무표정해지는 형의 얼굴을 살폈다.

한 시간 뒤, 형의 얼굴에는 미소가 떠올랐다.


마드라스 익스프레스를 타고 타타에서 우트칼 익스프레스로 갈아탔다. 쿠타크에 도착해서는 숲속 강을 따라 오랜 시간을 달려야 하는 버스로 갈아탔다. 시간이 갈수록 풀숲이 더 우거지고, 깨끗한 하늘이 보이고 숨을 쉬는 것이 쉬워졌다. 그렇게 피케이는 자신이 나고 자란 고장으로 돌아왔다. 마지막 방문이 머나먼 과거의 일처럼 느껴졌다. 그 이후로 참 많은 일들이 있었다.

피케이 아버지는 이의가 없었다.

"널 행복하게 해줄 수 있는 사람과 결혼해야지. 뿐만 아니라, 너와 별자리 상성도 맞지 않니."

아버지는 불가촉천민 태생임에도 불구하고, 마치 브라만처럼 의식을 치르고 산스크리트 어로 성가를 부르곤 했다. 마을의 브라만들이 알면 말이 많겠지만, 그는 신경 쓰지 않았다.

"왜 브라만들만 성스러운 의식을 치를 권리가 있는 거죠?"

직장 동료들이 브라만들을 도발하지 말라며 그만두라고 할 때면 그는 그렇게 대꾸했다.

피케이와 로타는 아버지가 하는 것을 지켜보았다. 그가 등진 벽에는 피케이 엄마의 초상화가 걸려 있었다. 피케이는 엄마의 호기심 어린 눈빛이 로타와 자신을 살펴보고 있는 것 같다고 생각했다. 마치 저승에서 돌아와, 피케이가 그간 어떻게 살았는지 궁금해하기라도 하는 것처럼 말이다.

아버지는 피케이와 로타가 손을 맞잡게 하고, 만족스럽게 고개를 끄덕이며 뭔가 말을 꺼내기 위해 숨을 가다듬었다.

"프라디움나 쿠마르. 로타가 눈물을 흘릴 일이 없도록 해라."

"맹세할게요. 그녀가 저와 함께하는 한 그렇게 할 거예요."

피케이가 대답했다.

"로타의 뺨을 타고 눈물이 흐른다면, 그 눈물이 땅에 닿지 않도록 해라."

다시 말하면, 로타에게 어려운 일이 있을 때는 언제나 위로해줄 수 있도록 곁에 있어야 한다는 것이었다.

아버지는 로타에게 새 사리를 선물했다. 피케이는 의식은 이 정도면 충분하다고 생각했다. 이제 둘은 뭐가 어찌 됐든 남편과 아내인 것이다. 비록 한 쪽의 축복밖에는 받지 못했고, 지역 법정에 가서 공식적으로 혼인 신고를 하지도 않았지만 일단은 제쳐두기로 했다. 그런 건 나중에 해도 되지 뭐.

배낭을 멘 둘은 그들을 구경하러 나온 사람들을 헤치고 걸었다. 다들 처음 보는 광경이었다. 대놓고 빤히 쳐다보고 있기는 했으나 아무도 다가와 인사를 할 용기를 내지 못했다. 델리에서 펼친 피케이의 활약은 존중과 선망을 불러일으켰다. 그는 더 이상 천민 취급을 받는 인물이 아니었다.


우주비행사, 총리, 그리고 대통령의 초상화를 그린 부족 출신 인물이 고향으로 돌아왔다는 소문은 빠르게 퍼졌다. 부바네스와르의 미술대학 학장은 로타와 피케이를 점심 식사에 초대했고, 존경을 표하고, 둘이 앉을 수 있도록 의자를 빼주었으며, 내내 정중한 태도를 유지했다. 식사가 끝난 뒤에는 운전사를 시켜 시내의 원하는 곳으로 데려다주었고, 심부름꾼 아이를 시켜 기차표를 예약해주기까지 했다. 로타는 마치 왕비라도 되는 것처럼 은으로 만든 머리장식을 선물받았다. 프라디움나 쿠마르 왕과 로타 왕비. 마치 온 세상이 둘에게 고개를 숙이는 기분이었다.

오리사 주의 귀빈이 된 듯한 기분을 안은 채 둘은 버스를 타고 푸리로 향했고, 다른 연인들 사이에서 모래사장을 산책했다. 그다음에는 에로틱한 카마수트라 조각이 전시된 코나라크의 태양신 사원으로 향했다.

오래전 뱃사람들이 '검은 탑'이라고 부르던 사원의 형상이 눈에 들어오기 전, 피케이는 손으로 로타의 눈을 가렸다.

"조금만 참아요. 아름다운 걸 보여줄게요."

피케이는 잠시 후 손을 떼며 말했다.

"저기 저쪽을 봐요!"

사원은 거대한 돌바퀴들로 이루어져 있었다. 그녀가 런던의 셋방 벽에 붙여놓았던 그림 속의 돌바퀴였다. 그토록 그리워했던 그곳, 삶의 방향을 잡아주던 상상 속의 그곳, 그곳에 그녀는 마침내 도착한 것이다. 그녀는 울기 시작했다.

그리고 태양신 수리아의 마차 형상을 한 사원 앞에서, 둘은 첫 키스를 했다.


그러나 피케이는 또 한 번 행복과 회의감 사이에서 갈팡질팡했다. 비현실적인 기분이었다. 마치 모든 것이 꿈이었던 것처럼. 어쩌면 아스말릭의 쓸모없는 정글 소년인 나는, 내가 사랑하는 여자의 옆에 설 자격이 없는 것일지도 몰라. 그런 생각이 들었다.

피케이는 모든 일에 갈팡질팡했다. 간단한 말 몇 마디를 하는 것도 주저하게 되었고, 로타의 뺨을 쓰다듬거나 쌓인 낙엽과 쓰레기를 뛰어넘는 등의 단순한 동작을 하는 데도 머뭇거리게 되었다.

부바네스와르로 돌아오는 버스에서 피케이는 전부 그만두는 게 나을지도 모르겠다는 생각에 사로잡혔다. 뉴델리에서의 직업도 버리고, 유럽에서 로타와의 미래도 버리는 것이다. 그런 생각을 머릿속에서 굴리던 피케이는 두렵지 않을 수 있음을 깨달았다. 반대로, 충분히 실현 가능하게 느껴졌다. 왜 이 모든 아름다운 것들을 버리고 수도로 향했던가? 이곳에는 가족이 있고, 익숙한 삶의 모든 것이 있다. 정글은 이토록 다양한 색조로 가득하고, 이토록 빽빽하고, 신비로우며, 황홀하다. 새벽 안개에 감싸인 망고나무와 코코야자나무로 이루어진 자연 경관을 보고 있으면, 과연 과거의 것, 익숙한 것을 새롭고 불확실한 것과 맞바꿀 필요가 있는지 의구심을 품게 되었다.

일주일 뒤 뉴델리의 셋방으로 돌아왔을 때, 이웃집 아주머니가 옷을 잘 차려입은 부인과 그 딸이 몇 번이나 찾아와 피케이의 행방을 물었다고 알려줬다. 푸니와 그 어머니였다. 둘이 여러 번 이곳을 방문해 그가 어디로 갔느냐고 물어본 것이다. 아주머니는 용건이 뭐냐고 물었고, 푸니 어머니가 사정을 설명했다고 했다.

푸니와 결혼할 예정이던, 엔지니어가 될 것이라는 남학생은 별다른 흠이 없는 사람이었지만, 그의 부친은 푸니의 지참금으로 50,000 루피를 요구했다고 한다. 어마어마한 금액이었다. 유명한 영화배우에게나 어울리는 지참금이었다. 푸니 아버지는 당신의 딸이 높은 카스트의 엔지니어 지망생과 결혼하는 것을 원했지만, 끝내는 지참금을 지불할 여유가 없음을 인정해야 했다. 그래서 피케이를 찾아나선 것이다. 아직도 푸니와 결혼할 의사가 있는지 묻기 위해서였다.

이런 멍청한 가족을 봤나! 푸니 아버지에게 그런 모욕을 받았는데 그 가족과 다시 엮이고 싶겠는가? 내가 아무리 너그러운 사람이라도, 한계가 있지!

이웃집 아주머니와 친구들에게는 스웨덴에서 온 여자와 이미 결혼을 했다고 말했지만, 사실은 아니었다. 아버지는 피케이와 로타의 성스러운 결합을 위한 의식을 치르긴 했지만, 정식으로 혼인한 사이는 아니니까. 그렇지만 누가 굳이 그걸 확인하려고 들겠는가?

델리에 밤이 찾아왔다. 셋방의 바닥에 나란히 누워 갈라진 시멘트 천장을 올려다보고 있는데, 로타가 문득 자신의 조상에 대한 이야기를 꺼냈다.

그 시절, 스웨덴은 아돌프 프레드리크라는 왕과 로비사 울리카라는 왕비가 다스리고 있었다. 스웨덴에도 인도와 똑같이 네 개의 카스트가 있었다.

"내 조상은 용맹과 대담함을 인정받아 낮은 카스트에서 높은 카스트로 격상되었어요. 왕의 권력은 미약했고, 나라는 의회가 지배하고 있었죠. 의회에서는 두 당파가 권력을 두고 싸웠어요. 두 당은 엄청 이상한 이름들이었어요. 하타르(hattarna)당과 뫼소르(mössorna)

당*이라고요!"

"정말 이상하네요. 인도에서 그랬다면 사람들이 웃다가 배가 터져 죽었을 거예요."

"계속 들어봐요."

로타의 이야기는 계속되었다. 왕과 왕비는 권력을 독점하는 데다왕자 구스타브까지 맡아 기르려고 하는 귀족들이 몹시 마음에 들지않았다. 귀족 계급의 공무원들과 장교들이 차지하고 있던 하타르당사람들은 왕자를 양육하는 것은 자신들이니, 부모의 입김이 닿아서는 안 된다는 결론을 내렸다. 그렇게 해야만 왕자가 공정한 평등주의자 지도자로 자라날 것이라고 믿었다.

왕비는 분노했다. 천리(天理)를 바꿀 수 있다고 믿는 것은 미친 짓이라고 말했다. 그녀는 고문들을 불러다가, 이 광대놀음을 끝맺을계획을 알렸다. 쿠데타를 일으켜 신이 내린 국왕의 권리를 도로 되찾겠다는 계획이었다.

"여름밤이었어요. 때는 1756년이었죠."

로버트 클라이브가 인도의 지배권을 따내기 위해 애쓰던 해였다.이런 우연의 일치가 있나. 피케이는 로타의 말을 끊었다.

"내가 로버트 클라이브 얘기를 한 적이 있나요? 그 사람 얘기 꼭들어야 돼요."

"나중에요!"

---

★ '하타르(hattar)'는 차양이 있는 모자를, 뫼소르(mössor)는 차양이 없는 모자를 뜻함. 이러한 정당의 이름은 두 정당이 의회에 참석할 때 각각 하타르와 뫼소르를 쓰고 나타난 데서 연유함.

"그럼 내일 할게요."

1756년의 어느 여름밤, 스톡홀름에서는 혼란이 일었다. 그렇지만 계획은 아직 미완성이었다. 쿠데타 세력은 필요한 자금을 마련하지 못했다. 아직은 때가 아니었다. 그런데 왕비의 측근 중 한 명이 술에 취해 쿠데타를 계획대로 밀고 나가기로 결정했다. 그는 동료들을 찾아서 계획을 실행할 것을 명령했다. 이제 피가 흐르고 천지가 울릴 때가 되었다! 그러고 나서는 비틀비틀 계단을 올라가 왕궁의 왕비에게 곧 때가 될 것이라고 보고했다.

쿠데타 명령은 왕과 왕비의 근위병들, 그리고 다니엘 셰드빈이라는 이름의 스물두 살 난 하급 장교에게까지 닿았다.

"다니엘 셰드빈이 고분고분 명령을 따랐더라면 우리 가족의 운명도 많이 달라졌겠죠. 어쨌든 우리 소유의 숲 같은 건 없었을 거예요."

"소유의 숲이라고요?"

"제 소유는 아니고, 우리 집안 소유요."

로타는 이야기를 계속했다. 다니엘은 탄약을 나눠주고 병사들을 모아서 하타르당의 본거지로 가서 귀족들을 체포하는 대신, 상관을 찾아가 상황을 설명했다. 그런 다음에는 귀족 대표를 찾아갔다.

"스웨덴의 장교 카스트 말이에요."

"인도에서는 크샤트리아라 부르는 계급이군요."

귀족은 재빠르게 진압군을 조직해 쿠데타 시도를 저지했다. 국왕 부부는 주교의 설교를 듣고 반성해야 했다. 연루된 몇몇은 사형에 처해졌다.

"그리고 우리 조상인 다니엘은 공로를 인정받아 큰 포상금을 받았어요. 그걸로 토지와 숲을 샀죠. 귀족들은 국왕을 압박해 다니엘에게 작위도 내리게 했어요."

피케이가 못 알아듣자 로사가 덧붙였다.

"작위를 받는다는 건 원래의 카스트를 벗어나 위 카스트로 올라간다는 뜻이에요."

다니엘은 스웨덴의 커다란 숲을 소유하게 되었고, 그의 집안은 문장을 수여받았다. 문장에는 가훈 '오브 시브스 세르바투스(Ob cives servatus)'가 새겨져 있었다.

"그게 무슨 뜻인데요?"

"라틴 어인데, 무슨 뜻인지는 까먹었어요. 그래서 우리 집안이 숲을 소유하고 있는 거예요."

"그러니까 로타는 높은 카스트 출신인 거네요?"

"네. 그래서 성씨가 본 셰드빈인 거고요. 그렇지만 전 그런 거 별로 좋아하지 않아요. 제가 다른 사람들보다 나은 사람인 것도 아니고요."

"로타는 높은 카스트에 속하고, 나는 가장 낮은 카스트 밑의 찌꺼기 출신인 거군요."

피케이는 자신을 꾸짖었던 푸니 아버지와, 명예 살인으로 끝나는 인도의 수많은 높고 낮은 카스트의 연애사를 떠올렸다.

로타와 나는 어떻게 끝나게 될까? 피케이는 그렇게 생각하며 로타의 이마에 키스했다.

"그건 전부 오래된 편견일 뿐이에요. 나한테는 아무런 의미도 없어요."

로타가 말했다.

"그렇지만 로타는 숲을 가지고 있잖아요. 그건 내 운명이에요. 조상의 일이 일어나지 않았더라면 예언이 들어맞지 않았을 거예요."

"그건 그래요."

"로타, 이게 무슨 뜻인지 알겠어요? 모든 일에는 의미가 있어요."

피케이는 간절한 마음으로 말했다.

며칠 뒤, 로타는 델리를 떠나 기차를 타고 암리차르로 향했다. 캠핑카 일행과 만나기 위해서였다. 그들은 왔던 길을 되짚어 집으로 돌아갈 예정이었다. 힌두쿠시 산맥의 산등성이를 지나 이란의 사막을 건너, 그리고 흑해 지역의 높은 산을 넘어서. 로타는 일행과 함께했던 몇 달간의 일정을 떠올렸다. 알프스 산맥을 넘을 때는 수호천사의 가호가 있었던지, 협곡 밑바닥의 불타는 금속 잔해가 되는 꼴은 면했다. 터키의 산을 굽이굽이 도는 도로를 따라가면서, 세상에 이보다 더 아름다운 경관은 없을 거라는 생각을 하기도 했다. 테헤란의 혼잡한 도로에서는 추돌 사고에 휘말릴 뻔했고, 아프가니스탄에서는 몇 시간을 달려도 쥐 새끼 한 마리 나타나지 않는 경험을 하기도 했다. 먼지 쌓인 코카콜라 간판이 내걸린 도로 옆 가판대에서는 아이러니하게도 콜라를 팔지 않았다.

　스웨덴에서 출발한 지 3주 뒤, 일행은 파키스탄과 인도의 국경을 넘었다. 먼저 타지마할에 들른 캠핑카는 어느 늦은 저녁 지친 몸을 끌고 덜덜대며 델리로 입성하다가, 벽을 들이받아 범퍼를 부숴먹고 말았다. 밤은 새까맣게 어두웠고, 계엄령 덕택에 거리는 한산했다. 일행은 계엄령이 내려진지도 모르고 있었다. 이제껏 한 번도 집에 연락을 하지 않았는데, 이번에는 스웨덴 대사관에 연락을 넣었다. 당직 직원에게 뉴델리에 도착하긴 했지만 목적지를 코앞에 두고 벽을 들이받았다고 부모님에게 전달해줄 것을 부탁했다. 곧 보로스의 부모님에게 소식이 전해졌다. 일행이 무사하다는 부분만 쏙 빠진 채.

이미 한 번 와본 길이라 돌아가는 것은 걱정되지 않았다. 로타는 지도를 펼치지도 않고 인도에서 스웨덴까지 길을 찾아갔다. 캠핑카가 트라브존 즈음의 산에서 미끄러져, 아직 채 녹지 않은 빙판 위를 빙글빙글 돌며 벼랑을 향해 달려간 것 외에는 별다른 일도 없었다. 이번에도 수호천사의 가호가 있었는지 캠핑카는 벼랑의 끄트머리에서 아슬아슬하게 멈춰섰다. 차 안의 일행은 급속도로 분비된 아드레날린으로 근육 하나하나가 덜덜 떨려올 지경이었다.

모든 것에는 의미가 있다. 그리고 로타는 무사히 도착할 운명이었다.


1976년 봄, 보로스의 집에 도착한 로타는 엄마와 아빠에게 자신이 얼마나 깊은 사랑에 빠졌는지에 대해 격정적으로 이야기했다. 피케이는 운명의 사람이라고, 그와 결혼을 하고 싶다고 했다. 그러니까 가을에 다시 인도로 돌아가야 한다고! 엄마가 로타를 말렸다.

"피케이도 미대를 아직 졸업하지 않았고, 너도 교육을 다 받지 않았잖니."

엄마는 진지하게 말했다.

"이곳에 남아 공부를 하면서 연락을 하렴. 편지를 쓰고, 멀리에서 서로를 알아가도록 해."

따분하게 들렸지만, 여행의 기억이 희미해질수록, 그리고 옷에서 인도의 냄새가 옅어질수록, 어쩌면 엄마 말이 맞는지도 모르겠다는 생각이 강해졌다. 마음속에는 상반된 감정이 공존했다. 지금 돌아 간다면 로타는 아마 인도에 남게 될 것이다. 사실이 그랬다. 그리고 세상 어디에서 살든 밟고 설 기반이 필요한 것은 현실이기도 했다.

피케이는 가능한 한 빨리 스웨덴으로 오겠다고 약속했었다. 그렇 지만 몇 주, 그리고 몇 달이 흐르고, 약속했던 재회의 달 8월이 지 나갔지만 피케이는 나타나지 않았다. 9월에 뉴델리에서 편지가 한 장 도착했다. 스웨덴으로 올 수는 있는데, 시간이 오래 걸릴 것이고 언제 출발할 것인지, 어떻게 스웨덴까지 갈 것인지 아직 모르겠다 는 내용이었다.

로타는 어떻게 해서든 인도로 돌아가야 하는 것일까 고민했다. 유 치원에서 일했지만, 봉급은 낮았고 돈을 모을 수도 없었다. 그렇다 고 엄마와 아빠에게 손을 벌리고 싶지는 않았다.


엄마는 혹시라도 로타가 직업을 가지기 전에 결혼을 해버릴까 걱 정이었다. 그것은 삶에 있어 엄마의 철학이었다. 엄마는 로타가 그 냥 한 아이의 엄마나 가정주부로 살아가는 것을 원치 않았다. 엄마 는 젊을 때 교육을 받을 기회를 놓쳤지만 딸들은 같은 실수를 반복하지 않기를 바랐다.

새로운 꿈이 생겨났다. 로타는 피아노를 연주할 줄 알았고, 노래를 부르며 자랐다. 로타는 지역의 음악학교 임시 교사직에 지원하고, 동시에 스톡홀름 음악 교육대학교에 지원서를 넣었다.

두 곳에 다 합격했다.

당장이 아니어도 좋았다. 인도여 조금만 더 기다려라!

피케이는 학교에서 강의를 듣고 화실에서 작업을 하고 분수대 옆에서 생활비를 버는 일상으로 돌아갔다. 그렇지만 사회는 변했다. 뉴델리는 가혹한 새 계엄법으로 인해 마비되었다. 언론 통제, 빈민가 철거, 불임 수술 캠페인, 시위와 정치적 모임을 금지하는 법이 차례로 시행되었다.

뉴델리 한복판에서 피케이는 빈민가의 오두막을 밀어내는 불도저와 인파를 해산시키는 경찰들을 보았다. 한때 유약하고 정치적으로 생기 없던 도시는 경찰 진압과 폭동으로 들끓었다. 그렇지만 피케이는 한 번도 인디라 간디가 도를 넘었다고 생각하지 않았다. 부패하고 불평등한 인도를 바꾸려면 강경한 방식을 사용해야 마땅하다고 생각했다. 브라만들에게 달리트를 그만 차별하고 고용주들에게 달리트의 일자리를 상냥하게 부탁할 수는 없는 노릇이었다. 사람들은 물려받거나 직접 쟁취한 권리를 자진해서 버리는 선행을 행하지는 않았다. 정치는 기득권의 해독제 역할을 해야한다. 피케이는 이제 그것을 알게 되었다.

인디라의 비서관인 하크사르가 피케이에게 살 곳을 마련해주겠다고 했던 때가 일 년도 더 지났다. 1976년 봄, 피케이가 캠핑카를 타고 유럽으로 향할 로타를 떠올리고 있을 때, 하크사르가 연락을 해왔다.

"이제 다 끝났습니다. 입주하셔도 돼요."

"어디예요?"

"사우스 거리입니다."

맙소사! 국회의원들의 사우스 거리 말인가? 그곳은 정치 엘리트들의 주택가였다.

"제가 거기에 살 거라고요?"

"그럼요. 78번지 집 빌라 한 층이 피케이 씨 겁니다."

피케이는 짐을 쌌다. 달랑 가방 하나가 전부였다. 그는 그렇게 자신의 새집으로 걸어갔다.

아파트에는 값비싼 가구로 채워진 거실과, 개별 침실과, 정원이 내다보이는 발코니와, 주방과, 식당과, 두 개의 욕실이 갖추어져 있었다. 배가 고파지면 수화기를 들고 가까운 식당에 주문을 하면 음식이 문 앞까지 배달되었다. 옷이 더러워지면 직접 세탁할 필요 없이 매일 와서 더러워진 옷을 수거해가는 세탁부에게 맡기면 됐다.

1년 전 피케이는 다리 밑에서 잠들고 쓰레기를 태워 몸을 녹였다. 그리고 지금은 총리와 같은 거리의 대저택에 살게 되었고, 물질적으로도 부족한 것이 하나도 없었다. 이런 행운이 굴러 들어온 것은 그동안 자신이 가진 나쁜 업을 전부 소모했기 때문이 아닐까 생각했다. 오랜 시간을 고통받고 싸운 끝에, 어느새 좋은 업이 많이 쌓인 것이다.

이제부터는 좋은 업만이 내 삶을 지배했으면 좋겠다고 피케이는 생각했다.

피케이에게는 인디라 간디가 불가촉천민들, 인도의 억압받는 자들의 어머니처럼 느껴졌다. 어머니란 가끔 엄하고 잘못을 꾸짖기도 하는 법이라고 피케이는 생각했다.

인디라는 우리의 후원자이다. 그녀의 정책 없이 인도의 불가촉천민들에게 무슨 힘이 생기겠는가? 그녀의 고운 마음씨 없이 피케이 자신이 무슨 가치가 있겠는가? 길거리의 껌딱지 같은 취급을 받고도 남았을 것이다.


피케이는 들을 준비가 되어 있는 사람에게는 언제든 자신의 그리움에 대해 털어놓았다. 사람들은 그가 드러내는 강렬한 감정에 이끌렸다. 그래서, 로타는 피케이뿐만 아니라, 인디언 커피하우스에서 피케이와 마주친 수많은 여행객들에게서 편지를 받았다.

영국 에든버러에 사는 케이트는 로타에게 이런 편지를 보냈다.


방금 인도에서 돌아왔어요. 거기에서 당신의 친구 피케이를 만났는데, 아주 친절하고 진솔한 사람이었고, 당신을 많이 그리워하고 있었어요. 그는 당신 이야기를 많이 했는데, 당신이 자기를 잊지 않았기만을 바란다고 했어요. 내가 끼어들 입장은 아니지만, 그에게 편지를 써서 안부를 전해줬으면 좋겠어요.

또 스웨덴의 보후스-비외르쾨에 사는 마리아가 있었다.

6일 일요일 저녁에 파키스탄에서 집으로 돌아왔어요. (……) 1월 말에는 델리에도 들렀는데, 라호르(파키스탄)에 사는 친구와 함께 짧게 인도 여행을 했었어요. 다른 친구 한 명이 델리에 가면 피케이를 찾아보라고 해서, 그렇게 했죠. 여러 번 만났는데, 매번 정말 좋았어요. 피케이는 우리에게 당신에게 선물할 책을 하나 맡겼어요. 피케이는 잘 지내는데, 당신이 많이 그립다고 해요.

프랑스 퐁투아즈의 베아트리스는 다음과 같은 편지를 썼다(그녀는 피케이의 이름이 '피케트'인 줄 알고 있었다.).

사흘 전에 델리에서 돌아왔어요. 그곳에서 저와 남편은 피케트를 만났는데, 많은 도움을 받았죠. 피케트는 당신 이야기를 했고, 당신과 함께 찍은 아름다운 사진을 보여줬어요. 피케트가 내게 파리에 도착하는 대로 당신에게 편지를 쓸 것을 부탁해서, 영어는 잘 못하지만 어쨌든 이렇게 편지를 보내요. 내가 무슨 말을 하는 건지 알아볼 수 있었으면 좋겠네요. 피케트는 당신에게서 연락이 두 달째 없다며 조금 걱정이 된다고 했어요. 아무 일 없었으면 좋겠대요. 우리도 로타에게 아무 일 없었으면 좋겠어요.

피케이는 사우스 거리 78번지의 저택에서 꿈꿔온 모든 것을 누리고 있었음에도 불구하고, 행복하지 않았다. 어째서인지는 점점 더 생생해지는 기억들이 있었다. 침대에 누워 정원의 나무를 바라보며,

대통령궁 뒤쪽의 무굴 정원에서 로타와 산책을 하던 것을 떠올렸다. 장미와 튤립과 플루메리아 사이에서, 로타의 약지에 약혼반지를 끼웠던 것을 떠올렸다.

피케이는 불가촉천민들의 삶을 변화시키는 미술을 하고 싶었다. 그림으로 정치에 관심이 없는 중산층에게 민중이 얼마나 큰 고통을 받고 있는지 알려주고 싶었다.

뉴델리의 국민회의 본부의 하크사르는 피케이에게 키가 큰 남자를 소개해주었다. 처음 본 그 남자가 피케이의 손을 어찌나 세게 쥐었던지 피케이는 비명이 나올 뻔했다.

남자는 호의가 넘쳤고, 피케이에게 '억압받는 이들'을 위한 잡지를 창간해보지 않겠냐고 제안했다. 피케이는 망설이지 않고 그러겠다고 했다. 그런 다음에야 둘은 서로 자기소개를 했다.

"빔 싱이라고 합니다. 그러니까 그쪽이 그 유명한 분수대의 화가란 말이죠?"

"네."

피케이는 짧게 대답했다. 특별한 취급을 받는 것이 싫었기 때문이다.

"당신은 뭘 하는 분이신가요, 싱 씨?"

"오토바이를 타고 120개국을 여행했죠. 유럽과 아메리카와 러시아를 가로질렀고, 사하라 사막도 주파했죠."

"굉장하네요, 싱 씨! 그런데 어쩌다가 그렇게 멀리까지 가게 되셨나요?"

"세계 평화를 위해서죠. 여행하면서 겪은 경험을 책으로 쓸 겁니다."

"지금은요?"

"잡지를 창간해야죠."

싱은 끈질기고 헌신적인 인물이었다. 안락함이나 재물을 쫓는 것에는 만족하지 않았다. 피케이는 그가 마음에 들었고, 그도 피케이를 마음에 들어 했다.

"잡지의 로고를 그려줄 수 있나요?"

"그럼요."

"그리고 기사의 삽화도 몇 점?"

"물론이죠."

싱은 이미 잡지의 제목을 정해뒀다고 말했다. 《백만 민중의 목소리(Voice of Millions)》라는 제목이었다. 빔 싱은 그 자리에서 피케이를 보조 편집장으로 임명했다. 편집장은 싱 자신이 맡을 예정이었다. 편집부는 둘이면 충분했고, 업무 분배도 그 자리에서 끝마쳤다. 싱은 글을 쓰고, 피케이는 삽화를 맡기로 했다.

둘은 국민회의 본부 베란다의 한구석을 빌렸다. 낡은 타자기와 망가진 책상과 흔들대는 의자 두 개가 장비의 전부였다.

2인 편집부는 바로 일을 시작했다. 둘은 매일같이 베란다에 앉아 굶주림과 억압에 관한 기사를 쓰는 작업을 했다.

"우리는 민중의 복소리요."

싱은 피로가 밀려오고 일이 고단하게 느껴질 때면 자기 자신을 격려하기 위해 그렇게 말하곤 했다.

피케이는 《백만 민중의 목소리(Voice of Millions)》라는 글자 안에 먹을 것을 달라고 외치는 조그만 얼굴들로 채운 로고를 만들었다. 굶주린 민중을 위한 잡지라는 것이 분명해 보이는 디자인이었다. 잡지는 빈곤과 카스트 제도를 어떻게 퇴치해야 할지를 다뤘다. 빔 싱은 또 하나의 투쟁에 참여하고 있었는데, 카슈미르가 인도에서 독립하는 것이 그것이었다. 그렇지만 그 부분은 피케이는 잘 몰랐기에 굳이 끼어들지 않았다.

1호가 인쇄되었을 때, 피케이는 코넛 플레이스 주변에서 판매할 잡지 한 뭉치를 받았다. 자신이 직접 참여해 만든 잡지를 들고 나서니 마음이 뿌듯했다.

피케이는 로터리 주변의 골목길과 공원, 인디언 커피하우스의 탁자들을 여러 바퀴 돌았다. 기차역 쪽으로 향해 가다 파하르간지 시장으로 들어갔다 다시 로터리로 돌아왔다.

"《백만 민중의 목소리》 사세요! 억압받고 차별받는 이들을 위한 잡지입니다!"

수백 번을 외치고 외쳤다. 그러나 사는 사람은 아무도 없었다.

"인도를 바꿀 잡지입니다!"

이틀 뒤, 피케이는 두 손 두 발을 다 들었다. 겨우 몇 부밖에 팔지 못한 것이다. 피케이는 나머지 잡지들을 길에 쌓아두고 지나다니는 사람들에게 말했다.

"가난한 사람들을 위한 잡지를 한 부씩 가져가세요! 가져가세요! 공짜예요!"

사무실로 돌아 온 피케이는 절망에 찬 목소리로 빔 싱에게 말했다.

"인도는 아직 변화를 받아들일 준비가 되지 않았나봐요. 저는 여기서 그만두겠습니다."

싱은 피케이의 결정을 안타깝게 생각했지만, 자신은 카슈미르가 자유로워지는 그날까지 멈추지 않을 것이라 했다.

"카슈미르 일은 잘되었으면 좋겠네요. 하는 김에 기아 퇴치에도 힘 써보시고요."

그렇게 말한 피케이는 분수대로 가서 초상화 그리기에 힘을 쏟았다.

그건 최소한 수요도 있고, 좋은 평가를 받는 일이었으니까.

스웨덴 인들이 분수대로 찾아올 때면 피케이는 특히 더 긴 대화를 나눴다. 인디언 커피하우스에서 스웨덴 인의 목소리가 들릴 때면 옆에 앉을 구실을 찾아 자기소개를 하고 차를 대접했다. 심지어는 분수대에 걸린 표지판의 문구를 바꾸기까지 했다. "10분에 10루피 – 스웨덴 인은 공짜!"

피케이는 가능한 한 스웨덴 인들과 많이 이야기를 나누고 싶었다. 그들의 목소리와 이야기는 로타에 대한 기억을 불러일으켰다. 로타와 나눈 기억과 감정을 생생하게 떠올리고 싶었다. 그녀가 희미해지다 끝내는 사라지게 두고 싶지 않았다.

라스와 연락이 닿은 것도 그렇게 해서였다.

라스는 자신의 스웨덴 여권을 내밀었고, 피케이는 돈을 받지 않고 빠르게 그의 얼굴을 그렸다. 라스는 언론인이었는데, 다른 사람들과 마찬가지로 유럽에서 인도로 육로를 통해 여행을 왔다고 했다. 자가용도 없이 히치하이킹과 버스로만 스웨덴에서 여기까지 왔다고 했다.

둘은 몇 시간이나 카페에 앉아 라스가 꺼내 펼친 아시아 지도를 살폈다. 라스는 붉은 선으로 표시된 도로를 따라 늘어선 도시들의 이름을 읊었다. 아프가니스탄의 카불, 칸다하르, 헤라트, 이란의 마슈하드, 테헤란, 타브리즈, 터키의 앙카라, 이스탄불.

"여기까지 2주면 충분해요. 그다음에는 유럽만 남죠. 히치하이킹을 하면 일주일이면 끝나요. 최대 일주일요."

그래, 어쩌면 히치하이킹을 해서 스웨덴까지 갈 수 있을지도 몰라. 라스가 했다면 나도 할 수 있지 않겠는가! 로타가 겨우 3주 거리에 있다고 생각하면 그리운 마음도 조금은 견디기 쉬워졌다. 피케이는 스웨덴이 다른 별에 있다고, 그와 같은 가난한 인도인은 갈 수 없는 곳이라고 생각해왔다. 비행기 표는 엄청나게 비쌌고, 로타에게 돈을 보내달라고 편지를 쓸 엄두는 나지 않았다. 자가용 같은 것도 없었다. 그런데 인도에서 스웨덴까지 3주면 갈 수 있다니!

라스는 피케이의 이야기를 열성적으로 들었다. 별점, 예언, 그리고 로타. 그는 더 자세한 이야기를 듣고 싶어 했다.

"이제 더는 기억이 안 나는데요."

"더 떠올려봐요!"

"아니, 정말 더는 떠올릴 게 없어요."

라스는 피케이의 인생사가 굉장하다고 생각하는 듯했다.

"꼭 옛날이야기 같아요."

하루는 라스가 스웨덴 영화감독이 뉴델리에서 열리는 영화 축제에서 자신의 작품을 선보이기 위해 왔다고 했다.

"피케이 씨의 경험을 가지고도 영화를 만들 수 있을걸요? 이름은
셰만이에요. 빌고트 셰만."

"유명한 사람이에요?"

"네, 스웨덴에서는요. 그리고 미국에서도."

"라지 카푸르처럼요?"

"아뇨, 사티아지트 라이에 가까워요. 진지한 감독이에요. 노래나
춤이 나오는 장면 같은 건 안 찍어요."

"어떤 영화를 찍었는데요?"

"정치적 함의와 벌거벗은 사람들이 많이 나오는 영화요. 사람들
이 아주 열광했죠."

라스는 셰만 감독이 머무르는 호텔이 어디인지 알려주며, 그곳으
로 가서 피케이의 이야기를 해볼 것을 권했다. 그렇지만 피케이는 회
의적이었다. 벌거벗은 사람들이 나오는 영화라니! 스웨덴에서는 몰
라도 그런 평판의 감독이라면, 이곳 인도에서는 발도 못 붙일 것이
다. 인도인들은 스크린에서 벗은 사람이 나오는 것을 접한 적이 없
었다. 섹스신은 절대 금지였다. 인도 영화에 나오는 연인들에게는 입
맞춤조차 허용되지 않았다.

피케이는 사실 자신보다는, 누드 영화감독과 작업한 것을 알면 곤
란해질 오리사의 가족들이 걱정되었다. 안 될 일이다. 라스의 제안
이 영 탐탁지 않았다.

그렇지만 라스는 컨벤션 센터에서 열린 영화 축제에 피케이를 끌
고 가는 데는 성공했다. 컨벤션 센터로 이어지는 현관의 인파 틈에

서 라스는 그 스웨덴 인 감독을 발견했고, 앞으로 달려가 그의 어깨를 두드렸다. 그렇게 피케이는 빌고트 셰만과 인사를 나누게 되었다.

감독은 꽤 친절한 사람 같았다. 피케이에게 계엄령이나 인디라 간디에 대한 의견을 묻고, 답을 주의 깊게 들었다. 그렇지만 피케이는 라스가 제안했던 것처럼 자신의 인생사를 늘어놓고 싶지는 않았다. 섹스 영화의 감독이 그것을 주제로 영화를 찍는 것은 싫었다. 피케이는 그 정도로 관대한 사람은 아니었다.

피케이는 가능한 한 예의 바르게 작별 인사를 하고 인파를 헤치며 걷기 시작했다. 라스는 실망한 얼굴로 그 뒤를 따랐다.

피케이는 로타가 곧 돌아올 것이라 확신했다. 약속을 했기 때문이다. 로타는 반년 뒤, 그러니까 8월이면 재회하게 될 것이라고 말했었다. 로타가 인도로 오거나, 피케이가 스웨덴으로 가게 될 것이다.

1976년 6월, 피케이는 델리 미술대학을 졸업하고, 로타와의 재회를 계획하기 시작했다. 사우스 거리에서 나와 함께 살면 되지 뭐. 이렇게 훌륭한 주거 환경을 마다할 여자는 없을 것이다. 이런 화려한 집의 바닥이 눈물을 맛볼 일은 없을 것이다.

그렇지만 피케이는 직업을 가져야 했다. 죽을 때까지 분수대 옆에 앉아 사람들 초상화나 그리고 있을 수는 없는 노릇이었다. 대학 졸업장 덕택에 피케이는 우체국에 입사 면접을 보게 되었다. 그곳에서 우표의 일러스트를 그릴 사람을 뽑는 중이었다. 그들은 피케이의 포트폴리오를 마음에 들어 했고, 푸네에서 6개월간 인턴 과정을 이수할 것을 제안했다. 푸네는 국제적인 도시로서, "직장 생활을 원하는 모든 인도 젊은이들의 꿈"같은 도시라고 했다. 인턴 과정을 마친 다음에는 정식으로 일을 하게 될 것이었다.

집도 있고, 사실상 확정된 것이나 다름없는 고정적인 직장도 있었다. 로타는 피케이를 자랑스러워할 것이 분명했다. 게다가 인도 우체국은 영국 우체국과 협력을 하고 있었다. 피케이의 면접을 봤던 남자는 피케이가 일을 잘하고, 충성스럽고 성실함을 증명한다면 언젠가, 어쩌면, 정말 어쩌면 런던에서 일을 하게 될지도 모른다는 뉘앙스의 말을 했다. 옛 제국의 수도에서 산다는 생각만으로도 피케이는 흥분에 몸이 떨려올 지경이었다. 로타와 런던에서 함께 살 수 있을지도 모르는 것이다!

그렇지만 로타는 여름이 지나도록 돌아오지 않았고, 피케이는 유럽으로 먼 길을 떠날 돈도 시간도 없었다. 모아둔 돈은 너무 적었고, 그는 우체국 인턴 교육이 시작되기를 기다리고 있었다.

그러나 우체국으로부터 가을 내내 연락이 없었고, 피케이의 실망은 커져갔다. 마음속에서는 로타와 다시 만나야 한다는 다짐과 결심이 자라났다. 사랑은 계속되어야 한다. 잘 쓴 편지만으로는 부족했다. 이대로라면 그녀를 잃게 될 것이다.

피케이는 여권과 국제 유스호스텔 회원증을 발급받았다. 그리고 매일 분수대로 향하는 길이면 간절한 눈으로 코넛 플레이스 옆에 새로 세워진 거대한 영국항공 광고판을 바라보았다. 광고판은 지구 반대편에서의 새로운 삶을 약속하고 있었다.

몇 주가 지나가고, 피케이는 로타를 향한 그리움 때문에 완전히 생활을 놓아버리기 직전이었다. 집중하는 것이 어려웠고, 작업의 질은 떨어졌으며, 친구들에게 연락할 힘도 없었다.

어느 날 피케이가 여행사 문을 열고 들어갔을 때, 창구의 여자는 낡은 티셔츠와 찢어진 청바지 차림인 그를 무시하는 눈빛으로 바라보았다. 피케이가 비행기 표가 얼마냐고 묻자, 그녀는 어차피 살 돈도 없을 텐데 뭐하러 그런 것을 묻느냐고 했다. 피케이는 고집을 부렸다.

"그냥 얼만지 말하라고요!"

"거의 4만 루피예요. 그런 돈 없잖아요?"

여행사 직원이 대답했다.

사실이었다. 그런 돈은 없었다. 피케이는 여름 내 초상화를 그려 번 돈을 저축했고, 은행 계좌에는 4천 루피가 있었다. 그렇지만 그게 다 무슨 소용인가? 비행기 표 한 장을 사려면 몇 년을 저금해야 할 것이다.

피케이가 외국인 여자와 결혼할 것이라는 예언은 어쩌면 틀린 것일지도 모른다.

# 그녀에게 가는 길

# 그녀에게 가는 길

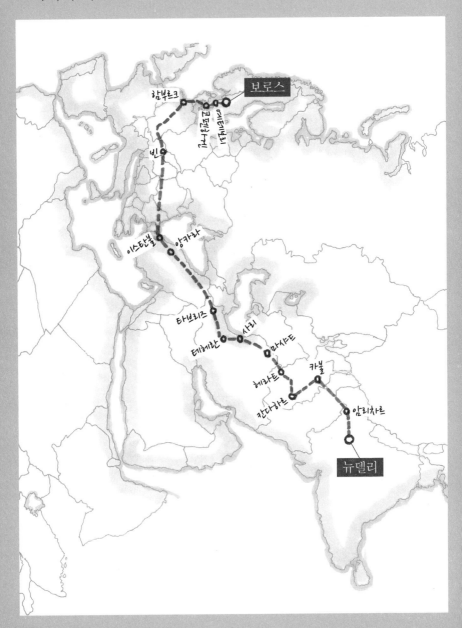

뉴델리　파니파트　쿠루크셰트라　루디아나　암리차르

　서쪽으로의 기나긴 여정을 시작한 첫날, 피케이는 동이 틀 때부터 페달을 밟아 저녁 늦게 쿠루크셰트라에 도착했다. 피케이는 오늘 치 먼지는 다 마셨다고 생각하며, 자전거에서 내렸다. 이 자전거는 뉴델리에서 60루피를 주고 산 중고 여성용 자전거로, 남성용 자전거의 반값이었다.

　피케이는 60루피면 비싼 항공권을 살 여유가 되지 않는 자기 같은 사람에게는 적당한 여비라고 생각했다.

　피케이는 두렵고 걱정스럽긴 했지만, 점성술사들의 예언을 이루기 위해 길을 나섰다. 짐은 침낭, 하늘색 바람막이 재킷, 뉴델리에서 만난 벨기에 인 집배원이 준 바지 두 벌, 그리고 로타가 손수 만들어서 보내준 푸른색 셔츠가 전부였다. 로타는 셔츠의 가슴께에 그의 이니셜, 즉 PK를 수놓았는데, 알파벳이 이젤 모양을 하고 있었다.

　피케이는 먼지가 내려앉아 빗자루처럼 뻣뻣해진 머리카락을 쓰다들었다. 태양은 서쪽으로 진다. 그래서 그 방향으로, 아니, 정확히 말하면 북서쪽을 향해 자전거를 타고 달려왔다. 그렇지만 목적지까지 거리가 정확하게 얼마나 되는지는 전혀 몰랐다. 피케이는 거리 개념이 약했고, 지리에 대해서는 완전히 무지했다. 인도 밖의 세상에 대해 이야기는 많이 들었지만, 누군가가 세계 지도를 보여주며 지난 5년간 접한 지명의 위치를 찾아보라고 하면 혼란스러워했을 것이다.

그렇지만 세계와 하늘과 신들에 대한 이야기는 잘 알고 있었다. 세계의 시작과, 예정된 멸망과, 역사의 시작을 알린 사건들. 피케이는 인도 아이들이라면 누구나 학교에서 배우는 마하바라타의 신화들을 떠올렸다. 피케이가 지금 자전거를 세워두고 쉬고 있는 바로 이곳 쿠루크셰트라에서는 몇천 년도 더 전에 사촌지간인 두 혈족의 거대한 전투가 일어났다. 누가 왕국을 다스릴지를 두고 벌어진 폭력적이고 험악한 동족상잔의 현장이었다. 고향의 학교 선생님은 마하바라타를 낭독해주고는 했는데 피케이는 그 이야기들이 좋았다. 이후 이야기들은 피케이의 일부로 남았다. 그 점에서는 피케이도 다른 인도인들과 다를 바가 없었다.

피케이는 창을 던지고 칼을 휘두르고 피를 흘리면서 신에게 도움을 요청하는 소리가 울려퍼졌을 들판을 내려다보았다. 마하바라타는 정의로운 전쟁에 대한 이야기이다. 전사들 중 한 명인 아르주나 왕자가 전투를 앞두고 신 크리슈나에게 조언을 구하는 장면을 떠올려보았다. 신은 아르주나에게 당신은 전사이니 전사답게 가서 싸우라 조언했다.

세상에 참 많은 고통을 불러온 조언이라는 생각이 들었다. 사람들이 크리슈나 대신 부처나 자이나교의 선지자 마하비라의 가르침을 따랐더라면, 세상이 조금은 달라졌을지도 모른다.

이 도로는 힌디 어로 우타라파타(Uttarapatha), 즉 '북부의 길'이라 불린다. 인도의 또 다른 공용어인 우르두 어로는 샤 라-에-아잠(Shah Rah-e-Azam), 즉 '대로'라 불린다. 수많은 제국들의 등뼈 노릇을 한 길이다. 왕과 농부와 거지와 그리스 인들과 페르시아 인들과 중앙아시아의 튀르크 인들이 지난 천 년간 서쪽의 아프가니스탄과 동쪽의 갠지스 강과 브라마푸트라 강의 삼각주 사이를 오갔다.

그렇게 역사가 깊고, 그렇게 거창하고 운명적인 이름을 가진 것치고는 딱히 화려한 도로는 아니었다. 조금만 걸어봐도 인도의 다른 길들과 똑같이 좁고 울퉁불퉁하다는 것을 알 수 있다. 트럭 두 대가 마주치기라도 할라치면 운전사들은 정신을 바짝 차리고 아스팔트 가장자리에 바퀴를 아슬아슬하게 걸친 채로 운전해야 했다. 가끔은 이 부릉대는 무쇠 덩어리들이 길가로 미끄러져나가 모래와 자갈 구름을 일으키며 길손들 위로 쏟아붓고는 했다. 걷는 사람, 탈곡기와 소가 끄는 수레를 끌고 가는 사람, 피케이처럼 자전거를 타고 가는 사람 위로.

쿠루크셰트라는 길을 따라 형성된 따분한 공동체들 중 하나에 불과했다. 새끼손가락으로 건드리기만 해도 우르르 무너질 것처럼 짐을 가득 실은 트럭이 주차된 뒤쪽에는 가판대 몇 개가 늘어서 있었다. 붉은 모래가 깔린 길가에는 마닐라삼을 꼬아 바닥을 댄 삐걱대는 나무 평상들이 늘어서 있었는데, 트럭 운전사들이 그곳에 앉아

서 은색 쟁반을 들고 저녁 식사를 하고 있었다.

피케이는 아주 어릴 때부터 들어왔던 신화의 살아 있는 증거 같은 것을 찾으려 했지만 평원은 그냥 평원에 불과했다. 뉴델리에서 이곳까지 이어진 그랜드 트렁크 로드(Grand Trunk Road) 옆으로 늘어서 있던 평범한 논밭과 다를 게 없었다.

인도가 독립한 지도 30년이 지났다. 총리는 인도식 사회주의를 꿈꿨고, 사람들이 더는 미신이나 신화 따위에 현혹되어서는 안 된다고 했다. 이런 시대에 신화의 흔적들이 남아 있을 리가 없었다. '그런 걸 바라다니, 어떻게 이렇게 멍청할 수가 있지.'라고 피케이는 생각했다.

허리춤에는 80달러를 꿰매 넣었고, 주머니에는 몇 백 루피가 들어 있었다. 이 돈으로 카불까지 가려면 허리띠를 졸라매야 했다. 가능하다면 더 오래 버텨야 했다. 혹시 아는가, 운이 따라준다면 유럽에 도착할 때까지 버틸 수 있을지도. 가는 길에 피케이를 도와줄 수 있는 사람들은 많았다. 피케이의 주소록은 여행객들과 방랑자들과 히피들의 이름으로 가득했다. 모두 그의 친구들이다. 피케이가 여태까지 들은 이야기에 따르면, '히피의 길'이라 불리는 이 여행 경로를 이용하는 사람들 사이에는 일종의 유대감이 형성되어 있어서 서로가 서로를 돕는다고 했다. 모두가 가진 것을 나눈다고 했다. 여행객들이 하나의 대가족이라고 생각하면, 걱정이 되는 와중에도 마음이 편해졌다. 그리고 당연히 약간의 어려움은 있어야 했다. 피케이는 이 여행이 투쟁이 되기를, 따라서 도착이 일종의 승리가 되기를 바랐다. 걱정은 좀 해도 된다. 결국 다 괜찮아질 것이다.

참을성을 가져야 했다. 힘을 모아두어야 했다. 당연히 내일이라도 당장 목적지에 도착할 수 있다면 좋겠지만, 거기까지 가는 데는 오랜 시간이 걸릴 것이다. 도착할 수 있다면 정말 다행인 것이다.

들판을 내다보며 피케이는, 아들이 엔지니어가 되기를 소망했던 아버지를 떠올렸다. 아버지는 피케이가 네루의 정신을 계승한 인도를 건설하기를 바랐다. 어떤 기억이 떠올랐다. 네루와 그 딸 인디라가 헬리콥터를 타고 아스말릭 마을 근교의 강가에 착륙하던 날이었다. 마하나디 강의 수력 발전 댐 건설을 기념하기 위한 자리였다. 하늘의 점에 불과했던 헬리콥터가 땅에 내려앉으니 옆에 선 물소들과 등이 굽은 소들과는 비교할 수 없을 만큼 어마어마하게 커보였다. 피케이는 멀리서 볼 땐 그렇게 작은 것이 가까이에선 이렇게 커진 것을 보고 무척 놀라워했었다.

아마도 1964년이었을 것이다. 피케이는 7학년이었고, 사는 것이 괴로웠던 때이기도 했다.

수천 명의 인파가 총리를 보기 위해 강가로 몰려들었다. 피케이는 네루가 가슴을 짚고 있었던 것, 그리고 고통스러워 보였던 것을 기억해냈다. 몇 주 뒤 신문에서 총리가 죽었다는 소식을 접했다. 마을 사람들은 이상할 것도 없다고 했다. 네루는 마을의 여신 빈케이 데비의 저주를 받은 것이라고 했다. 강에 댐을 세우는 것은 성스러운 자연에 대한 심각한 모욕이었고, 그것이 여신의 분노를 불렀다는 것이다. 네루는 벌을 받은 것이다.

피케이는 그 이야기들을 믿지 않았다. 열네 살이었고, 어른들이 하는 말을 전부 믿을 나이는 아니었다. 피케이는 학교에서 사람들은 질병에 걸리기 때문에 죽는다고 배웠다.

그렇지만 신과 악마들이 세상을 다스리지 않는다 하여, 세상이 그저 제멋대로 우연의 연속으로 존재하는 것은 아닐 터였다. 별들이 우리 삶에 미치는 영향을 과소평가해서는 안 될 일이었다. 이 세계를 움직이는 우주의 계획이 있다고 피케이는 믿었다.

네루 역시 계획이 있었다. 우주적 계획이 아니라 국가적 계획이기는 했지만 말이다. 그 계획에 따르면 인도는 물질적 부유함과 기술적 발전을 위해 전력 질주를 해야 했다. 미신과 신들의 자리를 이성적 사고와 과학으로 대체해서 가난을 몰아내야 했다. 종교와 미신보다는 사회주의와 과학이, 비슈누와 시바보다는 마르크스와 아인슈타인이 필요했다. 현대적인 것이 전통적인 것보다 앞서야 했다. 네루는 굳이 골라야 한다면 새로운 것을 위해 오래된 것을 버려야 한다고 말했다.

피케이의 아버지도 인도의 불평등을 타파하기 위해서는 그런 방식이 필요하다고 생각했다. 그 역시 미신 같은 것은 믿지 않는 이성의 신봉자였다. 그 부분에서는 네루와 아버지는 같은 의견이었다.

그렇지만 피케이는 아버지가 그토록 소망하던 아들이 아니었다. 오래된 불합리함들이 뭔가 새로운 것, 더 평등한 것으로 대체되어야 한다는 점에서는 아버지와 의견이 같았다. 사제들이 만든 전통도 싫었다. 단지 수학이나 과학 같은 것을 이해하지 못했을 뿐이다. 수식을 쓰는 것보다는 그림을 그리고 싶었다.

학교를 졸업하기 전까지 몇 년 동안 피케이는 점점 더 아버지의 기대에 걸맞는 아들이 아님을 깨달았다. 그렇지만 지금 피케이는 그모든 것에서 벗어나 달리고 있었다.

서쪽으로 향하는 긴 여정의 첫 밤, 피케이는 논 한구석에 침낭을 놓고 잠을 청했다. 1월이었고, 언제나처럼 북인도의 겨울밤은 춥고 습했다. 개 짖는 소리와, 트럭들이 거창한 이름의 좁고 울퉁불퉁한 도로를 따라 지나가는 소리가 들렸다. 고인 물에서 진흙 냄새가 나고, 가로등 불빛 속으로 운전사들의 입김이 보였다. 피케이는 몸을 떨며 침낭의 지퍼를 턱 끝까지 끌어올리고 눈을 감았다.

풀밭에서 노래하는 메뚜기 소리를 무시하고 로타를 떠올렸다. 피케이의 여정에 대해서는 로타도 알고 있었다. 편지로 계획에 대해 알렸기 때문이다. 로타는 인도에서 유럽으로 육로로 이동하는 게 어떤 경험인지 자신도 알고 있다고 답장을 썼다.

로타는 "내가 캠핑카를 타고 가는 건 모험이었지만, 당신에게는 그보다 더 힘든 여정이 될 거예요."라고 썼다.


피케이는 어려운 일이 닥치거나, 권력과 돈과 지위가 있는 사람들에게 모욕당하고 억압받을 때면 자주 눈물을 흘렸다. 강렬한 감정에 휩싸여 우는 것은 피케이의 오래된 버릇이기도 했다. 한순간에는 행복 속에서 웃음을 애써 참다가도, 다음 순간이면 눈물과 슬픔이 차오르는 것이 느껴졌다. 그는 감정적으로 불안정하고 통제 불능의 상태에 빠지곤 했는데, 그럴 때면 안정적이고 자기절제에 능한 다른 친구들이 늘 부러웠다. 그는 친구들만큼 감정을 잘 다룰 수가 없었다. 가끔은 분노를 느낄 때도 있었다. 그렇지만 복수심이 가라앉은 요즘 그의 마음을 지배하는 것은 대체로 슬픔이었다.

마침내 암리차르에 도착했다. 일기에는 다음과 같이 기록해 두었다.

쿠루크셰트라에서 잠시 쉬어간 지도 일주일이 지났다. 내 자전거와 그랜드 트 렁크 로드는 시크교도들의 성도(聖都)와 황금 사원으로 나를 이끌었다. 그렇지 만 아무래도 모험은 이걸로 끝인 것 같다. 이제 황금 돔과 호수를 보고, 가난한 이의 구제를 목적으로 하는 사원의 급식소에서 무료 저녁 식사를 하고, 뉴델리 로 자전거를 타고 돌아갈 것이다. 꿈은 끝났다.

행복은 다시 한 번 불행으로 길을 틀었고, 피케이는 또다시 혼란 에 휩싸였다. 모든 희망이 사라진 듯한 기분에 눈물을 흘렸다. 어떻 게 이 여행을 계속해야 하는지 알 수가 없었다. 이게 끝이었다. 전 날 피케이는 파키스탄의 국경을 향해 자전거를 타고 갔는데, 국경 경찰은 피케이의 입국을 거부했다. 인도인은 아무도 못 들어간다고 했다. 그 어떤 상황에서도 절대 안 된다고 했다. 그들은 피케이의 인 도 여권을 던지듯 도로 내밀며 되돌아갈 것을 요구했다. 피케이는 자신의 그림 몇 장을 꺼내 경찰들에게 보여주며, 경찰들의 초상화 를 그려주겠다고 제안했다. 경찰들은 마지못해 피케이가 종이와 목 탄을 꺼내도록 내버려두었다. 피케이는 그림을 그리며 자신이 사랑 하는 여자와 이 여행의 목적지인 나라에 대한 이야기를 늘어놓았 다. 경찰들은 조금씩 호기심 어린 얼굴을 했다. 그림이 완성되어 갈 수록 이들의 경계심도 점점 더 느슨해졌다. 경찰들이 피케이의 이야 기가 굉장하다고 생각한다는 사실 하나는 명백했다. 그리고 피케이 의 스케치북에 익숙하고 근엄한 얼굴들이 형체를 갖췄을 때 경찰들은 미소 지었다. 딱딱한 태도가 마법처럼 사라졌다. 피케이가 의도한 대로였다. 이 전략은 대체로 어딜 가나 다 통했다. 자신의 초상화를 본 사람들은 대체로 기뻐했고, 그것을 보면 어떤 고집스런 마음들도 풀어졌다.

"좋아요. 우리나라를 통해서 자전거를 타고 갈 수 있게 해주죠."

파키스탄인 경찰들 중 한 명이 말했다.

"그래도 되는 건가?"

다른 경찰 한 명이 우르두 어로 물었다. 피케이는 우르두 어를 그럭저럭 알아들을 수 있다.

"그래, 그래. 뭐 큰일이야 있겠어. 착한 사람이잖아."

둘은 피케이를 돌아보았다. 둘 중 더 지위가 높은 듯한 사람이 공손하게 말했다.

"가던 길 가시죠!"

문이 열렸다. 피케이는 파키스탄을 향해 페달을 밟았다.

30분쯤 뒤, 피케이는 비가 새는 나무헛간 옆에 자전거를 세우고 비를 피했다. 헛간 안에는 로프를 엮어 만든 평상 몇 개와 반질반질한 칠이 된 나무탁자가 있었다. 자세히 보니 그냥 헛간이 아닌 식당이었다. 그는 기쁜 마음에 카운터 뒤에 뚱한 얼굴로 서 있는 대머리 남자에게 다가갔다. 피케이는 치킨 비리아니를 주문했다. 양이 엄청나게 많았다. 그는 간이침대 한 켠에 자리를 잡고 앉아 비리아니를 허겁지겁 먹어치웠다.

요란하게 트림을 하고 손을 꼼꼼하게 씻고 물통을 채우고 다시 자전거 안장에 올라앉았을 때, 웬 경찰 지프가 피케이의 앞에 멈추어 섰다.

"여권! 여권을 보여주시오!"

지프가 채 멈춰서기도 전에 뛰어내린 경찰 한 명이 외쳤다.

피케이는 아소카 왕의 금색 사자가 그려진 녹색 인도 여권을 꺼내 들었다. 여권에는 힌디 어로 바라트 가나라자(Bharat Ganarajya), 그리고 영문으로 리퍼블릭 오브 인디아(Republic of India)라고 쓰여 있었다. 경찰은 여권을 앞뒤로 한참이나 팔락이며 살핀 다음 고개를 절레절레 저었다.

경찰들은 자전거와 지프를 차례대로 가리켰다. 의미는 명백했다. 곧 그들은 자전거를 지프 지붕에 올리고는, 피케이를 차 뒤에 태운 뒤 다시 국경으로 데리고 갔다.

피케이는 인도의 암리차르까지 50킬로미터를 되돌아갈 수밖에 없었다.

'운명이 내 미래로 향하는 길을 정해뒀다면, 아주 작정하고 함정을 파둔 것이 분명해.'

피케이는 그렇게 생각했다. 어떤 대단한 존재가 낙원은 지상에서의 일곱 가지의 역경을 거쳐야만 닿을 수 있다고 정해둔 것처럼 말이다.


피케이는 호스텔의 침대에 앉아 태양이 지붕 너머로 넘어가는 것을 보고, 사원의 탑에서 울려퍼지는 아잔 소리가 반얀나무에서 깍깍대는 까마귀들의 소리를 집어삼키는 것을 들으며 희망이 다시 차오르는 것을 느꼈다. 그래, 그런 것이다. 행운은 다시 나의 편이다.

피케이는 아침 일찍 구루 시장의 인파 속에서 낯익은 얼굴을 발견했다. 자인 씨였다! 델리의 정보부에서 일하는 사람이었는데, 피케이와는 1년 전에 인사를 나눈 사이였고, 피케이의 큰형과 친구이기도 했다. 그와 이렇게 우연히 암리차르에서 마주친 것이다.

아잔 소리가 점점 커지고 어둠이 호스텔의 도미토리로 밀려 들어왔다. 피케이는 자인 씨처럼 고등 교육을 받고 지위가 높은 사람을 알고 있는 것이 기뻤다. 그렇지만 그저께 만났으면 더 좋았을 뻔했다. 자인 씨였다면 파키스탄이 인도 시민을 들여보내주지 않는 현재 상황이나, 장발에 마리화나를 피우는 미국이나 영국 출신의 히피는 이 이슬람 국가로 들어갈 수 있지만 인도 여권 소지자는 이유를 불문하고 무조건 거절당한다는 것을 피케이에게 알려줄 수 있었을 것이다. 이란 왕국을 방문하려면 비자가 있어야 한다는 것은 피케이도 알고 있었다. 그렇지만 파키스탄이라니? 인도와 파키스탄은 한때 한 국가였고, 사실상 같은 문화와 음식과 언어와 풍습을 공유했다. 국경 같은 게 왜 있어야 하는지 모를 정도로 친숙했다. 그렇지만 미리 알고 있었어야 할 사실이었다. 피케이는 자신의 무지가 부끄러웠다. 신문이 연일 인도와 파키스탄 사이의 분쟁에 대해 떠들어대는데, 어떻게 그걸 모를 수가 있었지?

어쨌든 구루 시장에서 자인 씨를 만난 것은 행운이었다. 그는 카불까지 가는 비행기 표를 사주겠다고 말했다. 이제 자전거를 타고 파키스탄을 가로지를 필요가 없게 된 것이다. 한순간에 속세의 번뇌에서 벗어나 멀리멀리 날아가는 기분이었다.

"그냥 드릴게요. 그 정도는 해드려야죠. 피케이 씨가 아무나도 아니고요. 신문에서 그간 하신 일은 잘 봤습니다."

피케이는 깊게 허리를 숙였고, 자인 씨의 손을 꼭 잡고, 무릎을 꿇어 그의 발을 만졌다. 행운의 코브라—피케이가 태어났을 때부터 그를 내리 지켜왔던 그 뱀—가 다시 한 번 이렇게 모습을 드러낸다는 생각이 들었다.

호스텔로 돌아온 피케이는 한 독일인 히피에게 비행기 표를 보여줬다. 그는 아내와 함께 독일로 돌아가는 길이었는데, 침대와 작은 주방이 딸린 미니버스로 여행하는 중이었다.

"이봐요, 피카소. 우리가 자전거를 버스 지붕에 싣고 카불까지 가져다줄게요."

그들은 목에 걸 수 있는 끈 달린 천주머니를 건넸다.

"우리 히피들은 여기에 여권을 넣어 보관하고 다녀요."

천주머니를 목에 걸자 비로소 자신이 유럽의 히피들과 하나가 된 것 같은 기분이 들었다.

비행기가 부릉대며 활주로를 힘차게 달리자, 그 반동으로 피케이의 등이 좌석에 딱 달라붙으며 긴장이 되었다. 일기에 피케이는 다음과 같이 기록했다.

나는 비행기에서 땅을 내려다보며 지금 보고 있는 것들, 눈 덮인 산과 메마른 평야와 녹색 들판이 내 삶보다 더 거대하고 진실하다는 생각에 휩싸인다. 지상을 내려다보면 일상의 문제는 사소하게, 가능성은 무한하게, 삶은 하늘처럼 커다랗게 느껴진다. 그럴 때면 걱정은 지도의 점이 되어버린다.

비행기의 창문 너머로는 도시만이 보이고, 인간은 보이지 않았다. 도로만 보이고, 자동차는 보이지 않았다. 그는 이어 다음과 같이 썼다.

이렇게 높은 곳에서는 다름이 지워진다. 비행기를 타는 것은 처음이다. 멀리 떠나, 다시는 돌아오지 않을 것이다. 예언이 옳았다.

암리차르　　　(거의)카불　　　(다시)암리차르　　　(마침내)카불

카불에 착륙할 때 뭔가 문제가 생겼다. 비행기는 다시 떠올라 공항 위를 맴돌았다. 긴장한 피케이는 갈색 땅과 그 위로 깔린 곧은 도로들을 내려다보았다. 비행기는 다시 한 번 위로 솟아올랐고, 앞으로 똑바로 비행했다. 진동이 멎고 왠지 이 세상 것처럼 느껴지지 않는 웅웅대는 소리가 들려왔다. 스피커에서는 아무런 말도 나오지 않았다. 한 시간 뒤 다시 착륙에 들어갔다.

다시 창밖을 보니 암리차르의 공항이었다. 무슨 일이 일어났는지 방송은 없었고, 물을 용기도 나지 않았다. 어쩌면 카불의 날씨가 너무 나빴는지도 모른다. 어쩌면 활주로에 구멍이 나서 고쳐야 했는지도 모른다. 그렇지만 결과적으로는 파키스탄으로의 자전거 여행과 같았다. 그는 다시 인도로 온 것이다.

승객들은 고급 호텔에서 머물게 되었다. 비용은 항공사가 부담했다. 하루에 몇 번에 걸쳐 식사를 제공받았다. 뷔페였는데, 고급스러운 음식이 흘러넘쳤다. 피케이는 일어나는 모든 일을 일기에 기록했고, 고향 오리사의 신문으로 보내볼까 생각했다. 이런 모험기라면 다들 읽어보고 싶을 것이라 확신했다.

이번에는 그렇게 절망적이지는 않았다. 인도항공의 직원은 마침내 입을 열었고, 내일 다시 카불을 향해 비행할 것이라 약속했다. 그리고 약속을 지켰다. 다음 날 오전에 중단된 여정은 재개되었고, 피케이는 마침내, 예정보다 하루 늦게 카불에 도착했다.

공항버스는 텅 빈 거리를 따라 시내를 향해 달렸다. 길 양옆에는 잎을 전부 떨군 가로수들이 늘어서 있었고 지평선 위로는 연회색 산과 푸른 하늘이 보였다. 피케이는 생각했다. 인도에 비해 자동차가 정말 적구나. 교통 혼잡도 없구나. 하늘은 높디높고, 공기는 깨끗하고 시원하구나!

버스 차창 밖으로 스쳐 지나가는 카불의 풍경을 보며, 피케이는 로타를 떠올렸다. 1년 전 둘은 델리의 기차역에 함께 서 있었다. 작별하는 날이었다. 로타는 기차를 타고 암리차르로 가서 캠핑카 일행과 합류할 예정이었다. 피케이는 홀로 인도에 남겨질 것이다. 피케이는 그날을 생생히 기억하고 있었다.

"암리차르행 2904호 기차가 1번 플랫폼에 들어왔습니다."

역장이 종을 울리고 호루라기를 불던 것, 그리고 플랫폼 끝의 신호가 빨간색에서 파란색으로 변하자 기차가 점점 더 크게 증기를 뿜던 것도 기억했다.

"꼭 폭격 소리 같네요."

로타는 그렇게 말하고는, 마지막으로 그에게 입을 맞추고 기차에 올랐다.

"정말 엄청난 소리네요."

아직 슬픔에 잠기지 않았던 피케이는 그렇게 말하며 웃었다. 로타는 기차가 움직이기 시작할 때까지도 출구에 매달려 있었다. 피케이는 왼손으로 그녀의 오른손에 깍지를 끼며 뺨을 맞대고, 삐걱대며 천천히 속도를 내기 시작하는 기차의 속력에 맞춰 빠르게 걸었다. 그녀의 손은 참 부드러웠고, 뺨은 폭신했다. 생각에 빠져 있던 피케이는 플랫폼의 끝을 가로막고 있는 난간을 미처 보지 못했다. 작별은 그가 난간에 걸려 넘어지면서 튀어나온 금속 봉에 가슴을 얻어맞고 쓰러지는 것으로 끝을 맺었다. 피케이는 양손으로 바닥을 짚고 몸을 일으키며 고통스러운 비명을 질렀다. 플랫폼의 깨진 시멘트 바닥으로 눈물이 흘러내렸다.

피케이는 고개를 들었다. 기차는 사라졌고, 로타도 사라졌다. 그와 동시에 미래 역시 피케이에게서 분리되어 머나먼 곳으로 사라져 버린 것 같았다.

피케이는 울면서 기차역을 나와 시장 거리인 찬드니 초크로 향했다. 낮에는 늘 붐비는 곳이지만 자정 직전인 그 시간에는 텅 비어 있었다. 피케이는 틸라크 다리 밑을 지나쳐, 다 허물어진 델리의 옛 요새와, 겨우 며칠 전 로타와 손을 잡고 걸었던 동물원을 지나쳤다.

밤이면 더 대담해지는 개 떼가 으르렁대며 피케이에게 다가왔다. 송곳니를 드러내며, 피케이에게 가까워질수록 점점 더 크게 짖어댔다. 그렇지만 피케이는 두렵지 않았다. 그는 자리에 멈추고 두 다리를 벌리고 서서, 깊게 심호흡을 하고 마주 소리치기 시작했다.

"날 먹어치우든가 말든가 마음대로 해, 이 망할 똥개들! 먹어봐! 난 신경 안 써!"

개들은 피케이에게 가까이 다가왔지만 걸음은 느려졌고 으르렁거림도 점점 작아졌다. 마치 그의 말을 심사숙고하는 것처럼. 피케이의 다리 근처까지 왔을 때는 으르렁거림은 완전히 잦아들어 있었다. 방금 전까지만 해도 다리를 물어뜯을 것 같던 개들이 꼬리를 흔들기 시작했다. 피케이는 구겨진 신문으로 싼 도시락을 꺼내 음식을 조금 나눠줬다. 개들이 허겁지겁 먹어치우는 동안 피케이는 바닥에 털썩 주저앉았다. 기력이 달렸고, 울며 걸어다니느라 지친 몸은 마비된 것 같았다. 개들도 자리를 잡고 앉아 피케이의 몸에 머리를 기대고 쉬었다.

그날 밤 피케이와 델리의 똥개 다섯 마리는 시립 동물원 밖의 길가에서 함께 잠들었다. 피케이는 파도가 자신을 집어삼키고 돌풍이 땅에서 건물을 뽑아버리는 꿈을 꿨다.

동이 트기 직전 피케이는 자신의 옆을 스치듯 지나가는 버스의 삐걱거리고 덜컹대는 소리에 깼다. 피케이는 일어나 앉아 텅 빈 눈으로 새벽의 거리를 보았다. 차가운 바람이 어젯밤의 온기를 전부 앗아가 몹시 추웠다. 주변을 돌아보니 체온과 심장 고동으로 피케이를 따뜻하게 해주던 개들이 보이지 않았다.

피케이는 천천히, 그의 집이었던 로디 콜로니의 셋방을 향해 몇 킬로미터를 천천히 걸었다. 문가에 선 피케이는 초라한 셋방의 풍경, 그 처참한 꼴을 들여다보았다. 낡아빠진 침대와 얼룩덜룩한 서랍,

그리고 검은 곰팡이 핀 벽에 행복과 부의 여신 락슈미의 그림이 그려진 달력이 걸려 있었다.

피케이는 그녀의 소식을 기다리는 수밖에는 없었다. 편지를 보냈다. 그러나 답장이 없었다. 다급해진 피케이는 그녀의 주소로 전보를 보내는 지경에 이르렀다.

너무 오래 소식이 없어 걱정이 되네요. 집에 도착하면 제발 편지를 보내주세요. - 피케이

마침내 이란 서부의 마쿠에서 로타의 편지가 날아왔다. "내 사랑하는 친구이자 인생의 동반자에게"로 시작하는 편지였다. 로타의 목소리에 굶주렸던 피케이는 빠르게 읽어 내려갔다. 편지는 마법 같은 여행과 이란과 터키 국경의 눈 덮인 산봉우리의 아름다움과, 희미한 태양과, 마쿠의 평화로움과, 투명하고 차가운 안개와 "자연을 위한 자장가 같은 곤충들의 노랫소리"에 대해 이야기했다.

편지의 끝에 로타는 피케이의 옆에 있었으면 좋았을 것이라고 썼다.

'그렇다면 왜 날 떠난 거예요?'

피케이는 묻고 싶었다.

로타의 아름답고 시적인 편지에 담긴 불안한 어조는 피케이를 더욱 더 슬프게 했다. 낯선 장소에 대한 그녀의 자세한 묘사가 다소 불길하게 느껴졌다.

피케이는 카불의 공항버스 정류장에서 내려, 발까지 내려오는 긴 셔츠를 입은 남자들과 머리에 숄을 쓴 여자들을 헤치고 걸었다. 장터를 가로질러 치킨 스트리트(Chicken Street), 카불 사람들에게는 코셰 무르가라 불리는 거리로 나오자 값싸 보이는 호텔이 보였다.

이곳을 잠시 거쳐가는 여행객들, 그리고 머리를 길게 기르고 세상 모든 거리의 먼지란 먼지는 다 휩쓸고 다닌 듯한 배낭을 멘 사람들은 선부 치킨 스트리트로 모여들었다. 피케이가 고른 호텔 앞에는 저렴한 숙박과 좋은 서비스를 약속하는 영어 안내판이 걸려 있었다. 그 옆으로 똑같은 안내판을 내건 카페와 식당 들이 줄지어 서 있었다. 길을 내다보니 전통 복장을 입은 아프간 인들뿐만 아니라 딱 붙는 청바지와 티셔츠를 입은 백인들이 지나다녔다. 일기장에는 "수만 명의 서양인 히피들이 동쪽이나 서쪽을 향해 간다. 인도에서 유럽으로 돌아가는 길이거나 그 반대로."라고 썼다. 카불에서의 첫 며칠은 치킨 스트리트의 식당에서 칸다하르로 가는 여행 경로, 헤라트의 좋은 숙소, 마시드에서 가장 좋은 카페, 이스탄불의 시장에서 살 수 있는 저렴한 물건들과, 테헤란의 교통지옥을 피하는 방법에 대한 이야기를 들으며 보냈다. 길 한구석에서 피케이와 함께 차를 마신 프랑스 인은 이렇게 설명했다.

"히피의 길이란 하나의 길이 아니라, 이런저런 루트로 연결되는 여러 길을 묶어 부르는 이름이죠."

피케이는 유럽 인 네 명과 방을 같이 썼다. 피케이는 그들과 마음이 꼭 맞는다고 생각했다. 서로서로 도움의 손길을 건넸다. 그중 몇몇은 뉴델리에서 만난 사람들이었다.

"안녕, 피케이!"

길거리와 카페와 시장에서 다시 만난 사람들이 그렇게 외치곤 했다. 피케이는 이들과 포옹을 하고, 함께 차를 마시고, 그간 일어났던 일들과 목적지에 대해 알려주고, 그들의 이야기도 들었다. 그는 다른 사람들도 자신처럼 긴장이 되는지 궁금했다. 사람들은 피케이더러 용감하다며, 기나긴 자전거 여행에 행운을 빌었다.

유럽 여자들 중 몇몇은 반바지를 입고 있었다. 아프간 남자들은 시선을 빼앗긴 채 이들을 뚫어져라 쳐다보며 걷다가 길모퉁이에서 서로 부딪히고는 했다. 피케이가 인도에서 여러 번 만났던 스웨덴 여자는 얇고 통이 넓은 바지를 입고 발목에는 방울을 달고 있었는데, 길거리의 남자들은 그녀가 탬버린처럼 방울 소리를 내며 걸어갈 때면, 자제력을 잃고 깔깔거리며 웃다가는 자기들끼리 쑥덕댔다.

피케이는 허리춤의 천을 뜯어 80달러를 꺼내고 싶지 않았다. 혹시 모르니까 아껴둬야 한다. 대신 헌혈을 했다. 수입이 꽤 짭짤했다. 그런 다음에는 찻집에 앉아 초상화를 그렸다. 언제나 통하는 전략이었다. 호기심을 느낀 사람들이 다가와 이것저것 묻고, 피케이의 그림을 보며 기뻐했다. 그리고 정말 똑같이 그리지 않았느냐며 피케이의 손을 꼭 잡기도 했다. 무엇보다 피케이가 자신의 초상화를 그려주기를 원했다. 그리고 그림이 완성되면 당연히 돈이 생겼다.

《카불 타임스》의 편집자 한 명이 피케이에게 큰 관심을 가지고 다가왔다. 그는 피케이의 다른 그림들을 보고 싶어 했다. 피케이는 묵직한 은장신구와 코걸이로 치장한 아프간 토착민 여성들과 낙타를 타고 수염을 기른 베두인 족 남자를 그린 그림을 보여줬다. 편집자는 깊은 인상을 받은 듯했고 피케이를 인터뷰하고 싶다고 했다.

"좋아요."

피케이는 언론인들에게 익숙했고, 무명의 가난한 예술가 입장에서는 이런 관심과 홍보가 절실하다는 것을 잘 알고 있었다.

며칠 뒤, 피케이의 인터뷰 기사가 《카불 타임스》에 실렸다. 기사 속 피케이는 자신이 그린 그림을 들고 있었다. 그 그림은 피부가 희고 통통하게 살이 오른 아기 예수를 안고 있는 동정녀 마리아 옆에서 삐쩍 마른 검은 피부의 여성이 자기처럼 비쩍 마른 아이에게 젖을 물리고 있는 그림이었다. 기사의 제목은 "인도인 초상화가가 말하다, 얼굴의 매혹"이었다. 기사의 논조는 정중하면서도 찬양조였다.

프라디웁나 쿠마르 마하난디아는 지난주 《카불 타임스》 편집부로서는 흔치 않은 손님이었다. 세계를 가로지르는 여행 중인 이 젊은 인도인 초상화가는 최근 카불에 도착해 2주간 예정으로 머물고 있다. "저는 다른 무엇보다 사람들의 얼굴에 매혹됩니다. 얼굴들은 저를 유혹하고, 자극하고, 도발하기도 하죠." 마하난디아는 공손하고 겸손하다.

그의 가장 큰 숙명은 민중의 고통을 묘사해 불합리함과 사람들 간의 불평등을 해소하는 것이다. "부유하든 가난하든 상관없이, 사람이라면 누구나 무언가에 굶주려 있기 마련이죠."

마하난디아는 연필 스케치로 연명하고 있다. "초상화와 세밀화를 전문적으로 그리는 것이 꿈입니다. 연필 그림은 생계를 위한 부업이고요." 그는 그렇게 덧붙였다. "살아남기 위해 돈을 마련하는 것은 훌륭한 작업을 하는 것만큼이나 중요한 일이죠." 마하난디아의 말은 설득력이 넘친다.

피케이는 자신이 했다는 말을 읽고는 웃음을 터뜨렸다. 내가 정말 이런 말을 했단 말이야? 그래, 아마 하긴 했을 것이다. 피케이는 이어지는 기사를 계속 읽었다.

이 인도 젊은이는 카불을 처음 방문했다. 그는 왕궁의 아름다움에 압도되었다고 말했다. 카불에서 여러 화가들을 만났는데, 이들의 재능과 작품에 상당히 감명을 받은 듯했다. 마하난디아는 처음에는 과학을 공부했지만 실패를 겪은 뒤 미술을 공부하기 시작했다. 그는 어렸을 때부터 그림을 그렸다.

마하난디아는 말한다. "풍경화나 현대미술에 투자할 사람은 별로 없지만, 누구나 초상화에 몇 푼을 쓰는 데는 거부감이 없어요. 누구나 나르시즘적인 면이 조금은 있고, 종이에 자신의 모습이 그려지는 것을 보고 싶어 하죠. 저처럼 돈이 필요한 사람에게는 완벽한 조합이에요."

기사는 주목을 받았다. 길거리의 사람들이 피케이를 알아보고는 손가락으로 가리켰으며, 몇몇은 그를 향해 손을 흔들기도 했다. 언론인들은 피케이가 머무르는 호텔로 찾아와, 편집부에서 그의 그림들을 직원 식당에 전시하기로 결정했다고 전했다.

앞날이 창창한 인도의 초상화가 피케이! 그는 자신의 그림을 벽에 걸고, 오가던 언론인들이 작품을 감상하는 것을 만족스러운 눈으로 지켜보았다. 편집장은 그림 몇 점을 사기도 했다. 값을 잘 쳐줬다. 정말로!

이제 유럽까지 갈 경비가 충분히 마련되었다.

그즈음 피케이는 인도의 암리차르에서 카불까지 미니버스를 타고 온 독일인에게 자전거를 돌려받았다. 그런데 아무래도 자전거가 너무 느리고 삐걱댄다는 생각이 들었다. 그래서 여태까지 모은 돈으로 자전거포에서 새 자전거를 하나 사기로 결정했다.

피케이는 자신의 자전거를 넘기고 차액을 지불했다. 그림과 피를 판 돈이었다.

새 자전거는 붉은색이었다.

피케이는 카불에서 2주를 머무르며 오랜 친구와 새로 사귄 친구들을 만났다. 짙은 갈색 피부의 피케이는 여행사 모임에서는 외부인이었지만, 그럼에도 불구하고 함께 어울릴 수 있었다. 피케이는 어째서 이들과 어울릴 수 있는 것인지, 어째서 이들이 자신을 친구로 받아들여 주는 것인지 잠시 생각해보았다. 이들과 같은 옷차림과 스타일을 고수하는 것이나 영어를 잘하는 것뿐만 아니라, 그의 예술성도 한몫한다는 생각이 들었다. 스케치북과 연필은 백인 여행자 모임의 입장권이나 다름없었다. 피케이는 일종의 마스코트가 된 것이다. 피케이는 반항적이지만 부유한 서양 중산층 세계의 이국적인 보헤미안 빛깔의 한 색깔로 받아들여졌다.

피케이는 스케치북을 탁자에 놓아두고 셔츠 주머니에 연필을 꽂은 채, 작은 스툴에 앉아 차와 닭 요리와 밥과 요거트를 대접받았다. 저녁이면 단골 가게에 앉아 다른 여행자들과 대화를 나누며 종종 길거리의 아프간 인들과 카페 안의 백인 여행객들의 얼굴을 그렸다.

여행 중인 사람들과 함께 어울릴 때면 피케이는 해방감을 느꼈다. 무슨 일이든 가능하고, 무슨 주제로든 이야기할 수 있고, 의견을 가질 권리가 있다는 기분이었다. 이들은 언제나 그가 어디 출신이고 어떤 지위를 가지고 있는지 꼬치꼬치 캐물어대는 인도인들과는 전혀 달랐다. 치킨 스트리트의 찻집에서 여행객들은 피케이의 새로운 가족이 되었다. 전통과 편견에서 자유로운 형제자매, 좋을 때나 안 좋을 때나 함께하는 친구들처럼 느껴졌다.

식사와 대화와 초상화가 오가는 저녁이면 피케이는 자신과 같은 옷차림을 한 서양인들 다수가 경제적 안락함에도 불구하고 고향에서는 찾을 수 없었던 뭔가를 좇아 집을 떠났다는 것을 알게 되었다.

"공장은 시종일관 돌아가고, 모두에게 직장이 있고, 누구나 배부르게 먹고, 사실 필요하지도 않은 물건들에 둘러싸여 살죠."

찻집에서 피케이와 마주 앉은 미국인 여행객은 그렇게 말했다.

이 말솜씨 좋은 여행객의 이름은 크리스였다. 캘리포니아 출신이며, 조국이 일으킨 그릇된 전쟁에 대해 분노했으며, 공원에 모여서 현 정권에 대한 시위를 벌였다고 말했다.

"그 공원에서는 사랑이 이겼죠. 사랑은 도시를 뒤덮고 전국을 뒤덮어 끝내는 종전을 불러왔고, 세상 곳곳으로 퍼지기 시작했어요. 그래서 우리가 지금 여기에 있는 거고요."

크리스와 피케이는 인도식 면바지와 화려한 색의 티셔츠를 입은 서양인들 틈에 앉아 있었다.

"주변을 돌아보세요. 이게 사랑의 현신이 아니면 뭐겠어요? 피케이 씨 같은 사람들이 세상의 미움을 없앨 수 있어요. 우리는 탈영병들로 이루어진 군대예요. 소총에 꽂힌 꽃인 거예요."

어제는 미국, 오늘은 카불, 내일은 인도, 그다음에는 세계 각지로. 크리스는 확신에 가득 차 있었다.

피케이는 마하트마 간디의 비폭력 가르침에도 불구하고 여전히 인도에 산재해 있는 모든 증오와 의심을 떠올렸다. 피케이의 조국도 더 많은 사랑의 전도사들을 필요로 한다. 브라만들처럼 사랑을 논하는 인도인들은 거짓 선지자들인 것이다. 이들은 사랑이 무엇인지도 모른다. 브라만들이 인류애가 무엇인지 알았더라면, 나와 같은 이들을 그렇게 대우하지도 않았겠지. 그렇지만 히피들을 보라! 이들은 자신이 가진 믿음을 실천하는 삶을 살고 있지 않은가?

피케이는 사원의 첨탑에서 저녁 기도의 때를 알리는 동안 호텔의 침대에 앉아 로타에게 보낼 편지를 썼다.

창밖으로 눈 덮인 산이 보여요. 그렇지만 이 추위는 내 심장까지 닿지 못합니다. 나를 향한 당신의 사랑이 항상 내 마음을 따뜻하게 하니까요. 당신의 헌신은 내게 힘을 줍니다, 언제나.

피케이는 자전거 여행 준비를 다시 시작했다. 일단 제대로 휴식을 취하고, 더 많은 여행객들을 만나 어떤 루트를 이용하는 것이 좋을지 조언을 얻고 싶었다. 그런 다음에는 이란의 비자도 발급받아야 했다. 사람들이 비자가 나올 때까지는 시간이 꽤 걸릴 수도 있다고 하는데, 피케이는 아직 이란 대사관에 가서 신청서도 쓰지 않은 상태였다. 피케이는 이미 뉴델리에 있는 이란 대사관에 비자 신청을 했다가 거절당한 경험이 있기 때문에, 이곳 카불에 있는 이란 대사관에서도 거절당할 가능성이 있었다. 걱정이 현실이 되면 어떡하지? 소련을 통해 이동하면 되나? 그래도 되는 건가?

피케이와 같은 호텔에 사라라는 여성이 머무르고 있었다. 호주 출신이었는데, 피케이와는 호텔 로비의 원목의자에 앉아 여행과 인도와 삶에 대해 이야기하며 오후를 보내곤 했다. 카불의 사원 첨탑에서 들려오는 아잔 소리가 좁은 거리에 늘어선 집과 집 사이로 울려퍼졌다. 땅거미가 지면서 치킨 스트리트의 상점들은 밤을 맞아 철제 차양막을 걸었다. 피케이와 사라는 오래도록 대화를 나누다 끼니를 놓쳤다. 허기를 느꼈을 때는 이미 늦어버린 뒤였다. 카불은 일찍 잠들고, 상점은 다들 문을 닫았다. 그렇지만 아무러면 어떠한가? 할 이야기가 이렇게 많은데.

"서양은 멸망할 운명이에요. 미래는 아시아에 있어요."

사라는 그렇게 말했다.

"저와는 반대네요. 제 미래는 서양에 있는걸요."

피케이가 대답했다.

둘은 나눌 이야기가 정말 많았다.

사라는 피케이를 디스코텍으로 데리고 갔다. 피케이로서는 첫 경험이었다. 사라는 나선 모양의 붉은 바틱 패턴이 그려진 노란 원피스를 입었고, 피케이는 벨기에 친구가 준 푸른색 나팔바지와 로타가 이니셜을 새겨준 셔츠를 입었다. 모두가 둘을 쳐다보았다. 덥수룩한 곱슬머리에 피부가 검은 남자와 백인 여자. 아프간 인들의 눈에는 이국적인 조합일 수밖에 없었다. 어쩌면 아프간 남자들은 둘이 어울리는 것이 죄악이라고 생각했을지도 모른다. 다들 마치 이런 것은 난생처음 본다는 듯한 얼굴을 하고 있었다. 남자들의 탐욕과 질투심이 섞인 시선이 느껴졌다. '예스 서 아이 캔 부기(Yes Sir I can Boogey)'와 '리버스 오브 바빌론(Rivers of Babylon)'에 이어 '다크 레이디(Dark Lady)'와 마빈 게이의 노래에 맞춰 춤을 추기 시작했을 때, 정장 차림에 넥타이를 멘 남자가 다가와 피케이와 시선을 맞췄다.

"당신 여자 친구와 춤을 춰도 될까요?"

내 여자 친구?

"여자 친구 아닌데요. 그냥 친구예요."

남자는 매우 정중했다. 사라는 피케이를 보고는 고개를 끄덕였다. 피케이는 사라가 남자와 춤을 추는 동안 댄스플로어 옆에 마련된 탁자에 가서 홀로 자리를 잡고 앉았다.

둘은 여러 곡에 맞춰 춤을 췄고, 피케이는 댄스플로어의 한 쌍을 지켜보기만 했다. 밤이 끝을 향해 달려가고 디스코텍이 영업을 마칠 무렵, 사라가 피케이의 탁자로 다가왔다. 함께 춤을 춘 남자가 이란 인이며, 자신의 집으로 함께 가자고 했다고 말했다. 이란 대사관에서 일하는데, 이곳 카불에 고급 아파트를 갖고 있다고 했다.

피케이가 뭐라고 하겠는가? 사라는 자기 하고 싶은 대로 하면 되는 것이다. 둘은 사귀는 사이도 아니었으니까. 피케이는 그녀가 해를 입을까 걱정이 될 뿐이었고, 조심하고 나쁜 일이 일어나지 않도록 언제나 경계하라고 말했다.

별이 총총 뜬 밤, 피케이는 홀로 치킨 스트리트의 숙소를 향해 걸어갔다. 내일 아침이면 사라는 호텔로 돌아올 것이고, 둘은 계속 이야기를 나눌 수 있을 것이다.

로비에서 《카불 타임스》를 읽고 있는데, 사라가 헐레벌떡 달려왔다.

"빨리 와요! 그 이란 인이 대사관의 비자 부서에서 일을 하는데, 피케이 씨에게 비자를 주겠대요. 그런데 빨리 와야 한대요."

외교관 등록이 된 차량에 탄 사라와 피케이는 이상한 기분에 휩싸였다. 차창은 검은 썬팅이 되어 있었고, 넓은 샤라라 거리를 빠르게 가로질렀다. 그동안 두 사람은 스스로를 떠돌아다니는 일종의 방랑자라고 생각하고 있었다. 소박하고 겸손한 방랑자들. 그렇지만 이 순간만은 마치 해외 순방 중인 국빈이 된 기분이었다.

차 안에서 사라는 지난 밤 피케이를 위해 이란 인을 졸랐고, 그가 끝내는 굴복했다고 말했다. 사라는 너무 착하다. 피케이는 그렇게 생각했다.

둘은 카불의 가장자리에 있는 이란 대사관에 도착했다. 운전사는 차를 대고 둘에게 기다릴 것을 부탁하고는 피케이의 여권을 든 채로 사라졌다. 잠시 뒤 돌아온 그는 여권을 되돌려주며 미소 지었다. 15일짜리 경유 비자였다.

'이란에서는 페달을 빨리 밟아야겠군.'

피케이의 얼굴에 미소가 넘쳤다.

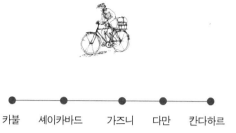

카불　　셰이카바드　　가즈니　　다만　　칸다하르

먼 곳을 향해 가고 있지만, 동시에 집으로 가고 있다는 기분이었다. 예언은 옳았다. 엄마는 피케이를 가졌을 때, 아기가 구름에 앉아 하늘을 유유히 가로지르는 꿈을 꿨다고 했다. 지금 피케이는 구름은 아니지만, 카불에서 새로 산 붉은색 자전거를 타고 칸다하르를 향해 남쪽으로 페달을 밟고 있다. 지평선에는 눈으로 덮인 회색 산맥이 석양에 검붉게 물드는 모습이 보였다. 주위에는 거의 달 표면처럼 보이는 사막이 펼쳐져 있었다. 하늘은 연한 푸른색이고, 공기는 청량하며, 러시아 인들이 깐 콘크리트 도로는 연회색에 곧고 미끈했다. 콘크리트 블록이 맞물리는 지점을 지날 때마다 자전거가 쿵쿵댔다. 쿵-쿵-쿵. 단조롭고 불쾌한 리듬이었고, 피케이는 얼마 지나지 않아 어지러움을 느꼈다.

피케이는 자신의 그림자를 보았다. 태양이 하늘 높이 떠오를수록 그림자는 점점 짧아졌지만, 길이와 관계없이 매일매일 그의 곁을 지키는 길동무였다. 나는 혼자가 아니야. 내 친구 그림자는 나를 절대 버리지 않을 거야. 피케이는 그렇게 생각했다.

오후의 그림자가 길어지기 시작할 때면 피케이는 의욕이 넘쳤다. 며칠 내내 눈에 들어오는 풍경은 똑같았지만, 그림자는 그가 한곳에 멈춰서 있는 게 아님을 일깨워줬다. 한낮의 짧았던 그림자가 땅거미가 지기 전 길게 늘어지는 광경은 그가 움직이고 있다는 증거였다.

자리에 멈춰서서 휴식을 취할 때면 모든 것이 놀랍도록 조용했다. 새도, 벌레도, 트럭도, 나무가 쉭쉭대는 소리도 들리지 않았다. 나무 한 그루 없이 온통 자갈과 돌밖에 없는 아프가니스탄의 사막은 너무나도 황량했다. 오로지 바람 소리만이 가끔 들려오는 고요한 세상. 그렇지만 오늘만은 바람마저 침묵했다. 시멘트 블록 위에 가만히 머무르는 공기 속에 열기만 가득했다. 그가 여태 겪었던 것들과는 너무나도 달랐다. 나는 다른 행성에 온 것은 아닐까? 홀로 남겨진 듯한 기분이 들었지만 두렵지는 않았다. 오히려 마음의 평화를 가져다주는 감각이라고 생각했다. 조국을 떠나면 이런 기분이 드는 걸까?

어느 마을을 지나는데 아프간 인 몇 명이 길 한복판에 서 있는 것이 보였다. 높고 격양된 목소리로 뭐라 떠들고 있었는데, 소란의 원인이 곧 눈에 들어왔다. 창문이 깨지고 후드가 찌그러진 자동차 두 대가 길가의 웅덩이에 반쯤 잠겨 있었다. 가까이 다가가니 휘발유 냄새가 풍겨왔고, 자갈밭에 깐 양모 담요 위에 피투성이의 여자가 뉘어 있었다. 의식은 있었지만 심하게 다친 것 같았다. 입에서는 피가 흐르고 이마에는 상처가 나 있었다. 피케이는 몸을 숙여 여자를 살폈다. 이름이 무엇인지, 어디에서 왔는지 물었다. 그렇지만 여자는 말을 하지 못했다. 이가 빠져 있었고 입술도 엉망이었다. 옷차림으로 미루어보아 그녀 역시 여행객 같았다. 피부가 하얬다. 인도에서 신나는 모험을 끝마치고 서쪽으로 향하던 유럽 인일지도 몰랐다. 피케이는 그녀를 도와줘야겠다는 생각이 강하게 들었다. 여태껏 받은 도움을 돌려줘야 한다. 그녀 역시 피케이의 새로운 가족인 여행객들의 범국가적 공동체의 일원이다. 그리고 사람은 자고로 가족을 배신해서는 안 되는 법이다. 돌아가자, 다시 카불로!

피케이와 여자는 트럭을 얻어타고 카불의 병원으로 향했다. 자전거와 트렁크와 백인 여자의 배낭과 천주머니는 짐칸에 던져넣었다. 운전사는 피케이가 알아들을 수 없는 아프가니스탄 곡조를 흥얼거렸다. 목적지와 반대 방향으로 이동하고 있었음에도 불구하고, 그리고 이틀 내내 밟은 페달이 말짱 헛수고가 되었음에도 불구하고 피케이는 마냥 행복했다. 석양은 딱딱하고 칙칙한 사막을 따뜻한 살구빛 비단처럼 부드럽게 바꿔놓았다. 트럭은 부루릉, 부르릉, 앞으로, 앞으로 가며 노래를 불렀다. 사실 피케이는 뒤로, 뒤로 이동하고 있었지만. 운전사가 흥얼대는 멜로디는 왠지 변화를 암시하는 것 같았다. 피케이는 눈을 감고 노랫말이 '원하는 것은 무엇이든 될 수 있어, 원하기만 한다면. 운명이 점지해준 대로 될 수 있어, 최선을 다하기만 한다면.'이라는 뜻이라고 상상해보았다.

피케이는 스무 살 무렵에 돌아가신 엄마를 떠올렸다. 엄마는 지금 이 순간 아프가니스탄의 트럭 옆 좌석에 앉아 있다. 엉덩이가 푸근하고, 따뜻하고, 부드럽다. 피케이는 엄마의 존재를 느꼈고, 엄마의 차분한 숨소리를 들었다. 오른편에서부터 누군가가 자신을 어루만지는 듯한 환상을 느꼈다. 피케이는 행복과 슬픔과 그리움에 눈가가 젖어오는 것을 느꼈다. 엄마가 살아 있었더라면, 피케이가 어쩌면 서쪽을 향해 페달을 밟지 않았을지도 모른다. 이제는 그를 인도에 붙잡아둘 것이 아무것도 없었다. 그곳을 벗어날 이유만이 늘었을 뿐이다.

피케이는 오른쪽으로 고개를 돌렸다. 당연히 피부가 검은 통통한 엄마, 뺨과 팔뚝과 손에 줄무늬 문신과 점을 찍은 엄마는 그곳에 없었다. 훨씬 마르고 피부가 하얀 리네아가 있을 뿐이었다. 멍이 든 피부는 마치 엄마의 피부처럼 예술적이었다.


병원에서는 리네아가 이가 대부분 빠졌을 뿐만 아니라 뇌진탕을 일으킨 상태라고 말했다. 이가 없고 상처 때문에 입을 움직일 때면 여전히 힘들어했다. 그녀는 쪽지에 "내 이름은 리네아예요."라고 썼다. "제발 저와 같이 있어주세요."라고도 썼다.

"그럴게요."

그렇게 말한 피케이가 어디로 가는 길이었는지를 물었다.

'집으로요.'

"집이 어딘데요?"

'빈.'

"귀가는 좀 미뤄야겠어요. 이렇게 멍투성이로 돌아갈 수는 없잖아요."

이틀 뒤 리네아는 걸을 수 있게 되었고, 의사는 퇴원해도 좋다고 말했다. 피케이는 리네아와 함께 오스트리아 대사관에 가서 그녀가 빈으로 가는 비행기 표를 구하는 일을 도왔다. 자동차는 완파된 상태였고, 리네아도 운전을 할 만한 상태가 아니었다.

피케이는 리네아와 함께 공항까지 갔고, 이별의 순간이 올 때까지 그녀를 오래도록 바라보았다. 리네아는 이빨 빠진 미소를 지으며 마지막 쪽지를 썼다. '조금 있다 봐요!' 그러고는 피케이를 껴안았다.

몇 주간 머물렀던 치킨 스트리트의 호텔로 돌아가는 버스에서, 피케이는 딱히 대단하게 숭고하고 선량한 일을 했다는 생각은 들지 않았다. 그저 평소와 같은 기분이었다. 리네아를 돕는 것은 당연한 일이었다. 남들을 돕지 않으면서, 자신의 긴 여정에서 도움을 받기를 바랄 수는 없는 것이다. 감정은 때로는 이렇게 논리적이었다. 인과란 그런 것이다. 모든 것은 연결되어 있다.

피케이는 자신도 언젠가는 도움이 필요할 거라고 확신했다. 사실상 칸다하르에 도착하면 오른쪽으로 갈지 왼쪽으로 갈지, 아니면 곧장 앞쪽으로 가야 할지 모르는 상태였으니까.

사흘 뒤, 피케이는 다시 카불과 칸다하르를 잇는 널찍한 시멘트 도로 위를 달리고 있었다. 그는 다시 혼자가 되었다. 피케이 자신과 새로 산 자전거뿐이었다. 새 자전거는 잘 굴러갔지만 하루쯤 달리니 시멘트 블록 이음매를 지날 때마다 덜컹대는 진동 때문에 두통이 일었다. 어떻게 칸다하르까지 가지? 피로한 몸은 누군가 원격 조정을 하는 것처럼 제멋대로 움직였고 정신은 몽롱하게 백일몽을 헤맺다. 그렇지만 로타가 보낸, "내가 가장 사랑하는 사람에게"로 시작하는 편지를 떠올리면 다시금 힘이 솟았다.

●

칸다하르

싸구려 여인숙에 도착한 피케이는 벨기에 인 한 명을 만났다. 피케이는 자신이 카불에서 오는 길이며, 보로스로 가고 있다고 말했다. 자전거로 말이다.

"카불에서 여기까지 자전거로 왔다고요?"

벨기에 인의 질문에 피케이는 질문으로 답했다.

"먼 거리인가요?"

"네. 500킬로미터잖아요. 자전거로 가기에는 먼 거리죠. 거기다가 몇천 킬로미터를 더 갈 거라고요? 어디라 그랬죠……? 보로스? 스위스에 있는?"

"네."

"그거 확실해요?"

"네. 스위스에 있는 보로스예요."

벨기에 인은 미심쩍다는 듯 피케이를 바라보았다.

"정말 확실해요?"

"백퍼센트요."

그렇지만 벨기에 인은 확신하지 못했다. 피케이는 그에게 로타가 보낸 편지를 보여줬다. 벨기에 인은 편지를 읽더니, 지도를 꺼내들어 손가락으로 짚어 내려갔다. 그리고 한참 뒤에 말했다.

"여기! 여기가 보로스예요."

"네. 거기가 스위스 아니에요?"

피케이가 물었다.

"하하하. 스웨덴이죠."

벨기에 인은 깔깔 웃으며 말했다.

"그러고 보니 발음이 다른 것 같기는 하네요. 차이가 뭔데요?"

"서로 다른 나라예요."

벨기에 인은 단호하게 말했다. 이번에는 피케이가 혼란스러워할 차례였다.

"그거 확실해요?"

벨기에 인은 지도를 보여주며 설명했다. 그렇게 진실이 드러났다. 어쩌면 이렇게 멍청할 수가 있는지! 로타는 자신이 스웨덴 인 (Swede)이라고 했었는데, 피케이는 스웨덴 인들의 나라가 스위스 (Switzerland)라고 굳게 믿고 있었던 것이다. 그제야 로타가 종종 피케이의 상식을 바로잡아주던 것을 기억해냈다.

"아뇨. 우리나라에서는 시계는 안 만들고 천을 짜요."

그럼에도 불구하고 피케이는 스위스와 스웨덴을 헷갈린 것이다. 피케이는 여태껏 이런 자세한 지도를 찾아보지 않은 자신을 책망했다. 조그만 길 하나하나가 번호와 함께 표기되어 있었고, 지도 전체가 격자무늬로 나뉘어 정확한 위도와 경도가 표시되어 있었다. 여태까지 피케이가 본 것은 인도의 시장에서 살 수 있는, 스케치나 다름없는 세계지도뿐이었다. 뉴델리에서 보로스까지 자전거를 타고 가려는 사람에게는 하등 쓸모가 없는 물건이었다. 지금까지는 물어물어 길을 찾아왔다. 그렇게 칸타하르까지 왔다. 그리고 다행히도 아직까지는 제대로 온 셈이었다.

"맞죠?"

"네, 네, 맞네요."

피케이는 형편없는 지도를 탓할 일만은 아님을 깨달았다. 스웨덴에 사는 사람을 스웨덴 인(Swede)이라 부르고, 스웨덴에서 만든 물건은 스웨덴 물건(Swedish)이다. 이제야 이해가 갔다. 그리고 스웨덴과 스위스는 별개의 나라였다. 그런데 어쩌다가 그렇게 비슷한 이름을 사용하게 되었단 말인가? 오해하기 딱 좋은 이름이 아닌가?

피케이는 이 모험이 어쩌면 스웨덴 인들의 나라가 무엇이고 어디에 있는지에 대한 자신의 오해와 혼란과 동급으로 멍청한 짓이 아닌가, 처음 생각했던 것보다 훨씬 더 희망 없는 짓이 아닌가 하는 생각이 들었다. 스위스와 스웨덴이 별개의 나라라는 깨달음은 말하자면, 피케이가 더 멀리 페달을 밟아야 한다는 것을 의미했다. 정확히…… 정확히 얼마나 더 멀리 가야 하지?

"1,000킬로미터는 더 가야 돼요."

벨기에 인이 대답했다.

피케이는 우체국으로 가서 자신에게 온 유치 우편*이 있는지 찾아봐달라고 부탁했다. 그리고 로타가 보낸 하늘색 항공 우편을 발견했다. 피케이는 속으로 환호하며 봉투를 열었다. "친애하는 피케이"로 시작하는 편지를 피케이는 마치 목마른 낙타가 물을 들이켜듯 단숨에 읽어내렸다.

이제 곧 저녁 9시가 돼요. 내리 여섯 시간 말을 타고 돌아왔어요. 피케이, 솔직히 말하자면, 인도에서부터 혼자 육로로 이동할 것이라는 말을 듣고 걱정이 되었어요. 나도 경험해본 일이라, 쉬운 길이 아닌 걸 알아요. 우리 일행은 어른 네 명과 아이 한 명이었죠. 우리는 우리 중 한 명이나 자동차에 문제가 생긴다면 서로 도울 수 있었어요. 그렇지만 피케이는 혼자서 여행하잖아요. 문제가 생기면 누가 도와주죠?

피케이는 로타의 경고를 머릿속에서 굴려보았다. 로타는 피케이가 누군가와 힘을 합쳐야 한다고 말하고 있었다. 분명, 인도에서 유럽까지의 먼 길은 나홀로 여행객에게는 힘든 여정이었다. 로타 말이 맞기는 했지만 피케이는 함께할 사람이 딱히 없었다. 피케이와 함께하는 것은 침낭과 자전거뿐이었다. 그렇지만 다 괜찮을 것이다. 그에게는 이젤과 미소와 가장 신랄한 비평가들과도 친해질 수 있는 친화력이 있었으니까.

그리고 피케이는 이 여행이 고난의 길이 되기를 원했다. 여행이란

---

★ 발신인이 지정한 우체국에 보관해두었다가 수취인이 직접 받아 가는 우편 제도.

너무 쉬워서는 안 된다. 로타를 향한 길에는 고난도 있어야 했다. 그래야만이 여행에 몰두할 수 있었다. 지친 몸과 몰려오는 피로, 약간의 음식과 한 모금의 물, 그리고 아린 다리를 뻗을 수 있는 간이침대, 그것들이 미래에 대한 걱정과 과거에 대한 향수를 동시에 잊게 만들어주었다.

한번에 날아서 가는 것은 경제적으로도 불가능했지만, 또한 너무 쉬운 길이기도 했다. 부자들이나 그렇게 하는 것이지 피케이 같은 진짜 여행객의 방식은 아니었다. 피케이는 여태껏 많은 장애물을 넘었다. 그는 자신과 같은 길을, 다만 반대 방향으로, 그리고 손에는 칼을 쥔 채로 걸었던 알렉산더 대왕을 떠올렸다. 피케이는 칼 대신 연필을 쥐고 여행한다. 그의 무기는 연필이었다.


오는 길에 친절한 사람들을 많이 만났던 거군요. 피케이는 스케치북과 연필로 사람들과 가까워지는 재주가 있죠. 그렇게 생각하면 걱정이 좀 덜 돼요.


우린 이제 곧 만날 거예요. 편지를 다 읽은 피케이는 그렇게 생각했다.

●

칸다하르

아프가니스탄은 현대와 구시대가 공존했다. 지난 며칠간 자전거로 달린 곧고 좋은 도로는 인도에서는 찾아볼 수 없었다. 그랜드 트렁크 로드라는 거창한 이름을 단 인도의 도로는 이에 비하면 쓰레기라는 생각이 들었다. 그렇지만 아프가니스탄은 이상한 사회였다. 길에는 거의 남자들밖에 보이지 않았다. 피케이의 눈에 띄는 여자들은 두꺼운 천을 둘러 몸을 숨기고 있었다. 언제나처럼, 피케이는 새로운 친구를 사귀었다. 이제 거의 본능처럼 어떻게 해야 할지 알고 있었다. 낯선 사람들을 사귀고 빠르게 연락망을 구축하는 것은 피케이의 장기였다. 그는 새로 만난 사람들과 으레 농담을 주고받았는데, 웃음은 언제나 어색함의 벽을 허물고 언어와 문화 차이를 좁히기 때문이었다. 피케이는 또한 빠른 손놀림으로 사람들 얼굴을 그렸다. 이 작전은 한 번도 실패한 적이 없다. 경찰이나 군인들마저도 그의 그림을 보면 미소 짓고는 했다.

피케이는 칸다하르 병원 의사의 집으로 초대받았다. 그 의사는 칸다하르의 거리에서 피케이가 사람들을 그리는 것을 보고, 네 명의 아내들 중 한 명을 그려줄 것을 부탁한 것이다.

"네, 좋아요!"

그렇게 답한 피케이는 다음 날 주머니에는 목탄과 연필을 넣고, 자전거 핸들에는 종이를 담은 봉투를 걸고는 의사의 집으로 향했다. 궁전 같은 대저택으로 미루어보아, 의사는 상상한 것보다 훨씬 부유한 듯했다. 저택의 집사는 피케이를 꼼꼼히 살피고 안으로 들여보냈고, 의사는 피케이에게 집을 구경시켜주며 가구들은 파리에서 수입된 것이고, 자신과 부인들이 갖지 못할 물건은 없다고 말했다. 저택의 중앙에는 반원 모양의 소파가 놓인 원형의 방이 있었는데, 거기에 의사의 첫 번째, 두 번째, 그리고 세 번째 부인이 앉아 있었다. 아무도 얼굴을 가리는 머리쓰개를 하고 있지 않았다. 아프가니스탄에서는 흔치 않은 광경이었다. 어쩌면 밖으로 나갈 때만 얼굴을 가리는 것일지도 모르겠다는 생각이 들었다. 피케이는 한 명 한 명에게 인사를 했다. 인도에서 하는 것처럼 합장을 하고 고개를 숙였다.

"나마스테."

피케이가 인사하자 그들은 작은 목소리로 "헬로." 하고 중얼중얼 답했다.

네 번째 부인이 방 안으로 들어왔다. 아니, 아마도 네 번째 부인이겠거니 짐작을 할 수밖에 없었다. 그를 향해 다가오는 것은 사람이 아니라 마치 움직이는 천막 같았기 때문이다. 검은 천막 안에 사람이 있는 것 같기는 했다. 의사는 천막을 가리켰고, 그때서야 피케이는 움직이는 천막이 자신이 그려야 할 네 번째 부인이라는 것을 깨달았다.

피케이는 네 번째 부인과 작은 곁방에 남겨졌다. 피케이는 그녀를 앞에 둔 채로 멍하니 한참을 앉아 있었다. 천막을 그릴 수는 없는 노릇 아닌가? 그런데 부인이 마침내 입을 열었다. 피케이는 깜짝 놀랐다. 천막 같은 부르카 안의 여자는 미국 억양의 완벽한 영어를 구사했다. 눈을 감고 듣고 있으면, 미국인 관광객이라고 해도 믿을 수 있을 것 같았다.

여자는 부르카를 벗었다. 피케이는 다시 한 번 놀랐다. 그녀는 꼭 붙는 티셔츠와 청바지를 입고, 하이힐을 신고 있었던 것이다. 진한 화장을 하고 묵직하고 달콤한 향수 냄새를 풍겼다. 그렇지만 많아 봐야 열다섯 살 이상으로는 보이지 않았다. 예뻤다. 몹시 예뻤다. 예쁜 그녀와 고루하고 무거운 천자루와의 대비는 강렬했다. 그렇지만 그녀가 얼마나 어린지 알게 된 지금, 피케이는 슬픈 기분이 들었다. 그녀의 남편인 의사는 예순네 살에 주름이 자글자글하고 대머리에 배도 나와 있었다. 이 얼마나 불쌍한 여자이고, 이 얼마나 어두운 미래인가!

놀라움은 이내 슬픔이 되고, 슬픔은 분노로 변했다. 미래 사회는 일부다처제나 정략결혼 같은 시대에 뒤떨어진 관습을 폐지해야 마땅하다. 사랑은 계획할 수 있는 것이 아니고, 통제할 수 있는 것이 아니다. 사랑은 자유로워야 한다. 미래에는 사랑에 굶주린 아프가니스탄과 인도의 모든 사람들이 자신의 배우자를 직접 고를 수 있어야 한다.

피케이는 자신이 세상에서 가장 행복한 인도인이라고 생각했다. 맞은편에 앉은 소녀와는 달리 피케이는 주어진 기회를 놓치지 않고 관습에서 벗어나지 않았던가? 그렇지만 동시에 자신의 불확실한 운명을 떠올렸다. 로타와의 헤어짐과, 참을 수 없는 그리움과, 기나긴 자전거 여행을 떠올렸다. 나는 정말 행복한가? 의사의 어린 아내는 최소한 자신이 가진 것이 무엇인지는 알고 있지 않은가? 이 여행의 끝은 어디인가? 언젠가 외딴 도시 보로스에 닿아, 로타와 재회할 수 있을까? 죽기 전에 아버지와 형들과 누이를 다시 볼 수 있을까?

피케이는 몸과 마음이 자유로웠다. 마음은 가볍고, 자전거 페달을 밟느라 매일매일 죽을 만큼 피곤하다는 것을 제외하면 짊어진 의무도 그리 많지 않은 삶을 살고 있었다. 그렇지만 그는 동시에 세상에서 가장 외로운 인도인이기도 했다. 자신의 연약함에 대해 생각하면 생각할수록, 자유와 행복은 무너져내렸다. 어쩌면 로타의 말이 옳았는지도 모른다. 홀로 인도에서 유럽까지 자전거를 타고 가는 것은 너무 위험한 짓이다.

소녀의 남편은 몇 번이나 방에 들어와 슬슬 그림이 완성되어가지 않느냐고 물었다. 그러나 작업을 시작할 수가 없었다. 같은 생각이 머리를 맴돌고, 몸이 마비된 기분이었다. 대신, 그는 이 어리고 아름다운 넷째 부인에게 물었다.

"행복하세요?"

"네. 행복해요."

그녀는 재빠르게 대답했다.

"그렇지만 남편분을 정말로 사랑하시는 거예요?"

"네."

"진심으로요?"

"사랑해요."

"그분도 당신을 사랑한다고 생각하세요?"

"네."

"그렇지만 부인이 세 명이나 더 있잖아요."

"저를 가장 사랑해요."

"증거가 있어요?"

"내가 원하는 거라면 뭐든 줘요. 파리의 향수를 가지고 싶다고 하면, 그이가 전화 한 통만 하면 일주일 뒤에 파리에서 향수가 날아오죠."

"그렇지만 또래의 남자와 결혼을 하는 게 낫지 않아요?"

"전 젊은 남자들 안 믿어요. 온갖 것을 약속하고 날 사랑한다고 말하지만, 한번 뱉은 말을 지키는 일이 없는걸요."

피케이는 그녀가 세뇌당했다고 생각했지만, 아무 말도 하지 않았다. 소녀는 덧붙였다.

"무엇보다, 다른 세 명이랑은 절대 안 자고 저랑만 자는걸요."

피케이는 마침내 작업을 시작했다. 그림을 그리는 동안 그는 이 소녀가 선택한 삶의 방식에 대해 생각했다. 어쩌면 그녀는 피케이가 보지 못하는 뭔가를 볼 수 있는 것일지도 모른다. 생각은 엄마가 들려주던 이야기에까지 닿았다. 코끼리와 마주친 여섯 장님에 대한 이야기였다. 첫 번째 장님은 코끼리의 다리를 만져보고는 말했다.

"아, 코끼리는 마치 나무 밑동 같구나."

두 번째 장님은 코끼리의 꼬리를 만졌다.

"바보 같으니. 코끼리는 밧줄과 같은 것을!"

세 번째 장님은 손을 뻗어 코끼리의 코를 더듬었다.

"둘 다 틀렸어. 코끼리는 마치 뱀과 같아."

네 번째 장님은 코끼리의 상아를 만졌다.

"무슨 헛소리들을 하는 거야? 코끼리는 마치 창과 같아."

다섯 번째 장님은 코끼리의 귀를 붙잡았다.

"아니야, 아니야. 코끼리는 부채와 같아."

이제 여섯 번째 장님의 차례였다. 그는 코끼리의 배를 더듬었다.

"다들 틀렸어. 코끼리는 마치 벽과 같아."

여섯 장님은 코끼리 조련사에게 물었다.

"우리 중 누가 옳습니까?"

"전부 옳고, 전부 틀렸습니다."

조련사의 대답이었다.

나도, 의사의 네 번째 부인도 마치 이야기 속의 장님들과 같구나. 우리는 둘 다 옳고, 둘 다 틀리구나!


다음 날 아침, 피케이는 다시 서쪽을 향해 페달을 밟았다. 주머니 속에는 부자 의사가 알고 지내는 델라람 의사들의 주소가 들어 있었다. 델라람은 헤라트로 가는 길 중간쯤에 있는 도시이다. 동료 의사 중 하나가 도시 경계에서 피케이를 반갑게 맞이했고, 집에 초대해 차를 대접했다. 함께 앉아 달콤한 차를 홀짝이고 있는데, 의사가 침대 밑에서 잡지가 담긴 나무상자를 꺼냈다.

"좀 보실래요?"

아직 청년인 의사는 그렇게 말하며 미국의 《플레이보이》지를 한 묶음 내밀었다. 피케이는 잠시 훑어보고는 돌려줬다. 여자란 여자는 죄다 눈에 띄지 않게 숨겨져 있으니 아프간 남자들이 이런 잡지를 보는 것도 이상한 일은 아니었다. 가슴을 드러낸 여자들의 사진 역시 코끼리의 한 부분과 같다는 생각이 들었다. 진짜 여자 친구가 있다면 이 의사도 훨씬 행복하지 않을까? 피로가 몰려왔다. 신경을 갉아먹는 두통과 허벅지의 근육통. 피케이는 차를 홀짝이며 허공을 멍하니 쳐다보다 숲 가장자리 넓은 강줄기 옆의 고향 마을을 떠올렸다.

다음 날 자전거를 타고 차가운 바람을 맞으며 높은 하늘 바로 아래에 있는 산을 향해 달릴 때 피케이는 아무런 생각도 하지 않았다. 아무런 생각도 들지 않았다.

델라람    헤라트    이슬람    칼라

델라람을 지나치면 동서 A1 고속도로는 북쪽으로 꺾여져 헤라트로 접어든다. 모두가 이용하는 루트였다. 피케이 역시 이 길로 접어들었다. 사실 다른 선택지도 없었다. 이 길은 히피와 방랑자 들의 동맥과 같았다.

피케이는 새벽부터 해가 질 때까지, 점심시간 한 시간을 빼고는 쉼 없이 페달을 밟았다. 연회색의 불쾌한 콘크리트 블록 이음매도 여전했다. 요철을 넘을 때마다 자전거가 심하게 요동쳤고 그 충격으로 엉덩이와 고환이 아팠다. 러시아 인들은 도로를 깔 때 이런 것도 고려를 안 하나 싶었다. 아스팔트를 썼으면 좋았을 것이다.

피케이는 밤에 머무를 곳에 대해서는 크게 걱정하지 않았다. 숙소는 언제나 어떻게든 해결이 되었다. 수첩 속 수백 개의 주소들 중에서 딱 이 길에 있는 주소는 없었다. 대부분의 연락처는 유럽 인 친구들의 것이었다. 그렇지만 피케이는 아프가니스탄의 시골 사람들이 손님에게 매우 친절하다는 것을 알고 있었다. 이들은 피케이에게 차와 식사를 대접하고 밤을 보낼 침대를 빌려줬다. 길손이 밤에 묵어갈 수 있도록 배려하는 것을 당연하게 여겼다. 사람들은 스스럼없이 피케이를 집에 들였다. 식사의 대가로 그림을 그릴 필요조차 없었다.

피케이는 페달을 밟고 또 밟으며, 한결같은 지평선을 바라보았다. 건초와 매트리스와 염소를 싣고 서쪽으로 향하는 트럭에게는 추월당했고, 하루에 한두 번쯤 유럽 여행객들을 싣고 동쪽으로 향하는 화려한 색상의 버스와 마주치기도 했다. 피케이는 이 유럽 인들의 대부분이 일주일쯤 뒤에는 카불 치킨 스트리트의 카페에 앉을 것이고, 또 몇 주 뒤에는 뉴델리의 인디언 커피하우스 밖에 주차를 하게 될 것임을 알고 있었다. 이들은 그곳에서 머무르며 긴 여정에서의 경험과 노하우를 나눌 것이다.

카페들이 없었다면 곤란했을 것이다. 하나하나의 카페가 모두 정보통이나 다름없으니까.


헤라트에서는 이제껏 본 적 없는 가장 형편없고 더러운 여관에서 잤다. 침대는 매트리스도 없이 노끈을 엮어 만든 그물망이 전부였다. 피케이는 잠을 잘 이루지 못했고 악몽을 꿨다. 끔찍한 악몽이었다. 꿈속에서 거지들이 피케이에게 다가왔다. 열 명, 스무 명, 아니, 서른 명의 거지였다. 이들이 손을 뻗자 피케이는 굳은살이 박인 손을 바라보다 고개를 들었다. 거지들은 머리가 없었다. 머리가 없는 거지 떼가 점점 더 가까이 다가와, 쉰 목소리로 원하는 것을 속삭이며 피케이를 밟아죽이겠다고 협박했다.

다음 날 아침, 피케이는 조그만 창틈으로 새어 들어오는 햇빛 때문에 잠에서 깼다. 몸은 땀에 젖어 있었고 며칠간 씻지 못해 더러웠다. 몸은 끈적끈적했고 입안은 건조했다. 침대 옆 시멘트 벽에는 누군가가 영어로 낙서를 해놓았다.

"루돌프가 이 침대 위에서 살해당했다."

루돌프는 누구고, 어떻게 살해당했고, 범인은 누굴까? 피케이는 뉴델리의 다리 밑에서 살며 그렸던, 기아와 민중의 고통을 다룬 그림과 흡사했던 꿈을 돌이켜보았다.

해가 떴다. 피케이는 헤라트의 거리로 나갔다. 초상화를 그려 돈을 벌기 위해서였다. 목에 걸린 주머니 속 돈을 불려야겠다는 생각, 배불리 먹고 서쪽을 향해 계속 달려야겠다는 생각. 그 생각이 가장 먼저 들었고, 그다음에야 로타가 떠올랐다.

여관에서 겨우 100미터쯤 걸었을 때, 웬 차가 멈춰서더니 어떤 남자가 내렸다. 그는 도지사의 보좌관이라며 자신을 소개했다.

"차에 타시죠."

두 사람이 자동차의 뒷좌석에 나란히 앉자 자동차는 헤라트의 좁은 길을 빠르게 헤치고 나아갔다.

"도지사님은 정치학 박사 학위 소지자시고, 아주 영향력이 있고 지혜로운 분이십니다. 화가라고 들었는데요, 도지사님도 초상화를 한 점 원하시거든요."

목적지에 도착하니 경비들이 울타리로 둘러싸여 있는 커다란 주택을 지키고 있었다. 피케이는 기다리고 있던 도지사에게 공손하게 인사했고, 그를 찬찬히 살폈다. 도지사는 사팔뜨기였다. 이럴 때 어떻게 대처해야 하는지, 피케이는 잘 알고 있었다. 잠시 뒤 피케이는 연필과 목탄으로 그린 초상화를 보여주었다. 그림 속의 도지사는 사팔뜨기가 아니었다. 도지사는 열광했다.

"최고의 초상화네요."

도지사는 기쁜 목소리로 그렇게 말하더니 피케이에게 필요한 것이 있느냐고 물었다. 피케이는 아프가니스탄 비자의 유효 기간이 2주나 지난 탓에, 아프가니스탄을 떠나 이란으로 입국할 때 문제가 생길 것이 걱정이라고 말했다.

"국경 경찰과 문제는 전혀 없을 겁니다."

"정말요?"

"물론이죠. 제가 연락만 넣으면요."

며칠 뒤 피케이가 이슬람 칼라의 국경 횡단 지점에서 유효기간이 만료된 비자를 보여줬을 때, 경찰들은 기꺼이 손을 흔들며 이란으로 떠나는 그를 통과시켜 주었다.

이슬람 칼라　타이바드　파르하드게르드　마샤드　보이누르드　아자드샤르　사리

　이란에서의 여정이 슬슬 고되게 느껴지기 시작했다. 지난 두 밤을 길옆에서 보냈고, 오늘은 과일 두 개 말고는 먹은 것이 없었다. 천주머니에는 아직 돈이 남아 있었지만, 마을과 마을 사이의 거리가 너무 멀었다. 국경에서는 트럭을 얻어탔지만 한 시간쯤 있다가 다시 내리게 되었다. 계속 자전거를 타고 갈 수밖에 없었는데, 힘이 부칠 때까지 오랜 시간을 달려왔기에 다리는 아릿하고 안장에 눌린 엉덩이는 너무 아파 의자에 앉기도 싫을 정도였다. 수염은 자라서 엉겨붙어 더럽기 그지없었다. 배가 고팠지만 음식을 살 수 있는 곳이 거의 없었다. 손가락으로 갈비뼈를 만져보면 야위었다는 것을 확연히 알 수 있었다. 피케이는 창문에 자신의 모습을 비춰보았다. 히피 같았다.

　카스피 해 옆의 조그만 휴양 도시 사리에서 피케이는 매점으로 보이는 해변의 가건물 앞에 몸을 눕혔다. 낮이면 아마 이곳에서 아이

스크림을 팔지도 몰랐다. 그러나 저녁이었고, 모래사장에는 사람이 없었으며 매점은 닫혀 있었다. 피케이는 침낭을 깔고 엉덩이가 닿지 않도록 조심스럽게 누웠다. 너무 굶주렸더니 배가 아파왔다. 그렇게 지친 상태로 뒤척였다. 모래사장은 지나치게 밝고 바다는 너무나 조용했으며 하늘은 시리게 푸르렀다. 시들어 죽기에는 너무나 아름다운 곳이었다.

추락을 거듭하다 바닥을 치기 직전이면, 뭔가 예상치 못했던 일이 일어나 빠르게 상황을 바꿔놓고는 했다. 그의 삶은 자주 그랬다. 이번에도 그랬다. 다음 날 아침, 아름다운 카스피 해의 아이스크림 판매대 위로 해가 떠올랐을 무렵 피케이는 깊은 잠에서 서서히 깨어났다. 그렇지만 눈을 뜨고 싶지 않았다. 비몽사몽의 경계에 잠시 남아 있었다, 천천히 꿈 없는 잠에 빠져들고 싶었다.

순간, 그는 웃음소리에 놀라 깨어났다. 눈을 뜨니 아가씨 열 명이 피케이를 둘러싼 채 머리쓰개를 들어올리고 미소 지으며 내려다보고 있었다. 페르시아 인 특유의 예쁜 얼굴이 환하게 웃고 있었다. 여자들은 당장이라도 그를 먹어치울 듯이 쳐다보았다. 피케이는 몸을 일으키고 반사적으로 스케치북을 꺼내 그림을 보여줬다. 가장 좋은 소통 방식이었고, 언제나 효과가 있었다. 아가씨 중 한 명은 영어를 할 줄 알았다.

"보세요. 전 화가예요."

피케이가 말했다.

이들은 알라의 처녀도, 도망친 하렘의 여자들도 아니었다. 영어를 할 줄 아는 아가씨가 자신들은 테헤란의 학생이며, 소풍과 수영을 즐기러 해변에 온 것이라고 말했다. 피케이는 스케치북의 그림을 보여주며 인도에서부터의 자전거 여행에 대해 설명했다. 여학생들은 즐겁게 웃으며 피케이에게 음식을 잔뜩 나눠주었다. 빵, 요거트, 고욤, 그리고 올리브. 허겁지겁 먹으니 금세 배가 찼다. 피케이는 자신이 인도에서 출발해 아프가니스탄의 눈 쌓인 산과 이란의 약속된 땅을 지나 유럽에 있는 사랑하는 여자에게로 가고 있다고 말했다. 여자들이 웅성댔다.

"정말 멋지네요!"

영어를 할 줄 아는 여학생이 말했다.

여학생들은 피케이의 가방에 음식을 챙겨주었다.

피케이가 삶에 대해 배운 게 딱 하나 있다면, 가끔은 저승을 향해 가라앉아 바닥을 치는 것도 나쁘지는 않다는 것이다.

사리를 벗어난 뒤에는 자전거를 타는 것도 다시 수월하게 느껴졌다. 마을 간의 거리가 점점 짧아졌고, 더 많은 사람들을 만났고, 자주 집에 초대받아 숙식을 제공받았다. 몇몇 이란 인들이 피케이가 아프가니스탄에서 산 자전거의 품질에 대해 좋지 않은 평판을 들려주었다. 피케이는 큰 시장이 있는 도시에 들러 새 자전거를 샀다.

배는 부르고, 기력은 돌아왔고, 물통도 가득 채웠고, 자전거 체인에는 새로 기름칠을 했다. 피케이는 79번 고속도로를 타고 테헤란을 향해 달렸다. 운이 좋다면, 로타가 보낸 편지가 기다리고 있을 것이다.

오후에는 봄 햇살이 허벅지를 달구었고, 해가 지면 저녁의 추위가 뺨을 때렸다. 그럴 때면 피케이는 자전거에서 내려 찻집에 들어가 차를 마시고 다른 손님들을 그렸다. 그러다 집에 초대를 받았다. 아프가니스탄의 헤라트 이후로 하루도 여관에서 잔 적이 없다.

피케이는 잠들기 전에 로타 생각을 했다. 그녀가 자신을 반갑게 맞아줄 것임은 의심하지 않았다. 마음이 바뀌었다거나, 다른 사람을 만났을 것이라는 생각은 들지 않았다. 오늘은 그들의 사랑의 힘이 아주 강하게 느껴져서 의구심이 자리 잡을 틈이 없었다.

어머니가 죽은 뒤로 피케이는 돌아갈 곳이 없다는 생각이 강하게 들었다. 오리사에 아버지와 형제자매가 있었지만, 피케이가 정말로 사랑한 것은 엄마와 로타뿐이었다. 그러나 엄마는 죽었다. 엄마를 찾아서 여행을 떠날 수는 없다. 그렇지만 로타는 지평선 너머 어딘가에 존재하고 있는 것이다.

가장 중요한 생각은 로타와 다시 만나거나 죽는다는 것이었다. 다른 선택지는 존재하지 않았다. 덕분에 피케이는 두려움을 거의 느끼지 않았다. 되는대로 살자. 너무 생각을 많이 하지 않아야 원하는 것이 이뤄질 것이다. 페달을 밟으면서, 피케이는 그렇게 생각했다.

피케이는 자신이 감정적이고 비이성적이라는 것을 알고 있었다. 그는 심장과 감각에 귀를 기울였다. 자전거 여행은 너무 길고, 곳곳에 위험이 산재해 있었다. 차질이 생길 가능성도 컸다. 사실 불가능한 프로젝트였다. 논리적인 생각을 거부해야만 서쪽으로 계속 페달을 밟을 수 있었다. 그렇지만, 피케이는 여태껏 스웨덴까지 자전거를 타고 가는 것이 불가능한 계획이라고 생각하는 사람을 만나본 적이 없었다. 이 길은 피케이와 같은 사람들로 가득했다. 지치지 않는 여행자들이었다. 자신의 문화를 벗어난 사람들이었다. 뭔가 새로운 것들을 추구하는 사람들이었다. 피케이는 히피들 말고 이민 노동자들도 만났다. 유럽으로 향하는 가난한 아시아 인들. 길동무들과 피케이는 불가능은 없다는 믿음을 공유했다.

북유럽으로 자전거를 타고 가는 중이라고 말하면, 피케이가 만나는 사람들은 별로 놀라는 기색이 없었다. 출발 전 인도의 분위기와는 완전히 달랐다. 피케이의 친구들은 자전거는 위험하다고 경고했고, 그래서는 안 된다고도 했다. 자전거는 가난한 사람들이나 타는 것이다. 자전거는 위험할 뿐만 아니라 느리다. 유럽까지 가다니 안될 일이다. 불가능하다. 가다가 죽을 것이다. 돌이켜 생각해보면, 그 친구들은 다 틀렸다.

여태껏 피케이는 불친절한 사람을 만나보지 못했다. 길의 사람들인 히피는 호기심 많고, 긍정적이고, 인심이 후하고, 친절하게 느껴졌다. 그들을 보면 이렇게 떠돌아다니며 평생을 살 수도 있을 것 같았다. 흥미로운 사람들과의 새로운 만남이 지속되는 삶이라면 말이다.


이란에서의 여행은 차원이 달랐다. 야외에서 잠드는 일이 점점 줄었고, 카스피 해의 해안을 떠난 뒤에는 외롭거나 굶주린 일이 거의 없었다. 이동하는 중에 물과 말린 생선과 사과와 오렌지와 고욤을 얻었고, 매일 밤 한 푼도 쓰지 않은 채 침대에서 잠들었다. 약속된 땅에서 피케이가 후한 인심의 대상이 된 것은, 그가 인도인이었기 때문이다. 지난 3년간 인도의 대통령은 파크루딘 알리 아흐메드라는 무슬림이었는데, 최근 그가 사망했을 때 이란의 신문은 무슬림으로

서 힌두교 국가에서 그렇게 높은 자리까지 오른 그에 대해 긴 글을 썼다. 이란 사람들은 피케이가 인도인이라는 이야기를 듣자마자 인도인들이 소수인 무슬림 출신을 지도자로 뽑은 것은 대단한 일이라고 말했다. 인도인들은 어디를 가나 인기 만발이었고, 이란 인들은 인도인들을 사랑했다. 덕택에 피케이는 유럽에 가까워질수록 점점 더 편히 쉴 수 있었고, 더 배부르게 먹을 수 있었다.

피케이의 형 프라타프는 3,500년 전 북인도인들의 발상지인 카스피 해 북부의 평원에서 살던 인도-아리아 인이 주인공인 책을 썼다. 인도의 고대 문명이 어떻게 생겨났는지, 힌두교는 어떻게 발전했는지, 무엇보다 카스트 제도 및 일부 인도인들의 피부가 다른 이들의 피부보다 희거나 검은 이유를 다룬 책이었다. 책은 끝내 출판되지 않았지만, 형은 원고를 다섯 부 복사해 그중 하나를 피케이에게 줬다. 피케이는 모험과 여행 이야기에 홀딱 빠져, 책을 처음부터 끝까지 앉은 자리에서 읽었다. 카스피 해에서 남쪽을 향해 달리던 피케이는 책의 주인공이 간 길을 그대로 밟고 있다는 생각이 들었다. 책의 주인공은 피부가 하얬고 검은 피부의 사람들은 이들을 정복하기 위해 동쪽으로 향하고 있었다. 피부가 검은 나는 백인이 사는 서쪽으로 향하고 있다. 정복하기 위해서가 아니라 환영받기 위해서.

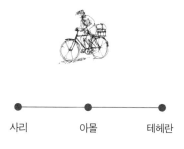

사리　　　　아몰　　　　테헤란

　피케이는 이란의 새로 깔린 아스팔트 도로를 따라 서쪽으로 달리며, 모든 것이 부유하고 잘 정돈된 것 같다는 인상을 받았다. 국경을 넘은 직후부터 그런 느낌이 들기 시작했다. 아프가니스탄은 검문소도, 국경 경찰의 제복도 허술하고 낡았었는데, 이란은 모든 것이 새것이고 깨끗했다. 이란 인들은 더 좋은 옷을 입고 더 건강해 보였으며, 자동차는 더 현대적이고, 휴게소에서는 고급스러운 소파에 앉을 수 있었다 또한 정수기에서는 깨끗하고 시원한 물을 공짜로 받아 마실 수 있었다. 겨우 국경 하나를 사이에 두고 이렇게 차이가 크다니 피케이에게는 놀라움의 연속이었다.

　피케이는 카스피 해를 따라 서쪽으로 달리다 테헤란을 향해 방향을 틀어 남쪽으로 향했다. 더 남쪽으로 지름길이 나 있었지만 히피 버스들은 대체로 북쪽으로 난 길을 택했다. 그 루트에서 벗어날 엄두가 나지 않았다. 히피의 길을 따르기만 하면 다른 여행객들과 마주칠 것이고, 초상화를 그려서 마지막까지 쓸 돈을 모을 수 있기 때문이었다. 여행객들은 또한 이런저런 조언을 줄 수도 있고, 문제에 맞닥뜨리면 도움의 손길을 내밀 수도 있었다.

인도에서 왔다고 말하니, 이란 인들은 그를 거의 끌어안 듯했다.

"아, 인도. 아주 좋은 나라예요."

"그렇게 생각하세요?"

이란 인들은 피케이가 국경을 넘은 뒤로 내내 들어온 이야기를 했다. 인도의 대통령이 죽기 직전에 이란을 방문한 이야기였다. 힌두교 국가인 인도가 무슬림을 대통령으로 선출한 것이 아주 너그러운 일이었다는 이야기를 반복했다. 피케이는 그게 너그러움과는 조금 성격이 다른 일이라고 생각했다. 명예직을 주는 것은 인도의 종교적 소수자들을 달래는 방식 중 하나였다. 게다가 인도의 대통령에게는 힘이 없었다. 인도를 움직이는 것은 총리였다. 소수 종교를 믿는 사람을 형식적이고 권력이 없는 자리에 앉혀두는 것은 이를테면 빛 좋은 개살구 같은 일이었다. 그렇지만 이란 인들에게는 충분히 감명을 받을 만한 일이었다. 이란 인들은 인도에서의 무슬림은 다른 사람들과 같은 권리를 가지고 있는 것이 분명하다고 말했다. 틀린 얘기는 아니었다. 적어도 공식적으로는 그러하니까. 한 노인은 피케이에게 천 년도 전에 페르시아에서 인도로 여행했던 사학자 비루니 이야기를 들려주었다. 힌두교도들은 비루니에게 인도처럼 완벽한 나라는 없고, 인도의 왕처럼 강력한 왕이 없고, 힌두교처럼 좋은 종교가 없고, 인도의 과학만큼 발전한 과학이 없다고 했다. 문제는 이제는 더이상 인도가—과거에 한 번이라도 그랬다면—지상 낙원이 아니라는 점이었다. 그렇지만 많은 이란 인은 인도가 마치 보물섬처럼 휘황찬란할 것이라 철석같이 믿고 있었다.

인도의 수도를 대표하는 것은 반짝이는 황금이 아니라 빈민가와 먼지였다. 그렇지만 피케이는 그런 말을 하지 않았다. 아무런 반대 의견도 내지 않았다. 그쪽이 편했다. 이란 인들을 실망시키고 싶지 않았다. 환상은 우정의 윤활유였다.

휴식을 취해야 했다. 몸은 피곤하고, 더러웠다. 자기 자신이 온몸에 진흙을 묻히고 엉킨 머리를 하고 있으니 마치 방랑하는 성자처럼 느껴졌다. 피케이는 캠핑장에서 냄새나고 먼지투성이인 옷을 비누로 박박 문질러 빨았다. 면도를 하고, 콧털을 깎고, 온몸에 비누칠을 해 뜨거운 물로 샤워를 했다. 아주 오랜만에 개운한 기분이 들었다.

캠핑장 중앙에는 호수가 있고, 그 옆에는 유명한 시인이 묻힌 묘가 있었다. 호수 중앙의 섬에는 조그만 모스크가 세워져 있었는데, 해가 진 뒤에는 색색의 전등이 켜졌다. 마샤드 사람들은 저녁 소풍을 나와 평화롭게 묘와 모스크를 방문했다. 그들은 도시락과 담요를 가지고 와서 저녁 내내 머물렀다.

피케이에게는 절호의 기회였다. 이젤을 세우고 초상화를 그린다는 문구를 이란의 공용어인 페르시아 어로 써서 걸어두고 자리에 앉아 기다렸다.

첫날부터 손님이 모여들었다. 피케이는 그날, 다음 날, 그리고 다다음 날 저녁까지 그림을 그리고 많은 돈을 벌었다. 이란 인들은 부자였다. 너도나도 값비싸 보이는 크고 번쩍이는 새 차를 몰고 왔다. 초상화의 가격이 얼마인지 써둘 필요가 없었다. 사람들이 와서 물으면 피케이는 "원하시는만큼요."라고 답할 뿐이었다. 이란 인들은 피케이가 원래 받던 금액보다 다섯 배, 가끔은 열 배까지도 내놓았다. 그리고 피케이에게 음식과 과일과 차와 장미수를 대접하기도 했다.

이제 유럽에 도착할 일이 걱정이었다. 사람들에게 어찌나 많은 주의를 들었던지, 새로운 땅에 도착하면 여행이 전처럼 수월하지 않을 것이라는 생각이 들기 시작했기 때문이다.

테헤란 　　　　카즈빈

　테헤란은 대혼란의 현장이었다. 사방이 자동차였다. 트럭과, 버스와, 물건을 가득 실은 수레와, 깔려죽지 않기 위해 애를 쓰는 자전거와, 먼지를 너무 많이 마시지 않기 위해 두건으로 입을 가린 사람들로 북적였다. 지나치게 좁은 길에서는 자동차들이 서로 먼저 가려고 빵빵거렸다. 피케이는 핸들에 설치한 특대 사이즈 경적을 몇 번이나 울렸다. 크고 날카로운 소리가 났다. 작고 느리고 약한 사람이, 쿵쾅대는 트럭 사이에서 자전거를 몰고 있다면, 거대함에 묻히지 않기 위해서라도 좀 더 큰 소리를 낼 필요가 있었다.

　페달을 밟으며, 주위의 소음 속에서도 피케이는 과거와, 현재와, 미래의 자신에 대해 생각했다. 생각에 집중하노라면, 주변의 모든 소음은 사라지고 고요가 찾아왔다.

　'나는 잡종이다. 나는 빛이자 어둠이고, 행복이자 불행이고, 인도인이고, 아시아 인이고, 유럽 인이고, 히피다. 모든 것이 내 안에 공

존한다.'

피케이는 인도의 억압받는 토착민이고, 카스트 제도의 부당한 피해자임과 동시에 세상 밖으로 향하는 행복한 사람이기도 했다. 그는 가난한 시골 소년이자 성공적인 대도시 주민이었다. 소유한 것은 없지만 모든 것을 가졌다. 미술사와, 낭만주의 시대의 은유와, 터너가 영국 풍경을 그릴 때 사용한 색 조합은 안다

하지만, 스웨덴이 어디에 있는지도 모르고, 과학기술도 이해하지 못한다. 어릴 때는 상상하지도 못했던 파란만장한 삶을 살게 되었지만, 여전히 경험이 부족한 것처럼 느껴졌고, 사람들이 하는 말이라면 뭐든 믿었으며, 새로운 것을 배우는 데 목말라한다. 세 번이나 목숨을 끊으려고 시도했었고, 거의 굶어죽을 뻔한 일도 있었으며, 그럼에도 불구하고 걱정 없고, 행복한 사람처럼 느껴진다. 운명과 전통을 믿었지만 그것들을 버려야만 완전히 해방될 수 있는 사람이기도 하다.

피케이는 생각했다.

'나는 카멜레온이다. 어디에 있든 쉽게 적응한다. 가난하고 억압받는 사람들 틈에서는 그들의 일원이 된다. 유명한 사람들을 만날 때면 나 역시 대단한 인물로 탈바꿈한다.'

그렇지만 피케이는 자신의 한계를 알고 있었다. 그는 끝내 자기주장을 하는 법, 주변 사람들이 불편해하거나 화내는 것을 감수하고서라도 자신의 요구를 관철시키는 법을 배우지 못했던 것이다.


피케이는 테헤란에서 흰 마분지로 현수막을 만들어 자전거에 매

달았다. 현수막에는 영어로 "스웨덴으로 여행 중인 인도인 화가입니다."라고 썼다. 카불을 떠난 뒤로 그렸던 그림들이 전부 담긴 포트폴리오 역시 자전거에 매달았다. 이제 자기 자신이 움직이는 홍보 전단이나 다름이 없었다.

도시 곳곳의 가로등이나 건물 벽에는 젊은 남자의 초상화가 걸려 있었다.

피케이는 남자의 정체가 궁금했다.

"저 사람은 누군가요?"

"왕중왕의 아들이죠. 왕자들 중의 왕자."

왕중왕, 왕자들 중의 왕자? 그게 뭐지?

"모르십니까? 샤예요. 이란의 왕. 그리고 그분의 아들이죠, 언젠가 왕위를 물려받을."

과일을 파는 남자는 그렇게 말하며 초상화를 가리켰다.

피케이는 초상화가 마음에 들었다. 그림 속 젊은이는 인상이 좋았다. 피케이는 왕자들 중의 왕자의 초상화를 베껴 그렸다. 그리고 왕자의 초상화를 자전거 현수막에 매달았다.

사람들은 왕자의 그림에 관심을 보였다. 테헤란의 광장에는 왕자의 초상화를 구경하고, 자신의 초상화를 그리고 싶어 하는 사람들이 줄을 이었다.


피케이는 이란의 수도를 빠져나와 2번 고속도로를 타고 서쪽의 타브리즈로 향했다. 누군가가 피케이에게 당신은 뉴델리를 떠난 뒤로 3,000킬로미터를 꼬박 달린 것이라고 말해줬다. 피케이는 거리를 킬로미터로 따져본 적이 없었다. 킬로미터가 여행의 성질과 무슨 관계가 있는가? 비행기를 타는지, 버스를 타는지, 자전거를 타는지, 아니면 걸어가는지에 따라 거리의 의미는 완전히 달라진다. 피케이는 대신 '이제 2개월 가까이 여행했고, 아마도 그 정도의 거리를 더 가야 할 거야.'라고 생각했다.

햇살이 따사롭고, 맞바람이 살랑살랑 불어 힘들지 않았다. 자전거 타기에 좋은 날이었다. 문제는 언제나처럼, 오늘 밤을 지낼 곳이었다. 그렇지만 피케이는 아무런 걱정도 하지 않았다. 어디서 잠들지 모른다는 것은 피케이가 받아들이게 된, 심지어 어느 정도는 즐기게 된 일이었다. 그는 천막에서, 정자에서, 축사의 가축들 틈에서 잠들었다. 잠자리의 질은 매번 달라도 어떻게든 해결이 되었다.

목적지에 닿거나 죽거나 둘 중 하나로 말이다. 엄마가 살아 있었더라면 달랐을 것이다. 그랬더라면 지금과는 달리 사랑이 가득한 삶이 있었을 것이다. 그렇지만 지금 피케이는 의미 없는 삶에서 벗어나 의미로 가득 찬 삶을 향해 달려가고 있다. 로타가 전해준 감정, 삶에 의미가 있다는 그 감정을 다시 느끼기 위해 페달을 밟았다. 그렇지만 일단 도착했는데 로타의 마음이 바뀌었다면 어떻게 할까? 더 이상 피케이를 원하지 않는다면?

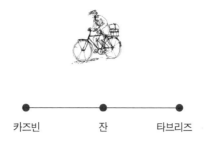

카즈빈　　　잔　　　타브리즈

피케이가 이란을 관통해 서쪽으로 달리는 동안, 고향 오리사에서는 피케이의 대모험에 대한 소문이 퍼졌다. 피케이는 고향의 지역 신문에 일기의 일부를 정기적으로 기고했는데, 신문은 원고를 글자 하나 빼먹지 않고 고스란히 실었다. 피케이의 형은 신문을 잘라 편지와 함께 보내왔다. 그가 아는 사람들은 누구나 피케이의 이야기를 읽고 그의 이야기를 한다고 했다.

한 번도 와본 적 없는 먼 곳에서 피케이는 지난 어떤 시간보다 가장 현재에 충실한 기분이었다. 브라만들에게서 이렇게 멀리 떨어진 곳에서는 불가촉천민이라는 것이 아무런 의미도 없었다. 사람들은 성공 신화를 좋아한다고 피케이는 생각했다.

'내가 그대로 고향 마을에 남아 그럭저럭 살았더라면 나는 아직도 브라만들의 멸시를 견뎌야 했을 것이다! 그러나 지금은 사정이 전혀 다르다. 이제는 높은 카스트 사람들도 내게 꼬리를 흔든다. 아,

이 얼마나 위선에 가득 찬 사람들인가!'

이란에서 보낸 편지들 중 한 통이 특히 히트를 쳤는데, 피케이의 형은 사람들이 그 글을 매우 좋아한다고 알려줬다. 그의 지인들은 전부 그 편지 이야기를 한다고 했다. 피케이가 자연을 마치 인간처럼 묘사한 것이 오리사 사람들 마음에 든 것일지도 모르겠다. 숲의 사람들 사이에는 자연에 인격을 부여하는 오래된 전통이 있었다.

피케이는 이란의 사막, 마른 풀이 길게 자란 언덕에 쪼그리고 앉아 똥을 누고 있었다. 현수막과 포트폴리오가 달린 자전거는 길가에 서 있었고, 멀리에서 보면 마치 좌초된 돛단배처럼 보였다. 햇빛이 내리쬐고, 약한 바람에 풀이 흔들렸다. 앉아 있으려니 이런저런 생각이 맴돌다 여섯 살인가 일곱 살 때의 일에까지 가닿았다. 그때 피케이는 마을 밖의 농지에서 누구에게도 방해받지 않고 똥을 누기 위해 나무를 기어올라 나뭇가지에 앉아 있었다. 딱히 이상할 것도 없는 일이었다. 피케이의 고향 마을에서는 자연 어딘가에 쪼그리고 앉아 일을 보는 게 변소에 가는 것보다 더 흔한 일이었다. 피케이는 나무 위로 올라가서 일을 볼 생각을 해낸 자신이 기특했다. 그렇게 하면 냄새도 안 나고, 파리 떼를 쫓을 필요도 없기 때문이었다. 그러다 밑을 내려다보는 것을 잊었다.

문득 비명 소리가 들렸다. 놀라움뿐만 아니라 분노로 가득 찬 비명이었다. 겁에 질린 피케이는 밑을 내려다보았다. 피케이가 싼 똥이 한 남자의 머리 위에 얹혀 있었다. 그것도 그냥 남자가 아니었다. 평소에는 피케이와 그림자가 스치는 것도 싫어하는 브라만이었다. 피케이는 풀쩍 뛰어내려 달리기 시작했다. 브라만은 그를 따라잡으려

했지만 어리고 빠른 피케이에 비해 나이가 많고 느린 그 남자는 발까지 내려오는 거추장스러운 옷까지 입고 있었다.

피케이는 그 이후 다시는 나무 위에서 똥을 누지 않았다.

피케이는 이란의 사막을 둘러보았다. 사람이라고는 없다. 더럽혀질 성자도 없다. 피케이는 자신의 얼굴 높이로 길게 자란 풀을 바라보았다. 마치 풀과 친구가 된 기분이었다. 피케이는 혹시라도 주변에 사람이 있나 싶어 한 바퀴를 둘러본 뒤 말했다.

"친애하는 풀이여. 너도 여기에 서서 살려고 발버둥 치는구나. 네 친구들은 대부분 사막의 메마름에 나가 떨어졌거늘."

피케이의 예의 바른 말에 풀은 바람에 흔들리는 것으로 대답을 대신했다.

"너희들은 하나의 큰 가족이지. 그렇지만 여기엔 너만 남은 것이나 다름없구나."

"……"

"세상은 너를 필요로 하지. 네가 없다면 이 사막에 생명이 살아갈 수 없을 거야. 이곳에서는 조그만 바람도 폭풍이 될 수 있고, 모래는 수백만 개의 바늘처럼 얼굴을 찔러대. 너와 아직 남은 네 친구들이 모래가 날리지 않도록 붙잡고 있는 거지."

"……"

"내 고향, 인도의 오리사 아스말릭에는 다른 종류의 풀이 자라. 풀은 우리의 기쁨이란다. 쌀 역시 풀에서 자라니까. 너와는 사촌이라고 할 수 있지. 알고 있니?"

바람이 휙 불어서 풀을 흔들고 지나갔다. 마치 풀이 피케이의 현명한 말에 고개를 숙이는 것 같았다.

"나는 풀이 좋아. 풀은 인간의 평화 중재자이자 지구의 수호자잖아. 풀이 없었다면 세상은 혼란의 도가니였을 거야."

풀은 여전히 침묵했다.

"인간들은 땅속 보물을 찾기 위해, 또 집을 짓기 위해 너희들을 뿌리째 뽑아대지. 너희와 싸우면 안 되는데 말이야. 인간에게 자기 자리가 있듯, 바람에게도, 모래에게도, 그리고 너와 같은 풀에게도 자기 자리가 있는 법이지."

피케이는 감사의 표시로 물통에 있는 물 몇 방울을 풀에 뿌렸다. 풀이 감사의 표시로 흔들리는 것이라 상상했다.

자전거에 올라타 텅 빈 길을 달리며, 피케이는 그날 저녁 풀과 나눈 깊이 있는 대화를 정리해 형에게 보내기로 마음먹었다.

그 글은 바로 신문에 실렸다. 사람들이 그 글을 그렇게 좋아할 줄은 몰랐다. 아마도 오리사 사람들이 글에 공감했기 때문일 것이다. 누구나 한 번쯤은 풀숲에 쪼그리고 앉아 사색에 잠겨본 적이 있을 테니까. 누구나 풀과 덤불과 나무에 영혼이 있으며, 존중을 담아 다루지 않으면 나쁜 업이 쌓인다는 생각을 해본 적이 있을 테니까.

피케이는 타브리즈를 향해, 평소보다 더 세게 페달을 밟았다. 우체국에서 편지가 기다리고 있기만을 기도했다.

타브리즈    마란드    도구바야지트    에르제룸    앙카라    이스탄불

피케이는 자전거를 타고, 히치하이킹을 하고, 로타를 그리워했다. 피곤한 다리로 새로 산 이란산 자전거 페달을 밟아 서쪽을 향해 달렸다. 델리를 떠난 뒤로 세 번째 자전거였다.

선지자 자라투스트라가 태어난 도시 타브리즈에서는 "친애하는 피케이"로 시작하는 로타의 편지와, 오스트리아 인 리네아의 편지가 기다리고 있었다. 리네아는 그녀가 카불에서 교통사고를 당했을 때 피케이의 도움을 받은 적이 있다. 그녀의 편지 역시 "친애하는 피케이"로 시작했다. 한참 시간이 지난 뒤, 피케이는 어쩌면 리네아가 자신을 좋아한 것일지도 모른다고 생각했다. 그렇지만 당시에는 전혀 그런 생각을 하지 못했다. 왜냐하면 인도인들이 주고받는 편지에는 대체로 달콤한 말로 가득했고, 애정이 넘쳤기 때문이다. 그래서 리네아가 다음과 편지를 쓴 것을 달리 이상하게 느끼지 않았던 것이다.

친애하는 피케이

잘 지내고 있나요? 피케이, 나의 사랑, 이제 곧 빈으로, 내게로 온다니 믿기지가 않는군요. 지난주쯤에는 도착할 줄 알았어요. 기다리고 기다렸답니다. 가능한 한 빨리 올 수 있었으면 좋겠어요. 피케이 생각을 많이 하는데, 그럴 때면 행복해져요. 함께 멋진 시간을 보낼 수 있을 거예요. 많은 걸 보여줄게요. 이제 펜은 내려놓아야 하지만, 참을성 있게 계속 기다릴게요.


피케이는 자전거에 올라타 터키로 향했다. 이란은 거대하다. 터키도 거대하다. 세계가 이토록 거대하다. 슬슬 자전거를 타는 것도 힘이 들었다. 유럽은 어디쯤에서 시작되는 거지? 슬슬 보로스에 다와가는 걸까?

피케이는 날이 갈수록 점점 더 자주 트럭을 얻어타게 되었다. 터키에서는 히치하이킹을 하는 것이 쉬웠다. 꼭 자전거만 타고 가겠다고 맹세한 적은 없었다. 자전거 여정은 그가 강하고 끈질기다는 것을 증명하기 위한 프로젝트가 아니었다. 피케이는 그저 보로스에 도착하고 싶을 뿐이었다. 다른 목적은 아무것도 없었다. 돈이 충분했더라면 비행기 표를 샀을 것이다. 피케이가 자전거를 고른 것은, 그게 유일한 선택지였기 때문이었다. 자전거를 살 돈밖에 없었다. 피케이는 주어진 상황을 최대한 긍정적으로 보았다. 힘들고 고단해야 마땅하다고 자기 자신을 그렇게 설득했다.

피케이는 주변의 자연 경관이 서서히 달라지는 동안 트럭 조수석에 앉아 꾸벅꾸벅 졸며 지난 한 해 동안 있었던 일을 떠올렸다. 주위의 경관뿐만 아니라, 모든 것이 그때와는 너무 달랐다. 그래. 나도 달라졌지. 피케이는 그렇게 생각했다.

마치 긴 잠에서 깨어난 기분이었다. 로타를 만난 뒤에야 그는 주위에서 무슨 일이 일어나고 있는지 인지하게 되었다. 그전에는 어느게 자신의 감정이고 어느 게 다른 사람의 감정인지 구분하는 것이 힘들었다. 그 두 개의 경계가 어디인지 잘 알지 못했다. 로타는 '나'와 '세상'을 구분할 수 있게 해준 사람이었다.

로타와의 첫 만남 이후의 기억은 그전의 기억보다 더 선명하고 자세하게 남아있다. 피케이는 그녀를 만나기 전에는 자신의 의지로 정한 것이 몇 안 되는 삶을 살았다. 되는대로, 주변 사람들의 의견에 맞춰가며 살았다. 눈에 띄는 것이나 목소리를 높이는 것이 너무도 두려웠다. 자신의 의견을 밝히는 일도 거의 없었다. 마치 이 세계를 잠시 방문한 사람처럼, 남들이 하는 말을 듣고 흉내 낼 따름이었다. 호기심은 많고, 확신은 부족하고, 성격은 소심했다.

피케이는 언제나 남들에게 맞춰주려고 노력했다. 로타는 그가 마치 어린아이처럼 천진하다고 말하곤 했다. 그렇지만 그의 그런 점을 좋아한다고도 했다. 자기주장을 하려는 욕구가 없는 것이 당신의 장점이라고.

히치하이킹을 할 수 없을 때는 가끔 버스를 타기도 했다. 이란 인들은 영어를 꽤 잘했는데, 이곳 터키에서는 사실상 의사소통이 불가능했다. 말이 통하지 않을 때면 피케이는 그림으로 여행 경로를 표현했다. 언어와 관계없이 누구나 그림은 이해하니까. 피케이는 버스 지붕에 자전거를 싣고 반과 앙카라를 잇는, 곧지만 울퉁불퉁한 길을 요란하게 달리는 버스의 맨 앞자리에 앉아 있었다. 그는 옆자리 사람들의 캐리커처를 그렸다. 승객들은 완성품을 보고는 미소 짓거나 깔깔대며 웃었다. 수염을 기른 남자들과 머리쓰개를 쓴 여자들이 피케이에게 빵, 치즈, 과일을 나누어줬다. 피케이는 맨 앞의 좌석에 가부좌를 틀고 앉아 달콤한 사과와 커다랗고 쌉쓸한 올리브를 먹으며 창밖의 평야를 내다보았다. 터키 인들과 말이 통하는 듯한 기분이 들었다.

버스와 카페와 식당과 여관에서 같은 일이 반복되었다. 터키 인들은 쉽게 웃었다. 피케이는 초상화를 그려준 사람들의 집에 초대받아, 언제나처럼 음식과 숙소를 공짜로 대접받았다. 피케이가 "터키 인 여러분은 정말 상냥하시네요."라고 하면 사람들은 칭찬에 기분이 좋아져 더 많은 음식을 대접했다.

피케이는 어느 이른 아침 버스를 타고 이스탄불에 도착했다. 사원의 첨탑에서 기도 시간을 알리는 동안, 피케이는 도착한 편지가 있는지 확인하기 위해 우체국으로 달려갔다. 야호! 로타의 편지가 있었다. 꼬불꼬불 필기체로 깨알같이 채워쓴 글에는 그리움이 잔뜩 묻어났다. 아버지 역시 편지를 한 통 보내왔다. 그리고 빈의 리네아 역시. 리네아의 편지는 두꺼웠고, 수신인 확인을 요했다. 봉투 속에는 이스탄불에서 빈까지 가는 기차표가 들어 있었다.

피케이는 금각만을 따라 걸으며 푸른 수면 위에 놓인 상점과 찻집으로 가득한 갈라타 다리를 바라보았다. 이스탄불에서는 아시아의 향취가 났지만, 그럼에도 불구하고 뭔가 다르게 느껴졌다. 그저 낯설다는 것 말고 어떤 부분이 그런지 정확하게 짚기는 어려웠다. 피케이는 술탄들의 톱카프 궁전으로 통하는 길들을 따라 걸으며, 장작 연기와 소나무와 바다 냄새가 나는 서늘한 아침 공기를 들이마셨다. 노천 찻집에서는 진한 담배 냄새가 풍겼다. 언덕을 오르면 증기선의 뱃고동 소리와 말이 끄는 수레의 덜그럭대는 소리와 이스탄불의 도로 위를 굴러가는 낡은 50년대형 쉐보레나 뷰익의 둔중한 엔진 소리가 들렸다. 차량들은 인도의 자동차들보다도 더 낡아 보였다. 그렇지만 여자들은 현대적인 차림새였다. 아프가니스탄이나 이란, 이라크와는 달랐다. 블라우스, 치마, 청바지, 늘어뜨린 머리카락. 히잡이나 니캅을 비롯한 머리쓰개를 쓴 여자는 어느 곳에서도 보이지 않았다. 어쩌면 이스탄불은 피케이의 미래일 유럽의 예고편과도 같았다.

돔과 다리가 이렇게 많다니! 게다가 모두 아주 튼튼해 보였다. 학교에 다닐 때 피케이는 델리를 불태우고 도시의 남자들을 사형에 처한 정복자 티무르에 대해 배웠다. 그 사람도 튀르크 인이었지, 아마? 그렇지만 티무르는 오늘날 소련의 영토인 사마르칸트 근처에서 태어났다고 했다. 외눈이었다고 했지. 피케이는 블루 모스크 근처의 스툴에 앉아 차갑고 짭짤한 아이란*을 마시며 그런 생각을 했다.

피케이는 유럽을 마주한 기차역 시르케지 근처에 있는 조그만 여관에서 묵고 있었다. 그곳에서는 언제나 외롭고 슬픈 기분이 들었다. 피케이는 8인용 도미토리의 좁은 침대에 앉아, 세상 어딘가에 자신을 알아주는 사람이 있음을 확인하기 위해 편지를 몇 번이고 반복해 읽었다. 대도시 속 수백만 명의 낯선 사람들 틈에 홀로 있으면 자

---

★ 요구르트에 물을 섞어 희석한 터키의 전통 음료.

신이 정말 조그맣게 느껴지고는 했다. 다들 어디론가 향하고 있는데 자신만 정처 없이 떠돌아다니는 기분이 들었다.

피케이는 그림값으로 받은 수표를 현금으로 바꾸기 위해 은행으로 향했다. 책상 뒤에 앉아 돈이 인출되기를 기다리는 동안, 오랜 습관대로 스케치북과 연필을 꺼내 은행원 중 한 명을 그리기 시작했다. 겨우 몇 분이 지났을 뿐인데 피케이 주변으로 사람들이 몰려들었다. 은행원들은 하던 일을 놓고 피케이를 둘러싼 채 초상화가 완성되어가는 과정을 지켜보았다. 모델이 된 은행원은 완성작을 보더니 기쁘게 웃었다.

"정말 비슷한데요. 잘 그리시네요, 인도 신사분!"

그는 그렇게 말하며 초상화를 동료 직원들에게 보여줬다.

주름치마와 푸른 실크 블라우스 차림의 직원 역시 초상화를 가지고 싶다고 말했다. 그녀는 화폭에 담고 싶을 만큼 미인이었다. 그렇지만 차마 그럴 엄두가 나지 않았다. 남자들이야 그런 일이 없겠지만, 초상화가 마음에 안 든다면 이 여자는 자신에 대한 모욕으로 받아들일지도 모를 일이었다. 그런 위험을 감수하고 싶지는 않았다.

안 된다. 안 될 일이다. 이런 미인은 그릴 수 없다. 일이 잘못 흘러갈 수도 있다. 피케이는 여자를 향해 공손하게 고개를 숙이며 둘러댔다.

"시간이 없네요."

상황을 벗어나는 데 급급했던 피케이는 재빨리 초상화 한 귀퉁이에 '행운을 빕니다!'라고 쓴 뒤, 스케치북에서 뜯어내 은행원에게 내밀었다. 그는 그림값을 지불하고 싶다고 말했다.

"얼마를 드리면 되죠?"

"원하시는 만큼요. 꼭 주고 싶으시다면."

은행원은 값을 후하게 쳐줬다. 최소한 일주일은 매일같이 식당에 가도 될 돈이었다.

먼 훗날 유럽의 관문에서 보냈던 나날을 돌이켜보았을 때, 피케이는 자신이 삶을 통제하지 못한 것 같은 기분이 들었다. 그때까지만 해도 피케이는 삶에 휘둘렸다. 로타를 만나기 전과 똑같이.

주머니가 두둑해 기분이 좋아진 피케이는 택시를 타고 해협 반대편의 상점가인 이스티클랄로 향했다. 로타에게 줄 선물을 사기 위해서였다. 피케이는 언제나처럼 스케치북을 꺼내 택시 기사의 초상화를 그렸다. 택시가 낮은 기어로 언덕을 힘들게 오르는 동안 피케이는 빠르게 스케치를 완성했고, 차가 멈춰서자마자 그림을 내밀었다. 택시 기사의 음울한 얼굴에 미소가 떠올랐다. 피케이를 와락 껴안지 않을까 싶을 정도였다. 흥분은 곧 가라앉았지만 기사는 끝내 요금을 받지 않았고 대신 피케이를 집에 초대했다. 피케이는 초대를 받아들였다. 그날도 식당에 가서 날이 갈수록 두둑해지는 지갑을 열 필요가 없었다.

피케이는 올드델리의 길을 연상시키는 지붕이 덮인 큰 시장에서 길을 잃었다. 향신료와 가죽과 순금과 해포석 파이프로 들어찬 수천 개의 구멍가게와 선반들. 태곳적부터 시장의 모습은 언제나 같았을 것이라는 생각이 들었다. 몇 가지 물건을 사기는 했으나, 거의 구경하는 데 그쳤다. 고향에서처럼, 판매상들이 피케이를 붙잡아 가게 안으로 끌어들였다. 낯설지 않은 무례함이 오히려 편안했다.

카불에서 피케이는 로타의 선물로 천연 염색된 신발과 핸드백을 샀었다. 이번에는 터키석을 가죽끈에 꿴 목걸이를 샀다. 그다음에는 디저트와 터키 요리를 파는 카페 푸딩 숍(The Pudding shop)으로 향했는데, 이곳은 유럽 히피들의 만남의 장소였다. 동쪽에서 서쪽으로 가거나, 서쪽에서 동쪽으로 가는 사람들의 연락 장소인 것이다. 피케이는 가게 가장 안쪽에 앉아 로타와 리네아가 보내온 편지를 다시 한 번 읽었다. 그리고 기차표를 뚫어져라 바라보았다.

순간순간, 평생 자전거 페달을 밟을 것 같다는 기분이 들 때가 있었다. 자전거를 타고 가다, 트럭을 얻어타고 가다, 버스를 타다, 또 자전거를 탔다. 일촉즉발의 상황도 있었다. 한낮의 열기는 뜨겁고 햇빛은 고집스러웠다. 긁힌 상처는 아파오고 엉덩이에는 감각이 없고 배는 굶주림에 꾸륵대며 김이 솟아오르는 머리는 막 오븐에서 꺼낸 스펀지케이크처럼 느껴지고는 했다. 그런 와중에 기차표는 마치 하늘이 보내온 선물처럼 느껴졌다. 천사들이 직접 와서 표를 건네는 대신 리네아라는 대리인을 보낸 것이다.

이게 현실이라는 것이 거의 믿기지 않을 지경이었다. 빈까지 기차를 타고 갈 것이다. 유럽까지의 마지막 구간은 기차를 타게 되는 것이다.

유럽이라니. 언제쯤 이게 현실로 다가올까?

피케이는 주위를 둘러보았다. 델리의 인디언 커피하우스와 같은 광경이었다. 피케이 같은 여행객들과, 길동무를 찾는 사람들이 붙인 쪽지로 가득한 게시판이 있었다.

- 인도행 캠핑카, 금요일에 출발, 자리 하나가 남아요.

- 런던-카트만두 매직버스 잔여석 5개

- 제가 잃어버린 펜탁스 스팟매틱 주우신 분?

자전거는 어떻게 하지? 기차에 들고 탈까? 피케이는 허리춤 안쪽에 기차표를 넣으며, 자전거는 여기서 팔고 빈에서 새것을 사기로 결심했다. 스케치북에 '튼튼한 현대식 남성용 자전거 팝니다. 테헤란에서 구매. 단돈 20달러!'라고 써서 게시판에 핀으로 꽂았다.

이스탄불 빈

피케이는 빈 서부역에서 내렸다. 유럽이 이런 모습이었던가? 튼튼한 건물과 깨끗한 거리와 좋은 옷을 차려입은 사람들. 차분한 평화가 느껴졌다. 한편 틀에 갇힌 듯한 분위기 같았지만 그래도 아름다운 세상이었다. 꿈같은 세상이었다. 피케이는 마치 인형의 집 안으로 걸어 들어온 듯한 기분이 들었다. 빈은 꼭 동화책 같았다.

리네아의 자매 실비아가 역에서 피케이를 맞이했다. 피케이를 그리워하며 애정 넘치는 편지를 썼던 리네아는 빈을 떠났다고 했다. 실비아는 리네아가 겨우 이틀 전에 인도로 돌아갔다며, 피케이를 기다리고 기다렸지만 끝내는 포기했다고 말했다. 아무리 기다려도 피케이가 오지 않으니, 어쩌면 온 길을 되돌아간 것일지도 모르겠다고. 끝내 동양으로 돌아가고 싶은 욕구가 기다림의 욕구를 이겼다고.

실비아는 피케이를 가족 소유인 빈 중심부의 갈레리 10으로 데리고 갔다. 실비아의 어머니는 피케이에게 인사를 하더니 이내 코를 찌푸렸다. 그러고는 그를 전시관 뒤쪽의 욕실로 끌어당겼다. 고양이 발 모양의 다리가 달린 구식 욕조가 놓여 있었다. 그녀는 욕조에 따뜻한 물을 채우고 비누 거품을 풀더니, 피케이에게 옷을 벗고 들어가라고 했다. 노부인의 기세에 긴장한 피케이는 옷을 전부 벗었다. 일단 옷을 바닥에 놓은 뒤에야 자신에게서 얼마나 냄새가 나는지, 옷이 얼마나 더러운지, 또 머리카락이며 수염이 얼마나 거칠게 자랐는지 깨달았다.

피케이는 목욕을 하며, 비누 향에 압도되어 버렸다. 아시아의 인파와 먼지와 만화경 같은 일상에서 떨어져 나온 지금, 피케이는 오랜만에 자신감을 잃었다. 예정된 걱정이 속에서 다시 자라나기 시작했다. 더 이상 이곳이 자신이 있을 자리라고 느껴지지 않았다.


피케이는 실비아와 실비아의 남자 친구 집에서 머물렀다. 집에는 어떤 화가와 휠체어를 탄 그의 아내도 살고 있었다.

실비아는 피케이에게 유럽에 대한 이야기를 들려줬다. 내부인이 보는 솔직한 시선이었다. 그녀는 피케이가 좀 더 낯이 두꺼워져야 하고, 아무나 쉽게 믿어서는 안 된다고 말했다.

"여기 사람들은 그렇게 착하지 않아요. 아시아와는 달라요. 유럽인들은 개인주의자들이고, 다른 무엇보다 자기 자신이 가장 먼저거든요."

그러고는 선하고 소박한 사람들은 유럽에서 곤경을 겪게 된다고 덧붙였다.

"조심하세요. 유럽 인들은 인종 차별주의자들이에요. 우린 친절하지도 않고, 피부가 검다는 이유만으로 당신을 때릴 수도 있어요."

그렇게 경고하며, 실비아는 인사를 하는 법, 대화를 시작하는 법, 적절한 행동거지 등을 자세히 설명했다. 피케이는 그녀의 조언이 고마울 따름이었다. 이 사람은 날 걱정하는 거구나. 실비아가 경고의 말을 쏟아낼 때면 피케이는 그런 생각이 들었다. 겨우 일주일 만에, 피케이는 유럽의 이국적이고 낯선 문화에 대해 많은 것을 배웠다.

실비아의 아파트에 사는 화가는 끊임없이 담배를 피웠다. 친절했지만 언제나 술에 취해 있었고, 행동을 예측하기 힘들었다. 갑자기 우울해했다가, 갑자기 웃다가, 갑자기 감정적이 되어 피케이를 껴안고 싶어 했다. 하루는 자리에서 일어나 피케이를 끌어안더니 자신의 아내에게 키스하고 포옹해도 된다고 말했다.

"얼른 하세요. 난 괜찮아요."

하지만 피케이는 그녀를 건드리지 않았다. 용기가 나지도 않았고, 그런 것을 원하는 것도 아니었다. 모르는 사람이지 않은가. 겨우 인사나 나눈 사이였다. 뭐하러 모르는 여자와 키스를 하지? 피케이는 합장을 하고 고개를 숙여 휠체어를 탄 화가의 아내에게 공손하게 인사한 뒤 차가운 봄비가 내리는 밖으로 나갔다.

피케이는 빗물이 흐르는 텅 빈 거리를 걸었다. 천천히 흐르는 도나우 강을 따라, 그리고 법원 공원과 시 공원의 싱싱한 녹음을 따라 걷다 델리의 열기와 먼지와 더러움과 인파, 그리고 유럽의 자유에 대해 생각했다. 익숙해지려면 시간이 걸릴 것이다.

피케이는 길에서 만난 히피 여행객들을 찾아나섰다. 수첩에는 그를 초대한 여행객들의 주소로 가득했다. 피케이는 이들과 차를 마셨고, 맥줏집에 갔고, 초상화를 그렸다. 그들은 피케이가 그린 그림을 샀다. 피케이의 노잣돈은 그렇게 늘어갔다.

이제 비싸고 좋은 자전거, 기어가 많이 달린 자전거를 사서 목적지까지 마저 달려야겠다고 생각했다.

"자전거 타고 스웨덴까지는 가기 힘들어요."

실비아가 말했다.

"아니에요. 갈 수 있어요."

피케이는 고집을 부렸다. 실비아는 피케이를 데리고 프라터 공원으로 갔다. 큰길 옆으로 늘어선 도토리나무 밑을 산책하고, 대관람차를 탔다. 그다음에는 지하철을 타고 오래된 갈색 벽의 카페에 가서 생크림을 얹은 커피를 마셨고, 담배 연기 자욱한 지하 식당을 찾아갔다. 피케이가 만난 친구들은 다 친절했다. 그러나 그들은 매번 유럽 인들의 위험성에 대해 경고했다. 경고를 들을 때마다, 호의에 둘러싸여 있다는 기분, 여행이 매끄럽게 진행되고 있다는 감각이 스트레스와 짜증과 착잡함으로 대체되었다. 유럽에서는 감정이 아니라 규칙이 법이라 배운 피케이는 유럽 인들이 지구의 다른 인간들보다 덜 인간적이라고 생각하며, 몇 번이고 친구들의 말을 믿어보려고 했다.

"피케이. 당신은 좋은 사람이고, 주변 사람들에게도 좋은 영향을 주지만 이곳 유럽에서는 그런 사람이 견디기는 힘들거예요. 유럽에서는 연민 같은 것은 다 죽었고, 사람들의 행동 방식을 결정하는 것은 사랑이 아니라 두려움이에요."

사랑? 규칙과 규범을 지키는 사람은 사랑을 모른다는 건가? 유럽인들이 오로지 규칙을 지키기 위해서만 살아간다면, 어떻게 로타가 그를 사랑할 수 있었지?

피케이는 유럽이 만만찮다는 것을 이해했다. 생각들이 깨어났다. 피케이는 사색했고, 고뇌했고, 당연하게 여겼던 것들을 뒤집어 생각해보았다. 그는 언제나 감정의 강을 타고 앞으로 나아갔다. 그런데 이제 물살이 속력을 잃고 점점 더 가늘고 느린 물줄기로 변해가는 것이 느껴졌다. 강의 밑바닥은 살을 긁고 아프게 만든다. 피케이는 수면 위로 고개를 내밀어 산소 가득한 곳으로 나와 합리적인 사유에 빠져들었다.

일단 도착하면 로타가 나를 원하지 않을지도 모른다. 실비아 아파트의 손님방에서 지나치게 부드러운 매트리스와 지나치게 두꺼운 이불이 딸린 침대 위에 누운 채 잠이 들 때면 그런 의심이 그를 엄습했다. 하지만 피케이는 동시에 저항할 힘을 얻었다. 어둠 속에서 그는 엄마를 떠올렸다. 엄마는 침대 옆의 바닥에 앉아 그를 지켜보고 있었다. 엄마가 피케이의 힘이었다. 어두운 생각의 강에서 엄마는 작지만 강렬한 빛이 되어 주었다. 피케이는 그 빛 속에서 잠들었다.

새 자전거를 채 마련하기도 전에, 화랑 주인이라는 사람이 와서 자신을 만프리트 셰어라고 소개하며, 피케이의 끈기를 존경한다고 말했다.

"사랑하는 사람을 위해 자신을 희생하는 것은 존경받아 마땅한 일이죠. 더 많은 사람들이 사랑에 의해 움직이면 좋지 않았을까요?

그랬다면 우리는 아마 훨씬 더 아름다운 세상에 살고 있겠죠."

화랑 주인은 피케이에게 줄 선물이 있다고 했다. 피케이는 그와 함께 사무실로 들어갔다. 그는 피케이에게 길쭉한 봉투를 내밀었다. 열어보니 웬 표가 두 개나 나왔다. 기차표였다.

"제겐 너무 과한 선물이에요."

피케이는 값을 치르려 했지만 화랑 주인은 거절했다. 결국 피케이의 설득에 못 이겨 그림 두 점을 받았다.

첫 번째 기차표에는 '빈 서부역-코펜하겐 중앙역', 그리고 두 번째 가차표에는 '코펜하겐 중앙역-예테보리 중앙역'이라고 적혀 있었다.

빈            파사우

피케이는 플러시\*천을 씌운 소파에 몸을 깊숙이 묻고 앉아 있었다. 천이 어찌나 부드러운지, 온몸의 뼈가 사라지고 살만 남은 기분이 들 지경이었다. 어릴 적 피케이는 짚으로 짠 돗자리가 깔린 바닥에서 잤다. 뉴델리의 셋방에서는 헐겁게 꼰 삼로프 매트리스였다. 인도 기차의 이등칸 좌석은 나무 벤치나 딱딱한 국방색 의자 정도였고, 자전거를 탈 때는 가죽 안장에 앉았다. 그는 어깨뼈와 꼬리뼈와 골반뼈의 감촉에 익숙했다. 어디까지가 몸이고 어디부터가 물체인지 확실하게 알 수 있는 것이 좋았다. 이렇게 저항 없고 부드러운 것에 감싸여 앉아 있으려니, 비현실적인 기분이 들었다.

어째서 유럽 인들은 베개와 쿠션과 매트리스에 둘러싸여 사는 걸까? 추워서 그런 걸까, 아니면 길을 잃은 듯한 기분이 들어 그런 걸

---

\* 벨벳과 비슷하나 길고 보드라운 보풀이 있는 비단 또는 무명 옷감.

까? 그것도 아니면 두려워서 그런 걸까? 자기 신체의 딱딱함이 두려운 걸까?

빈(Wien), 멜크(Melk), 린츠(Linz), 벨스(Wels). 이상한 단음절 이름을 한 유럽의 도시들이 지나갔다.

피케이는 다시 한 번 국경에 가까워지고 있었다. 기차는 삐걱대며 브레이크를 밟고 멈춰섰다. 습기와 추위와 강철과 타오르는 석면과 양모의 냄새가 났다. 제복을 입은 남자들이 복도를 채웠다.

객실 문이 열렸다.

"여권을 보여주세요!"

서독 국경 경찰이 독일어로 말했다. 피케이가 인도 여권을 내밀자 그는 여권 페이지를 앞뒤로 넘겼다. 파사우에서 인도 국민의 여권을 검사하는 것이 흔한 일은 아닐 것이다.

"죄송하지만, 따라오시죠!"

경찰은 피케이에게 기차에서 내려 플랫폼 반대편의 경찰서로 동행할 것을 지시했다.

"망할!"

기차에서 내리며, 그는 그날 아침 떠나온 빈에서 실비아에게 배운 독일어를 중얼거렸다. 이제 다 망했다는 생각이 들었다.

이들은 피케이가 자신들의 부유하고 아름다운 나라에 자리를 잡으려하는 불법 이민자라고 생각하는 것이다. 자신들의 일자리와 여자 들을 빼앗고 사회적 골칫거리가 되리라 생각하는 것이다. 그렇지만 난 그냥 지나가려는 것뿐인데! 서독 같은 덴 관심도 없다고!

경찰은 피케이에게 낡은 트렁크를 열어볼 것을 요구했다. 경찰들의 눈빛은 단호했고, 얼굴은 하나같이 굳어 있었다. 뭔가 불법적인 게 들어 있다고 생각하는 것일까? 뻔하다. 일단 따라오라고 한 다음에 며칠 정도 구류해놓고, 추방 명령이 떨어지면 머나먼 고국으로 돌려보낼 것이다. 경찰은 피케이의 더러운 옷가지를 뒤져 자전거 튜브와 더러운 노끈으로 묶은 하늘색 항공 우편 한 뭉치를 발견했다.

"서독 주재 인도 대사관에 연락을 넣을 겁니다. 그쪽에서 본국으로 돌아갈 수 있도록 비행기 표를 구입할 거고요."

경찰 한 명이 그렇게 말하며. 피케이의 푸른 셔츠를 엄지와 검지로 멀찍이 들어올렸다. 마치 전염병이라도 옮을까 걱정하듯이.

피케이 할아버지는 사람이 일을 할 때 손가락 열 개 중 두 개만 사용하는 것은 자신의 직업에 만족하지 못한다는 증거라고 말하곤 했다. 물론 셔츠의 냄새가 지독한 것은 맞다. 세탁한 지 오래되었으니까. 어쨌든 이 경찰이 자신의 직업을 좋아하지 않는다는 건 확실했다. "그는 아직 마음의 평화를 찾지 못했구나!" 할아버지가 이곳에 있었더라면 그렇게 말했을 것이다.

경찰은 피케이의 가방에서 구깃구깃해진 신문을 꺼내 펼쳐들었다. 인도 신문 《유스 타임스》에 실린 칼럼이었고, 영어로 쓰여 있었다. 경찰은 기사를 읽기 시작했다.

"아, 여기에 기혼자라고 나와 있네."

여덟 명의 경찰이 검은 피부와 구불구불 긴 머리카락의 인도인 히피와 더러운 트렁크 주위로 모여들었다. 그중 한 명이 푸른 봉투의 항공 우편들 중 하나를 펼쳤다. 이름으로 미루어보아 발신인은 여자였고, 내용으로 미루어 보아 이 인도인과 여자는 친구 이상의 사이였다는 것을 알아차렸다.

"아, 그런 것 같네. 결혼했나 보네."

편지를 읽은 경찰이 말했다.

"스웨덴 여자와 말이지."

"이름은 로타인가 보네."

기사를 다 읽은 경찰이 그렇게 말하며 신문을 다시 접었다.

피케이는 서독 국경 경찰들에게 자신이 고국인 인도의 뉴델리에서 자전거를 타고 여행을 시작했으며, 사막과 두 대륙의 일곱 개 나라에 걸친 산맥을 넘어, 물을 마시고, 음식을 얻어먹고, 밤을 보내기 위해 수백 개의 도시와 마을에 머물렀다고 설명했다. 사람들의 무한한 친절에도 불구하고 죽을 뻔했다고도 했다. 이스탄불까지 와서야 겨우 기차를 이용하기 시작했고, 이제 목적지까지 겨우 두 나라만 거치면 되고, 그리고……

"본론만 말하세요."

경찰들 중 한 명이 피케이의 말을 잘랐다.

"전 마약을 밀수하는 것도 아니고, 서독에 남아서 살 생각도 없습니다."

경찰들이 피케이의 말에 의심스러운 표정을 짓자 피케이는 비참한 기분이 들었다. 경찰 한 명이 슬슬 인도 대사관에 연락을 넣고 차를 불러야겠다고 말했다. 곧 피케이를 태운 경찰차가 불법 이민자 유치 시설로 향할 것이고, 어쩌면 거기서 바로 송환을 위해 뮌헨 공항으로 갈지도 모를 일이었다. 경찰은 '서독의 문'을 두드리는 사람 모두를 들여보내줄 수는 없는 일이라고 말했다. 그는 독일어로 동료 중 한 명과 뭐라 의논하기 시작했다. 피케이는 이들이 하는 말을 전혀 알아들을 수 없었지만, 뭔가 나쁜 힘이 자신의 가슴이 쥐어짜는 기분이었다. 피케이는 울며불며 사정했다. 목소리가 찢어지도록 고함을 질렀다.

"이제 와서 절 막을 순 없어요! 사람이 그렇게 잔인할 수는 없는 거잖아요!"

모든 것이 사라진 것처럼 느껴졌다. 목소리, 자존감, 확신, 그 모든 것이. 창문 너머로는 여전히 플랫폼에 정차한 채, 북쪽 뮌헨으로 출발하기만을 기다리고 있는 기차가 보였다. 녹색 기차간들이 회색 안개에 감싸여 있었다. 비가 추적추적 내렸고 날씨는 쌀쌀했다.

역시 유럽 인들은 가슴이 하는 말을 듣기보다는 규칙을 지키는 데 급급했다.

이제 모험은 끝이 났다. 희망은 사라졌다. 피케이는 돌려보내질 것이다. 그의 미래는 산산조각이 났다. 모든 꿈과 그리움과 그가 싸워온 모든 것, 모든 것이 다 무용지물이 되었다.

지금까지 피케이는 목표한 곳에 닿을 수 있을 것이라는 확신이 있었다. 의구심이 들 때도 있었고 불안감에 시달리기도 했지만, 곧 이 정신 나간 프로젝트에 대한 믿음을 되찾곤 했다. 그렇지만 빈의 친구들에게서 온갖 경고를 들은 이후로는 더 이상 확신하지 못했다. 그리고 지금, 오스트리아와 서독 중간에 있는 파사우의 국경 경찰들은 그 경고가 틀리지 않았음을 증명해주고 있다.

경찰 한 명이 따라오라고 말했다. 피케이와 경찰들은 역사 옆의 석

조 건물로 들어갔다.

"잠깐만요!"

국경 경찰이 말했다. 그는 시종일관 잘 훈련된 무심한 눈빛으로 피케이를 바라보았다. 생각이나 감정을 전혀 드러내지 않는 얼굴이었다. 피케이는 최대한 사랑에 빠진 사람의 얼굴을 하려고 노력했지만, 동시에 이미 패배한 싸움이라는 것을 깨닫고 있었다. 그는 트렁크를 들고 역사의 대기실에서 반대 방향, 빈으로 돌아가는 기차를 기다릴 마음의 준비를 했다.

국경 경찰은 로타에게서 온 편지와 《유스 타임스》의 기사를 다시 한 번 읽었다. 기사 옆에는 둘이 뺨을 맞대고 있는 사진이 실려 있었다.

"아무래도 사실을 말하고 있는 것 같은데. 결혼도 한 것 같아."

경찰들 중 한 명이 그렇게 말했다. 피케이는 그간 유지하고 있던 평정을 잃었다. 눈물이 흘러내렸다. 그는 울면서 분수대와 그림과 예언과 만남과 축복과 자전거 여행에 대해 떠들었다. 방금 전까지만 해도 딱딱했던 경찰의 표정이 조금 풀어졌다. 웃음을 터뜨린 경찰은 잠깐이나마 유쾌해 보였다. 방금 전까지와는 전혀 다른 목소리로 물었다.

"그래서 스웨덴으로 가신다고요?"

"네. 제 로타에게로요."

"그렇군요, 그렇네요, 그런 것 같네요."

그는 동료를 향해 그렇게 말하더니 피케이를 돌아보았다.

"그리고 이 여자분이 스웨덴에 산다고 했죠?"

벌써 다섯 번째 똑같은 질문이었다.

"네. 보로스라는 곳에 살아요."

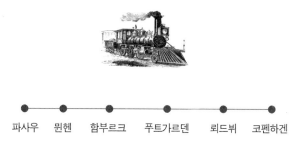

파사우  뮌헨  함부르크  푸트가르덴  뢰드뷔  코펜하겐

이스탄불을 떠나며 세 번째 자전거를 버린 지 한 달이 지났다. 친구들은 피케이를 걱정했고, 자전거보다 안전하고 빠른 방법으로 여행할 것을 권했다. 그러나 세상에는 자전거를 타고 유럽까지 가는 것보다 위험한 일이 얼마든지 있지 않은가! 사람들은 불안해하고, 비관적이며 쉽게 낙심한다. 피케이는 북쪽으로 달리는 기차의 편안한 좌석에 몸을 묻고 있었다. 인간으로서의 본능을 거스르고, 북반구를 뒤덮은 차가운 공기 속으로 제 발로 걸어 들어가는 것이다. 서독의 경찰들은 피케이를 놓아줬고, 그는 인도로 강제 송환되지 않았으며, 예테보리까지 갈 기차표도 있었다. 친구들의 걱정과는 달리 이제 잘못될 만한 일은 어디에도 없었다.

이런 곳에서 사람들은 대체 어떻게 살아남는 걸까? 달리는 기차 안에서 피케이는 생각했다. 또한 피케이는 몇 번이나 자신이 누구인지, 어디에서 왔는지, 또 그를 붙잡았던 감정이 무엇인지 되새겨보았다. 사제들에게 돌팔매질을 당했을 때와 선생님이 그를 교실에 들여보내주지 않았을 때 느꼈던 분노. 각종 복수 시나리오를 고안할 때면 온몸에 퍼져나가던 씁쓸하면서도 달콤한 감정. 불가촉천민이라는 것, 남들보다 비천하다는 것에 대한 좌절감.

그 분노와 좌절감이 없었더라면 북쪽으로 달리는 기차를 타고 있지도 않았을 것이다. 좌절감은 추진력이 되었다. 무가치한 사람이라는 절망이 끝내 피케이의 희망을 낳았다. 자괴감이 없었더라면 화가가 되지도 않았을 것이다. 고립은 그를 앞으로, 위로, 그리고 생각 밖의 세상으로 나아가게 하는 원동력이 되었다.

어릴 때, 피케이는 궁금한 것이 많았다. 소를 숭배하는 브라만들이 피케이에게 돌을 던질 때면, 어째서 브라만들은 같은 피가 흐르는 피케이를 소보다 못한 존재라고 생각하는지 궁금했다. 반 친구들과 함께 놀 수 없었을 때는 자신이 친구들을 만지면 어떤 일까지 벌어질 수 있는지 궁금했다. 세상이 멸망하고, 하늘이 무너지고, 신이 정한 세상의 이치가 망가질까?

피케이가 우울해할 때면 할아버지가 이렇게 위로하곤 했다.

"지금은 비록 먹구름이 태양을 가리고 있더라도, 언젠가 먹구름은 바람에 밀려 사라질 거란다."

할아버지는 걸걸하지만 상냥한 목소리로 그렇게 말했다.

피케이가 할아버지의 말을 모두 이해한 것은 아니었다. "우리는 사랑에서 왔고 사랑으로 돌아갈 것이다. 그것이 삶의 의미이다." 같은 격언은 이해하기 쉬웠지만, "자신을 모르는 자는 사랑도 모른다." 같은 것은 조금 어려웠다. 피케이는 그 말의 뜻을 오래 고민했지만 끝내 이해하지 못했다. 그리고 독일 기차의 객실에 앉아 있는 지금, 피케이는 할아버지가 해준 지혜로운 말의 의미를 깨달았다. 할아버지는 타인을 사랑하기 위해서는 먼저 자신을 이해하는 것이 필요하다고 말하고 싶었던 것이다.

로타를 만났을 때, 먹구름은 사라졌다. 피케이는 그녀와 만났을 때 일어난 일을 간추려보려 했다. 사랑에 빠지면 무슨 일이 일어나는가? 용서할 힘이 생긴다. 로타는 피케이에게 용서의 힘을 준 것이다.


코펜하겐의 플랫폼에서 피케이는 젊은 남녀가 포옹하는 것을 보았다. 여자는 여행 가방을 옆에 두고 있다. 그녀는 이곳을 떠나갈 것이고, 그는 이곳에 남을 것이다. 둘은 길고 깊은 입맞춤을 나눴다. 맙소사, 혀까지 넣었잖아! 그런데 아무도 제지하지 않는다니! 인도였다면 어른들이 달려가 팔을 낚아채고 잔뜩 설교를 했을 것이 분명했다.

내가 보는 이것이 유럽이구나. 나의 미래!

예테보리로 가는 기차가 헬싱보리 선착장 옆을 지나쳤다. 객실 맞은편, 피케이의 대각선 방향에 앉아 있던 노르웨이 인 여자가 피케이를 보더니 걱정스러운 목소리로 물었다.

"돌아오는 기차표는 있죠?"

"없는데요. 왜요, 있어야 하나요?"

"없으면 들여보내주지 않을 거예요."

스웨덴 국경 경찰이 다가오고 있었다. 여권을 달라고 하는 소리가 옆 객실에서 들려왔다. 노르웨이인 여자는 지갑을 열어 지폐 여러 장을 꺼내 피케이의 셔츠 주머니에 쑤셔넣었다.

"3,000 스웨덴 크로나예요."

경찰이 객실로 들어왔다. 피케이는 여권을 보여줬다. 경찰들의 얼굴에 미심쩍은 기색이 역력했다.

"인도 국민이신가요?"

"네."

"그리고 스웨덴을 방문하실 거고요?"

"문제가 있습니까?"

"여행의 목적이 뭐죠?"

"스웨덴 여성과 결혼한 사이입니다."

경찰들은 의문스러운 얼굴을 하며, 누가 이 건을 책임져야 하나 상의라도 하듯 서로를 바라보았다. 그중 한 명이 혼인 관계를 증명할 서류가 있느냐고 물었다. 속이 싸해졌다. 피케이와 로타에게는 아버지의 축복이 전부였다. 로타와 결혼했다는 것을 증명할 서류도, 도장도, 서명도, 아무것도 없었다. 목적지인 나라의 국경까지 왔는데, 계속 갈 수 없는 것이다. 이렇게 멀고도 가깝다니.

노르웨이 인 여자가 손짓으로 피케이의 셔츠 주머니를 가리켰다. 피케이는 그녀의 의도를 이해했다. 그는 여자가 방금 쑤셔넣었던 돈다발을 꺼내 경찰들에게 보여줬다. 경찰들은 처음에는 놀란 표정이었고, 그다음에는 안심한 표정이었다. 서로를 향해 미소 짓더니 객실 밖으로 물러나 문을 닫았다. 피케이는 돈뭉치를 여자에게 돌려줬다. 피케이가 가진 간당간당한 여비로는 경찰들의 의구심을 결코

풀지 못했을 것이다.

"당신은 천사예요!"

피케이는 여자를 향해 그렇게 말했다. 세상이 천사들로 가득하지 않았더라면 피케이는 결코 여기까지 오지 못했을 것이다!

어릴 때, 피케이는 난관을 극복하기 위해 창의적으로 생각하는 법을 배웠다. 엄마는 물병에 담긴 물을 마시기 위해 꾀를 낸 까마귀 이야기를 들려주곤 했다. 까마귀는 조약돌을 물어와 물병 안에 넣었다. 하나하나 집어넣느라 시간은 오래 걸렸지만, 끝내 부리를 집어넣어 마실 수 있을 정도로 수면이 높아졌다.

"까마귀처럼 생각하렴."

엄마는 그렇게 말했다.

그렇지만 가끔은 난관이 도저히 극복 불가능하게 느껴질 때도 있었다. 그의 재능만으로는 넘을 수 없는 장벽이었다. 아무런 대가도 바라지 않고 도움의 손길을 내민 사람들이 없었더라면 피케이는 여전히 뉴델리의 민토 다리 아래에서 살고 있었을 것이다. 그랬을 것이라 확신했다. 그랬더라면 피케이는 아직도 너무 굶주려서 배가 아플 것이고, 쓰레기를 태워 언 손을 녹이고 있을 것이다.

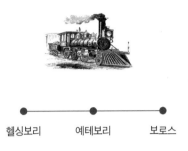

헬싱보리     예테보리     보로스

추위와 혼란스러움과 걱정과 기대가 뒤섞여 있었다. 내가 대체 여기서 뭘 하는 거지? 키가 크고 깨끗하고 피부가 하얀 사람들 속에 수염이 난 인도인이 앉아 있다. 신장 167센티미터에 엉겨붙은 머리카락, 냄새가 고약한 옷을 입고 있다. 객실 창문 밖의 불빛은 피케이를 혼란스럽게 만들었다. 한밤중임에도 불구하고 지평선에서 붉은빛이 흘러나왔다. 어떻게 그럴 수가 있는지 도저히 이해할 수 없었다.

피케이는 다시 잠들었다. 눈을 떴을 때는 객실 안으로 햇빛이 쏟아져 들어왔고, 기차는 멈춰서 있었다. 땀이 나서 창문을 내리고 몸을 밖으로 내밀었다. 아네모네라는 흰 꽃들이 보이고, 노란 부리를 한 새까만 새가 인도 영화 주인공 만큼이나 청량하고 행복한 목소리로 노래를 부르고 있었다.

기차는 예테보리 중앙역에서 멈춰섰다.

깨끗하고 서늘한 공기를 콧구멍으로 들이마시며 조심스러운 발걸음으로 새 아스팔트가 깔린 플랫폼 위를 걸었다. 피케이가 여태껏 보아온 도시와는 모든 면에서 대비되었다. 아시아의 도시와는 달랐다. 피케이를 밀쳐대는 땀투성이의 몸뚱이도, 짐꾼도, 차 파는 사람의 고함 소리도, 거지도 없었다. 이스탄불이나 빈과도 달랐다. 잿빛 연기가 솟아오르는 굴뚝도, 울려퍼지는 아잔 소리도, 무너질 듯한 벽도, 석유와 석탄 냄새도 없었다.

정말 조용하고, 깨끗하고, 텅 비어 있었다. 인도의 도시에서는 가끔 이 많은 사람들이 대체 다 어디에서 오는 것인가 궁금해질 때가 있다. 이 많은 사람들이 어떻게 한자리에 있을 수 있는 걸까? 그런데 이곳에서는 사람들이 다 어디로 사라졌는지가 궁금했다. 저기요! 다들 어디에 숨은 거예요?

기차역 광장에서 피케이는 근처에 묵을 만한 호스텔이 있는지를 물었다. 마침 뉴델리에서 오는 길에 만났던 여행객을 다시 만났다. 그는 예테보리에 살고 있었는데, 구세군이 운영하는 호스텔을 추천했다. 피케이는 히피의 길에서 만난 히피 친구들이 이렇게 불쑥불쑥 나타나는 것이 기뻤다.

호스텔의 공용 화장실에서 샤워를 마치고, 면도를 하고 있을 때였다. 옆에 피케이 못지않게 더러운 옷을 입은 백인 남자가 서 있었다. 점투성이의 피부에 붉게 충혈된 눈을 하고 있었는데, 난데없이 자신의 이를 빼내고 머리카락을 들어냈다. 피케이는 겁에 질렸다. 흑마술사다! 그렇게 생각하며 공포에 질린 비명을 내질렀다.

흑마술사는 돌아서며, 어설픈 영어로 왜 비명을 질렀느냐고 물었다. 피케이는 대답 대신 면도 도구들을 황급히 모아 통째로 주머니에 쑤셔넣고는 화장실에서 뛰쳐나왔다. 그리고 안내대로 달려가 방금 만난 괴인에 대해 설명했다.

"조심하세요. 위험한 자일 수도 있어요. 절 믿으세요, 전 인도 출신이라, 흑마술이 얼마나 위험한지 알아요."

피케이의 말을 듣고 있던 직원이 말했다.

"대체 술을 얼마나 드신 거예요?"

피케이는 직원의 태도가 이해되지 않았다. 곧이어 피케이는 공중전화를 찾아 로타에게 전화를 걸었다. 그녀가 전화를 받았다.

"이게 현실이라니 믿어지지가 않아요. 당신이 예테보리에 있다니!"

마침내 그녀의 목소리를 들을 수 있었다. 그러나 마냥 기뻐할 수만은 없었다. 피케이는 방금 전 만난 흑마술사의 존재를 아무도 믿어주지 않는 것이 여전히 답답했다. 로타도 믿지 않는 눈치였다. 그녀는 웃으며 여태껏 틀니나 가발을 본 적이 없느냐고 물었다.

그러고는 곧, 정말 곧 피케이를 데리러 올 것이라 말했다.

피케이는 호스텔 안내대에 선 채, 로타가 오는 것을 보았다. 그녀는 금단추가 달린 군청색 재킷을 입고 있었다. 둘 다 아무 말도 하지 않았다. 뉴델리의 기차역에서 헤어진 지 16개월 만이었다. 로타가 호스텔의 문을 열고 들어올 무렵, 피케이는 기절하기 직전이었다. 최근, 여태껏 느껴보지 못한 강렬한 피로를 느끼고 있었다. 그렇지만 이제 피로는 온몸을 타고 흐르는 행복에 자취를 감추고 말았다.

피케이는 로타를 끌어안고는 자신의 감정을 표현하려 했지만, 한마디도 나오지 않았다. 그는 로타를 들여다보다 울기 시작했다. 로타는 피케이가 감정에 잘 휘둘리는 사람임을 알고 있었다. 둘은 가든 소사이어티(The Garden Society)로 향했다.

"꽃밭 한가운데에 있는 카페예요."

로타가 설명했다.

피케이와 로타는 커피를 마셨다. 햇빛은 찬란하고, 공기는 미지

근했다. 하늘은 청량한 연푸른색이었다. 운하 옆으로 아네모네 꽃이 만발했다.

올해는 아네모네가 정말 크구나! 로타는 그렇게 생각했다. 살면서 이렇게 큰 아네모네를 본 적이 없었다. 로타는 피케이와 손을 잡고 걷고 있었는데, 아네모네가 보통 얼마나 가냘픈지 모르는 피케이는 딴생각에 팔려 있었다. 강물을 보며, 물이 검고 끈적거리지 않다는 것에 놀라워하고 있었던 것이다.

피케이는 기나긴 여정의 마지막 구간을 로타의 노란 차를 타고 이동했다. 피케이가 발음할 수 없는 이름을 가진 마을들을 함께 지나쳤다. 란드베테르, 볼레뷔그드, 산다레드, 셰마르켄.

피케이는 두려웠다. 이곳까지 오지 못할까봐 두려웠고, 로타의 마음이 바뀌었을까봐 두려웠고, 로타 아버지가 자신을 싫어할까봐 두려웠고, 새 나라에 적응하지 못할까봐 두려웠다.

그렇지만 지금, 둘은 보로스를 향해 간다.

종착지가 점점 더 가까워지고 있었다. 이미 예정된 일이었음이 분명했다. 운명이었음이 분명했다.

1977년 5월 28일이었다. 마침내 집으로 돌아온 듯한 기분이 들었다.

# 다시 고향으로

보로스의 울벤스 거리의 아파트는 방이 세 개였고 분홍색의 임대 아파트 단지에 있었다. 로타네 가족 소유였는데, 어머니와 아버지는 바로 위층에 살았다. 스웨덴에서 보내는 피케이의 첫여름이었다. 피케이는 양모 재킷 안에 털실로 짠 따뜻한 폴로셔츠를 받쳐 입고 거실의 나무의자에 앉아, 창문을 열어둔 채 새소리와 자작나무 이파리가 살랑이는 소리를 듣고 있었다. 가끔 차가 지나갔다. 그러지 않을 때면 나무 끝에 걸린 바람 소리만이 들렸다. 보로스는 소음과 고함의 불협화음 속에서 개별의 소리를 구분하기 위해 귀를 쫑긋해야 하는 여느 도시들과는 달랐다.

피케이는 침묵이 좋았다. 평화로운 기분이 들었기 때문이다. 그렇지만 좋은 것도 가끔은 넘친다는 느낌이 들 때면 소름이 끼치고 몸이 떨렸다. 버스에서도 다들 피케이의 시선을 피하는 느낌이었다. 피케이가 다른 승객들에게 말을 걸면 그들은 공손하고 친절하게 답했지만, 피케이에게 먼저 말을 거는 경우는 없었다. 어깨를 맞대고 있지만 마치 제각기 냉장고에 들어가 있는 것 같았다. 그래서 그렇게 서늘한 것일지도!

순간순간 꿈의 세계에 온 것 같은 기분이 들기도 했다. 모든 고통의 순간으로부터의 해방, 오랜 투쟁의 대가를 누리는 기분이었다. 날씨는 차갑고 동시에 쾌적했다. 가끔 닭살이 돋았지만, 피케이는 잘 적응했다.

열린 창문 밖으로 두 남자가 뛰어가는 것이 보였다. 숲 쪽을 향해 급히 가고 있었다. 문제가 생겼음을 직감한 피케이는 아파트 밖으로 달려나갔고, 머지않아 두 남자를 따라잡았다. 셋은 숲의 가장자리까지 함께 달렸다. 피케이는 달리는 동안, 숲에 불이 나서 끄러 가는 것이라고 생각했다. 그는 이제 곧 숲속 작은 호수에 다다를 것이고 물을 채운 양동이를 나르게 될 것이라고 확신했다. 돕는 사람이 늘어나면 분명 신속하게 불을 끌 수 있을 거야!

그렇지만 숲에서는 연기가 피어오르지 않았다. 불꽃도 보이지 않았다. 두 남자의 얼굴에서는 당황이나 공포의 흔적을 발견하지 못했다. 푸른 운동복을 입은 남자들이 자리에 멈춰섰다. 침착한 목소리로 서로 말을 주고받다가, 나무에 손을 짚고 마치 넘어뜨리기라도 할 듯 체중을 실어 밀기 시작했다.

피케이는 그들을 멍하니 바라보다가 영어로 물었다.

"뭐하시는 거예요?"

"스트레칭 하는데요."

남자들이 답했다.

"그걸 뭐하러 하는데요?"

"우리는 오리엔티어러거든요."

피케이는 오리엔티어러가 뭔지 몰랐다. 남자들이 설명했다.

"오리엔티어링* 하는 사람을 말해요."

---

★ 지도와 나침반을 이용하여 지정된 지점을 통과하고 목적지까지 완주하는 경기.

여기, 수천 킬로미터를 자전거를 타지도 산을 넘지도 사막을 가로 지르지도 않은 남자가 있다. 그 남자는 황소자리에서 태어난 음악적 재능이 있는 여자와 결혼할 것이라는 예언도 없고, 굶주리지도, 다리 밑에서 잠들지도, 자살을 시도하지도, 대통령과 총리의 초상화를 그리지도 않았다. 그는 금발에 피부가 하얗고 스웨덴 인이다. 말쑥하고 친절하게 생겼으며, 플루트를 연주할 줄 알고, 완벽한 스웨덴 어를 구사하며, 다른 사람이 가진 사회적·문화적 규범들을 인정할 줄도 안다. 무엇보다 그는 몇 년 동안 로타와 함께 합창단에서 활동을 했기 때문에 로타를 잘 안다.

어느 날 저녁, 벵트라는 이름의 남자가 로타네 집을 찾아왔다. 그는 로타와 같은 합창단에서 몇 년간 같이 활동한 친구라고 자신을 소개했다. 그는 끊임없이 수다를 떨며 피케이와 로타를 빤히 쳐다보았다. 끊임없이 말을 늘어놓고, 자꾸 쳐다보기에 피케이는 그가 머리가 좀 이상한 것이 아닌가 싶을 지경이었다.

몇 시간이 흘러 밤이 깊어 가는데도 벵트는 집으로 돌아갈 생각을 하지 않았다.

"손님이 왜 이렇게 오래 머무르는 거예요?"

새벽 세 시, 벵트가 화장실에 간 사이에 피케이가 로타에게 물었다. 로타는 빙그레 웃기만 했다.

피케이는 알아듣기 힘든 스웨덴 남자의 끊임없는 수다를 더 이상 견딜 수 없어 홀로 새벽 산책을 즐기기로 했다. 산책을 하는 동안 그 남자도 집으로 돌아가기를 바라면서.

그렇지만 집에 돌아왔을 때 벵트는 여전히 그 자리에 앉아 있었다. 게다가 눈가가 붉었고 뺨은 눈물로 젖어 있었다. 그는 갑자기 자리에서 벌떡 일어나더니 문을 쾅 닫고 계단을 타고 사라졌다. 마침내 피케이와 로타, 둘만이 남았고, 침묵이 내려앉았다.

"그 사람, 왜 울었어요?"

피케이가 물었다.

"벵트는 나와 아주 오래 알고 지냈어요. 물론 그냥 친구고, 그 이상은 아니에요. 그런데 아까, 벵트가 절 좋아한다고 했어요. 피케이가 저와 여기에 함께 사는 것이 견디기가 힘들대요."

벵트는 피케이가 호감 가는 좋은 사람이라고 생각하지만, 그가 로타와 함께 사는 것은 싫다고 했다는 것이다.

피케이는 로타 옆에 누운 채 길가 나무의 그림자가 천장에서 춤추는 것을 올려다보았다. 쉽게 잠들 수가 없었다. 피케이는 몇 번이고 같은 생각을 했다. 로타에게 어울리는 사람, 내게 어울리는 사람, 그리고 벵트에게 어울리는 사람에 대해서.

다음 날 아침 피케이는 로타에게 자전거 가게에 갈 것이라 말했다.

"뭐하러요?"

"자전거를 살 거예요."

피케이를 쳐다보는 로타의 시선에는 물음표만이 가득했다.

"인도까지 갈 수 있을 만한, 튼튼하고 좋은 자전거를 살 거예요."

로타가 울기 시작했다. 그러나 피케이는 갈 길을 갔다.


피케이는 다음 날 내내 벵트 생각을 했다. 벵트가 로타와 아주 잘 어울린다는 것을 인정하는 것은 고통스러운 일이었다. 피케이는 자전거포에 가서 자전거를 고르고 다음 날 다시 와서 사겠다고 약속했다. 그러는 동안 줄곧 자신의 패배에 대해 생각했다. 길을 가다 보로스에서 새로 사귄 친구 몇몇과 마주쳤을 때, 그는 자전거를 타고 인도로 돌아갈 것이라고 말했다. 여럿이 웃음을 터뜨렸지만 피케이는 진지했다. 웃음이 잦아들었다.

"사랑이 없다면, 내가 여기서 뭘 하겠어?"

돌아가는 길은 올 때보다 빠를 것이라고, 이제 곧은 길만을 골라 갈 것이라고 말했다. 힘이 닿는 데까지, 아침부터 저녁까지 달릴 것이다. 뉴델리의 집으로 돌아가, 우체국 본부에 가서 우표 일러스트를 그리는 일자리가 아직 남아 있는가 물어볼 것이다. 그게 안 되면, 버스를 타고 히말라야로 가서 풍광이 아름다운 절을 찾아 승려가 될 것이다.

피케이는 집을 가지고 싶었다. 사람이 사는 집을 말하는 것이 아니다. 어떤 모양을 하고 있는지는 중요하지 않았다. 피케이는 언제든 돌아갈 수 있는 곳이 주는 평안함을 누리고 싶었다.


벵트와의 삼각관계 드라마가 있었던 다음 날 저녁, 피케이와 로타는 함께 집 안의 소파에 앉아 있었다.

"내 결심은 그대로예요. 뉴델리로 자전거를 타고 돌아갈 거예요."

로타는 울었다.

"왜 울어요?"

"피케이가 떠나는 걸 원치 않아서요."

로타가 피케이를 끌어안았다. 피케이는 로타가 하는 대로 두었다. 어쩌면 이별의 포옹이 될지도 모르니까.

"이제 갈까요?"

"아뇨. 가지 않았으면 좋겠어요. 벵트는 아무래도 좋아요. 여태 날 좋아하는지도 몰랐는걸요. 난 피케이랑 영원히 한 몸처럼 살고 싶어요."

로타가 훌쩍이며 말했다.

피케이는 스웨덴이 이상한 나라라고 생각했다. 사람들은 당연한 일을 가지고도 감사 인사를 했다. 또 "오늘은 날씨가 좋군요." 같은 의미 없는 말을 계속했다. 왜 그런 말을 하는 거지? 날씨가 좋은 것을 확인하고 싶으면 고개를 들어 위를 보기만 하면 되는데 말이다. 피케이는 로타에게 말했다.

"로타의 친구들과 친척들이 오리사에 가서 고향 마을의 길을 걷다 우리 형을 만나 '오늘 날씨가 참 좋군요, 프라바트 씨.'라고 인사를 하면, 형은 아마 고개를 저으며 계속 갈 길을 갈 거예요. 바보들과 마주쳤다고 생각할 테니까."

로타 어머니를 처음 만나던 날, 피케이는 로타의 타박을 들어가며 스웨덴식 인사말을 연습했다.

"잘 지내셨느냐고 물어보고, 그다음엔 날씨 얘기를 한 뒤 인사를 해요. 잘 지내셨나요? 오늘 날씨가 참 좋네요! 순서가 맞나?"

피케이는 초인종이 울리기 전에 몇 번이나 반복해 중얼거렸다. 그렇지만 그날은 날씨가 추웠다. 피케이는 인사말을 바꿀 필요를 느꼈다.

'잘 지내셨나요? 오늘 춥네요! 완전 추워요!'

이윽고 초인종이 울리고 장모님과 마주하게 되었다.

"어떻게 지내셨어요?"

그는 이렇게 인사하고는 다음과 같이 덧붙였다.

"오늘 정말 미친 것 같아요."

장모님은 아무 말이 없었다. 피케이는 장모님이 귀가 잘 안 들리기도 하거니와 그저 오늘 좀 울적한 기분이려니 했다.

그렇지만 그날 저녁, 로타는 화를 냈다.

"왜 엄마한테 미쳤다 그랬어요? 전화가 왔는데, 당신이 엄마에게 미친 것 같다고 했다면서요. 굉장히 마음이 상하셨어요."

피케이는 그건 오해라고 해명을 해야 했다.

로타 아버지와의 첫인사도 비슷하게 끔찍했다. 장인이 악수를 하기 위해 손을 내밀었을 때, 피케이는 재빨리 몸을 숙여 그의 발을 만졌다. 인도에서는 그게 올바른 인사였다. 나이 많은 친·인척을 만날 때는 당연한 일이었다. 그렇지만 스웨덴에서는 그렇지 않았다. 피케이는 훗날 로타 아버지가 놀라서 '그 조그만 인도인이 어디로 갔지?'라고 생각했다고 전해들었다.

'가축 사건'도 있었다. 스웨덴에서의 첫여름, 피케이는 보로스에서 멀지 않은 곳에 있는 로타 부모님의 여름 별장에서 우리에 갇혀 있는 소를 발견했다. 피케이는 누가 문을 열어두는 것을 잊은 것이라 생각했다. 자고로 소는 자유롭게 돌아다녀야 하는 법이거늘. 피케이는 우리 문을 열었다. 그러자 스웨덴 소들도 인도의 소처럼 자유를 만끽하며 어슬렁어슬렁 도로로 나갔다.

자동차들은 짜증스럽게 경적을 울렸고, 피케이는 즐겁게 손을 흔들었다. 인도의 운전사들은 소를 길 옆으로 내쫓기 위해 경적을 울리곤 했기 때문이다.

모든 것이 좋았으나, 농부는 화를 냈다.

"누가 소들을 풀어놨어!"

그가 고함을 질렀다.

"내가 그랬어요!"

피케이는 자랑스럽게 말했다.


피케이는 이민자를 위한 4개 코스의 스웨덴 어 과정을 들으며, 새로운 고향 땅에 스며들기 위해 노력했다. 맨발로 걸어 다니는 것이 익숙해서, 겨울임에도 불구하고 밖으로 나갈 때 신발을 신는 것을 자주 잊고는 했다. 맨발로 현관 위의 녹은 눈덩이를 밟고 냉기와 습기를 느낀 뒤에야 실수를 깨달았다.

그맘때쯤, 보로스 시에 임시 미술교사 자리가 났다. 피케이는 형편없는 스웨덴 어에도 불구하고 지원했다. 미술은 보편적이지 않은가? 누구나 그림은 이해한다. 언어 같은 것은 없어도 된다. 피케이는 지역 사무실로 면접을 보러 가게 되었다. 깨끗한 신발을 신고 머리도 단정히 빗고 나자 제대로 된 문명인 같은 기분이 들었다. 거의 스웨덴 인이 된 기분이었다.

피케이는 잔뜩 긴장한 채 방 안으로 들어갔다. 걱정을 숨기기 위해 차분하게 숨을 들이쉬고 내쉬었다. 인사 담당자는 방 안을 왔다 갔다 하면서 엄지로 멜빵을 늘렸다가, 발가락을 꼼지락댔다가를 반복할 뿐, 아무 말도 하지 않았다. 피케이는 더 긴장할 수 밖에. 그것은 아직은 해독 불가의 문화 코드였다. 멜빵을 늘린다? 발가락을 꼼지락댄다? 대체 이게 무슨 뜻이지?

공무원은 느닷없이 물었다.

"그래서 무슨 직업에 종사하고 계시죠?"

피케이는 '일하다', '일을 하러 가다'라는 표현은 배웠지만, 스웨덴 구직 알선소가 좋아하는 '직업'이라는 표현은 아직 들어보지 못했고, 따라서 '무슨 직업에 종사하고 있느냐?'는 질문이 무엇을 뜻하는지 알 수 없었다.

피케이가 최초로 만난 스웨덴 인은 영화인 얀 린드블라드였다. 그는 1968년 티카르파다 야생동물 보호지역의 생태계를 촬영하기 위해 피케이의 숲속 마을에 찾아왔다. 10대였던 피케이는 촬영팀을 졸졸 따라다니며 그들이 카메라를 끌고 와서 설치하고 장비들을 케이블로 연결하는 것을 홀린 듯이 지켜보았다.

얀 린드블라드는 피케이를 좋아했고, 그를 정글 소년이라고 불렀다. 그는 유쾌하고 친절했으며, 불가촉천민들을 동등한 인격체로 대우했다. 그는 자주 숲을 거닐며 휘파람을 불어 새를 꾀었다. 그는 휘파람 솜씨가 뛰어났다. 다양한 멜로디로 여러 동물의 소리를 흉내 내는 것을 보며 피케이는 배가 아플 때까지 웃어댔다.

순간 피케이는 자신이 보로스의 인사 담당자 사무실에 앉아 있음을 깨달았다. 이 스웨덴 인 공무원은 피케이에게 휘파람을 불 수 있느냐고 물은 것이다. 피케이는 syssla(직업에 종사하다)와 vissla(휘파람을 불다)를 혼동했다.

그야 당연하지! 모든 것이 논리적으로 연결되었다. 휘파람을 부는 것은 스웨덴에서는 몹시 중요한 능력인 것이다. 교사는 쉬는 시간이 끝나고 아이들을 불러모으기 위해 휘파람을 불 줄 알아야 하는 것이다. 스웨덴에서는 그런 것이다!

피케이는 깊게 요가식으로 숨을 들이마시고는 높고 강하게 휘파람을 불기 시작했다. 피케이는 스웨덴 인에게 자신이 얀 린드블라드 식으로 생각하며, 자신은 스웨덴 인이나 다름없고, 미술교사의 업무를 충분히 소화할 수 있다는 것을 증명하기 위해 온 힘을 다해 휘파람을 불었다.

그렇지만 인사 담당자는 좋아하는 기색이 아니었다. 그는 굳은 얼굴로 당장 그만두라는 의미(이것도 나중에나 알게 되었다.)의 손짓을 했다. 그렇지만 피케이는 멈추지 않았다. 손바닥을 들어보이는 것은 인도에서는 "좋아, 아주 좋아, 계속해!"라는 의미이기 때문이었다. 그래서 더욱더 소리를 높여 열정적으로 휘파람을 불었다. 뺨이 아파올 때까지 불고나서야 피케이는 멈췄다. 이 정도면 충분하겠지!

인사 담당자는 시선을 돌렸다. 그러다 피케이와 다시 눈을 마주치더니, 그가 받은 교육과 성장 배경에 대해 짤막한 질문 열 개 정도를 했다. 그게 전부였다. 그는 자리에서 일어나 피케이에게 문을 열어주었다. 피케이는 들고 온 서류를 주섬주섬 챙겼다. 인사 담당자는 단호한 목소리로 말했다.

"고맙습니다. 안녕히 가세요!"

거의 화가 난 듯한 목소리였다.

면접이 끝난 뒤 피케이는 인사 담당자의 태도에 대해 오래 생각했다. 왜 그렇게 급하게 면접을 끝낸 걸까? 내가 충분히 잘하지 못한 것일까? 충분히 큰 소리로 휘파람을 불지 않았던 걸까? 멜로디를 틀린 것일까?

그리고 며칠 뒤, 교장이 전화를 걸어왔다.

"프라디움나 쿠마르 마하난디아 씨! 임시 미술교사로 내일부터 출근해줬으면 좋겠습니다!"

처음 스웨덴에 왔을 때, 피케이는 그와 로타의 사랑이 오래 가지 않을 것이라고 생각하는 사람들을 많이 만났다. 새로운 환경에 적응하지 못할 것이라고 말이다. 또한 스웨덴의 어두움과 추위와 늘어나는 인종 차별과 스웨덴식 삶에 질릴 것이라고도 했다.

"맙소사, 인도의 시골 소년이 어떻게 현대 스웨덴에서 사는 법을 배울 수 있겠어? 곧 로타와 헤어지고 짐을 싸서 정글의 집으로 돌아가겠지."

그들은 서로에게 그렇게 말하며 고개를 설레설레 저었다.

그렇지만 피케이는 인도가 그립지 않았다. 그는 로타가 선물한 검붉은 표지의 일기장에 '나는 정신적으로 인도에서 완전히 벗어났다.'라고 썼다. 그 일기장, 그리고 그다음과 다음의 일기장은 머지않아 스웨덴에서의 삶에 관한 생각으로 가득했다. 피케이는 신세계에서의 첫해를 울벤스 거리의 아파트 소파에 앉아 매일 저녁 새로 접한 모든 것을 써내려가는 것으로 보냈다. 실망스러웠던 것들과, 새로 배운 것들과, 자신과 로타의 사랑을 믿는 사람과 의심하는 사람에 대해 썼다. 가을비가 벽을 때리는 소리를 들으며 썼고, 겨울 햇빛에 창문의 성에가 반짝이는 것을 보며 썼고, 또 환풍용 창문을 통해 들려오는 검은 새의 노랫소리를 들으며 썼다. 생각하고, 쓰고, 생각하고, 썼다. 스웨덴에서 겪은 수많은 문화 충돌들이 그를 더 생각 깊은 사람으로 만들어준 것 같았다.

날이 갈수록 피케이는 점점 더 스웨덴적이 되고, 덜 인도적이 되었다. 로타의 경우는 반대였는데, 요가와 명상법에 빠져들었고, 아침에는 만트라를 외웠다. 피케이는 만트라가 정말 싫었다. 종교적인 주문은 피케이가 도망쳐온 모든 것의 기억을 되살려놓았다. 브라만들의 우월한 지위와 소외감과 자살 시도들. 그렇지만 피케이는 가끔은 신체적인 불쾌함마저 불러오는 그런 감정들조차 억누르고, 품고 살아가는 법을 배웠다.

지나치게 종교적인 면을 제외하고는, 인도 문화 자체는 긍정적이다. 스웨덴에 처음 왔을 때 인도 모티프의 엽서나 포스터를 그려서 친구들과 직장 동료들에게 팔기도 했다. 여러 스웨덴 신문에 피케이의 작품이 실렸다. 가장 자랑스러운 것은 몇 년 전에 《카불 타임스》에서 그랬던 것처럼, 《아프톤블라데트》라는 스웨덴의 유명 신문사에서 피케이의 작품 활동에 대한 글을 문화란에 싣고, 사옥의 복도에서 전시할 수 있게 해준 것이었다.

근원에서 벗어나는 것은 어려운 일이었다. 피케이가 자신은 요가 전문가가 아니라고 누차 강조했음에도 불구하고 주변 사람들은 피케이에게 요가 강습을 시작해보라고 했다. 아무리 거절해도 기대는 늘었고, 강의를 해보라는 제안도 점점 더 많이 들어왔다.

"전 요가 강습을 받아본 적도 없어요. 제가 아는 건 형이 가르쳐준 게 전부예요."

피케이는 기대에 찬 눈으로 바라보는 보로스 주민들에게 그렇게 말했다.

"그럼 더 좋아요."

그들이 대답했다.

시민학교에서 지역 최초로 '진짜' 인도인이 진행하는 요가 강의가 개설되었고, 교실은 곧 수강생으로 가득 찼다. 수강생들은 거의 여자였다.

피케이는 형이 가르쳐준 것을 바탕으로 강습을 진행했다. 피케이는 자신의 강습이 별것 아니라고 생각했지만, 수강생들은 만족스러워했다. 요가의 더 깊은 뜻이나 철학적 의미를 알려달라는 질문도 들어왔다. 사실 로타가 대답해야 할 질문들이었다. 피케이는 뭐라고 해야 할지 잘 몰랐다. 그렇지만 수강생들은 다른 사람들에게서 주워들은 것을 조합한 것에 불과한 그의 횡설수설하는 답변에도 만족해하는 듯 보였다. 딱히 지혜롭지도, 깊지도, 통찰력이 있지도 않은 답변이었음에도 불구하고! 피케이는 일기장에 '어쨌든 웃으며 요가를 가르친다. 직접 돈을 벌 수 있는 직장이긴 하니까.'라고 썼다.

가끔 피케이는 로타를 만나지 않았더라면, 뉴델리에서 자전거를 사서 서쪽으로 페달을 밟지 않았더라면 어떻게 되었을까 생각해봤다. 카스트 차별로 마비된 것이나 다름없는 고국에 남아 있었더라면, 사랑에 빠지고 '용서할 힘'이 생겨나는 대신 삶이 어떤 방향으로 흘러갔을지에 대해 생각했다. 아마도 정치인이 되어 불가촉천민들의 권리를 위해 싸웠을 것이라고 그는 생각했다. 정치는 그의 유일한 무기였다.

어쩌면 인디라 간디가 주도하는 국민회의의 의원으로 인도 국회의원에 당선이 되었을지도 모른다. 그다음에는 다른 모든 정치인들처럼 타락해 뇌물을 받았을지도 모른다. 권력은 부패한다. 사실이 그랬다. 아주 소수의 사람들만이 유혹을 견뎌내고 결점 없이 살아갈 수 있다. 어쩌면 정치만으로는 그의 분노를 잠재울 수 없었을지도 모른다. 피케이는 어릴 때, 또 어른이 된 이후에도 자주 복수에 관한 생각을 했다. 그가 기억하는 한 내내 그랬다. 로타를 만나기 전까지 피케이는 자주 끔찍한 보복을 행하는 상상을 했다. 그렇지만 피케이의 엄마와 아빠는 늘 화를 가라앉히고 용서해야 한다고 말하곤 했다.

마지막으로 복수를 상상한 것도 오래전의 일이었다. 화가 날 때면, 피케이는 분노를 상상하는 대신에 복수하고 싶은 대상이 바로 거울에 비친 자신의 모습이라고 생각하며 마음을 다스렸다.


피케이는 스웨덴 인이 되고 싶었다. 주변의 회의적인 시선은 무시했다. 친구들과 동료들이 스웨덴에서 살아갈 그의 자질을 의심할 때면 두 배로 노력했다. 스웨덴식으로 사는 것이 삶의 중심 목표가 되었고, 피케이를 앞으로 나아가게 하는 원동력이었다. 그렇지만 언어가 문제였다. 남이 하는 말은 대충 다 알아들을 수 있었지만, 발음이 문제였다. 잘못된 강세나 sche 발음이나 틀린 모음 발음 때문에 오해가 빚어질 때면 투지가 불타올랐다. 이겨낼 것이다. 다 괜찮아질 것이다. 포기만 하지 않으면 된다.

스웨덴에서 보낸 첫해, 어떤 10대 소녀가 학교 복도에서 피케이에게 다가와 어째서 인도인 여자와 결혼하지 않았느냐며 이렇게 물었다.

"그게 더 어울릴 텐데요."

"사랑에는 국경이 없단다."

피케이는 꿈쩍도 하지 않고 그렇게 대답하고는 로타가 기다리고 있는 교정으로 나갔다. 모든 것을 이겨내고 싶었다. 시민학교에서 청소년 지도사 교육을 받기 시작했고, 스키 타는 법을 배웠다. 등산 지도사 공부를 한 뒤 케브네카이세 산의 꼭대기에도 올랐다. 보로스 최대의 스포츠 클럽인 엘프스보리에서 청소년 지도사로 일했고, 교회와 지역 적십자사 클럽에서 강연을 했으며, 스웨덴의 국민 디저트인 카넬불레를 좋아하려고 노력했고, 로타 자매들의 말을 탔다. 스웨덴인들이 가치 있게 생각하는 각종 능력과 경험을 쌓았다. 머지않아 사람들이 자신을 특정 문화의 대표자가 아니라 피케이라는 개인으로 대하게 될 것이라 믿었다.

로타와 피케이는 매년 여름이면 소켄 옆 크로크셰오스에 있는, 로타의 할머니와 할아버지가 살던 농장을 찾았다. 콜리플라워와 감자를 기르고 숲을 산책했으며, 언젠가 숲속에 자리를 잡을 것이라 생각했다.

1985년 늦여름, 에멜리가 태어났다. 그냥 그런 날이 아니었다. 8월 15일이었다. 38년 전, 인도가 영국으로부터 독립한 날이었다. 피케이의 첫딸은 인도의 독립 기념일에 태어난 것이다. 이런 우연이 있을 수 있나! 피케이는 일기장에 '오늘 나는 살던 중 가장 자유로운 기분이다.'라고 썼다.

오리사의 아버지와 형들과 친척들은 그것이 어떠한 징조라고 생각했다.

아버지는 편지에 '이제 네 뿌리가 땅에 내려 새로운 땅에 붙들려 살게 되었구나.'라고 썼으며, 피케이가 자신이 인도 출신임을 완전히 잊어버리지 않기를 바란다고 덧붙였다. 또한 '에멜리의 나마카라나 의식을 기대한다.'라고 썼다.

피케이는 종교에 대한 혐오를 숨겨야 했다. 기독교의 세례에 해당하는, 이름 짓는 날 치러야 할 나마카라나 의식을 생략하면 인도의 친척들이 크게 실망할 게 분명했다. 딸이 태어나고 11일이 되던 날, 피케이와 로타는 스웨덴 쪽 친척들만 모인 가운데 힌두교 전통에 따라 의식을 치렀다. 인도에서 올 수 있는 친척은 당연히 아무도 없었다. 에멜리의 솜털 같은 머리카락을 깎았고, 피케이는 아버지가 보내준, 에멜리에게 행운을 가져다줄 이름과 호칭을 낭송했다. 피케이는 일기에 '스웨덴 쪽 친척들은 의식을 좋아하지 않았다. 마치 강제 수용소 수감자를 보는 듯한 눈으로 머리카락을 깎은 에멜리를 바라보았다.'라고 썼다.

그렇지만 3년 뒤 에멜리의 남동생 카를-싯다르타가 태어났을 때에는 다들 익숙해져서 낯선 의식을 겸허히 받아들였다.


몇 년간 임시 교사 일을 하고, 이민자를 위한 스웨덴 어를 배우고, 시민학교 교육을 받은 피케이는 뉴델리 미술대학 성적표를 교육부로 보냈다. 심사 기관의 인가를 받아 미술교사가 될 자격을 얻은 피케이는 엥엘브렉트 학교에서 정규 교사가 되었다.

매 학기 초, 피케이는 책걸상을 치우고 학생들에게 가부좌를 틀고 앉으라고 했다. 피케이는 자신이 다른 어른들처럼 의무감과 성실함을 갖춘 어른이기도 하지만, 그들과 같은 동심을 지니고 있음을 알려주고 싶었다. 피케이는 정글의 새와 짐승을 흉내 내고, 바닥에 누워 허공에 다리를 흔들며 매일 아침 거실에서 하는 것처럼 물구나무서기 요가 자세를 취했다. 그러면 아이들은 웃음을 터뜨리며, 자진해서 우스꽝스러운 짓을 하는 사람은 두려워할 필요가 없다는 것을 깨달았다.

오두막의 바구니 안에 누워 있던 갓난아이 시절, 코브라는 지붕 사이로 흘러내리는 빗물을 몸으로 막아 그를 보호했었다. 그가 뉴델리에서 보로스까지 다치지 않고 올 수 있었던 것도 행운의 코브라 덕택이었다. 뱀은 새로운 땅에서도 그를 지켜줬다. 엥엘브렉트 학교의 중학생들은 교장과 교사들의 자동차 연료 탱크에 설탕을 부어 차를 못 쓰게 만들었는데, 피케이는 예외였다. 아무도 그의 흰 볼보 242를 건드리지 않았다. 학교의 장난꾸러기들 사이에서는 피케이가 뒷좌석에서 코브라를 키운다는 소문이 돌았다.

"인도 선생의 차는 절대 건드리지 마! 뱀에 물리면 어떡해!"

장난꾸러기들 사이에서는 그게 철칙이었다.

미술실 맨 뒤에 서서 학생들을 보고 있으면 자신의 학창 시절이 떠올랐다. 선생님을 포함한 반 전체가 더러워한 불가촉천민 소년이던 날들을 생각했다. 스웨덴에서는 그런 수준의 집단 따돌림은 불가능했고, 피케이는 거기에서 일말의 위안을 얻었다.

그렇지만 보로스에서도 따돌림은 있었다. 스웨덴 인 학생들이 서로를 괴롭히는 모습을 보면, 피케이는 가끔 주체할 수 없는 분노를 쏟아내고는 했다. 한번은 피케이의 눈앞에서 유명한 왕따 주동자가 피해 학생을 괴롭혔다. 피케이는 본능적으로 반응했다. 그는 맹렬하게 고함을 쳤다. 영어와 어릴 때 쓰던 말인 오리야 어가 뒤섞인 정체불명의 언어가 쏟아져 나왔다. 형용할 수 없는 강렬한 분노가 터져 나왔다. 아마도 어릴 때 아스말릭의 교실에서 차마 드러내지 못했던 분노가 지금 쏟아져 나오는 것이리라 생각했다.

"무릎 꿇어!"

그는 따돌림 가해자에게 고함을 질렀고, 고함은 피케이 빼고는 그 누구도 알아들을 수 없는 오리야 어 설교로 이어졌다. 교사들의 지시를 무시하는 것이 일상이던 가해자는 입학한 뒤 처음으로 겁에 질려 무릎을 꿇고 앉아 있어야 했다. 분노에 찬 오리야 어는 그의 귀에는 저주의 말처럼 들렸다. 그는 무릎을 꿇고 앉아, 마치 전쟁 포로라도 되는 것처럼 손가락 하나 까딱할 용기를 내지 못하고 바닥만 내려다보았다. 피케이는 수업이 끝날 때까지 학생이 무릎을 꿇고 앉아 있도록 했다. 통제와 굴욕과 복종을 경험하게 했다.

학생을 30분 넘게 무릎을 꿇고 있게 하는 것은 스웨덴 학교에서는 용납될 수 없는 일이었다. 그것은 피케이도 잘 알고 있었지만, 그 순간만큼은 규칙이 생각나지 않았다. 자신이 겪은 고통에 대한 기억이 너무 강했으며 오랜 시간 수면 아래에서 자라난 분노가 다른 무엇보다 우선했다. 이후 피케이는 자신의 행동에 부끄러움을 느끼게 되었다. 오랜 세월이 흐른 뒤, 그때의 그 학생은 피케이에게 술에 취해 울며 전화를 걸었다. 그는 피케이에게 그때 화를 내고 혼쭐을 내줘서 고맙다고 했다. 정신을 차리게 해주셔서 감사하다는 편지도 써보냈다.

따돌림 피해자 역시 연락을 해와, 그날 피케이가 가해자를 무릎 꿇린 일이 인생의 전환점이었다고 말했다.

"그 이후로는 괴롭힘을 당하지 않게 되었어요. 아무도 엄두조차 내지 못한 일을 선생님이 하신 거예요."


피케이가 처음으로 아네모네를 본 지 35년이 지났다. 크로크셰오스 농장의 소켄 호수에 파문이 일고 나뭇가지가 흔들리며 반대편 호숫가에서는 아이들의 웃음소리가 수면 위로 퍼져나간다. 피케이는 북부의 숲이 내는 소리가 좋았다.

피케이는 양귀비와 마거리트가 흐드러진 노란 풀밭 위 하얀 정원 의자에 앉아, 스웨덴에서의 삶을 돌이켜보고 있었다. 많은 세월이 지나갔다.

로타가 없었더라면, 진작에 죽었을 거라는 생각이 들었다.

피케이는 그림을 그릴 시간을 만들기 위해 일찍 은퇴했다. 피케이는 보로스 중심가에 있는 작은 아파트의 화실에서, 숲으로 이사를 간 다음에는 노란 통나무집 옆 붉은색 헛간을 작업실로 썼다. 미술교사로 사는 동안에는 그림을 그릴 시간이 거의 없었다. 학교에 새로운 컴퓨터 시스템이 도입되어 학생 하나하나에 대한 긴 평가를 쓰게 되었을 때 피케이는 일을 그만둘 핑계가 생겼음을 깨달았다.

이미 잠에서 깬 지 몇 시간이 지났다. 그날분의 요가도 마친 참이었다. 아이러니하게도 막 스웨덴으로 이민을 왔을 때 억지로 요가 강의를 시작한 뒤로 피케이와 요가는 떼려야 뗄 수가 없는 관계가 되었다. 천장과 벽이 유리로 된 베란다에서 생강차를 마셨고, 아침 식사로 마살라 오믈렛과 토스트를 먹었다. 아이들은 막 일어난 참이었다.

아이들은 이제 어른이 되었다.

에멜리는 마케팅 전공으로 패션 매니지먼트 공부를 끝냈다. 코펜하겐에서 인턴을 하고 있다. 런던에서 시장 조사를 하고, 한 해의 봄을 봄베이에서 보내고 오리사를 방문해 이카트 패턴의 숄을 짜는 공예가들과 계약을 했다.

카를-싯다르타는 10대 때부터 스웨덴과 유럽을 돌며 키드 시드 (Kid Sid)라는 예명으로 디제이(DJ) 일을 하고 있었다. 겨우 열여섯 살 때 그는 스웨덴 디제이 경연에서 우승했다. 모은 돈으로는 헬리콥터 조종사 자격증을 따는 데 썼다. 그의 꿈은 인도에서 헬리콥터 조종사로 일하는 것이었다. 차로는 갈 수 없는 오리사 지역으로 정치인과 사업가 들을 데려다준다든가 하는 일을 하고 싶어했다.

아이들 모두 아버지의 나라에 크게 끌리고 있었다.


아이들이 인도를 처음 만난 건 아스말릭의 사촌 란지타가 보로스에 찾아왔을 때였다. 에멜리와 카를-싯다르타가 학교에 다니기 전의 일이었다. 에밀리는 인도인 사촌이 매우 이상하다고 생각했다. 대개는 다 큰 청년이 손으로 밥을 먹는다든가 하는 사소한 행동 때문이었다.

다음 해 피케이와 로타는 처음으로 아이들을 데리고 인도를 방문했다. 피케이는 여행 중에 무슨 일이 일어날까 걱정이 되었다. 이민자를 위한 스웨덴 어 강의에서 피케이는 어린이들은 자전거를 탈 때 헬멧을 써야 한다는 것을 배웠다. 그는 스웨덴의 안전제일주의를 헌법이라도 되는 것처럼 신봉하고 따랐다. 어떻게 되겠지 하는 인도식 사고방식은 이제 생각지도 못할 일이었다. 피케이는 아이들이 인도에서 자전거를 타지 않더라도, 헬멧을 갖추고 있어야 한다고 생각했다. 인도에서는 위험이 여기저기에 깔려 있으니까!

에멜리는 첫 인도 여행 내내 파란 헬멧을 쓰고 다녔다. 대도시와

소도시의 길거리에서, 골목에서 사촌들과 뛰어놀 때도. 아스말릭의 마을 사람들은 처음 보는 광경이었다.

"안녕, 꼬마 숙녀!"

그들은 웃음을 터뜨리며 다섯 살 난 에멜리의 헬멧을 검지로 쿡 찌르고는 했다.

"언제 무슨 일이 일어날지 모르잖니."

에멜리가 헬멧을 벗고 싶다고 불평할 때면 피케이는 늘 그렇게 응수했다.


여름이었다. 피케이는 통나무집 정원에 앉아 끈질기게 달라붙는 파리를 손으로 쫓으며, 자신의 삶에 대해 생각했다. 인도에 대해 아는 것이라고는 거의 없는 스웨덴 인에게 인도에서의 경험을 어떻게 설명해주면 좋을까.

'귀족과 사제들이 사회의 요직을 전부 차지하고, 귀족도 사제도 아닌 당신은 가는 데마다 외면당한다고 생각해보세요. 만나는 사람들이 처음에는 반가워하고 우호적이다가도, 당신이 이름을 말하는 순간 코끝을 찡그리며 돌아선다고 생각해보세요. 스웨덴의 모든 성직자들이 교회 문 앞에 서서 당신에게 썩 꺼지라고, 네 신앙은 다른 데서 실천하라고 소리를 지른다고 생각해보세요. 그리고 당신을 더 빨리 내쫓으려고 돌멩이를 던지고, 그다음에는 교회 문을 닫고 잠근다고 생각해보세요. 그리고 이 모든 것이, 당신이 다른 사람과 마찬가지로 동등한 권리를 가지고 존중받아야 한다는 법이 있음에도 불구하고, 1년 365일 매일 똑같이 반복된다고 생각해보세요.'

피케이는 인도와 스웨덴 신문 기사로 접한 책이 생각났다. 그 책에서는 풀란 데비라는, 학대받던 낮은 카스트 소녀가 범죄 조직에 들어가 도적의 여왕이 되어 과거에 자신을 핍박한 자들에게 유혈이 낭자하는 보복 행위를 하다 끝내는 감옥에 수감된 이야기를 다뤘다. 풀란 데비는 석방된 뒤 국회의원이 되어 인도의 유명인이 되고, 훗날 그녀의 삶을 다룬 책들과 영화 덕택에 세계적인 유명세를 탔다. 그리고 자신이 복수한 사람들의 가족에게 살해당했다.

피케이는 '눈에는 눈' 법칙을 따르면 그런 일이 일어난다고 생각했다. 피의 복수는 증오를 낳을 뿐이었다. 복수는 고통을 연장한다! 피케이는 복수가 아무에게도 도움이 되지 않는다고 생각하며 새로 깎은 잔디 냄새를 들이마셨다.

한 차례 바람이 불자 커다란 자작나무가 들썩이는 소리가 들렸다. 피케이는 수면이 흔들리는 소켄 호수를 내다보았다.

슈헤라스뷔그덴에 햇빛이 들어오는 흔치 않은 날이었다. 피케이는 빈터에서 조용히 휴식을 취하고 욘 바우어 숲을 가로질렀다. 돌과 흙더미가 부드럽고 축축한 이끼에 뒤덮여 있었다. 누군가가 마지팬을 가져다 자연으로 커다란 프린세스 케이크*를 만들려고 한 것 같았다.

키 큰 소나무들이 피케이의 머리 위로 지붕을 만들었다. 그는 졸졸 흐르는 시냇물의 돌과 돌 사이를 뛰어넘었다. 곧 길게 자란 풀에

---

★ 스펀지케이크, 라즈베리 잼, 휘핑크림 등을 층층이 쌓아올리고 마지막에 녹색의 마지팬(으깬 아몬드나 아몬드 반죽, 설탕, 달걀 흰자로 만든 말랑말랑한 과자)을 덧씌워 반구형으로 만든 스웨덴의 디저트 케이크.

맺힌 이슬이 은구슬처럼 빛나는 빈터로 걸어나왔다. 늪지 위로 널빤지 다리가 놓여 있고, 그 끝에서 숲 역시 끝이 난다. 그 너머로는 소켄 호수가 있었다. 오늘은 고요하고 잔잔했다. 죽은 나무 그루터기가 마치 거인이 두고 간 이쑤시개처럼 호숫가에 놓여 있었다. 물은 거의 콜라처럼 진한 갈색이었다.

"날씨가 정말 좋네요."

통나무집으로 이어지는 자갈길에서 이웃과 마주쳤을 때, 피케이는 기쁜 목소리로 말했다.

피케이는 인도의 고향 마을로 돌아갈 때마다 생겨나는 이중적인 감정들에 대해 생각했다. 몇 년 전, 오리사의 고위 정치인이 피케이와 로타와 아이들을 위해 헬리콥터를 준비했다. 식구를 태운 헬리콥터는 오리사 주의 주도를 떠나, 마을 사람들이 마치 국빈을 맞이하듯 기다리는 고향 마을로 날아갔다. 행운으로 가득한 삶을 산 불가촉천민 소년 피케이에 대한 경탄과 숭배는 다소 과하게 느껴질 정도였다. 브라만 소녀들이 무릎을 꿇고 그의 발을 만지고는, 공손히 천수국 화관을 그의 목에 걸었다. 이들의 아버지는 한때 피케이에게 돌멩이를 던지던 사람들이었다. 오늘날 마을의 브라만들이 피케이에게 극진하기는 하지만, 피케이는 그들의 권력에 과하게 도전하고 싶지는 않았다. 그가 스웨덴으로 돌아간 뒤에 다툼이 생겨날 수도 있었으니까.

피케이의 형, 그러니까 산업 도시 보카로의 잘나가는 철도 공무원이던 형은 정부의 법령에 따라 여러 명의 불가촉천민을 인도 철도에 고용했다. 어느 날 그는 자택의 바닥에 쓰러진 채 발견되었다. 그를 발견한 가정부가 날이 갈수록 이상하게 하얘지는 그의 얼굴을 살폈는데, 입에서 파란 거품이 쏟아져 나왔다고 했다.

"자연사입니다."

경찰은 그렇게 말했지만 가족과 피케이의 친구들은 납득하지 못했다. 이들은 형이 브라만들을 너무 도발한 것이라는 결론을 내렸다. 가장 높은 카스트 사람들은 새로 도입된 차별금지법을 철저하게 따르는 공무원을 견디지 못한 것이다. 그리고 범인은 잡히지 않았다.

피케이는 물가로 내려가 납작한 돌을 잔잔한 수면 위로 던졌다. 향냄새를 맡을 때나 힌두교 사원 음악과 기도를 비롯한 다른 산스크리트 어 힌두교 경전을 들을 때면 느끼곤 하는 슬픔과 메스꺼움에 대해 생각했다. 그렇지만 대처법이 있었다. 피케이는 부정적인 감정이 그에게 잠시 그림자를 드리우는 구름이며, 곧, 정말이지 곧, 흘러갈 것이라고 상상했다.

공기를 들이마시면 호수와 갈대의 냄새를 맡을 수 있었고, 호수 반대편 물가에서 첨벙거리는 소리와 아이들의 웃음소리가 아스라이 들렸다. 숲은 그에게 평온을 가져다준다. 굵은 나무 그루터기, 침엽수, 이끼, 야생화, 블루베리가 열린 가지. 로타와 나의 왕국.

가을이 되고 비구름이 보로스의 위로 모여들었다. 피케이는 고무장화를 신었다. 이어 거대한 나무들의 가지를 뚫고 내려온 비가 이끼를 부풀게 하고 반짝이게 하는 숲으로 들어갔다. 기억이 흐려지는 것이 느껴졌다. 인도에서의 삶과 스웨덴으로의 자전거 여행을 떠올리면, 마치 그가 아닌 다른 피케이가 겪은 일처럼 느껴졌다. 요즘 피케이는 외출하는 일이 거의 없다. 헛간의 화실에서 그림을 그리고, 숲에서 산책을 하고, 전기톱을 들고 나가 나무를 베고, 다시 통나무집으로 돌아와 소켄 호수를 내다보는 것이 전부였다.

피케이는 스톡홀름에 있는 스웨덴 귀족 회관에서 올해 했던 강연을 떠올렸다. 남색 양복과 모래색 인도산 생사 셔츠를 입었다. 수염은 다듬었고 머리카락은 납작하게 빗었다.

피케이는 로타의 친척인 본 셰드빈 집안의 일원들 앞에서 강연을 했다. 자신의 삶에 대한 강연은 이미 성인 교육원, 학교, 공무원들, 지역 역사학회, 노인 클럽 등에서 여러 번 해봤다. 그렇지만 리다르후스에서 피케이는 평소보다 더 긴장했다. 화려한 그림과, 가문의 문장들과, 고급 도자기 사이에서 자신이 작고 의미 없게 느껴졌다. 그는 용기를 내 마이크 앞에 서서, 자신의 성장 배경에 대해 설명했다. 정글과 코끼리와 뱀과 사원, 그리고 물론 카스트 제도에 대해서도. 피케이는 인도의 카스트 제도와 스웨덴의 계급 사회를 비교했다. 인도에서는 브라만, 크샤트리아, 바이샤, 그리고 수드라라고 부르고, 스웨덴에서는 귀족, 성직자, 부르주아, 그리고 농민이라고 부른다.

그다음에는 예언과 로타를 향한 사랑과 스웨덴으로의 자전거 여행에 대해 말했다. 운명, 사랑, 긴 여정.

"저는 제 삶의 방향을 직접 정하지 않았어요. 그건 존경하는 청중 여러분도 마찬가지입니다. 절 보세요. 별자리 점대로 이루어지지 않았습니까? 아버지, 교사, 또는 다른 사람이 원하는 대로 되지 않고요."

인간에게는 자유 의지가 있다. 운명은 단순히 틀을 제시할 뿐이며, 예언을 해석하는 사람들은 그 삶의 윤곽만을 본다. 피케이는 삶이란 그런 것이라고 믿었다. 그는 어머니 칼라바티가 희망찬 목소리로 했던 말을 반복했다.

"사회 밑바닥에 있는 사람이라고 해서 평생 불가촉천민으로 남지는 않을 것이고, 높은 카스트 사람이라고 해서 평생 누가 사원을 방문하고 성스러운 의식을 치를지 결정하게 되지는 않을 것이다."

피케이는 인도에 차별금지법과 낮은 카스트 사람들이 교육을 받고 직장을 얻을 수 있도록 돕는 쿼터는 존재하지만, 아직까지 카스트 제도 자체에 대한 금지령은 존재하지 않는다고 설명했다.

"카스트 제도의 철폐! 그것이 저의 꿈입니다."

그는 이후로도 여러 번 영예로운 강연을 했다. 부바네스와르에 있는 우트칼대학교에서 피케이를 명예박사로 삼고 싶다고 전화했을 때, 피케이는 유혹을 이기지 못하고 길을 떠났다. 으쓱한 기분이 들었고, 자랑스러웠다.

'어릴 때 나를 흙탕물에 처박은 자들이 이제 나를 잘 닦아서 받들어 모시는구나. 불가촉천민을 명예박사로 임명할 수 있다면, 인류는 전쟁과 고통에도 불구하고 꾸준히 발전하는 것이리라.'

이번에도 피케이는 남색 양복을 입었다. 그는 깊게 숨을 들이마시고 무대로 나갔다. 조명의 열기에 이마에는 땀방울이 맺혔다. 수백 개의 눈이 그를 향해 있었다. 피케이는 어깨에 금빛 테두리가 둘러진 오렌지색 망토를 걸치고 꽃다발을 받았다. 그를 위한 축사는 인도의 오랜 전통대로 야단스럽고 화려했다.

"평생 이렇게 기뻤던 적이 없습니다. 젊은 미술학도인 시절 저는 자살 기도를 세 번 했고, 매일 굶주림과 싸웠죠."

자신의 차례가 왔을 때, 피케이는 그렇게 말했다. 그다음에는 보로스 밖의 숲속 노란 집까지 올 수 있었던 것은 오리사 사람들 덕택이었다고 말했다.

"제게 감사하지 마세요. 여러분 자신에게 감사하세요."

피케이는 스웨덴 정치가인 올로프 팔메가 한 말을 인용했다.

어느 서리 긴 12월 아침, 희미한 햇살을 받으며 나는 로타, 에멜리, 카를-싯다르타와 함께 란드베테르에서 비행기에 오른다. 먼 옛날 아스말릭 왕국이었던 곳으로 가기 위해서다. 우리는 덴마크의 눈 쌓인 농지와 빈의 변색된 구리 지붕 위로 날아간다. 이란의 메마른 평야와, 내가 30년 전 자전거를 타고 반대 방향으로 달리던 아프가니스탄의 민둥산 위를 날아간다. 언젠가 내가 탄 기차가 번쩍이는 레일 위로 달리던 갠지스 평원 위로 날아간다. 녹음이 짙푸르고 울퉁불퉁하며 브로콜리를 닮은 정글 사람들의 땅 위를 날아가다가, 벵골만 위에서 선회해 신비한 태양 바퀴의 코나라크 사원이 세워진 길고 누런 모래사장 위를 날아, 마침내 내 고향에 도착한다.

자동차를 빌려 점점 더 구불구불해지는 길을 타고 덴카날과 앙굴을 지나 방향을 돌린다. 빽빽한 정글에 둘러싸인 점점 좁아지는 길을 지나 마침내 내가 태어난 마을에 도착한다. 마을 입구에서부터 환영 행렬이 우리를 맞이한다. 악사들을 칠까봐 속도를 늦춘 우리 차 앞을 마을 남자 여덟 명이 천천히 걷는다. 지난번처럼 나는 이곳을 방문하러 온 것이다. 악단이 언제나처럼 괴상한 멜로디를 연주한다. 북과 클라리넷과 베이스 튜바다. 큰길 양옆으로 마을 사람들이 늘어서 행렬을 지켜보며 우리에게 인사를 한다.

우리는 산과 강 사이의 집에서 머무른다. 아버지와 어머니가 둘다 돌아가시고 어린 시절의 집이 사라진 지금, 돌아올 곳을 만들기 위해 우리가 지은 집이다. 이곳에서 나는 자선 활동을 한다. 물 펌프를 설치하고, 학교를 세우고, 가난한 여성들을 위해 공부 모임을 주선하는 활동 센터이다.

나처럼 행운아가 아닌 사람들을 미약한 힘이나마 돕고 싶다. 해야할 일이 너무나 많다. 매일 아침 가난한 마을 사람들이 우리 집 앞에 모여 조언을 구한다. 여자들이 빨래를 하고, 버펄로와 소가 무릎까지 오는 물속을 걷고, 악어가 모래톱 위에서 햇빛을 쬐는 마하나디 강으로 내려간다. 마을의 남자와 여자와 아이 들이 뒤따른다. 옆에는 내 경호원이 있다. 검은 베레모를 쓰고 위장색 군복을 입은 군인인데, 오리사 주에서 보내왔고, 경비도 주에서 부담한다.

우리 뒤로는 마을의 음유 시인이 뒤따른다. 사시사철 회초리를 하늘로 향해 들어올리고 당당하게 "하리 볼(Hari Bol)*"이라고 외치는 브라만이다. 그는 손을 든 채, 빈랑 열매를 오래 씹은 탓에 붉게 물든 이를 드러내며 웃는다.

---

* '비슈누(신)를 경배하라.'라는 의미임.

환영하는 인파, 브라만, 그리고 군인들. 나는 최고의 보호를 받고 있다. 브라만은 나에게, 자신은 1962년부터 주기적으로 소리 내어 웃고 "하리 볼"이라고 외친 덕택에 단 한 번도 병치레를 한 일이 없다고 말한다. 신은 신실한 자에게 포상을 내리는 법이다. 그렇지만 늘 똑같은 구호에 질린 카를-싯다르타는 브라만에게 예테보리 억양으로 "안녕."이라고 말하는 법을 가르쳐준다. 브라만은 이제 아침부터 저녁까지 신에 대한 경배와 마을 사람들은 알아들을 수 없는 외국어 문장을 즐거운 목소리로 외친다.

강으로 내려가는 길, 브라만이 로타와 나를 집에 초대한다. 안에는 대부분의 힌두교 집안이 그렇듯 제단이 있다. 그렇지만 이곳에 모셔진 것은 시바나 비슈누가 아니고⋯⋯. 로타와 내 사진이다.

우리는 브라만이 무릎을 꿇고 손을 들며 사진에 절을 하는 것을 본다. 나는 로타를 돌아보며 고개를 설레설레 저으며 웃는다. 눈앞의 광경을 믿을 수가 없다.

● 피케이의 아버지, 슈리다르.

● 피케이의 어머니, 칼라바티.

● 이미니와 이비지 시이에 있는 피케이.
앞줄에 남동생 프라비르와 사촌이 앉아 있다.

# P.K. MAHANANDIA

● 자화상, 〈나의 로타에게 사랑을〉.

● 친구 타릭이 그린 피케이.

● 피케이가 뉴델리의 코넛 플레이스에서
  초상화를 그리고 있다.

● 피케이가 스웨덴 인 부인의 초상화를 그리고 있다.

● 피케이가 초상화의 모델인 우주인 발렌티나 테레시코바를 만났다.

● B. D. 자티는 피케이가 그린 세 번째 대통령이다.

● 총리 인디라 간디를 방문한 오리사의 친구들과 함께.

● 로타와 친구, 바라나시에서.

● 피케이와 로타가 함께 찍은 첫 사진,
1976년 1월 뉴델리에서.

● 피케이, 뉴델리의 자신의 집에서.

● 피케이와 로타, 뉴델리의 로디콜로니에서.

● 긴 자전거 여정이 끝난 뒤에 만난 피케이아 로타.

● 피케이와 로타는 1979년 5월 28일,
스웨덴에서 다시 만난 지 정확히 2년째 되는 날
보로스에서 결혼식을 올렸다.

● 물구나무서기 요가 자세를
  선보이는 피케이.

● 마하난디아-본 셰드빈 가족, 산다레드의 사진관에서.

● 가족. 왼쪽부터 에멜리, 로타, 피케이, 카를-싯다르타.

● 피케이와 로타, 크로크셰오스에서.

# 그녀에게 가는 길

**초판 1쇄 발행** 2017년 1월 9일

**원작** New Delhi – Borås

**지은이** 페르 안데르손

**옮긴이** 이하영

**발행인** 도영

**표지 디자인** 오필민

**마케팅** 김영란

**발행처** 그러나

**등록** 2016–000257

**주소** 서울시 마포구 동교로 142, 5층(서교동)

**전화** 02) 909–5517

**Fax** 0505) 300–9348

**이메일** anemone70@hanmail.net

**ISBN** 978-89-98120-34-4 03850